LE VIEUX PORT

DU MÊME AUTEUR
CHEZ POCKET

LE VIEUX PORT

1. LE VIEUX PORT
2. NOTRE-DAME-DE-LA-GARDE *(oct. 2002)*
3. AVENUE DU PRADO *(nov. 2002)*

YANN DE L'ECOTAIS

LE VIEUX PORT

*

PLON

Ce roman s'adosse à l'Histoire. Mais toute ressemblance avec des personnages vivant ou ayant vécu serait l'effet du hasard.

Y.E.

Le Code de la propriété intellectuelle n'autorisant, aux termes de l'article L. 122-5, 2° et 3° a), d'une part, que les « copies ou reproductions strictement réservées à l'usage privé du copiste et non destinées à une utilisation collective » et, d'autre part, que les analyses et les courtes citations dans un but d'exemple et d'illustration, « toute représentation ou reproduction intégrale ou partielle faite sans le consentement de l'auteur ou de ses ayants droit ou ayants cause est illicite » (art. L. 122-4).
Cette représentation ou reproduction, par quelque procédé que ce soit, constituerait donc une contrefaçon sanctionnée par les articles L. 335-2 et suivants du Code de la propriété intellectuelle.

© Plon, 2000.
ISBN 2-266-10863-8

Pour Noémie

I
HAUTERIVE

CHAPITRE 1

Victor Camoin va être, en quelque sorte, la dernière victime française de la Grande Guerre.

Dix fois, cent fois, depuis 1914, il a vu la mort en face. Elle a haché ses copains, réduit en charpie ses voisins. Elle a mutilé, rendu aveugle, gazé. Elle l'a épargné, comme s'il fallait de temps en temps garder quelqu'un en vie pour qu'il puisse témoigner de l'épouvante et de l'absurdité. De l'indicible, surtout : cette honte qui saisit l'homme lorsqu'il se retourne sur un chemin de cendres. Qu'il a lui-même tracé. Témoigner ? Depuis la fin des hostilités – Victor Camoin ricane sans contrôle quand on utilise ce mot – il n'a pas cessé de le faire, incapable de retrouver une existence normale, englué dans l'horreur. Il a parlé, raconté, jour après jour, nuit après nuit, au cours de soûlographies rageuses qui le précipitaient dans un abrutissement cauchemardesque. « Mon capitaine, encore une tournée, en souvenir... Vous êtes entier, vous, bon pied, bon œil... » En souvenir de quoi ? Son problème, justement, est de trop bien se souvenir.

Il n'avait rien oublié. Le défilé sur la Canebière, sous les acclamations de la foule, avant de gagner la gare Saint-Charles pour monter au front, à l'ouverture du conflit. Qu'elle était belle, la Patrie, couverte de fleurs et de chansons ! Puis les accusations scandaleuses d'une partie de la presse contre le 15ᵉ corps d'armée, essentiellement composé de méridionaux : « faiblesse impardonnable » devant l'ennemi, avait-on écrit sans sourciller. Malgré les morts, comme en insulte aux morts. La boucherie de Verdun. Les galons gagnés pour remplacer les officiers tombés. Les pauvres lettres échangées avec sa mère, veuve depuis six ans, et dont il était le fils unique. Les pieux mensonges.

Quelques jours auparavant, il avait de nouveau abandonné Marseille. Un soleil d'été écrasait déjà la ville. Sa ville. Désormais il la trouvait trop vive, trop colorée, trop enjouée. Sa ville s'était écartée de lui, presque de façon irrémédiable. Il la jugeait même indécente, dans sa vigueur souriante, sa santé retrouvée. Lui ne voyait plus, superposés aux allées de platanes, aux vagues courtes secouées par le mistral, que des arbres brûlés et décharnés, des torrents de boue et de fer. Il était un héros, mais il se sentait coupable. Il assumait les presque deux millions de morts de la France martyrisée. Pauvrement, il implorait le ciel : pour les soldats disparus, pour les blessés torturés, pour tous les survivants désespérant de redevenir les hommes qu'ils avaient été un jour.

Les traverses du chemin de fer avaient rythmé, durant les longues heures de son voyage depuis Saint-Charles, la même supplication. Pitié ! Pitié ! Pitié ! Il avait relu pour la énième fois la lettre que Pierre avait envoyée à sa mère, dans la banlieue de Marseille, quelques jours avant d'être coupé en deux par les balles d'une mitrailleuse boche, et qu'il portait en permanence sur son cœur. « Ma chère maman. On nous dit que c'est presque fini. Je vais te retrouver bientôt. Si tu savais comme nous attendons cet instant, nous tous qui écrivons à nos mères, à nos femmes, à nos enfants. Curieusement, il fait beau temps. (...) L'officier qui nous commande, le capitaine Camoin, est un homme courageux et attentif. Il arrive à nous faire rire. Il doit prendre sur lui. C'est un Marseillais aussi... » La mère de Pierre lui avait donné la lettre, un peu après la mort de son fils, en souvenir. A trente ans, Victor Camoin considérait qu'il était trop jeune pour avoir autant de souvenirs. En réalité, il était devenu très vieux, très tôt.

De Paris, il avait rejoint Versailles. On était le 28 juin 1919. Le jour de la signature du traité de paix. Qu'attendait-il de cette sorte de pèlerinage ? Il ne savait pas trop. Sans doute, inconsciemment, un armistice, mais intérieur. La certitude que, les fusils s'étant définitivement tus, les fantômes qui le hantaient allaient s'évanouir. Que la cérémonie exorciserait les démons qui l'accompagnaient depuis des mois sans lui laisser le moindre répit.

L'estomac au bord des lèvres, il avait réussi à s'infiltrer dans un groupe de grands blessés à qui l'on avait réservé des places dans l'embrasure des fenêtres de la galerie. Il avait entamé la conversation avec son voisin le plus proche :

— De la mitraille dans toute la jambe droite, avait dit ce dernier, presque hilare. Un de ces jours, je ne pourrai plus l'utiliser. Il faudrait opérer, mais je ne veux plus qu'on m'opère. Ça se comprend, non ? Et toi ?

Camoin avait menti. Il avait parlé de poumons démolis. Il avait honte d'avoir volé sa place.

Puis Clemenceau était arrivé vers deux heures et quart. Camoin observait sa démarche un peu chaloupée, son regard électrique, son visage assombri par l'épaisse moustache. Le président du Conseil s'était dirigé vers son groupe, avait montré le traité qui serait signé quelques instants plus tard, et avait dit :

— Vous avez souffert, mais voici votre récompense.

Le capitaine avait reconnu Wilson, Lloyd George, Balfour. Les Allemands s'étaient présentés les derniers.

— La séance est ouverte, avait annoncé Clemenceau, particulièrement calme.

La cérémonie avait duré presque deux heures. Victor Camoin s'était senti frustré par l'absence de toute théâtralité, qui marquait l'événement comme en creux. Clemenceau, de nouveau, avait pris la parole :

11

— Messieurs, la signature des conditions de paix entre les puissances alliées et l'Empire allemand est un fait accompli. La séance est levée.

Quelle loufoquerie ! Quelle banalité pour ces millions de morts ! Les acclamations enthousiastes de la foule massée à l'extérieur avaient accueilli le président du Conseil à sa sortie. Seigneur, avait songé le capitaine, faites que ce soit la dernière fois !

Une profonde lassitude avait envahi Victor Camoin. Allons, c'était fini ! Sa serviette de cuir à la main, il marchait entre des hommes et des femmes réjouis, qui parlaient haut, qui s'apprêtaient à « arroser ça ». Chacun avait exhumé ses vêtements de fête, qui souvent dataient un peu. Les femmes portaient des jupes amples à mi-mollet, de couleurs vives, et bon nombre d'entre elles s'étaient coiffées de ces petits chapeaux cabossés en crêpe blanc, à la mode juste avant la guerre. Victor Camoin se laissait bousculer, réfléchissant à l'exposition qu'il pourrait visiter, aux amis chez lesquels il pourrait se rendre le soir, avant de regagner Marseille le lendemain. Il regrettait de rater de quelques semaines l'ouverture du musée Rodin. Il ne reviendrait pas à Paris de sitôt. Neurasthénie ou pas, il fallait se remettre au travail. Sa pauvre mère, qui avait tenu les rênes de l'entreprise pendant toute la guerre, était au bout du rouleau. L'entreprise elle-même, d'ailleurs, n'était plus très vaillante.

Perdu dans ses pensées, il s'était écarté de la foule qui éclatait dans de multiples directions. Il avait quitté l'allée piétonnière pour traverser la rue.

L'automobile roulait à faible allure. Son conducteur participait à l'euphorie générale et n'accordait aux passants qu'une attention distraite. Il ne se rendit même pas compte qu'il heurtait de son aile avant droite un piéton qui s'engageait sur la chaussée, son cartable au bout du bras telle une bouée. La tête de Victor Camoin heurta violemment une surface dure et il mourut dans l'instant. S'il avait eu le choix, il aurait préféré une autre fin mais du moins, lui qui avait tellement souffert de celle de ses copains, de ses soldats, ne sut-il rien de sa propre disparition.

Les promeneurs se précipitèrent vers le corps retourné sur la chaussée, comprirent qu'il était trop tard, cherchèrent des papiers d'identité dans le portefeuille du défunt. « Si jeune... Un capitaine... », dirent-ils. A la qualité du drap de son costume, ils le jugèrent de condition bourgeoise. Ils ouvrirent sa serviette de cuir. Elle contenait une blague à tabac, deux pipes, un carnet de notes et un livre, *Les Croix de bois* de Roland Dorgelès, qui venait d'être publié et dont on parlait déjà beaucoup.

CHAPITRE 2

Comme elle en a l'habitude, Thérèse Camoin s'agenouille sur le prie-Dieu de sa chambre, sous le crucifix de bois et de cuivre accroché au mur. Chaque matin elle dit à mi-voix la totalité du chapelet qui lui vient de sa mère, les yeux clos, les mains jointes, filant les grains de verre entre ses doigts noueux. « Souvenez-vous, Seigneur de ceux qui nous ont quittés. Gardez-les en Votre sainte protection… » Edmond, son mari, un peu avant la guerre, et Victor, son fils unique, il y a quelques mois à peine. Qu'avais-je à expier, Seigneur ? Nous n'avions pas fauté.

Elle se relève en tenant ses genoux douloureux. Elle avait conçu Victor très tard, alors qu'elle s'était accoutumée à l'idée de n'avoir jamais d'enfant. Aujourd'hui, Thérèse va sur ses soixante-cinq ans, mais les dernières années, les derniers jours, ont compté double. Elle n'est qu'une blessure béante, physique et morale. Ses traits émaciés, son regard presque aussi clair que ses cheveux blancs tirés en chignon traduisent une désolation aride. Même les fleurs du jardin, auxquelles elle consacra dans sa vie des centaines d'heures, ne mobilisent plus son attention qu'épisodiquement.

Emiettant le silence, la pendule sonne six heures. Elle lisse les plis de sa robe de laine grise qu'elle continue à porter juste au-dessus de la cheville sans se soucier de la mode nouvelle, se couvre d'un châle, jette un dernier regard sur les deux lits jumeaux houssés de velours brun – elle n'utilise plus que celui de droite –, sur les deux cadres contenant les portraits de son mari et de son fils, descend le large escalier aux carreaux rouges usés par les passages qui conduit au rez-de-chaussée. Pourquoi conserver cette immense bastide, dont elle n'occupe désormais qu'une infime partie, dont elle ne chauffe que la cuisine et, de temps en temps, sa propre chambre, lorsque le gel menace ? En ce début décembre, le hall au sol recouvert de tomettes grenat est glacial. Toute la nuit le vent s'est glissé sous la lourde porte d'entrée ou par les huisseries des hautes fenêtres. Celles-ci mériteraient quelques réparations. Mais à quoi bon ?

Germaine et Lucien, ses deux vieux serviteurs, l'accueillent sur le seuil de la grande cuisine. Elle n'a plus réellement besoin de leur aide. Seulement, où iraient-ils, à leur âge ? Ils occupent les deux pièces de service, derrière l'office, entretiennent le jardin, préparent ses légers repas, lui assurent une douce compagnie. Thérèse Camoin laisse, comme elle dit, les choses en l'état. Les fenêtres, les meubles, le personnel, sa propre vie. Tout s'est arrêté à la mort de Victor. Elle n'éprouve aucune envie. La perspective même de devoir prendre des décisions l'angoisse. Elle attend que Dieu la rappelle à Lui.

— Votre petit déjeuner est prêt, Madame. Un bon café au lait et une tartine de confiture.

— Merci, Germaine. Je n'ai pas très faim.

— Il faut manger, Madame. Il fait froid. Le mistral a dû passer sur la neige. Et comme il s'est levé le matin, il va durer trois jours. C'est le dicton.

Thérèse Camoin s'assoit au bout de la grande table dans la lumière diffusée par la suspension fixée à la poutre centrale. Elle a connu la maison sans électricité. Aujourd'hui les lampes à pétrole sont rangées à quelques endroits stratégiques, mais uniquement pour remédier aux interruptions de courant. Que de progrès, en si peu de temps ! Des automobiles à la place des chevaux ! Et cette fameuse TSF qu'on finira, elle n'en doute pas un instant, par trouver dans tous les logements ! Mais le vrai progrès serait de supprimer les guerres, songe-t-elle en grignotant sa tartine. Aurons-nous assez d'imagination ? Ou l'argent que nous pourrions dépenser à magnifier la paix ne servira-t-il, encore une fois, qu'à inventer des moyens de destruction toujours plus massifs, plus efficaces ? Quelle sauvagerie profonde nous pousse au suicide collectif ?

Allons, six heures et quart, les ouvriers vont arriver. Elle se lève, tandis que Germaine lui présente son manteau.

— Je serai là à midi cinq, dit Thérèse. Enfin, comme d'habitude...

L'habitude la maintenait en vie. Elle serrait la laine épaisse sur sa poitrine et empruntait l'allée qui traversait le jardin planté de tilleuls vers la petite porte métallique nichée dans le grand mur de pierre séparant la propriété des bâtiments de l'Huilerie. Exactement à l'opposé du portail donnant sur la route qui, en quelques kilomètres, au nord de la ville, conduisait des Aygalades à Marseille. Au-delà, toujours vers le nord, il y avait l'étang de Berre et, vers l'est, Aix-en-Provence.

Les Aygalades. Le nom roulait comme un ruisseau. Toute sa jeunesse. Des bosquets, des forêts, des eaux vives qui avaient donné leur nom à ce quartier limitrophe de Marseille, Aqua Lata, puis Aygaladas. Le château voisin, datant du XVIe siècle, avait été la propriété de plusieurs nobles provençaux avant d'échoir, curieusement, à Barras, au début des années 1800. Appartenant jusqu'à une date récente à la fille du comte de Castellane, la propriéré semblait aujourd'hui à l'abandon. Un pavillon du parc avait accueilli George Sand et Chopin en 1838 avant leur départ pour les Baléares. La campagne, encore aujourd'hui. Mais pour combien de temps ? se demandait Thérèse. Des ateliers poussaient ici et là, comme si la ville, têtue, anarchique, répandait son trop-plein d'énergie le long de la moindre route. Et, aux alentours, des logements, rudimentaires dans le meilleur des cas, totalement insalubres pour la majorité d'entre eux.

— Les arangis de Mailhorgo ! Les arangis de Mailhorgo !

Assourdie, la voix du vendeur d'oranges en train d'effectuer sa tournée lui parvenait par-dessus le mur. Un vestige aussi, un de plus. Qui, demain, parlerait provençal ?

Avant la guerre, jusqu'à la mort d'Edmond Camoin, l'Huilerie des Aygalades comptait parmi les plus importantes de Marseille. La « ville des graines », comme on disait alors, des « oléagineux exotiques » qui, provenant d'Afrique, de l'Inde, s'entassaient sur le port. De quoi produire plus de cent mille tonnes d'huile par an. Chez les Camoin, cent vingt ouvriers, en presque totalité des immigrés italiens, grecs, kabyles, travaillaient l'arachide onze heures par jour. Malgré de multiples propositions de rachat de son entreprise – un fort mouvement de concentration s'était produit dans l'huilerie marseillaise en raison de difficultés d'approvisionnement et d'exportation – Thérèse Camoin avait pris le relais de son mari. Elle connaissait mal l'industrie, encore moins la comptabilité, mais elle entendait garder la société pour son fils qui, ses études terminées, l'avait suivie dans le bureau directorial.

La déclaration de guerre avait tout désorganisé. Victor avait rejoint l'armée comme les ouvriers français de l'usine. Avec l'entrée de l'Italie dans le conflit, beaucoup de travailleurs transalpins avaient regagné leur pays. Pénurie de main-d'œuvre, manque de matières premières venues des colonies : la production avait baissé de manière considérable en 1916 et 1917. L'Huilerie des Aygalades avait, à la différence de bon nombre d'autres installations, échappé par miracle à la fermeture pure et simple. En fait, les femmes du voisinage, en remplaçant les hommes écrasés sous les obus, avaient sauvé la boutique. Pour un temps, en tout cas.

Ce matin, tandis qu'une aube subtile, d'un violet d'iris, inonde la propriété et ses oliviers, lourds et pâles, dont on va récolter les fruits, Thérèse Camoin pousse la porte de la grande pièce qui tient lieu de bureau directorial. Le Mirus, garni deux heures auparavant de bûchettes et de boulets de charbon, diffuse une agréable tiédeur.

Depuis que, pour la première fois, elle était entrée dans cette salle imposante en compagnie d'Edmond, rien n'avait changé. Les murs blancs, les rideaux de cretonne à fleurs, le mobilier noir Napoléon III, des classeurs sinistres, quelques faïences de Moustiers un peu incongrues dans un local administratif, les portraits des ancêtres Camoin, des tapis éparpillés à la diable sur un sol parqueté. Et un bouquet de fleurs, toujours un bouquet, que la femme de ménage renouvelait régulièrement.

Ayant frappé à la porte, Marius Maloni, le comptable de la maison, pénètre dans le bureau quelques instants après Thérèse. C'est un homme sec et brun, d'une quarantaine d'années, fidèle et méticuleux, qui ne vit que pour l'entreprise. La maison, dit-il. Il n'en a connu aucune autre. Depuis dix-sept ans, matin et soir, il accomplit le trajet entre les Aygalades et la petite rue des Brusques où il est né, en contrebas de la colline Puget. Une voie pentue et pittoresque aux maisons basses, qui accueillait au début du siècle précédent les magasins de *brusco*, de bruyère, en provençal. On l'utilisait, comme le genêt, d'ailleurs, pour flamber les coques de navires et les débarrasser de la crasse accumulée en cours de navigation.

— Alors, Marius, dit la vieille dame d'une voix fatiguée, les nouvelles ne sont pas bonnes, n'est-ce pas ? Je le lis sur votre visage.

Maloni est profondément peiné de n'avoir à présenter à Thérèse Camoin que la perspective de nouveaux soucis. Cette femme, consciencieuse, douce et généreuse, ne mérite pas la fin de vie cruelle que le sort lui a réservée.

— Non, madame Camoin. Pas bonnes du tout, répond le comptable, accablé. Nous ne résistons plus à la concurrence des grands groupes. Mora-Teysserre-Danon vont finir par nous étrangler. Ils cassent les prix, ils ont beaucoup investi dans du nouveau matériel...

— Vous m'avez déjà dit tout ça, Marius...

— Oui, mais ils importent à un meilleur prix que nous, les transporteurs les privilégient. Et puis, vous consentez trop d'avantages aux ouvriers...

— Allons, Marius, allons ! Quelques sous d'augmentation ! se fâche gentiment Thérèse. Nous octroyons volontairement ce que tout le monde sera obligé de consentir sous la pression des grèves. Et je ne suis pas communiste, vous le savez...

Le comptable plisse le nez en signe de désapprobation. Il voue une réelle affection à Thérèse Camoin, mais il pense que non, décidément, les femmes ne sont pas faites pour affronter les revendications sociales, la rigueur désagréable des chiffres, la sauvagerie de la concurrence. Il laisse tomber, gêné :

— La banque refuse de nous suivre...

— Ah ! C'est ça, la mauvaise nouvelle de la matinée ? Fabre ?

— Oui, Fabre. Il nous réclame un apport d'argent frais. Ou un programme d'assainissement, pour reprendre ses propres termes. Dans deux mois, il refusera de couvrir les échéances. Il est désolé... Vous avez déjà entendu ce discours.

Thérèse Camoin connaissait le dossier aussi bien que son comptable. Elle savait parfaitement qu'il aurait fallu mécaniser la production, développer l'action commerciale et donc, pour cela, injecter des fonds dans l'Huilerie. Mais ces fonds, elle ne les avait plus. L'essentiel de ce qu'elle possédait avait déjà été englouti dans le maintien de l'entreprise, avec l'espoir un peu naïf d'un miraculeux retournement de situation. Il lui restait la propriété contiguë à l'usine, quelques terrains agricoles du côté d'Avignon, un peu d'or. Un emplâtre sur une jambe de bois.

— Nous avions eu des offres, non ? interroge-t-elle. Ne peut-on pas faire entrer un associé ?

— Oui, mais j'ai bien peur que plus personne ne veuille envisager aujourd'hui une position minoritaire... Vous savez, la taille minimum d'une huilerie, maintenant, c'est six cents ouvriers...

— Vous êtes fou, Marius ! Six cents ouvriers ? Vous vous croyez dans la sidérurgie !

Le comptable sourit pauvrement, ému par l'ingénuité de la vieille dame.

— Non, madame Camoin ! Et d'ici dix ans, ce sera le double. Nous sommes lancés dans la voie du gigantisme. Un jour, les groupes d'oléagineux seront implantés dans plusieurs pays. Un jour les gens viendront en avion depuis Paris pour décider à notre place...

— Vous croyez vraiment ce que vous dites, Marius ? Je sais bien qu'on est à Marseille, mais quand même ! Vous voyez, cette Huilerie, c'est toute ma vie, celle de mon mari, de mon fils. Je voudrais la sauver. Alors, essayez de me trouver un associé minoritaire.

Thérèse Camoin se sentait extrêmement lasse. Elle n'était plus très sûre de chercher encore des raisons de se battre. Depuis la disparition de Victor, elle avait pénétré dans un univers opaque. Sans lumière. Entre la vie et la mort. Elle s'y déplaçait avec réticence. Les difficultés qu'elle rencontrait ressemblaient aux bulles qui viennent de temps en temps crever à la surface des mares paralysées par la vase.

Marius Maloni se lève du fauteuil qu'il occupait en face de sa présidente. Celle-ci ne se rend pas compte, songe-t-il un peu amer, des efforts que je déploie pour la préserver. Déjà, les milieux commerciaux marseillais évoquent sans retenue la fermeture de l'entreprise. Les ouvriers sont inquiets, tendus. Eugène Fabre, le banquier, est allé à la limite de ses possibilités. De nouveau, un pauvre sourire se dessine sur les lèvres du comptable.

— Je vais tout tenter, madame Camoin. Ne m'en

veuillez pas si j'échoue. On est bien empégués, vous savez…

Maloni a effectué la tournée des banques. Comme il s'y attendait, il n'a trouvé personne pour accepter de relayer les découverts dont l'huilerie bénéficie déjà chez Fabre. Il a rencontré quelques-uns des concurrents de la fabrique Camoin. Mais la situation catastrophique de l'Huilerie des Aygalades est devenue depuis quelques semaines un secret de Polichinelle. Le fils Mora, de Mora-Teysserre-Danon, 1 200 ouvriers, siège social cossu rue Grignan, a accepté de le recevoir, mais c'est un homme pressé, dont la rondeur n'est qu'apparente. Son exposé n'a pas laissé place au moindre espoir.

— Monsieur Maloni, a-t-il dit, j'ai beaucoup d'estime pour Thérèse Camoin. C'est une femme courageuse. Mais l'Huilerie aujourd'hui vaut à peine – je vais vous paraître trivial – une poignée de figues. Alors j'achète, mais j'achète tout. Et ne vous attendez pas à des merveilles, une fois que les dettes auront été apurées.

— Malgré tout, a plaidé le comptable, les bâtiments de l'usine, le terrain, les machines, le savoir-faire, la marque…

— Pfuit…, a balayé l'autre, un rien sardonique. Vous suivez les affaires, monsieur Maloni ? Depuis le printemps, on passe d'une grève à l'autre. Ça a démarré sur les quais, avec les dockers, et ça risque de durer. Ils réclament la journée de huit heures. Des destrussis, tous ! Des destructeurs ! En septembre, il y avait deux cents bateaux immobilisés dans le port ! On croyait à un redémarrage des compagnies de navigation, et on ne voit rien venir, malgré la reconstitution de leurs flottes. Le tonnage traité est en gros le même qu'à la fin du siècle dernier. On ne commerce plus avec l'Empire ottoman, et je ne vous parle pas des autres fous, en Russie, avec leur Révolution. Quasiment nos plus gros clients, qui disparaissent !

Le banquier s'est levé et marche de long en large

pour donner plus de poids à son discours qu'il ponctue, tel un automate, de mouvements des bras un peu saccadés :

— Et la Révolution, je la vois venir chez nous, maintenant ! A Marseille ! On vient même de créer un comité des Soviets, vous vous rendez compte ? Dirigé par un ancien séminariste ! Il n'y a qu'ici qu'on peut imaginer ça ! La chienlit, Maloni ! Vous avez fait attention aux résultats des élections législatives ? La droite passe dans tout le pays, mais nous, nous héritons de quatre députés socialistes sur six. Alors, reprendre l'Huilerie des Aygalades, dans l'état où elle se trouve, avec les habitudes de vos ouvriers...

Maloni a compris. Les trois familles qui constituent le premier groupe huilier régional ne passent pas pour des philanthropes. Ils arracheront à la vieille Mme Camoin ses dernières larmes, ne lui permettront même pas de sauver les apparences. L'efficacité laisse une faible place à la courtoisie, rarement à la charité. Et à Marseille, le climat politique aiguise les antagonismes économiques. Socialistes et « modérés », c'est-à-dire conservateurs, s'y affrontent sans répit, avec une virulence rarement atteinte ailleurs. Les idées de la gauche révolutionnaire prospèrent dans cette ville brûlante à très forte proportion ouvrière. Les milieux d'affaires, qu'ils soient protectionnistes ou libre-échangistes, représentent un capitalisme mercantile qui tolère mal les contraintes, fussent-elles nationales. Des milieux d'affaires où l'on verrait volontiers tout bolchevique se balancer au bout d'une corde.

Le comptable, pour réfléchir, a marché jusqu'au port. Par le quai, il s'est laissé porter jusqu'à la mairie, encadrée d'immeubles clairs de trois ou quatre étages aux murs dorés un peu écaillés. Un joli bâtiment sans prétention d'où l'on pouvait surveiller l'activité de la cité, c'est-à-dire d'abord son port. Derrière, s'entrelacent les ruelles des vieux quartiers, prolongées par le Panier, à forte densité corse et italienne. Des odeurs suaves de café, d'huile d'olive, de safran se mêlent aux parfums puissants des quais portés par le vent, la banane, le bois, le caoutchouc, et aux effluves sucrés et épicés qu'exhalent cafés et restaurants. Marius Maloni ferme les yeux. La carte du monde, sa carte à lui, défile sous ses paupières : le Congo, le Brésil, l'Indochine, l'Arabie. Sa gorge se serre comme chaque fois que, depuis son adolescence, la ville l'invite à ce voyage immobile et secret.

L'ouverture, dans la deuxième partie du siècle dernier, des nouveaux bassins du port au nord de la ville, la Joliette, le Lazaret, Arenc, le bassin Napoléon, avait désengorgé le vieux Lacydon. Les énormes bateaux modernes n'accostaient plus ici. Mais le charme du lieu s'en était presque renforcé et l'imagination restituait ce qui échappait désormais aux regards.

L'exploitation des gigantesques docks et entrepôts avait été concédée à un grand industriel, Paulin Talabot, déjà directeur du chemin de fer de Lyon et de la Méditerranée. La surface des ports était passée en quelques années de 28 à 72 hectares et on savait déjà qu'il faudrait étendre encore les quais. Marseille, sous le Second Empire, avait littéralement explosé, avec le percement de ce qui s'appelait alors la rue Impériale et qui reliait l'ancien et les nouveaux ports, un chantier de plus de deux cents mètres de large et de quinze mètres de profondeur, l'ouverture de la rue Noailles qui unissait la gare aux ports, du cours Lieutaud, du boulevard Baille, du boulevard Vauban, la construction du palais Longchamp, du Pharo, de l'Observatoire, de l'Ecole des beaux-arts. Autant d'ouvrages qui donnaient au centre de la ville, pour ceux qui ne s'attachaient pas simplement au folklore, une certaine unité haussmannienne, un peu incongrue sous le soleil, en tout cas surprenante quand on sortait des vieux quartiers aux rues obscures et torturées dévalant vers le port.

Et tout ça, pense le comptable en souriant, n'avait

pas empêché les Marseillais de voter avec une belle régularité en 1863, en 1865, en 1869 et 1870 contre l'Empire. La logique n'est sans doute pas une vertu marseillaise.

— Oh, l'oncle !

Maloni reconnaissait l'apostrophe ironique utilisée par les Marseillais entre eux.

— Oh, l'oncle ! Maloni ! On dirait que tu portes le Saint-Sacrement ! Assois-toi, collègue, prends ton temps ! Où tu cours ? Allez, vaï, fais pas le fier !

Les piétons circulaient entre les passages du nouveau tramway. Le plus beau réseau du monde, prétendait-on avec emphase. Personne n'avait vérifié, mais qu'importe ! A Marseille, disait volontiers Maloni, partager une approximation, c'est détenir la vérité. Ce qu'en pensent les étrangers relève de la médisance, de la suffisance.

— Je cours pas, Félix, je travaille ! répondait le comptable en haussant la voix pour couvrir les bruits du quai.

— Et nous, on fait quoi ? On joue aux cartes ? Putain, si chaque fois que tu travailles, tu as le masque, il va te venir des rides profondes comme les caniveaux ! Hein que j'ai raison, Pauline ?

Maloni souriait, gêné. Ici, on échangeait des recettes et des plaisanteries aussi corsées qu'un aïoli du dimanche midi, lorsque la sieste assure ensuite un repos réparateur. Les femmes aux jupes longues recouvertes d'un vaste tablier bleu à deux poches, aux châles de couleurs vives jetés sur les épaules, se jouaient du désir des mâles, joignant le geste à la parole.

— Moi, à Marius, j'y fais revenir la bonne mine en trois minutes. J'y fais même revenir la bonne mine deux fois par jour, s'il m'épouse ! Tu veux voir, Marius ?

Maloni, en secouant la tête, passait son chemin. « Ai lou pey blanc, lou blanc, lou blanc ! », entendait-il encore. Il adressait un signe de la main à la poissonnière soprano qui veillait sur ses kilos de baudroie argentée en hélant les ménagères. Son regard fuyait vers l'audacieux mélange des architectures ancienne et moderne qui bordent le port. Là-bas, au fond, sentinelles maritimes, les deux vieux forts, Saint-Jean et Saint-Nicolas, ocre et massifs, qui gardent l'entrée de la darse, même si Louis XIV les utilisait pour surveiller d'abord les Marseillais. Et ici, tout près, la construction aérienne et métallique du pont transbordeur, érigé une quinzaine d'années plus tôt, qui facilite le passage, d'une rive à l'autre, par un système de nacelle, des piétons, des charrettes et des voitures. Etait-ce bien nécessaire, avec le développement du tramway et de l'automobile ?

Cette ville, songe-t-il, est un amalgame baroque d'avancées prestigieuses mais inutiles et de retards incompréhensibles et dramatiques. Cette ville n'est qu'amalgame. De rêves et de réalités. De populations venues du monde entier. De violences et de rires. Cette ville se donne à voir, s'exhibe, pour mieux se dissimuler, parce qu'elle est consciente que ses richesses sont inappréciables par le commun des mortels. Cette ville s'ouvre au monde mais, cinquante mètres plus loin, se recroqueville dans des venelles pentues, anguleuses, au milieu desquelles coulent des ruisseaux douteux et nauséabonds, s'échappe en escaliers obscurs, se ventile du linge multicolore pendu aux fenêtres comme autant d'éventails agités par des mains impatientes.

Marius Maloni levait les yeux vers Notre-Dame-de-la-Garde. Je suis un pauvre athée, pensait-il. Mais, Bonne Mère, faites quelque chose pour Thérèse Camoin. Elle l'a mérité. Je veux bien grimper jusqu'à vous « à pieds nus », comme lorsque l'imposante basilique n'était encore qu'une chapelle. Je ne sais pas peindre, mais je veux bien, aussi, façonner de mes mains un ex-voto. Il rejoindra les milliers d'autres que vous accueillez et qui vous remercient de votre sainte protection. Je veux bien ne plus jamais dire, comme beaucoup de Marseillais reconnaissants mais irrespectueux, que de loin, votre église, avec son clocher, sa nef et sa coupole, elle ressemble un peu à une locomotive.

Marius Maloni ne cherche pas à occulter la triste réalité. Il parle à Thérèse Camoin le plus doucement possible, le plus clairement possible. Il a aligné sur quelques feuilles de papier des colonnes de chiffres.

— Nous n'avons aucune issue, madame Camoin. Des stocks en pagaïe. Aucune perspective de marché nouveau. Notre déficit, déjà insupportable, va se creuser de dix pour cent au moins dans les deux mois à venir. Et ensuite, Fabre coupe les robinets. Toutes les propositions que j'ai rassemblées ont trait à une prise totale de contrôle...

— Ce qui veut dire ? interroge Thérèse d'une voix creuse.

— Qu'à moins d'un miracle dans les semaines à venir, il vous faut vendre. Tout. En sauvant la bastide, à côté. Et on va avoir de nouveaux mouvements sociaux, je le sais. Partout, les dockers, les ouvriers sont très remontés. S'ils obtenaient satisfaction, nous ne résisterions pas... Qué désastre !

La vieille dame pose sur son fidèle comptable un regard affectueux. Il est quand même bien conservateur, ce brave garçon ! Déjà plié aux lois du milieu des affaires, incapable d'apprécier cette aspiration sociale qui, de son point de vue, va marquer la vie des entreprises dans les décennies à venir.

— Laissez les ouvriers tranquilles, Marius, sourit Thérèse Camoin. Ils veulent travailler un peu moins et gagner un peu plus. Et ils ont raison. Ça continuera comme ça, vous savez, mettez-vous à leur place... Je me demande seulement ce qui se passera quand ils seront remplacés par les machines.

Le comptable n'a aucune envie d'engager une discussion politique avec la vieille dame, qu'il juge un rien utopiste. Seulement, à Marseille, la politique, c'est ça ! Un art complexe qui tient du théâtre par la flamme, de l'opéra par le bel canto, de la peinture par les couleurs, de la sculpture par le réalisme, de la rhétorique par l'utopie ! Et décrypter cet apparent méli-mélo, fruit d'un invraisemblable brassage de populations, de cultures, de religions, n'est pas à la portée de l'« étranger » moyen.

— Nous devons décider, madame Camoin. Maintenant ! marque Marius Maloni, le plus fermement possible.

Thérèse se dirigeait vers la fenêtre, dont elle écartait les rideaux. Depuis son bureau du rez-de-chaussée, au bout de la petite branche du L que formait le bâtiment, elle voyait la presque totalité de l'usine de brique rouge, au toit couvert de tuiles que les années avaient, ici et là, noircies ou blanchies, et, plus loin, les hangars isolés de la route par des haies de cyprès sombres. Tout était d'une propreté méticuleuse, comme l'avait toujours voulu son mari. Quelques pins délimitaient une sorte d'hexagone sur le terre-plein planté de géraniums et autour duquel les véhicules venaient manœuvrer. En cette fin d'après-midi nimbée d'une lumière orangée, elle sentait, curieusement, la paix l'envahir. Elle ne voulait plus d'autre guerre. Ni pour elle, ni pour Louis, le contremaître qui traversait en ce moment la cour et lui adressait un signe respectueux de la main. Ni pour quiconque.

— Bien, Marius, disait-elle d'une voix nette, comme si elle avait recouvré une énergie depuis longtemps disparue, nous approchons de la Noël. J'entends que tout le personnel profite de cette fête sans souci. Il ne m'en reste pas beaucoup, mais nous allons vendre un peu d'or. Nous allons continuer à chercher un associé. Où ? Je ne sais pas. Et puis, si à la mi-février aucune solution ne s'est présentée, nous céderons à Mora-Teysserre-Danon. Ou à d'autres. A leurs conditions. Nous vendrons également les terrains agricoles près d'Avignon. Je garderai la bastide et je placerai ce qui restera de mes... économies. Dans les discussions avec les éventuels acquéreurs de l'Huilerie, nous tenterons de sauver le personnel, vous en tête. Peut-être la marque de la maison, aussi, mais ce sera difficile, je crois.

Puis, la route enfin tracée, elle se levait. Les décisions, pensait-elle, ont la vertu d'un coup de bistouri sur un abcès brûlant. Se reposer, enfin se reposer, trouver la paix de l'âme, abandonner son corps.

CHAPITRE 3

Gianni Monti, ouvrier à l'Huilerie des Aygalades, a trente-cinq ans. C'est un homme heureux, qui profite de la vie et de ses innombrables conquêtes féminines. Il a réussi à louer deux pièces à un jet de pierre de chez Arturo, son copain. Il sait qu'il ne sera jamais riche, mais il s'en moque. Il a son vin, son tabac et, ajoute-t-il en s'esclaffant, « ma bite et mon couteau ». Il joue à la pétanque une fois par semaine, avec ses camarades de l'Amicale bouliste. Bientôt, il choisira une épouse. En Italie, peut-être. Dans ce village où il n'est retourné que pour la mort du père.

Gianni est originaire des terrasses sèches qui bordent l'ouest du Piémont, dont la terre, au début du siècle, ne faisait plus vivre les trop nombreux habitants. Ni la terre, ni les carrières, ni les maigres forêts. Il fallait se battre pour un kilo de châtaignes, attendre des semaines avant de décrocher un boulot de deux jours. Marseille ! lui avaient recommandé, lors de leur visite à Motano, le village qu'il n'avait jamais quitté, des parents de la famille Segni, leurs voisins. Marseille, le port de l'avenir ! Du travail à tous les coins de rue. Des Italiens partout, des cousins éloignés, des amis d'amis. Une population venue de l'ensemble du bassin méditerranéen, et au sein de laquelle chacun peut tracer son sillon. Un grand chaudron coloré, ouvert au soleil, qui fabrique depuis la nuit des temps un peuple rude et rutilant, au sang mêlé. Une mer généreuse qui peut nourrir les hommes et qui leur apporte des marchandises du monde entier. « L'Amérique, mais plus près, avait rigolé le père Segni en précisant : seulement, attention, avec les mêmes bandits ! »

Il avait donc choisi Marseille. C'était en 1908. A l'époque, il avait vingt-quatre ans. Comme son cousin Emilio Barutti qui avait épousé Maria, de deux ans plus jeune qu'eux. Tous les trois, ils avaient agi à l'instar de ceux qui, faute d'argent, tentaient leur chance en France. De bonnes chaussures de marche, un balluchon chacun, aussi rebondi que possible mais pas trop lourd, le peu d'argent qu'on leur avait donné, du pain, du fromage, un cran d'arrêt au fond de la poche.

Ils s'étaient mis en route à la fin du printemps pour bénéficier des journées les plus longues possible et du climat le plus clément de l'année. Ils avaient voyagé trois bonnes semaines, franchi les Alpes, contourné Nice, longé le littoral, bifurqué vers Aix. Puis ils s'étaient dirigés vers les Aygalades, où ils étaient sûrs de trouver un abri chez le fils de Giorgio Amenda, Arturo. Ils avaient progressé à pied, ou au hasard des charrettes qui passaient. Contre quelques heures de travail, on leur avait permis, ici et là, de dormir dans des granges, de se laver et de laver leur linge, d'avaler une soupe chaude et même de boire un peu de vin. Ils avaient failli s'arrêter à Nice parce que Maria était fatiguée et qu'on leur proposait un travail. Mais Gianni avait tenu bon. Ce serait Marseille. La ville dont ils parlaient avec une majuscule, la ville de toutes les aventures, des plus grandes réussites.

Ils ne se ressemblaient pas vraiment. Gianni était granitique. Un pan de carrière. Emilio acéré comme un coup de fouet. Maria, elle, avait l'allure nerveuse d'un torrent. Pourtant, à leur regard, on réalisait la parenté qui les unissait. Ils représentaient bien cette catégorie de montagnards armés par les privations de plusieurs générations successives, durs avec eux-mêmes et avec les autres, presque injustes à force d'exigence de justice et de rigueur. Ils n'avaient pas, par manque d'habitude, la plaisanterie facile, mais riaient volontiers aux quelques éclats de bonheur que la vie leur ménageait. Ils croyaient que Dieu veillait à tout, mais que les destins se façonnaient ainsi que des pierres taillées à petits coups de marteau attentifs.

Et c'était bien dans cet esprit qu'ils avaient atteint la frontière imprécise de la grande ville. Ils avaient été émerveillés et, en même temps, ils avaient senti une peur aiguë leur tordre le ventre. Ils savaient que des villes de cette importance, des villes cannibales, existaient, mais ils n'en avaient jamais vu. Les deux hommes avaient arrondi les épaules, serré leur couteau dans leur poche. Maria avait recherché le bras d'Emilio.

— A part marcher, manger, boire et dormir, qu'est-ce que vous savez faire ? avait demandé Arturo Amenda, la quarantaine rubiconde, le cheveu rare, des mains comme des battoirs. Et d'abord : vous parlez un peu français ?

Arturo était employé comme manutentionnaire à l'Huilerie des Aygalades depuis une dizaine d'années. Il voulait devenir contremaître un jour. Il avait regardé le trio, assis à même le sol, à l'extérieur du cabanon mal terminé où habitait, en s'entassant, la famille Amenda. Gianni Monti devait mesurer près d'un mètre quatre-vingt-dix. Une force de la nature, les cheveux noirs bouclés plantés bas sur le front, des yeux charbonneux rapprochés et inquiétants. Emilio Barutti était moins grand, très mince, le teint mat et les cheveux châtain clair, les yeux gris. Un costaud quand même, avait jugé Arturo. Quant à Maria, encore épuisée par le voyage, ses vingt-deux ans et son air de jeune chat égaré avaient immédiatement ému Arturo. Non, s'était-il juré intérieurement, tu ne toucheras pas à la femme d'un cousin, même très éloigné. La chevelure brune de la jeune femme cascadait sur des épaules fines et rondes. Ses yeux noirs très fendus semblaient manger la moitié d'un visage au menton volontaire et aux joues creuses.

Parlaient-ils français, les pèlerins ? Non, pas du tout.

— Ça va pas être simple, pour commencer, avait simplement dit Arturo. Ici, ils ont un drôle d'accent, mais ils aiment bien que tu parles leur langue. On peut pas leur en vouloir, hein ?

Pourtant, il fallait prendre une décision. Les nouveaux arrivants avaient dormi trois jours et trois nuits, quasiment sans interruption, sous l'abri qui jouxtait le cabanon. Mais dix personnes sur quarante mètres carrés, Arturo en était conscient, c'était beaucoup trop si on voulait éviter les engueulades, les agressions sexuelles et les bris de vaisselle.

— Et je vous ai demandé : qu'est-ce que vous savez faire ? Cuire la pasta, jouer à la scoppa ?

— Tout, avait répondu Emilio. Ou, si on veut, rien. On sait cultiver. C'est ça qu'on a appris. Mais on peut construire des murs, couper du bois, transporter des tonnes. On sait se battre aussi. Et on sait manier le couteau. Regarde…

Ils étaient assis dans la cour, derrière la maisonnette. Le jeune homme avait déplié son cran d'arrêt et, d'un mouvement fulgurant du bras, fiché sa lame au centre de la porte des cabinets en plein air, à dix mètres de sa place.

— Ça va, ça va, avait dit Arturo. T'amuse plus avec ce truc. Et s'il y avait quelqu'un qui terminait de chier ?

— Y avait personne.

— Ecoute, vous trouverez peut-être de l'emploi chez les voyous, mais j'ai personne de ce genre dans mes relations.

D'un geste de la main il avait désigné la mosaïque de pauvres bicoques sans étage, autour de la sienne, et plus loin, le long des chemins troués d'ornières. Une cité informe et anarchique, mélange de ville et de campagne, construite au hasard dans une fragilité extrême, profitant des espaces libres entre les fermes, contournant les arbres, se déplaçant en fonction des expulsions, des mariages, des arrivées d'immigrants. Les cabanes, quand elles étaient accolées les unes aux autres, ménageaient des sortes de cours intérieures où les familles se retrouvaient le soir, après le travail. La promiscuité, qui rendait impossible une réelle intimité, favorisait aussi la solidarité communautaire et encourageait les réflexes claniques. De temps en temps, quelqu'un mettait la main sur un pot de peinture et des taches de couleurs vives, une porte, deux ou trois volets, venaient égayer le paysage. En cas d'urgence, les hommes profitaient de leurs loisirs pour réunir leurs énergies et leurs compétences au profit de l'un d'entre eux, édifier une toiture, paver quelques mètres carrés de logement nouveau, ou construire une cheminée qui assurait la cuisine et le chauffage. La récupération, le bricolage, l'ingéniosité – et quelques menus larcins d'abord dus au hasard – permettaient d'accéder à un minimum de confort.

— Ici, avait expliqué Arturo, c'est chez nous, les Italiens. On fait respecter l'ordre. A notre façon. On est plus tranquilles qu'en bas, près du port. A deux reprises, en trente ans, ils ont voulu nous couper les couilles. Chaque fois qu'il y a des difficultés, du chômage, c'est la faute aux « babi ». Les « babi », c'est nous, les crapauds. Tenez-vous tranquilles, et rangez vos couteaux.

Gianni, Emilio et Maria s'étaient dit que la grande ville n'était peut-être pas aussi accueillante qu'ils l'avaient imaginé durant leur long voyage.

— Je sais ce que vous pensez, avait rigolé Arturo. Mais croyez-moi, c'est déjà bien beau qu'on soit là. Si vous voulez travailler, vous trouverez du travail. Pour commencer, et le temps d'apprendre un peu de français, vous pouvez élargir la maison si vous savez monter des murs. Ça vous fera deux petites chambres.

— Et on va trouver les briques où ça ? avait demandé Emilio.

— D'abord, il y a des pierres partout, dans la campagne. Alors vous prenez un charreton et vous allez les chercher. Pour le mortier, on se débrouillera. On a l'habitude. Moi, si vous agrandissez la maison, je vous fais manger. Sinon...

Il avait laissé passer un moment.

— Pour boire, avait-il ajouté, c'est plus compliqué. Il faut la transporter, l'eau, alors on l'économise. On boit du vin.

Il avait éclaté de rire, s'était levé et était revenu avec deux bouteilles d'un rouge violet et des gobelets de fer. C'était bon, cette chaleur soudaine, cette solidarité pauvre et rigolarde. Ça changeait de l'âpreté des montagnes, de la rudesse des silences, de la saloperie qui souvent se lisait dans le regard des envieux.

— Allez, on trinque ! Bientôt on aura assez d'argent pour le champagne ! Vous verrez, c'est la belle vie, ici ! On raconte que des conneries, sur Marseille. A Marseille, on te donne la chemise, mais on le fait pas voir. C'est une ville qu'il faut apprendre. Après, tu es bien. Les Marseillais, ce sont pas des Français comme les autres, ils le disent eux-mêmes. Et ne leur parlez pas de Paris. Ils trouvent que Paris a toujours voulu les surveiller, les coloniser, les emmerder, quoi !

Aujourd'hui, en regagnant à pas lents son petit logement, Gianni songe que la « belle vie », ils avaient quand même mis quelques années avant d'en profiter, Emilio, Maria et lui. Ils avaient élargi le cabanon d'Arturo, appris quelques rudiments de français, vécu sans un sou.

Mais ce premier été marseillais avait été merveilleux. Le dimanche, ils allaient tous se baigner du côté de l'Estaque, ce village de pêcheurs tapi au fond de la rade, protégé du mistral par la chaîne rocheuse de la Nerthe, où les couleurs primaires s'organisaient sous le pinceau des dieux.

En colonne de quatre ou cinq familles, casse-croûte et bouteilles de vin dans des sacs de toile rêche que les hommes portaient à tour de rôle, ils cheminaient vers la mer à travers la rocaille blanche et les argéras, ces plantes courtes à épines qui martyrisaient les mollets des femmes et des enfants. Plus tard, après le déjeuner, tandis que les mères surveillaient la marmaille, les hommes assommés par le vin, les yeux brûlés par la luminosité violente, faisaient la sieste, la tête à l'ombre, sous des morceaux de tissu tendus entre des piquets de bois. Au réveil, ils s'engueulaient en parlant de politique. « Tout le monde fait de la politique, ici, disait Arturo. C'est une maladie locale. Et rien fonctionne comme ailleurs. Tu mets du temps à comprendre. Et quand tu l'as comprise, la politique, tu t'installes le plus loin possible, comme moi. »

Un soir de l'automne 1908, Arturo avait surgi sous la tonnelle bricolée devant la maison et qui servait de salle à manger salon au moins cinq mois par an. Il avait hurlé :

— Sortez une bouteille pour arroser ça ! Il y a une place à l'Huilerie. Qui la prend ?

Gianni, Emilio et Maria s'étaient regardés, un peu gênés. Ils étaient restés silencieux.

— Merde alors ! avait tonné Arturo. Qué tronches de Carême ! Oh, je vous annonce pas un décès, je vous propose du travail ! C'est fini, de jouer les couleuvres, bien peinards, au soleil ! Arrêtez de me faire des yeux de gobi !

— Ça sera pour Gianni, avait dit Emilio. Moi, je préfère m'occuper au grand air. J'aime pas être enfermé. Je crois que je vais être embauché à la ferme qui est à la sortie du village. Ils vont avoir besoin de gens pour les olives. Là, personne est meilleur que moi. C'est juste pour la saison, mais quand ils me verront travailler, ils me garderont, j'en suis sûr.

— Nom de Dieu ! avait juré Arturo. Deux bonnes nouvelles d'un seul coup ! Deux bouteilles, alors ! Franca !

Toute la famille s'était mise en mouvement d'un seul coup, autour de Franca, la femme d'Arturo, comme pour une sorte de farandole. Sa sœur et son beau-frère, son oncle qui commençait à sucrer les fraises et la ribambelle de mioches qui ramassaient des claques de leurs parents quand ils s'exprimaient en italien. « C'est pas en parlant italien qu'on se fondra dans la population ! » rappelait Arturo en permanence. Ils s'étaient gorgés de polenta arrosée de sauce tomate au basilic, de parmesan frais qu'un ami avait ramené d'Italie, de raisins ramassés par un voisin chez un paysan peu regardant et de ce vin violet local dont on pouvait, paraît-il, boire des litres sous prétexte qu'il ne titrait que 9° à 9,5°. Dont il fallait boire les litres sur place parce qu'il ne pouvait pas, s'excusait-on, voyager.

Le lendemain, la bouche un peu pâteuse, Gianni s'était présenté à l'Huilerie des Aygalades et avait été embauché. Onze heures de travail par jour pour trois francs. Il l'aurait, son logement ! Encore quelques mois chez Arturo, puis il pourrait déménager son balluchon et laisser les deux pièces minuscules qu'ils avaient construites à Emilio et Maria, qui voulaient avoir des enfants, mais qui, à l'époque, manquaient cruellement d'argent. L'ouvrier agricole, même à l'année, ne gagnait qu'un salaire de misère.

Le grand Monti s'en souvient aujourd'hui avec une émotion qui lui fait serrer les poings : l'année 1910, l'année suivant celle du grand tremblement de terre qui avait soulevé les pavés de la Canebière et fait une cinquantaine de morts, avait failli leur coûter très cher à tous. Parce que ces salauds de patrons ne voulaient pas lâcher quelques centimes par heure de travail.

Du travail, sur les quais, dans toutes les industries de la ville, il n'en manquait pas, à l'époque, même si faute de charbon en quantités suffisantes, les Aciéries de Saint-Louis avaient dû fermer cinq ans plus tôt, même si Marseille – et toujours par la faute de ses dirigeants – avait laissé filer les chantiers navals à Port-de-Bouc, à La Ciotat, ou plus loin, dans le Var, à La Seyne. Seul secteur nouveau, la chimie s'était développée à l'Estaque. L'entreprise portait un joli nom étranger, Rio Tinto. Oui, tout était, paradoxalement, parti de ce travail qui existait en abondance, avec des bras pour l'assumer, et que les patrons refusaient de payer aux ouvriers.

En face de la Bourse, ce symbole du capitalisme local orgueilleusement planté – « planté de travers, disaient les Marseillais, cette putain de Bourse, elle est pas d'équerre, regarde la place, de l'autre côté » – à quelques mètres de la Canebière, ils étaient ce jour-là près de dix mille, sous un ciel qui ressemblait à un couvercle d'acier poli.

On ne comptait plus les grèves, à cette époque-là, il y en avait chaque semaine. Celle-ci avait démarré dans les ateliers mécaniques de la banlieue est où les ouvriers non qualifiés étaient particulièrement mal rétribués.

— Le feu partout, il faudrait leur mettre ! avait rugi le jeune homme, petit de taille, brun et mince, tendu par une violence gênante, qui défilait à côté de Gianni.

— Le feu, non, mais les obliger à casser leur tirelire ! avait répondu Monti. Si tu brûles les usines, tu n'as plus de travail.

— Ouais ? Même eux, on les brûle ! La bourgeoisie, leur putain d'ordre, leurs lois de merde ! On prend leur place. Sur un pied d'égalité. Personne décide pour quelqu'un. Je m'appelle Simoni.

— Italien ?

— Putain, non, alors ! Corse.

Gianni mesurait vingt bons centimètres de plus que le jeune manifestant, mais la fureur froide qui électrisait le regard de celui-ci avait mis Monti mal à l'aise.

— Tu travailles où ? avait demandé Gianni.

— Sur le port, mais il n'y a qu'un combat.

Les policiers avaient chargé, tentant de repousser le lourd cortège vers le nord de la Canebière, la rue de la République, pour protéger le quartier des affaires et, plus loin, au sud de la ville, les artères tranquilles habitées par la bourgeoisie.

— Ils veulent nous scinder en petits groupes pour nous choper plus facilement, avait dit Simoni. Fais mèfi.

Mèfi, pour méfiance. Un terme qui revenait tel un leitmotiv dans le vocabulaire des Marseillais. « Prendstoi garde », se prévenaient-ils aussi mutuellement, comme si l'histoire leur avait forgé une seconde nature, de prudence, de défiance.

Autour d'eux, les hommes, le visage fermé, le front tendu vers l'avant pour se protéger les yeux, se tenant par le bras, répandaient une odeur lourde, de sueur, de peur et de rage. Ils avaient l'habitude des manifestations qui secouaient Marseille en permanence mais, chaque fois, plusieurs d'entre eux étaient gravement blessés. Et retrouver du boulot, après...

— Trois francs la journée de onze heures ! Quatre francs dans le bâtiment ! Ils laissent plus, comme pourboire, quand ils vont au café, tous ces salauds !

Simoni ne parlait plus, il sifflait.

— Comment c'est, ton prénom ? Moi, c'est Antoine. Ah, Gianni ? Italien, hein ? Ça fait rien, j'ai des bons camarades italiens. Tu sais à quoi ils sont arrivés, les patrons, chez nous ? Il y a des grandes sociétés qui veulent s'installer ici, tiens Peugeot par exemple. Seulement, les ouvriers de Peugeot, ils sont mieux payés que ceux du coin, ils ont des avantages que nous on a pas, alors nos patrons, ils découragent leurs confrères ! Tu vois pas que ça fasse monter les salaires d'ici ? Le résultat, c'est que le salaire moyen, à Marseille, il monte pas, il baisse ! Et pas de formation professionnelle, que dalle ! Et tu voudrais que je me calme ? En galère, oui !

Monti avait été effaré par la fureur primaire de Simoni, dont l'idole était l'anarchiste Francisco Ferrer, exécuté en Espagne un an plus tôt. Mais, sur le fond, l'autre n'avait pas tort.

Pour contrer les revendications ouvrières, les patrons, du port aux huileries en passant par les ateliers mécaniques, n'avaient pas hésité à utiliser le lock-out. Grèves et affrontements, auxquels Gianni Monti et Emilio Barutti avaient participé, étaient devenus monnaie courante. Mais ce qui était déjà contenu en germe dans certaines manifestations à la charnière du siècle avait alors éclaté au grand jour : la solidarité ouvrière entre les Français et les Italiens. La frontière sociale, le combat commun contre le patronat, avait remplacé l'ancienne frontière des nationalismes entre les deux populations.

Les chefs d'entreprise avaient alors fait appel, pour briser les grèves, à d'autres immigrés en remplacement des Italiens : des Grecs, des Espagnols, mais surtout des Kabyles. Par centaines. Aux Aygalades, les Italiens avaient été nombreux à envisager le retour vers la péninsule. Monti et Barutti étaient restés. Ils avaient pris un chemin qu'on ne refaisait pas en sens inverse.

Gianni se souvenait encore de la manifestation. A côté de lui, tandis qu'ils s'apprêtaient à affronter les rangs serrés de policiers, Simoni avait dit :

— Oh ! Tu m'écoutes, Monti ? Si les patrons n'arrêtent pas d'embaucher des Arabes, on pourra plus faire grève, à Marseille !

Gianni avait trouvé que remplacer un racisme par un autre était une monstrueuse connerie, mais il n'avait pas envie de discuter avec Simoni, dont la virulence confuse, chauvine, à l'égard de toute forme d'ordre lui semblait improductive et dangereuse. Il détestait les anarchistes. Et la ville en abritait beaucoup. Mais la ville abritait tout le monde, Gianni l'aimait aussi pour ça.

Quand l'Italie était entrée en guerre contre l'Allemagne, en août 1916, Gianni avait rejoint son pays après qu'on lui eut juré qu'il retrouverait sa place à l'Huilerie, sitôt terminées les hostilités. Emilio Barutti, lui, n'avait pas bougé des Aygalades. C'est qu'un an plus tôt Maria avait accouché de leur premier enfant, Alessandro. Emilio continuait à s'employer dans les fermes des environs.

Jusqu'au moment, en 1917, où il avait entendu parler d'une charge de fermier dans une vaste exploitation agricole, plus de trois cents hectares, le long de l'étang de Berre, en contrebas de Vitrolles, entre Marignane et Rognac, à une vingtaine de kilomètres des Aygalades. Emilio s'était présenté un matin à Hauterive. La bastide était ainsi nommée parce qu'elle surplombait l'étang d'une trentaine de mètres. De la terrasse, on apercevait, en face, le petit village de Berre. Au loin, sur la gauche, il y avait Les Martigues, la Venise provençale et, tout au fond de l'étang vers le nord, invisible depuis Hauterive, Istres.

Son propriétaire, Alfred de Portallan, était issu d'une vieille famille méridionale, aisée sans être riche, nourrie de traditions mais dans laquelle les hommes n'hésitaient pas à s'installer eux-mêmes derrière la charrue. Les arrière-grands-parents avaient fait construire Hauterive et, depuis, la quasi-totalité des bénéfices de l'exploitation servaient à entretenir les centaines de mètres carrés de toitures et de sols.

En 1917, Alfred de Portallan allait sur ses soixante-trois ans. Il avait épousé vingt-sept ans plus tôt une des sœurs Magnan, Joséphine, issue d'une bonne famille de la bourgeoisie marseillaise, dont il avait eu trois enfants, deux garçons et une fille.

Il y avait deux fermes sur la propriété : l'une au nord, « Les moutons », occupée par la famille Mourès, l'autre au sud, « Les agneaux », dont les habitants, trop âgés, avaient décidé « de partir en ville ». A Marseille, bien sûr, où s'était installé leur fils. Le vieux M. de Portallan avait été rapidement convaincu des connaissances d'Emilio Barutti dans le domaine agricole. Ainsi le jeune homme, le petit Sandro, et Maria, qui attendait un heureux événement pour la fin de l'année, s'étaient-ils installés à la Ferme des agneaux durant l'été 1917. Quelques mois plus tard, Gina était née. Un bébé superbe à la peau mate, aux cheveux et aux yeux noirs.

Puis, la guerre terminée, on avait fêté le retour de Gianni, qui avait aussitôt retrouvé sa place à l'Huilerie des Aygalades. Maloni, le comptable, avait tenu sa promesse. La gigantesque boucherie avait laissé de nombreux vides dans les effectifs que les chefs d'entreprise n'avaient pas réussi à combler. Ils avaient fait appel à des milliers de travailleurs coloniaux, des Vietnamiens, des Malgaches, des Africains, des Maghrébins. Les cantonnements prévus pour les héberger avaient été débordés. Les Nord-Africains avaient rejoint, autour de la porte d'Aix, la première vague d'immigration algérienne, qui datait du début du siècle.

Gianni Monti baise du bout des lèvres la petite croix d'argent qui pend sur sa poitrine au bout d'une chaîne. Mentalement, il remercie la Vierge Marie de leur avoir permis à tous de traverser sans drame le conflit meurtrier qui a ravagé l'Europe. Emilio et Maria, Sandro et Gina désormais casés à la ferme, les deux enfants de nationalité française, lui-même suffisamment bien implanté dans la communauté italienne pour ne plus trop craindre l'avenir, quel bonheur !

Il sait pourtant que l'Huilerie des Aygalades connaît de très graves difficultés. On parle du rachat de l'entreprise. Si la vieille Mme Camoin devait, comme on le dit, vendre à un gros huilier, les Mora-Teysserre-Danon par exemple, nul doute qu'il faudrait affronter des licenciements. Sur le terrain, on verrait encore le sang couler. Depuis la guerre, Gianni ne craint plus grand-chose. Son mètre quatre-vingt-dix épaissi par l'âge, ses épaules de déménageur, ses lourdes mains de paysan font de lui, dans les échauffourées, un adversaire redoutable.

Pour l'heure, il s'apprête à passer la veillée et le jour de Noël à la Ferme des agneaux, en famille. Au nom de Mme Camoin, on a distribué à chacun des employés un colis contenant deux bouteilles de bon vin, une bouteille de clairette de Die, du nougat noir, des dattes et un pain d'épice. Lui-même, depuis un mois, a façonné dans du bois tendre, à l'aide de son couteau, une locomotive pour Sandro et un animal de genre indéterminé pour Gina. Tout est empaqueté dans du joli papier qu'il a récupéré à l'Huilerie. Simplement, il ne doit pas rater, au terminus du tramway de Saint-Louis, l'autocar qui le déposera sur la grand-route, en contrebas de Vitrolles, à deux kilomètres de la ferme en coupant par la pinède.

CHAPITRE 4

Un mistral cinglant secouait l'étang de Berre et couchait les pins. Seuls les Provençaux savent, pensait Joséphine de Portallan, quelle intensité de froid sec charrie un mistral de décembre ou janvier, contre laquelle le soleil, même le plus clair comme aujourd'hui, ne peut rien. L'air n'est alors qu'une pelote d'aiguilles qui brouille la vue de larmes et semble faire exploser les poumons. La campagne y gagne des couleurs tranchées et irréelles. Marseille y laisse ses scories, y rencontre une âpreté minérale à laquelle les platanes dénudés, beiges, blancs et bruns, donnent une apparence lunaire.

A neuf heures du matin, Joséphine a déjà largement entamé sa journée. Elle a pris son petit déjeuner à la cuisine, du café au lait et des tartines de confiture, en compagnie d'Alfred qui reste, lui, fidèle à la soupe de légumes réchauffée de la veille et à quelques tranches de pain accompagnées de fromage. Quand il a encore faim, au milieu de la matinée, il grignote à la façon des paysans un oignon, un quignon de pain et quelques olives noires.

Elle a organisé la journée de Mireille et Justine, les domestiques de la bastide, avec lesquelles elle a rangé le linge propre dans les armoires du premier étage, vérifié le bon état des nappes et des serviettes qui seront utilisées le soir et le lendemain, sorti des placards quelques-uns des bocaux de haricots verts préparés durant l'été, mis la dernière main à l'agencement de la crèche et débarrassé les fauteuils du grand salon des housses qui, en temps ordinaire, les protègent. A plusieurs reprises, elle est allée jusqu'à l'escalier, tendant l'oreille dans l'espoir d'entendre sa petite-fille, Hélène, réclamer son deuxième biberon.

— Alfred, je dois me rendre à la Ferme des moutons, chez les Mourès. Il me manque quelques provisions pour les repas de Noël. Auriez-vous la gentillesse de m'accompagner avec votre... calèche ? dit Joséphine de Portallan joyeusement, les lèvres pincées pour ne pas éclater de rire. Elle me rajeunit, votre hippomobile... Quand comptez-vous faire l'acquisition, mon cher mari, d'une voiture tractée par des pistons ?

Alfred de Portallan s'est levé du fauteuil dans lequel, d'un air appliqué, il était en train de restaurer un cadre de miroir. Il est habitué à la gentille ironie de son épouse. Il sait qu'il ne pourra plus s'opposer longtemps à l'achat d'une automobile. Simplement, il préfère l'odeur de ses écuries.

— Une voiture ? Le plus tard possible. C'est bruyant et dangereux. Et coûteux. Pour le moment, les chevaux et le chemin de fer qui s'installe partout, même chez nous, font très bien l'affaire.

— Alfred ? Savez-vous que c'est en partie avec des taxis que nous avons gagné la guerre ?

Alfred de Portallan secoue la tête en maugréant. C'est un homme de soixante-cinq ans, massif et de taille moyenne, le visage couperosé, les yeux bleus, les cheveux blancs très courts. Malgré l'heure matinale, il est déjà sanglé dans un costume gris à gilet, le cou pris par un col dur, cravaté de noir. Joséphine de Portallan le regarde avec affection. Non, pense-t-elle, décidément il n'est pas très moderne. Mais sa bonté et sa loyauté rattrapent mille fois ses travers un peu ridicules et son côté ours. Et surtout – mais elle ne peut le montrer ou l'avouer – son mari l'amuse, au même titre que certains vestiges de la vie quotidienne un demi-siècle plus tôt, qu'il entretient avec une passion de naturaliste.

L'âge n'est pour rien dans ce conservatisme souvent un peu folklorique, songe Joséphine de Portallan. L'aspect physique mis à part, il n'a pas réellement changé depuis que nous nous sommes connus. Il continue à tenir les nouveautés en suspicion, alors que de toute évidence il pourrait tirer de grands bénéfices de leur utilisation. Il ne croit qu'à la terre, dont il vante les vertus avec une constance un peu lassante.

Joséphine n'a rien d'une campagnarde. Son père, assureur, avait vu son cabinet se développer parallèlement à l'essor du port et constitué un confortable capital immobilier. De dix ans moins âgée qu'Alfred, cultivée, elle sait que l'avenir de la région marseillaise ne se situe pas dans l'agriculture. Marseille, a-t-elle souvent entendu dire son père, n'est pas l'extrémité, la fin du territoire français. C'est surtout le début d'un autre territoire, d'un autre monde.

Mince et élancée, ses cheveux bruns tirés en un chignon dont elle vérifie régulièrement l'équilibre sont striés de traînées neigeuses. De grands yeux noisette protégés de longs cils gardent à son visage un aspect juvénile. Elle est naturellement élégante et, à la différence d'Alfred, elle a depuis longtemps opté pour des tenues fluides, confortables, sportives et plutôt colorées. L'austérité vestimentaire de son mari la fait sourire, d'un air bienveillant qui adoucit encore des traits réguliers peu marqués par les années. « Pourquoi vous corsetez-vous ? demande-t-elle, encore maintenant, à Alfred. Nous vivons à la campagne. » Il la regarde, un peu ahuri : « Mais je n'ai jamais été habillé autrement ! Que peut-on me reprocher ? »

— C'est qu'il faut préparer, dit Joséphine de Portallan en rangeant quelques paniers à la porte de la cuisine, notre premier Noël avec notre petite-fille. Vous attelez, très cher ? Couvrez-vous, le thermomètre doit friser le zéro. J'emporte ces deux couvertures.

Joséphine trouve qu'au total ils ont vieilli plutôt agréablement, préservant le respect qu'ils nourrissent l'un pour l'autre et qu'elle juge l'essentiel d'une vie de couple. De temps en temps, lorsqu'ils marchent côte à côte, elle glisse son bras sous celui d'Alfred et s'appuie légèrement contre sa hanche, ce qui est une façon de lui dire, sans se montrer ridicule, qu'elle a encore besoin de lui. Et, au fond, qu'elle l'aime, si on veut bien donner à ce verbe des significations un peu différentes au fur et à mesure que les années passent.

Elle est reconnaissante à Alfred de l'avoir toujours associée à ses décisions. Cette marque rare de considération et d'affection confère à son mari une élégance autrement plus remarquable qu'une cravate à la mode. De cette grande latitude, elle n'a jamais abusé, veillant à ne pas bouleverser l'ordre social établi, ce que sans doute le personnel de la propriété, leurs amis et connaissances, n'auraient pas compris. Tout progresse si lentement dans les relations humaines, pense Joséphine de Portallan, et nous, nous vieillissons si vite ! Nos petits-enfants, peut-être…

Le cabriolet s'est arrêté sur la terrasse. Alfred de Portallan vient aider son épouse à monter, range les paniers et d'un coup sec des poignets propulse vers l'avant la lourde jument alezane.

— Vous voyez, on ne risque pas de tomber en panne ! Et puis ce n'est pas trop le moment de dilapider le capital. Cette chute du franc, au mois de septembre, m'a beaucoup inquiété.

— C'est la conséquence de la guerre, mon ami !

— Certes, mais comme nos gouvernements ne font rien pour redresser la barre… Il nous faudrait obtenir des crédits à long terme, mais qui, à l'étranger, va nous prêter quand nous présentons le visage d'un pays sans volonté d'assainissement de l'économie, socialement perturbé et politiquement velléitaire ?

Joséphine se dit qu'elle risque, si elle ne parvient pas à dévier la conversation, d'entendre de nouveau le refrain antirépublicain, ce qui, en cette veille de Noël, lui semble incongru. Nous pourrions, pense-t-elle, trouver des sujets de conversation moins matérialistes, en tout cas plus drôles.

— Alfred, à Hauterive nous ne vendons pas à des pays étrangers, et nous ne leur achetons rien, alors si la livre ou le dollar valent plus cher...

— Joséphine ! Comment pouvez-vous tenir de pareils raisonnements ?

— En vérité, très cher, l'économie m'ennuie un peu. Si vous me parliez de la mode de Molyneux ou des tableaux de Duchamp ? Nous ne sommes plus allés à Marseille depuis six semaines...

— C'est vrai, j'en suis désolé. La ville change d'un jour à l'autre. Mais votre Duchamp ! Pouah ! C'est incompréhensible ! Une peinture en morceaux ! Comparez à Renoir, ce génie qui vient de mourir !

Il est indécrottable, songe Joséphine de Portallan en souriant. Mais, à sa décharge il faut bien reconnaître que ses lectures ne l'aident pas à évoluer. En dehors du *Petit Marseillais*, ils reçoivent à Hauterive, avec retard, *Le Figaro*, quotidien qu'il arrive pourtant à Alfred de trouver bien avant-gardiste. Heureusement que notre iconoclaste de fils cadet pimente la lecture de l'actualité de quelques commentaires pas forcément fondés, mais réjouissants. Il me faudra surveiller en douce l'éducation de mes petits-enfants, sinon ils risquent fort de s'encroûter.

— Les Mourès sont un peu sauvages, non ? interroge Alfred de Portallan, qui a fini par comprendre que son épouse n'était pas d'humeur politique. Vous vous entendez mieux avec nos autres fermiers, les Barutti.

— Oui, mais c'est normal. Maria pourrait être ma fille. Elle a besoin d'aide pour parler et écrire le français. Et puis, ils sont tellement serviables, elle et Emilio, toujours disponibles.

— Nous avons eu beaucoup de chance de tomber sur eux. Ils me consolent un peu du fait qu'aucun de mes enfants n'ait la fibre paysanne.

— Oui, je crois que nous pouvons faire une croix là-dessus.

Le cabriolet a stoppé dans le cour de la ferme. Des poulets picorent ici et là. Les chiens, enchaînés devant leurs niches, aboient jusqu'au moment où le père Mourès, la cinquantaine massive, un peu ventripotente, vient les obliger à se taire. Joséphine de Portallan ne peut s'empêcher de remarquer que les bâtiments sont moins bien entretenus que ceux des Barutti. Que Lucienne Mourès elle-même semble assez négligée. Il faudra, songe-t-elle, que j'en fasse la remarque à Alfred, toujours un peu distrait.

— Voilà les provisions que vous m'avez demandées, dit la fermière, dont la rondeur paraît mensongère à Joséphine. Je ne suis pas très riche en légumes en ce moment, mais j'ai encore des tomates. L'hiver, hein ? Voilà des pommes de terre, des poireaux, des choux-fleurs. Et puis les enfants ont fait une vraie razzia d'anguilles dans l'étang. Si ça vous tente…

— Mais pourquoi pas ? Le Reboul donne une formidable recette de matelote.

— Ah, c'est le bréviaire de la cuisine provençale !

— Qu'est-ce que vous avez préparé de bon, Lucienne ?

— C'est qu'à toute l'équipe, il faut pas leur en promettre… Des morfalous, des morts de faim, tous. J'ai mis la morue à dessaler, et je vais faire des beignets, puis des pigeons en compote et une purée de marrons à la crème. Et pour ce soir, je leur mijote une soupe de poissons !

— Ouf ! sourit Joséphine. Il faudrait que je vienne prendre des leçons…

Alfred surgit en compagnie du père Mourès, deux bouteilles de liquide transparent à la main.

— De l'eau-de-vie, de la vraie ! tonne le fermier. Pas moins de 50°. Rien de trafiqué !

— Heureusement qu'on ne décrète pas la prohibition comme en Amérique il y a deux mois, s'amuse Joséphine de Portallan. Vous iriez tous en prison !

Alfred éclate de rire.

Elle aime ce rire qu'elle entend trop peu souvent aujourd'hui. Elle aime moins la toux rauque qui le suit et le pli de douleur qui s'installe une fraction de

47

seconde au coin des lèvres de son mari. Elle a peur, soudain. La guerre nous a épargnés. Protégez-nous encore, Seigneur ! Laissez-nous voir grandir nos petits-enfants.

— Vous avez mal ? demande-t-elle doucement.

— Non, rien du tout. Un peu de bronchite, sans doute.

— Vous ne voulez pas voir un médecin ?

— Allons, Joséphine ! La carcasse est encore vaillante. Nous rentrons ?

Elle pense qu'effectivement il faut songer au grand repas familial du lendemain et accélérer les préparatifs de celui du soir, auquel ils ont convié leurs amis Cordaire, dont la propriété jouxte Hauterive. Invitation un peu intéressée. Les Cordaire, qui ne sont pas dupes mais adorent Joséphine, possèdent une grosse automobile qui les conduira à Vitrolles pour la messe de minuit. Enfin les messes, soupire intérieurement Joséphine, qui échapperait volontiers, comme le curé de Daudet obsédé par des effluves de dinde juteuse, aux deux messes basses suivant la messe chantée. Mais, à la différence du saint homme, la famille Portallan dîne avant la messe, veillant à laisser un temps raisonnable entre les nourritures terrestres et la communion. Trois heures, en principe, un délai que de sa propre autorité, et après s'en être expliquée en tête à tête avec le Seigneur, Joséphine de Portallan a réduit de moitié.

Leurs prie-Dieu les attendent, au premier rang du chœur, avec des plaques de cuivre à leur nom. Et puis, selon la tradition, on rentrera à la bastide pour manger la pompe à l'huile et boire un chocolat, avant de déposer les cadeaux entre la cheminée, la crèche et le sapin. Joséphine pense que Noël est le meilleur moment de l'année. Elle lève la tête vers le ciel. Allons, il fera très beau. Alfred nous décrira les étoiles. Puisse-t-il continuer encore longtemps.

CHAPITRE 5

En cet après-midi du 24 décembre 1919, Emilio Barutti ramène de bonne heure à l'écurie les deux robustes chevaux qui ont servi à tirer la lourde charrette remplie de sacs d'olives jusqu'au moulin jouxtant la propriété. Cette année, la récolte est abondante, mais la concurrence des huiles exotiques se fait maintenant durement sentir.

— Emilio, regarde bien cette roue de pierre et ce pressoir à vis, lui a dit tout à l'heure Gaston Saturnin, le propriétaire du moulin. Un jour, il faudra qu'on les arrête. On en a trop, des moulins, pour l'huile qu'on pourra vendre. Putain de progrès !

— Et l'huile, on la fera comment ? Avec les pieds ?

— Vous irez plus loin. La concentration, comme ils disent, les confrères... On sera remplacés par des machines électriques. Peut-être qu'avec les avions, on la fera venir d'ailleurs, l'huile, de l'Algérie, de la Tunisie...

— Ouais, ouais... Ça fera un peu cher le litre... Et peut-être, les olives, on les fabriquera sans les noyaux ! Et peut-être, l'huile, elle aura plus le même goût.

— On s'en rendra pas compte, Emilio ! Les mauvais côtés du progrès, on les voit jamais !

Emilio dénoue les harnais qu'il pend aux clous fixés dans les poutres, bouchonne rapidement le dos et les flancs des chevaux, inspecte leurs pieds, ajoute de la paille sur les litières, garnit les mangeoires de foin et d'un peu d'avoine, puis va tirer deux grands seaux d'eau au puits de la cour.

Emilio est heureux. Ce travail, lent et dense, de l'aube au crépuscule, correspond à ses rêves les plus anciens. Sa ferme. Ses champs d'oliviers. Ses arbres fruitiers. Ses légumes. Et ses marais salants, en bordure de l'étang qui, avec le soleil rasant, diffusent la plus belle couleur, rose irisé, de l'arc-en-ciel. Certes, il n'est pas propriétaire. Mais qu'importe. Un jour peut-être, il le deviendra. Pas des trois cents hectares du domaine Hauterive, mais d'une dizaine d'entre eux et de la ferme. A la mort d'Alfred de Portallan, par exemple, si ses enfants ne veulent pas tout conserver. En tout cas, il économise dans ce but.

Sur sa gauche, Emilio admire la plaque bleue de l'étang de Berre qui, avec le jour qui tombe, retrouve une quiétude de lac. Le mistral a cessé, ce qui signifie qu'il risque fort de repartir de plus belle le lendemain. Ici, il y a trois vents : le mistral, bien sûr, mais aussi le vent d'est, qu'on dit « de terre » et qui annonce la pluie, et enfin, la plupart du temps, un léger vent, la « largade », qui se lève à la fin de la matinée en venant de l'ouest et s'assoupit progressivement dans la courant de l'après-midi pour disparaître à l'approche du crépuscule. C'est l'heure que choisissent les pêcheurs pour sortir en pointu poser leurs filets. Lui-même, quand il en a le courage, descend les trois cents mètres du sentier qui, par une anfractuosité de la falaise orange, conduit au minuscule port abritant sa barque, celle d'un paysan voisin et le pointu de la famille Portallan. En général il revient à travers le bois de pins, et ramasse un fagot de branches et de pommes qui crépiteront dans la cheminée pour le plus grand bonheur de Sandro.

Dès la fin du printemps, le dimanche, ils vont se baigner dans l'étang. Emilio a appris à pêcher à la plongée les oursins qui prolifèrent à une dizaine de mètres du rivage, les yeux ouverts dans l'eau salée. Il les détache des rochers à l'aide d'une vieille fourchette, puis les ouvre avec une paire de ciseaux. L'hiver, quand l'eau est trop froide, il les remonte, depuis sa barque, au moyen d'une longue tige de bois prolongée d'un grappin à trois doigts, plus étroit que la grappe qui sert, elle, à cueillir les paquets de moules. C'est à la fin du mois de février que les oursins sont les meilleurs, leur chair corail la plus pulpeuse et la plus goûteuse.

Sur la droite d'Emilio, au-delà des oliviers et des vergers, au-delà des rangées de cyprès qui protègent les cultures du mistral souvent violent, la barre de roches blanches séparant, à l'est, la plaine du plateau marque à peu près la limite de la propriété. Le piton de Vitrolles, presque mauve le soir, surplombe le paysage. Un joli village perché entourant une église, quelques centaines d'habitants, quelques commerces. Mais la route qui y conduit est pentue. Et, même ce soir, Emilio, qui se sent vaguement coupable, n'accomplira pas le trajet pour se rendre à la messe de minuit. Gina est trop petite et l'hiver vraiment froid, cette année.

De l'endroit où il se trouve, Emilio ne peut distinguer, à cause de la vaste pinède qui va de la route à la plage, la bastide de la famille Portallan. C'est de ce côté que paissent les moutons et les quelques vaches de la propriété. Au-delà, et toujours en longeant le bord de l'étang, il y a une autre ferme, à la limite du village de Rognac, entourée de vignes et d'une dizaine d'hectares de blé dur cultivés par l'autre fermier, plus âgé que lui, et ses deux fils, les Mourès. Emilio les rencontre une fois par semaine, le lundi, quand ils viennent tous rendre compte au vieil Alfred de Portallan.

Le sud-ouest du terrain, vers Saint-Victoret et Marignane, est occupé par les marais salants, des bosquets et de l'herbe épineuse laissés au gibier, des lièvres, des grives, et aux chasseurs de la famille Portallan ou leurs amis. Malgré tout, Emilio y pose régulièrement des collets à lapin pour améliorer l'ordinaire de la ferme.

C'est comme ça qu'il a assuré le plat principal du repas du jour de Noël. Pour commencer, ils mangeront des escargots : il a profité trois semaines auparavant d'une forte pluie pour en ramasser, dès le retour du beau temps, quelques douzaines, qu'il a depuis laissées jeûner dans un panier suspendu en hauteur à l'arrière de la maison. Accompagnés d'un aïoli, un véritable aïoli longuement tourné dans le mortier sans autres ingrédients que de l'ail et de l'huile d'olive, ils constituent un mets délicieux, que l'on consomme à l'aide de clous de menuiserie soigneusement polis. « A l'aigo sau leis limaçouns ! » L'appel familier des vendeuses de petits escargots, cuits dans la saumure et le fenouil, qu'il entendait dans les rues de Marseille à son arrivée d'Italie, retentit encore à ses oreilles.

Emilio pense qu'ils ne manquent de rien et qu'avec Maria ils ont eu bien raison d'abandonner l'Italie, que jamais ils n'auraient mangé d'agneau nourri d'herbes odorantes, de loup pêché dans l'étang, de volaille et d'œufs produits à la ferme, de fruits et de légumes à volonté. Nos enfants, se dit-il avec cette vertu de simplification propre aux hommes proches de la terre, seront superbes, éclatants de santé. La tête bien faite aussi, puisque la vieille Mme de Portallan leur a promis que Sandro et Gina suivraient l'enseignement dispensé à ses propres petits-enfants, dans le salon de musique de la bastide.

Simone, la femme de Sébastien, le fils aîné d'Alfred, avait d'ailleurs accouché en 1919 d'une fille prénommée Hélène, qui n'avait donc pas tout à fait quatre ans de moins que Sandro et quelques mois de plus que Gina. J'espère, songe Emilio en souriant, que malgré la différence de milieux, ils seront les meilleurs amis du monde. J'enseignerai à Hélène les saisons et les cultures, et la préceptrice de la bastide – Mme de Portallan le lui a promis – apprendra le latin et l'arithmétique à Sandro et Gina, puis ils iront étudier à Aix ou à Marseille, ils deviendront médecins, ingénieurs, professeurs. Banquiers, peut-être.

Le soleil rouge descend sur l'étang, et le ciel commence à foncer. Les nuées de pies noires et blanches blotties dans les pins voisins ont enfin terminé leur concert de jacassements. Ce sera une belle nuit, profonde, sans un nuage, piquetée d'étoiles, une vraie nuit de Noël en Provence. Le nez en l'air, Emilio traverse la cour et pousse la porte d'entrée de la ferme, qui donne dans une très grande pièce blanchie à la chaux et dotée d'une vaste cheminée de pierre surmontée d'un tablier de bois noirci de fumée. Dans un coin, la pile de marbre beige veiné de blanc et la lourde cuisinière de fonte contenant le réservoir d'eau chaude, dans un autre une robuste table de bois et des bancs, à gauche de l'entrée trois fauteuils disparates bourrés de coussins de couleurs vives réalisés par Maria au crochet. Il y a deux pièces de chaque côté de la cuisine. L'une fait office de salle de bains, avec une glace, une cuvette de faïence et un broc, sans compter, luxe inouï, une baignoire de zinc récupérée par Emilio, et dont on remplit le fond, une fois par semaine, avec l'eau tirée de la cuisinière.

La ferme était meublée de manière rudimentaire quand Emilio et Maria s'y étaient installés. Ils avaient ajouté un berceau, quelques rideaux et, aux murs, des petites natures mortes qu'Emilio, non sans un certain talent, peint à ses moments perdus sur les planches de bonne qualité qu'il trouve ici et là. Un jour ou l'autre, pense-t-il, il faudra agrandir la maison qui ne comporte pas d'étage, peut-être en récupérant une partie de la grange contiguë, et en perçant une porte de communication à l'arrière de la cuisine, vers le poulailler.

Sandro s'accroche aux jambes du pantalon d'Emilio en piaillant. C'est un bambin costaud aux cheveux noirs et aux yeux gris clair, qui se fait déjà parfaitement comprendre. Emilio le soulève en riant et lui claque un baiser sur le nez.

— Tu as préparé tes souliers pour le père Noël ?

Le gamin le traîne vers la cheminée. Toutes les

chaussures de la maison sont soigneusement rangées devant le foyer.

— J'en ai profité pour lui demander de les nettoyer, dit Maria d'un ton joyeux. Ça l'a occupé une partie de l'après-midi.

Emilio pense que son épouse a embelli avec les années. La jeune fille un peu efflanquée est devenue une femme épanouie, toujours mince malgré ses deux grossesses, le teint vif, le regard chaud et pétillant. Emilio n'a jamais été aussi amoureux d'elle.

— Tu vas aller à la rencontre de Gianni, à travers la pinède ? demande-t-elle. De nuit, il aura peut-être du mal à s'orienter.

— Ça m'étonnerait, répond Emilio. Gianni, c'est un chien de chasse, il s'oriente à l'odeur, et ce que tu as préparé le guidera à coup sûr. Gina dort bien ? On pourrait peut-être en profiter ?

Il a posé ses mains sur les hanches de Gina et elle sent contre ses fesses le sexe dur d'Emilio.

— Emilio ! Sandro est dans la cour. Tu attendras cette nuit.

— Pour mettre le petit Jésus dans la crèche ?

Elle se retourne, offusquée, mais saisie par le fou rire.

— Emilio ! Je ne veux pas que tu commences à parler comme à Marseille ! Le jour de Noël ! Tu devrais avoir honte.

Emilio se lavait les mains à la pile, puis allait se changer dans sa chambre après s'être frotté le torse longuement. Il enfilait un pantalon propre, une chemise blanche, une veste de grosse laine, troquait ses croquenots pour des chaussures basses, peignait en les mouillant ses longs cheveux qui bouclaient dans le cou. Il roulait sa deuxième cigarette de la journée qu'il fumait dans la cuisine en buvant un verre de vin. Silencieux. Lourd d'une journée qui lui avait broyé les reins. Mais épanoui et épais comme un homme victorieux.

Maria, un tablier noué autour des reins, s'activait devant la cuisinière qu'elle nourrissait de temps en temps de petites bûches. Emilio pensait que le chemisier, qu'il avait réussi à faire acheter à Marseille et que ce soir il déposerait devant la cheminée, lui irait à ravir. Le jeune fermier avait la conscience physique d'un bonheur coulant au goutte-à-goutte. Il aurait voulu pouvoir fixer cet instant tissé des bruits doux et familiers de la maison, du caquètement de Sandro, du craquement du bois dans la cheminée.

Emilio, à l'écho des pas dans le silence, a repéré Gianni qui s'avance sur le chemin. Ils ne se sont plus vus depuis trois mois et tombent dans les bras l'un de l'autre. Leurs yeux se sont habitués à l'obscurité.

— Tu ne vas quand même pas te laisser pousser la moustache ? lance Emilio dans un éclat de rire.

— Certo ! Mais bien sûr ! Les femmes, elles adorent ça ! Pas Maria ? Je vais bien voir.

Ils se tapent dans le dos, s'étreignent une nouvelle fois, puis partent à pas lents vers la ferme en se tenant par le bras.

— Et alors, l'Huilerie, ça va toujours ? demande Emilio.

— Ça va très mal, souffle Gianni d'une voix sombre. Je ne sais pas tout, mais on dit que la vieille Mme Camoin est au bord de la faillite. Elle a entrepris tout ce qu'elle pouvait, cette pauvre femme, mais la mort de son mari, puis la mort de son fils... Elle n'a plus goût à rien. Il faudrait investir, mais je crois qu'il ne lui reste pas tellement d'argent. J'ai entendu des rumeurs. Elle chercherait à vendre, maintenant.

— Ça doit coûter une fortune, une fabrique pareille !

— Va savoir... Il y a des dettes, des machines modernes à acheter, une clientèle qui se rétrécit... Les gros huiliers, à Marseille, ils risquent de ne pas lui donner grand-chose. Et puis après, ils vont licencier des employés pour améliorer la rentabilité, je parle comme eux. On ne se laissera pas faire. Enfin, on ne peut pas se plaindre de tout. Cette année, on a eu la journée de huit heures. Ça change la vie. Et toi ?

— Moi, la journée de huit heures, je ne sais pas ce que c'est. Peu importe ! J'ai ce que je voulais. Formidable. On a jamais aussi bien vécu. Quand je pense à l'Italie, au village…

— Et avec les propriétaires ?

— Le vieux, il se conduit comme un mulet, mais il est brave. Sa femme, elle, elle est charmante. Elle passe des heures en compagnie de Maria pour lui apprendre à lire et à écrire le français. C'est avec les enfants que les choses m'ont l'air plus compliquées. L'aîné, Sébastien, qui a vingt-cinq ans, il donne l'impression de s'emmerder dans l'agriculture, et sa femme, c'est une fille de la ville. On est trop loin des plaisirs, ici… Enfin des plaisirs qu'ils aiment. Alors, de temps en temps, ça barde avec les parents. La sœur, Luce, elle est transparente. Une plante, tu dirais. Je crois que c'est pour ça, aussi, que sa mère s'est attachée à Maria. En plus, Luce, elle a épousé un vrai couillon et lui, malheureusement, il s'intéresse aux cultures. Le petit dernier, Bernard, c'est un vrai rigolo. Il n'a que dix-neuf ans. Il est intelligent. En principe il suit des études, mais d'après ce qu'on dit, il passe son temps à bambocher. Alors, quand il vient, ici, les engueulades avec son père, pardon, je te dis que ça !

— Bon, vous n'habitez pas avec eux…

— Non, heureusement ! Tu les verras demain. On ira en fin de matinée leur souhaiter un joyeux Noël, ça nous fera une promenade.

Ils étaient arrivés dans la cour de la ferme et suivaient l'allée pavée conduisant à l'entrée de la maison, encadrée de plates-bandes d'aloès vert et jaune. A travers les carreaux, ils distinguaient, dans la lumière douce diffusée par les lampes à pétrole, Maria qui mettait le couvert sur la grande table recouverte d'un drap blanc.

— Ma toute belle ! hurlait Gianni en poussant la

porte. Dans mes bras ! Et où se cache Sandro ? Sandro, viens voir ton oncle Gianni ! Et Gina ?

Le colosse soulevait Maria par la taille, saisissait Sandro de son autre bras, esquissait un pas de danse.

— Mais qu'il fait bon chez vous ! Vous êtes logés comme des seigneurs, pas comme nous, en ville ! Quel beau feu ! Ah, je vais laisser mes affaires dans ma chambre. Tenez, voilà un paquet, du vin et des douceurs, un cadeau de la Maison Camoin !

Maria se disait que la présence de Gianni paraissait réduire la pièce de volume. Toutes ces années les avaient laissés plus serrés, plus denses, remplis d'un bonheur conquis à la force du poignet, qui leur donnait une assurance tranquille et leur communiquait une générosité sans calcul.

— Gianni, tu te maries quand ? demandait-elle. Tu ne vas pas attendre cent sept ans ? Après, les petits, ta femme devra les préparer avec un autre !

— Maria ! Ma vigueur est éternelle ! Je me marie l'année prochaine. A Noël, dans un an, nous serons deux.

— Ah ! Avec qui ?

— Je n'en sais rien du tout, laissait-il tomber distraitement. Je vais retourner au village pour voir si une malheureuse esseulée veut bien de moi...

— Mais à Marseille ? le taquinait Gina.

— A Marseille, ma toute belle, je n'ai pas rencontré de future épouse. Je ne dis pas qu'il n'y a pas de candidates, mais je me méfie. Elles pourraient en vouloir à ma fortune, par exemple ! Qu'est-ce que tu nous as préparé de bon ?

— Un vrai repas de Noël, un peu d'ici, un peu de chez nous. Un pâté de merle, puis des raviolis aux herbes et ensuite de la morue en raïte, avec du vin et des câpres. Et une pompe pour terminer. Ça va ?

— Un peu léger, mais c'est la veillée de Noël... On n'est pas là pour ripailler. On se rattrapera demain, hein ?

— Bandit ! hurlait Maria en levant haut la main

comme pour le battre. Va chercher de l'eau fraîche au puits et sers-nous un verre d'anis. C'est nos voisins qui le fabriquent. La bouteille est au fond du placard. Tu comprends, je ne veux pas qu'Emilio en prenne l'habitude.

Elle déposait sur la table un gros bouquet de chardons et deux loupiotes confectionnées avec des moitiés d'orange dont elle avait découpé le sommet et qu'elle avait remplies d'huile, en laissant la mèche émergée. Puis elle se dirigeait vers sa chambre. Depuis un mois, la robe neuve en lainage bleu lavande méticuleusement taillée et cousue pendant les soirées d'automne était prête, pendue dans l'armoire, abritée sous un drap.

CHAPITRE 6

Sébastien de Portallan s'est levé de méchante humeur. Le repas de famille qui l'attend, en ce jour de Noël, l'ennuie, comme l'assomment les conventions et les traditions de sa petite communauté campagnarde, fût-elle à particule. Il dépose un baiser léger sur le front de sa femme Simone qui sommeille encore et passe dans le vestiaire où il s'équipe rapidement pour aller se promener à cheval. Le ciel est clair et il pourra profiter des premiers rayons du soleil. Il descend dans la grande cuisine. Il sait qu'il va y retrouver son père et sa mère qui sont, été comme hiver, debout à six heures du matin. Il embrasse sa mère et Marthe, la vieille servante qui l'a élevé, serre la main de son père et s'assoit au bout de la table devant un bol de café noir, une orange et deux biscuits, la totalité de son habituel petit déjeuner.

— Que se passe-t-il, mon garçon ? Tu deviens insomniaque ? demande Alfred de Portallan.

Au ton employé par son père, Sébastien a compris que celui-ci, même le jour de Noël, continue à lui reprocher de ne pas s'intéresser à l'exploitation agricole. Il n'admettra jamais, pense le jeune homme, que ni lui ni son frère Bernard n'aient envie de reprendre les rênes du domaine et qu'il lui faille compter pour cela sur Louis Rintier, le mari de leur sœur Luce, dont les capacités d'homme de terrain prêtent à sourire. Mais bon, estime Sébastien, je ne risque pas de gâcher ma vie pour quelques arpents de terre caillouteuse ! J'ai déjà beaucoup donné en passant une partie de ma jeunesse ici.

— Non, répond Sébastien d'une voix lasse. Je vais faire un peu trotter Déesse du Lac. Tout le monde dort, là-haut. Y compris ma petite Hélène et sa gouvernante.

— Tu seras de retour pour les cadeaux, au moins ? s'inquiète sa mère.

— Bien sûr, maman, bien sûr... Vous ouvrirez les portes du salon à onze heures, comme chaque année ? Je peux voir mon paquet avant ?

— Sûrement pas, mon petit, sourit Joséphine de Portallan.

En sortant, Sébastien jette un coup d'œil vers les volets des premier et deuxième étages, tous fermés. Seules sont ouvertes les fenêtres, plus petites, du troisième étage occupé par les domestiques. Hauterive, qui a donné son nom à la propriété, est une superbe bâtisse du milieu du XVIIIe siècle, rectangulaire, sans fioritures, recouverte de tuiles patinées parmi lesquelles celles qui ont été changées récemment laissent des notes claires. Cinq cents mètres carrés par niveau, habillés de lourds volets de bois vert foncé. Deux fontaines murales flanquent la grande porte d'entrée. Une gigantesque terrasse en gravier bordée de balustres et plantée de quatre immenses pins court tout le long de la façade sur une vingtaine de mètres de large. Un grand escalier conduit à une esplanade couverte de grandes dalles de pierre et à un bassin circulaire au milieu duquel un angelot de fonte laisse échapper, par ses bras levés, un ruissellement permanent. Sébastien, comme tous les enfants, s'y baignait lors des fortes chaleurs estivales. Et, comme tous les enfants, y récoltait quelques estafilades et y laissait quelques éclats de dents. Au-delà s'étend ce que tout le monde appelle le parc. En réalité, une prairie sauvage constellée de massifs de fleurs et percée en son centre d'une belle allée bordée de platanes, pour l'heure déplumés, aboutissant, deux cents mètres plus loin, à la lourde grille du portail.

Sébastien détache les deux épagneuls roux et blanc, Clown et Pitre, qui couinent depuis qu'ils l'ont aperçu en tenue de cavalier. Il longe la bastide et la contourne pour atteindre les écuries. Comme ses parents, comme sa sœur et son frère, il monte depuis toujours, et régulièrement. D'ailleurs, comment se distraire autrement, ici ? marmonne-t-il entre ses dents. Ah oui ! ricane-t-il, il y a aussi les parties de croquet, la chasse au lapin et au merle, la nage dans l'étang ! A vingt-cinq ans, Sébastien ne trouve plus qu'un seul attrait à la vie à Hauterive : l'équitation. Malheureusement sa femme, Simone, trouve cet exercice dangereux.

L'aîné des enfants Portallan sent le siècle lui échapper. Il n'a aucun goût pour l'agriculture que, malgré l'éducation paternelle, il connaît mal. Il considère que ces grandes exploitations, pot-pourri de toutes les formes de culture et d'élevage, sont condamnées par la spécialisation qui atteindra l'ensemble de l'économie, discipline à laquelle il a consacré de longues heures d'études. Il pense que son père n'a rien compris à la révolution industrielle et commerciale imprimée à la France, et plus particulièrement à la région marseillaise, sous le règne de Napoléon III. Ebloui par le monde des affaires, côtoyant en ville des dirigeants jeunes, dynamiques et fortunés qui brassent techniques d'avant-garde, alliances financières, nouveaux courants d'échanges internationaux, il ronge son frein à Hauterive.

Quant à Simone, plus jeune que lui de trois ans, enchantée au début de leur mariage par son rôle nouveau de châtelaine, elle supporte un peu moins bien chaque jour l'isolement relatif de Vitrolles et de l'étang de Berre, le manque de confort de la bastide. Surtout depuis la naissance d'Hélène. Un père courtier maritime, une mère assise sur un solide patrimoine immobilier lui ont assuré une jeunesse aisée et pailletée de fêtes. Il ne se passe pas une soirée, dans le grand salon d'Hauterive à peine tiédi durant l'hiver par le feu de la cheminée, sans qu'elle regrette amèrement l'hôtel particulier de ses parents, dans le bas de la rue Paradis. Elle a le sentiment que sa beauté blonde, fragile, s'écaille sous les coups de boutoir d'une nature trop forte. Elle aime toujours Sébastien, mais des vieux murs à sa belle-famille, elle finit par prendre en grippe l'ensemble de son environnement quotidien. Pourtant, elle s'en veut de ne pas savoir être, auprès de sa belle-mère, la jeune femme énergique et affectueuse qui remplacerait la trop indolente Luce Rintier.

Sébastien, sur le chemin qui conduit à la plage, fait trotter Déesse du Lac pour la détendre puis, profitant des huit cents mètres de sable léchés par les vagues de l'étang, il laisse sa jument galoper, accompagnée des deux chiens. En suivant un sentier étroit, il remonte vers la ferme des Mourès, « Les moutons », entre les pins et les roseaux. Le père Mourès, endimanché, rasé de frais, le salue d'un signe amical de la main. Sébastien s'arrête un instant pour lui souhaiter un joyeux Noël, puis oblique vers les rangées de vigne. Le soleil est maintenant agréablement doux. Il accorde quelques allongements d'encolure à Déesse qui en profite pour manger un peu d'herbe puis, au pas, longe la limite du domaine familial, vers les marais salants.

Le rocher de Vitrolles se dresse orgueilleusement au loin, ocre sur fond bleu. Il aime bien ces paysages, en même temps sauvages et rassurants, mais il refuse de n'avoir qu'eux pour horizon. Marseille à vingt-cinq kilomètres, Aix-en-Provence à vingt kilomètres, même avec sa future voiture, une confortable Léon-Bollée qu'un ami doit lui vendre d'occasion, c'est le bout du monde. Il contemple la propriété, qui l'environne à perte de vue. Et dire, maugrée-t-il, que nous dormons sur un tas d'or, et un tas d'or dont la valeur va diminuer. Un jour, ici, il n'y aura plus de moutons, encore moins de vignes ou de sel ! Le tunnel du Rove, long de sept kilomètres, ne reliait-il pas déjà la nouvelle zone portuaire de Marseille à l'étang de Berre, et celui-ci ne venait-il pas d'être rattaché à la gestion du port phocéen ?

Parvenu à la ferme des Barutti, Sébastien saute à terre. C'est un assez bel homme, quoiqu'un peu trapu comme son père, le regard clair sous des sourcils épais, les cheveux châtains, le menton volontaire et les traits réguliers. Il se tient très droit, les épaules ouvertes comme tous les cavaliers. D'un geste mécanique, il époussette les leggins de toile beige qui enveloppent ses mollets, attache par le licol Déesse à un anneau fixé dans le mur de la ferme. Il frappe à la porte. Maria, ravissante dans un chemisier bleu clair qui, de toute évidence, sort d'un paquet cadeau, vient lui ouvrir.

— Je suis passé vous souhaiter bon Noël, boire un verre d'eau… et installer Sandro sur Déesse quelques instants, dit-il en souriant. Pas Gina. C'est comme Hélène, elles sont encore un peu jeunes, nos deux filles, pour le saut d'obstacles.

Sandro, qui connaît le jeu, surgit aussitôt, se laisse porter en selle par Sébastien, flatte l'encolure de la jument, mime le galop quelques instants.

— Bon, dit Maria, tu peux lui donner une carotte, mais dans la main bien ouverte… Voilà. Allez, occupe-toi de Clown et de Pitre, fais couler un peu d'eau dans l'écuelle.

Ils pénètrent dans la vaste cuisine où se trouvent déjà Emilio, Gianni, et Gina, assise sur des coussins posés sur le sol. Emilio présente son cousin à Sébastien.

— Ah, les huileries…, dit ce dernier, de grosses difficultés en ce moment, non ? Pas plus que dans l'agriculture, remarquez…

— Monsieur Sébastien, vous ne préférez pas un peu de café chaud, plutôt qu'un verre d'eau ? demande Maria.

— Eh bien, les deux, alors… A l'italienne, c'est bien ça ?

Ils prennent place autour de la table, les coudes posés sur le plateau, les mains serrées sur leur tasse chaude.

— Beaucoup de difficultés, oui, reprend Gianni, soucieux. Aux Aygalades, je crois que la vieille Mme Camoin n'a plus le choix qu'entre la fermeture ou la revente à un prix bradé... Ça ne va pas être drôle.

— Ah ? dit Sébastien. J'ignorais cette situation. Il y a combien d'employés ?

— Cent vingt environ.

— Face aux mastodontes actuels, c'est un peu juste... Il faudrait atteindre un seuil critique, plus élevé. Les petits ne résisteront pas. Vous savez chez quel banquier est la famille Camoin ?

— Je ne suis pas très au courant. Chez Fabre, d'après ce que j'ai cru entendre.

— C'est un banquier qui a bonne réputation, note Sébastien. La production, du point de vue technique, doit être un rien vétuste, sans doute ?

— Peut-être, mais le personnel est de grande qualité, rétorque fièrement Gianni.

— Maria, vous confectionnez un café délicieux, claironne Sébastien. Vous le grillez vous-même, c'est ça ? Je vais regagner la bastide. Pour la cérémonie des cadeaux, comme d'habitude. Je vois que vous avez été gâtée, sourit-il en désignant le chemisier de Gina du menton. Il vous va à ravir.

La jeune femme rosit sous le compliment.

— Merci, Monsieur Sébastien. Nous nous verrons plus tard, alors, puisque nous passerons à Hauterive.

— Je voulais vous dire aussi, Maria, que votre français s'est considérablement amélioré. Je vois que ma mère s'occupe bien de vous, elle adore ça. Attention, ne vous laissez pas martyriser... Je plaisante, nous lui devons plus qu'à nos professeurs, elle est très douée pour l'enseignement.

— Désormais, j'écris presque sans faute, vous savez.

— Ça ne m'étonne pas.

Sébastien remonte en selle. Dans vingt minutes, au pas, il sera à la bastide. Il a besoin de réfléchir à ce qu'il vient d'apprendre. L'Huilerie des Aygalades en difficulté ? Sait-on jamais ?

CHAPITRE 7

Selon la tradition, Sébastien et Simone de Portallan ont descendu à onze heures du matin le berceau de leur nouveau-né, Hélène, au rez-de-chaussée. Agée de cinq mois, celle-ci va connaître son premier Noël et donc pénétrer la première dans le grand salon où attendent les cadeaux de chacun, ceux des membres de la famille Portallan, du personnel de la bastide, des parents et enfants Barutti et Mourès, les fermiers, auxquels s'est joint Gianni. Les fauteuils de la grande pièce, un peu austère avec ses boiseries sombres, ont été débarrassés des draps qui les recouvrent la plupart du temps. Leurs tapisseries chamarrées, comme la dizaine de marines suspendues aux murs, accrochent la lueur du feu qui ronfle dans la cheminée. Deux Mirus chauffent la pièce depuis quatre heures du matin et y ont répandu une douce température. A travers les hautes fenêtres, on distingue les pins et un ciel bleu éclatant, presque irréel tant il semble sorti directement d'un tube de gouache primaire.

Les familles entrent dans le salon à la suite d'Alfred et Joséphine de Portallan et font tous cercle autour du berceau installé devant la cheminée.

— Honneur, bonheur et protection divine pour Hélène. Merci, mon Dieu, dit Joséphine de Portallan, un verre de vin à la main, en ajoutant en provençal, selon la tradition de la bénédiction du feu : que lou

Bon Diou nous fague la graci de nous reveire un autro an. A l'an que ven ! E, se sian pas maï, ou men sieguen pas men.

Puis elle jette un peu de vin dans les flammes, et le reste du verre passe de main en main pour que tous puissent y tremper les lèvres. Le plus jeune des enfants aurait dû, alors, allumer une bougie que le chef de famille aurait éteinte trois fois de suite pour symboliser l'ancien feu remplacé par le nouveau, mais Hélène n'est qu'un bébé et Bernard un peu trop âgé. Sur une table basse ont été déposés trois pains entourés de myrte, eux-mêmes coupés en trois par référence à la Sainte Trinité. Tous en grignotent un morceau, dont on attend, selon la tradition, une protection pour l'année à venir. Dans le temps, les marins gardaient toujours sur eux quelques-uns de ces bouts de pain, et les jetaient à la mer pour calmer les flots.

On se dirige alors vers les cadeaux, regroupés autour d'étiquettes nominatives rédigées par Mme de Portallan. Sandro et Gina, qui croient encore au père Noël, et les enfants Mourès, plus âgés et qui font toujours semblant, battent des mains. Les remerciements se croisent, au fur et à mesure de l'ouverture des paquets. Les domestiques de la bastide s'éclipsent quelques instants et reviennent avec de grands plateaux d'argent chargés de coupes de champagne. Joséphine étrenne l'étole de pékan qu'elle vient de recevoir. En compagnie d'Alfred, toujours un peu raide, elle va de groupe en groupe et trinque avec ses invités.

— A Hélène ! dit Joséphine de Portallan en levant son verre. Et à Gina qui nous a rejoints ! Et à vous tous, que Dieu a épargnés durant la guerre, spécialement toi, Sébastien, et vous, Gianni !

Sébastien n'est pas très fier de sa guerre. Il s'agit d'un sujet qu'il préfère éviter. A qui doit-il de n'avoir jamais essuyé un coup de feu, il l'ignore. Mais, de poste – subalterne – d'état-major en affectation comme chauffeur d'un colonel ou vaguemestre, puis plus tard comme analyste de renseignements, il a évolué loin des premières lignes. Il a soupçonné son père d'avoir obtenu l'intervention d'un cousin général particulièrement bien placé, mais a toujours veillé à ne pas aborder la question. Quant au vieil Alfred, il n'a pas une seule fois évoqué le sujet. Sébastien de Portallan n'a laissé aucun souvenir dans l'armée, et il a lui-même chassé tout souvenir de l'armée. Il ne se sent à aucun titre descendant des croisés et, quand ses relations l'interrogent, il se contente de dire qu'il a eu beaucoup de chance. Il le fait avec pudeur et fermeté, à la manière de quelqu'un qui refuserait de s'appesantir sur des actes courageux. C'est au cours de sa dernière permission, peu avant l'armistice, qu'Hélène a été conçue.

Tout le monde entoure le berceau. Hélène est un beau poupon, vermillon dans la robe de baptême de ses aïeux. De l'avis général, elle sera grande. Ses yeux noirs fendus, rieurs, dénotent un heureux caractère. Secrètement, Sébastien prie pour qu'elle ressemble à sa propre mère.

— Que croyez-vous qu'elle deviendra ? demande Simone, en prenant Hélène dans ses bras. Pour le moment on dirait l'enfant de la crèche.

— Aviateur, répond sans hésiter Bernard, le jeune frère de Sébastien.

— Aviateur ? Tu es complètement fou, intervient Alfred de Portallan. C'est un métier d'homme, de casse-cou. D'ailleurs, comment dirait-on une femme pilote d'avion ? Une aviatrice ? Ce ne sera même pas un métier... C'est comme cette histoire de jupe-culotte, juste avant la guerre ! Heureusement pour vous, mesdames, que la tentative des couturiers a été tournée en ridicule !

Simone éclate de rire. Elle continue à penser que, de temps en temps, son beau-père joue la comédie, qu'il n'est pas aussi passéiste qu'il s'en donne l'air.

— Mais si, ce sera un métier. Savez-vous, père, où on imagine installer un terrain d'aviation ? Eh bien, ici, juste à côté de votre propriété, à Marignane ! Vous avez dû voir d'ailleurs des essais sur l'étang de Berre, avec des avions qui se posent dans l'eau, des hydravions, je crois…

— Foutaises, ma chère Simone ! Mais on peut toujours imaginer qu'on ira un jour marcher sur la Lune. Le progrès, vous savez, il faut en prendre et en laisser… Et puis, qu'ils fassent des progrès, mais ailleurs qu'à ma porte !

Sébastien secoue la tête, accablé. L'humour, parfaitement involontaire, de son père le laisse de marbre et, souvent, l'irrite. Il n'est pas loin de considérer qu'Alfred représente, pour toute la famille, une sorte de boulet.

— Papa ! Vous oubliez ceux, incroyables, auxquels vous avez assisté et dont vous profitez. Et au cours des décennies prochaines, tout va encore s'accélérer. Ici, il y aura l'électricité, le cheval ne servira plus qu'aux promenades, l'agriculture sera intensive…

— C'est ça ! Et on rasera gratis ! Ecoute, j'ai été un des premiers, lors de l'Exposition coloniale de 1906 au parc Chanot, à te faire admirer les merveilles de l'électricité, mais tu m'ennuies, Sébastien, avec ton obsession de l'industrialisation !

Sébastien hausse les épaules. C'est bien l'industrialisation qui a permis à Marseille de se doter, à partir du tournant du siècle, du tramway électrique à dix centimes le voyage, le meilleur réseau de transports en commun français, dont bénéficie toute la population. Une partie d'entre elle sans payer d'ailleurs, en s'entassant sur la plate-forme à côté du wattman ou en se pendant aux rambardes.

— Vous n'allez pas recommencer, tous les deux, un jour de Noël ! intervient Joséphine de Portallan. Qui a une meilleure idée, pour notre petite Hélène ?

— Qu'elle ne connaisse jamais de guerre, surtout, intervient Gianni. Qu'il s'agisse bien de la der des der !

— Moi, dit Joséphine de Portallan après un instant de silence général, je voudrais que ma première petite-fille soit une combattante du droit de vote des femmes.

Voilà ! Elle aura bien rempli sa vie. Je suis sûre que Maria pense comme moi en ce qui concerne Gina.

— Mais qu'allez-vous chercher là, Joséphine ? bougonne Alfred. Décidément, je ne suis entouré que de révolutionnaires ! Que vous faut-il de plus ? Vous avez déjà la République, et ce n'était pas obligatoire, croyez-moi !

— Papa ! s'insurge Bernard, vous n'allez pas recommencer à plaider pour la monarchie !

— Pourquoi pas ? intervient Louis Rintier, le mari de Luce de Portallan, personnage falot que Sébastien et Bernard soupçonnent de « lèchecutage », comme ils disent, à l'égard de leur père. Pourquoi pas ? Nombre de pays d'Europe sont des royautés, et tout marche mieux que chez nous.

— Oui, s'amuse Bernard, il arrive même aux tsars se se faire renverser !

— Bernard ! Veux-tu rester correct ? se fâche avec douceur Joséphine de Portallan. Donc, nous disons : Hélène sera aviatrice et se battra pour les droits des femmes. Je vous signale, parce que vous ne lisez pas beaucoup les uns et les autres, que la première femme docteur en philosophie a obtenu son titre en 1914 ! Eh bien... Il est presque midi, et je suppose que nous avons tous faim. Mes amis, je vous remercie d'être venus et je vous souhaite un bon repas de Noël. Mais auparavant, venez admirer ma crèche.

Chacun s'approche de la table dressée dans un coin de la pièce et juponnée d'une jolie soierie.

— Voilà le dernier cri en matière de santons, dit-elle fièrement. On les appelle des santons « habillés », la tête et les mains sont en argile moulée, le reste en tissus cousus autour d'une armature de fil de fer, ce qui les rend mobiles. C'est un abbé, César Sumien, qui les a créés il y a deux ou trois ans. Ils sont à peine un peu plus petits qu'Hélène.

CHAPITRE 8

— Papa, je voudrais vous voir, a dit Bernard tandis qu'après le déjeuner de Noël ils prenaient tous le café au salon.

Sébastien a dressé l'oreille. Pour une fois, le repas suivant la découverte par chacun de ses cadeaux avait été enjoué – le champagne ayant sans doute contribué à l'euphorie générale. Il avait eu lieu dans la vaste salle à manger, aux murs décorés de vieilles faïences de Marseille, à tonalité blanche et bleu clair, témoignages de l'époque, entre la fin du XVIIe et la Révolution, où la ville avait été un des principaux centres faïenciers de France. La plupart de la collection réunie par le père d'Alfred venait de chez la Veuve Perrin, dont la fabrique, en 1750, était installée près de la porte de Rome.

Des loups, puis une énorme dinde juteuse, du blanc de Cassis et du rouge de Gigondas, des fromages en quantité avaient précédé les treize desserts, sans lesquels il n'est pas de Noël en Provence. Parmi eux, bien sûr, les quatre « mendiants », figues, raisins secs, amandes et noisettes, dont la couleur rappelait celle de l'habit des ordres religieux dits mendiants parce que ne vivant que de la charité de leurs concitoyens, les Carmes, les Franciscains, les Dominicains et les Augustins, à qui l'on donnait des denrées susceptibles de se conserver. Puis Joséphine de Portallan avait fait circuler café et alcools. A la cuisine, Marthe avait accompli des merveilles, Julien, l'homme à tout faire de la maison, avait joué les sommeliers, Mireille et Justine, les femmes de chambre, avaient servi à table.

Sous l'œil accablé de Sébastien, sa sœur Luce et surtout son mari, Louis Rintier, avaient proféré moins d'âneries que d'ordinaire. Simone, alerte, avait paru goûter de nouveau aux charmes de la campagne. Quant à Bernard, il avait réussi, non seulement à se lever peu avant onze heures, mais encore à effacer de son visage les traces de la java qu'il avait menée à Aix une partie de la nuit. Ainsi, comme par miracle, le repas n'avait pas dégénéré. Il faut bien, avait songé Sébastien, que le bénédicité dit par ma mère le jour de la Nativité serve à quelque chose. En réalité, Joséphine de Portallan avait dû sermonner son mari et sans doute lui avait-elle demandé d'éviter, au moins ce 25 décembre, les sujets désagréables : la volonté de Sébastien d'abandonner l'exploitation, le lymphatisme écrasant de Louis Rintier et de Luce, les frasques de Bernard.

A la remarque de ce dernier, Sébastien avait compris que la quiétude familiale risquait d'être troublée sous peu. Avec Bernard, il fallait toujours s'attendre au pire. C'était un garçon brillant, particulièrement doué pour les études, qui avait hérité le physique élégant de sa mère, mais qui menait une vie de bâton de chaise, partageant ses nuits entre les filles peu farouches, les soûlographies avec des amis et le poker ou tout autre jeu pourvu qu'il fût d'argent. Un fils de famille, selon l'expression consacrée... Quelle bêtise avait-il encore pu commettre, celui à qui malgré tout Simone et lui avaient demandé d'être le parrain d'Hélène ?

Sébastien, qui n'était pas un tendre, ne pouvait se départir d'une affection amusée pour son frère. Il aurait au fond voulu lui ressembler, paraître en même temps dilettante et raffiné, généreux et serviable, attirer immédiatement, comme lui, la sympathie. Mais peut-on concilier l'ambition et le je-m'en-foutisme ?

Alfred de Portallan précède son fils cadet dans la bibliothèque-bureau où il passe plusieurs heures par jour, à sa table de travail le matin avant de parcourir une partie de ses terres, dans son fauteuil l'après-midi pour y faire la sieste et lire. Les meubles sont en chêne sombre, de style provençal. Les fauteuils aux pieds torsadés, aux dossiers droits et hauts, sont recouverts de tapisseries au petit point sur lesquelles sa propre mère a travaillé des centaines d'heures. Deux murs sur quatre sont garnis de livres, serrés les uns contre les autres, pour la plupart sans intérêt. Mais Alfred pense qu'ils acquerront un jour de la valeur, ne serait-ce qu'en raison de leur fabrication artisanale.

Bernard s'assoit dans un des fauteuils qui font face à la cheminée où se consument encore quelques résidus de bûches, tandis que son père bourre d'un pouce énergique une grosse bouffarde choisie dans le râtelier à pipes de son bureau. Après avoir tisonné les braises, il se tourne vers Bernard :

— Alors, mon garçon, tu n'es pas venu me parler de tes études, je suppose ?

Bernard se rend compte que son père a repris le ton sarcastique qui lui est habituel. Il a un peu pitié de cet homme, qu'au fond il connaît mal, et à qui il va assener un rude coup. Mais il n'a déjà que trop différé cette conversation.

— Non. Mais je vous rassure, mes études vont bien. Je serai ingénieur, ne craignez rien. Des Arts et Métiers, à Aix, je vous l'ai promis. Mais je dois de l'argent…

Alfred s'est penché en avant, la pipe vrillée entre les dents, le visage rougi, comme enflé au-dessus du col amidonné.

— Comment ? De l'argent ? crie Alfred de Portallan. Et pourquoi, avec ce que je te donne tous les mois ?

— Parce que j'ai beaucoup perdu au jeu… au poker, dit lentement Bernard en contrôlant du mieux possible les battements désordonnés de son cœur. Je sais, je n'aurais pas dû, je le regrette, mais épargnez-moi vos hurlements. Aujourd'hui mes créanciers me traquent et si je n'étais pas venu vous en parler, eux, à coup sûr, l'auraient fait. Dans des conditions plus désagréables.

Bernard a volontairement allongé sa phrase, pour atténuer le choc. Alfred de Portallan est devenu écarlate, les yeux exorbités.

— Tu joues de l'argent ? hurle le père. Mais, nom de Dieu de nom de Dieu, quelle éducation t'avons-nous donnée ? Ça ne suffit pas, tes beuveries et tes parties de jambes en l'air avec des catins ? Tu crois que je ne suis pas au courant ? Eh bien, mon fils, si tu dois de l'argent, tu cherches un emploi et tu rembourses, espèce d'imbécile !

— Non, papa... Je dois vingt mille francs...

Soudain, Alfred de Portallan a ouvert grand la bouche. Il semble chercher de l'air. La bouffarde est tombée sur le tapis. Son visage devient livide. Bernard se précipite vers la carafe d'eau qui se trouve sur le bureau, remplit un verre qu'il tend à l'homme recroquevillé dans le fauteuil et qu'il n'a jamais trouvé aussi âgé. Il sait que son père ne dispose pas de la somme qu'il vient de lancer.

Au bout de plusieurs minutes, le vieil homme se lève. Sa taille semble avoir diminué. Bernard s'en veut de lui infliger pareil martyre, mais il n'a pas le choix.

Les deux personnes à qui il doit de l'argent ne semblent guère commodes. Des voyous, pour tout dire, rencontrés plusieurs mois auparavant à Marseille dans un bouge mal famé de la rue Thubaneau, entre le cours Belsunce et le boulevard Dugommier, où il s'encanaillait avec quelques amis après avoir assisté à un spectacle de l'Alcazar. C'était dans cette vénérable ruelle, au Club des Jacobins, qu'avait pour la première fois retenti à Marseille en 1792 l'hymne de Rouget de L'Isle repris quelques semaines plus tard par les soldats méridionaux arrivant à Paris, mais elle devait par la suite connaître des fortunes moins prestigieuses.

— Espèce de petit crétin ! Sinistre abruti ! Tu vas nous ruiner ! Où veux-tu que je trouve une pareille somme ? Tu le sais, en plus, que nous avons eu des difficultés à placer notre vin à un prix convenable, que les marais salants finiront par ne plus rien rapporter, tu le sais ?

Alfred de Portallan se rassoit brutalement dans son fauteuil, traversé par cette douleur aiguë au centre de la poitrine qui l'inquiète depuis quelques mois.

— Et évidemment, souffle-t-il, tu as deux jours pour t'acquitter de ta dette ?

— Non, dix jours. Sinon...

— Mais comment as-tu pu perdre autant ?

— Toujours pareil. J'ai emprunté. J'ai regagné un peu, puis perdu beaucoup. On m'a fait crédit. J'ai signé des papiers. On m'a avancé de l'argent de nouveau, et là j'ai perdu des sommes énormes deux jours de suite.

— Oui, c'est-à-dire que tu t'es fait arnaquer par des gangsters ! Pauvre imbécile ! Même moi, je suis au courant de ces méthodes ! Mais, bon Dieu, qu'est-ce que nous allons faire ?

Alfred de Portallan marche de long en large, se tournant de temps en temps vers son fils avec un regard brûlant, grognant entre ses dents des phrases furieuses et incompréhensibles. Je suis en train de passer de peu à côté de la paire de claques, pense Bernard.

— Fiche le camp, maintenant, laisse-moi seul ! hurle le vieil homme.

Bernard, torturé, referme doucement derrière lui la porte du bureau. Son père, immobile, contemple le feu. Il semble soudain très vieux et le jeune homme se sent coupable d'avoir porté un aussi rude coup à cet homme de principes.

Alfred de Portallan est atterré. Il n'a jamais connu le moindre revers de fortune. Il n'a jamais imaginé que la fin de sa vie pourrait s'écarter de son existence jusqu'à ce jour, calme, lisse, rythmée par les saisons et les convenances. Comme au temps de l'« âge d'or », celui, pense-t-il toujours, de l'Ancien Régime, en oubliant qu'il s'agissait d'abord d'un grand essor du commerce. Il ne lui vient même pas à l'idée de relativiser ce que Bernard lui a annoncé, et qui n'est que plaie, minime, d'argent.

Il a été élevé, comme beaucoup en Provence, dans le culte de la monarchie par des parents qui ricanaient de la prétention ridicule de ce Napoléon III à se croire héritier de quoi que ce soit d'important, des légitimistes qui avaient soutenu l'avocat Berryer, chantre, à la Chambre, de la seule royauté possible. Son père faisait partie de la Société de Saint-Vincent de Paul, lisait religieusement la *Gazette du Midi* et considérait la défaite de Sedan comme un châtiment divin. Lui-même, Action française, avait été assidu, tous les 21 janvier, et jusqu'en 1914, à la commémoration de l'exécution de Louis XVI. Napoléon Ier, déjà, n'était qu'un usurpateur, un soldat de fortune mégalomane qui avait fait couler le sang sur toutes les frontières de l'Europe. Alors, l'autre, avec ses lubies, au Mexique ou ailleurs... Et tout ça pour se ridiculiser à Sedan !

Alfred de Portallan n'avait jamais quitté Hauterive, sauf pour prendre épouse à Marseille. Un mariage préparé par les parents. Et, au vrai, il n'avait pas connu d'autre femme que Joséphine. La fidélité, le devoir, la foi avaient forgé chez lui une sorte d'armure qui le rendait insensible au progrès, considéré presque comme blasphématoire. A plus forte raison aux idées nouvelles et aux modes. Il exécrait la grande ville, ses excès, ses métissages, ses travaux publics, ses odeurs lourdes, ses bruits et ses corruptions. Et ses épidémies ! En 1837, en 1849, en 1854, le choléra avait ravagé la cité, et nul ne savait si la peste ne frapperait pas, de nouveau ! Son univers se limitait à la propriété, qu'il avait prise en charge trente ans plus tôt, à la mort de son père.

Curieusement, il imaginait que l'essentiel était de maintenir. Maintenir contre l'Etat français centralisateur et opposé aux intérêts locaux, maintenir contre les grandes sociétés financières peuplées d'aventuriers. Alfred de Portallan tolérait les industries alimentaires, les minoteries, les raffineries de sucre, à la rigueur les huileries, mais le reste ! Développées, en outre, par des étrangers à la région, ou des étrangers au pays ! Et des protestants, souvent, qui formaient les bataillons avancés de ceux qu'il appelait les « nouveaux riches » ! Il n'avait, sur l'exploitation agricole, pris aucune initiative. Hauterive et ses trois cents hectares se trouvaient aujourd'hui exactement dans le même état qu'un demi-siècle auparavant. Tout juste avait-il consenti à offrir une automobile à Sébastien, à condition qu'elle fût à la disposition, comme son chauffeur, de Joséphine et de lui-même autant que de besoin. L'âge méritait quelques précautions.

La catastrophe que vient de lui annoncer ce petit jouisseur de Bernard lui serre le cœur et aiguise la douleur qui traverse sa poitrine par saccades. D'une façon ou d'une autre, pense-t-il, quelle que soit la solution, leur mésaventure sera connue de tous. Il en demande pardon à ses ancêtres, comme s'il avait commis quelque péché mortel et que ceux-ci aient aujourd'hui le pouvoir de lui accorder leur pardon.

Sébastien a attendu son frère dans le couloir qui conduit au grand salon où Joséphine de Portallan fait une partie de dominos avec sa fille et sa belle-fille. La conversation de Louis Rintier, qui porte en général sur le niveau des précipitations d'eau et les cours du blé dur, l'ennuie au plus haut point. Il veut savoir ce que Bernard avait à demander à leur père.

— Viens par ici, Bernard, dit-il, on va marcher un peu...

Il sent le jeune homme au bord des larmes, comme vidé après une épreuve trop intense, et le saisit par le bras.

— Viens, sortons, répète-t-il.

L'autre se laisse conduire. Les graviers de la terrasse crissent sous leurs semelles. Le jour commence à baisser et le soleil semble laisser sur l'eau une longue blessure.

— Allons au bord de l'étang, dit Sébastien. Que s'est-il passé ?

77

— J'ai fait une énorme bêtise, avoue Bernard à mi-voix. Une énorme bêtise...

— Tu as tué quelqu'un ? interroge Sébastien en tentant de dédramatiser la situation. Tu t'es sauvé avec la femme des meilleurs amis des parents ? Tu as volé le tronc de l'église de Vitrolles ?

— Arrête ! Je n'ai pas envie de rire... J'ai perdu au poker. Beaucoup d'argent ! Et j'ai dix jours pour rembourser. Enfin, les parents ont dix jours...

— Nom de Dieu ! Combien ?

— Vingt mille francs.

Sébastien a interrompu sa marche. Il oblige Bernard à lui faire face.

— Combien ? Tu es tombé sur la tête ! Ils n'ont pas le dixième de ça en liquide ! Comment t'es-tu débrouillé ?

Bernard raconte, bribe par bribe. Ils se sont assis sur de grosses pierres, au bord de l'eau. Au loin, ils voient les maisons de Berre, sur la langue de terre qui avance au milieu de l'étang. Quelques enfants, un peu plus loin, se poursuivent en criant. Une pie jacasse dans un pin, derrière eux. Sébastien roule une cigarette. Il réfléchit.

— ... Il va être obligé de vendre quelque chose, du terrain, je ne sais pas, poursuit Bernard. Je suis désolé pour toi, pour Luce...

— Ne sois pas désolé, coupe Sébastien sans s'émouvoir.

Curieusement, son ton est devenu presque guilleret. Il poursuit :

— Pas pour ça en tout cas. Vendre une partie du domaine, on aurait bien dû l'envisager un jour. L'agriculture, tu sais...

— Quoi, l'agriculture ?

L'agriculture, un jour, ne fera plus vivre une propriété comme Hauterive. Il faut, pense Sébastien, placer son argent ailleurs, dans l'industrie, dans le commerce, dans la banque... Là où se situent les bénéfices de demain, pas dans les moutons, les fruits et légumes ou même les oliviers. Le passéisme nous ruinera, si je ne secoue pas le cocotier. Un jour on ne consommera plus d'huile d'olive. Il y a moins cher, l'arachide, le coprah... Un jour, Marseille sera le plus grand port d'Europe...

— Un jour, ici, il y aura des usines partout, dit-il. Pas de la lavande ou du thym, tu comprends ?

Bernard de Portallan n'écoute plus. Tout change ? Il le sait, sans trop chercher à s'immiscer dans le mouvement. Les fondateurs de Marseille, évidemment, ne risquaient pas de prévoir l'édification d'« usines partout ». Deux navires grecs de cinquante rameurs, venus de Phocée, en l'an 600 avant Jésus-Christ, séduits par la beauté de l'anse du Lacydon. Des jeunes gens seuls, qui allaient prendre épouse sur place. C'est en tout cas cette version pacifique que la légende avait retenue. Leur chef, Protis, avait été invité par le roi des Ségobriges, qui occupaient alors le territoire, au mariage de sa fille, Gyptis. Selon la coutume, l'heureux élu devait être choisi par la jeune fille durant le festin. A la surprise générale, Gyptis avait délaissé tous ses prétendants déclarés et tendu à Protis la coupe d'eau qui faisait de l'hôte de son père un mari. Et le roi avait offert à celui-ci le terrain qui deviendrait Massalia, du nom du deuxième petit fleuve irriguant alors, avec le Lacydon, la plaine enserrée entre les collines blanches.

— Oui, je comprends deux choses, finit par laisser tomber Bernard en secouant la tête pour revenir sur terre. Que moi j'ai investi dans des dettes, et que si cette campagne, ici, se couvre d'usines, je préfère ne pas le voir.

Il tend le bras vers le large, se retourne et englobe dans son mouvement la longue barre de roches pâles au loin, les pinèdes vert sombre, les tamaris qui envahissent le rivage :

— Tu crois réellement ce que tu dis ? On ne va quand même pas tout saloper ?

— C'est la loi économique, Bernard ! A Marseille,

79

il y a plus de 500 000 habitants, dont la moitié sont des ouvriers... Et 20 % des étrangers, d'ailleurs.

— Mon œil, la loi économique ! La loi du profit, oui ! La poigne des capitalistes ! Et le bonheur des gens, dans tout ça ?

— Merde, Bernard ! Mais tu deviens communiste ! Qu'est-ce que tu lis, comme prose ?

— Je deviens communiste ? Peut-être, je n'en sais rien. Et d'ailleurs, pourquoi pas ? Il y aura des nobles communistes, tu verras. Pour le moment, je suis devenu épouvantablement malheureux.

Sébastien regarde avec affection son frère dont le charme étrange l'émeut toujours. Il aimerait l'extraire de ce qu'il juge une songerie permanente. Le siècle qui s'emballe impitoyablement risque, pense-t-il, de le laisser au bord de la route. Comment pouvons-nous être si différents ? Durant le déjeuner encore, ils s'affrontaient, sans acrimonie d'ailleurs, à propos du canal de l'Arsenal, contigu au Vieux Port, quai de Rive-Neuve. Lui prônait son comblement rapide au prétexte que l'odeur était insoutenable, la saleté repoussante et l'utilité quasi nulle aujourd'hui. Bernard s'émouvait des ponts de bois en dos d'âne qui l'enjambaient, de l'eau molle à reflets violets, des pointus endormis, des magasins d'épices et de savon, de l'allure vénitienne et mélancolique qu'acquérait ce vieux quartier de la ville où il aimait flâner le soir venu. Nous vivons sur deux planètes différentes, pense Sébastien. Et lui, il est dans la lune.

— Bon, dit-il en tapant sur l'épaule de Bernard, je parlerai à papa. On va trouver une solution. Pour ce soir, évite quand même de paraître à table, ça risque d'être un peu tendu. Ah oui ! Et n'essaie pas de te refaire dans une autre partie de poker. Tu devrais laisser tomber les cartes, ou jouer des haricots. Contente-toi des femmes ! Si tu fais attention, elles te coûteront moins cher. Allez, viens, on rentre !

CHAPITRE 9

Le lendemain matin, Sébastien se présente de très bonne heure à la porte du bureau de son père. En descendant de sa chambre, il est passé par la cuisine pour embrasser sa mère. Aux traits tirés de Joséphine de Portallan, à son regard éteint, il a compris qu'elle était au courant de la catastrophe financière. Elle a hoché la tête en le regardant longuement. Elle ne voulait pas parler devant Mireille. Il faudra bien pourtant mettre tout le monde au courant, avait songé Sébastien.

Son père, de toute évidence, a peu dormi. Un certain négligé s'est même insinué dans sa tenue. Une veste mal repassée peut-être, ou des guêtres mal brossées, un impalpable mais inhabituel laisser-aller. Il est profondément blessé, pense Sébastien. Et, parce qu'il est profondément blessé, il me faut profiter de cette faiblesse, ne pas lui laisser le temps d'envisager d'autres solutions. Une tactique élémentaire, pas très élégante mais toujours payante.

— Bonjour, papa, dit-il. Vous allez l'air fatigué...

— Je n'ai pas dormi, confie le vieil homme. En outre, je souffre de douleurs à la poitrine depuis quelque temps. L'hiver, probablement... Quel désastre, n'est-ce pas ?

Sébastien se glisse dans le fauteuil qui fait face à celui de son père. Il adopte un ton léger.

— Non, c'est une très mauvaise nouvelle, mais pas

un désastre. J'y ai réfléchi une partie de la nuit. Un jour ou l'autre, le plus tard possible, nous serons vos héritiers. Il faut donc donner, d'avance, à Bernard, une partie de son héritage.

— Oui, sans doute. Mais où trouver cet argent ?

— En vendant une fraction du domaine. La plus faible possible…

— Non ! rugit immédiatement Alfred de Portallan, prouvant par là qu'il avait déjà envisagé cette solution. Non ! Pas question ! J'ai hérité cette propriété de mon père, qui la tenait de son propre père, et elle vous reviendra telle quelle ! Il ne sera pas dit que j'ai dilapidé le patrimoine familial. Il ne sera pas dit…

Alfred de Portallan revenait à ses idées fixes. Maintenir. Echapper à toute forme de changement. Sébastien s'y attendait. Mais il était fermement décidé à ne pas se laisser une nouvelle fois entraîner sur ce terrain improductif.

— Non, papa, glisse Sébastien le plus doucement possible. J'ai aussi besoin d'argent.

— Quoi ?

Le vieil homme semble décomposé. Sébastien a peur des conséquences de ce qu'il entreprend. Il a les joues en feu, comme s'il venait d'annoncer une énormité.

— Non, ne vous inquiétez pas. Je ne dois rien à personne. Mais je veux entrer dans les affaires. Je n'ai pas vocation à devenir agriculteur. Ça ne m'intéresse pas. Je m'ennuie à la campagne, comme Simone d'ailleurs. Et nous devons penser à la scolarisation d'Hélène et des autres enfants à venir. J'aime Hauterive, mais pas pour y passer ma vie.

Sébastien, intérieurement, pousse un soupir de soulagement. C'est dit. Il a le sentiment d'avoir enfoncé un stylet dans le cœur de son père, qui s'est levé et vacille, un bras replié en travers de la poitrine.

— Tu veux tout abandonner ? Tout ça ? Mais pour faire quoi ?

— De l'industrie et du commerce, je vous l'ai toujours dit.

— L'idéal pour boire la tasse ! réplique son père d'une voix lasse, comme s'il était déjà vaincu. Mais regarde ce qui se produit autour de toi ! Le port va mal, les tarifs baissent, la concurrence devient terrible, surtout depuis l'ouverture du canal de Suez. Vous rêvez d'un Marseille qui n'existe pas ! Nous ne serons jamais un carrefour de l'Europe, encore moins du monde. Et ceux qui imaginent que la région deviendra un centre manufacturier se trompent. C'est dans les pays étrangers, les colonies, là où nous prenons les matières premières, que s'édifieront les usines ! Pour une raison simple : la main-d'œuvre n'y est pas chère.

— Papa ! Je suis confus de vous le dire, mais il s'agit d'un discours rétrograde. L'industrialisation est notre chance, souligne Sébastien d'un geste coupant.

Il n'avait que douze ans lorsque Alfred de Portallan avait emmené toute la famille à la première Exposition coloniale, près du Rond-Point du Prado, création éblouissante d'une ville dans la ville, servie par une débauche d'électricité. Alors que tout le monde s'émerveillait des pavillons et des palais de stuc présentant le Tonkin, l'Annam, le Cambodge, Madagascar, les Antilles, la Tunisie, l'Afrique-occidentale, profitait des promenades à dos de dromadaire, du water toboggan, des batailles de confettis, Sébastien, lui, s'était éternisé dans les stands de toutes les industries marseillaises, les huileries, les savonneries, mais aussi les fabriques de soude, de soufre, de produits chimiques, de bougies, les tanneries, les minoteries, les hauts-fourneaux, les usines de plomb, les ateliers de construction navale, les raffineries de sucre, les produits alimentaires, les automobiles. Il avait acquis à cet instant la certitude que l'aventure ne l'attendait pas au bout de longs trajets maritimes, mais au cœur même de cette explosion de produits nouveaux dont certains n'existaient encore que dans la tête des savants.

— Notre chance, c'est la terre, l'eau, le climat, dit pourtant son père en l'arrachant à ses souvenirs. Plus la population augmentera, plus les gens gagneront d'argent, mieux ils se nourriront. Et qui fournira la nourriture ? Les pays du Nord, glacés et pluvieux ? Les déserts d'Afrique ? Tu veux dilapider le capital le plus prometteur que je peux vous léguer ?

Quels arguments utiliser pour convaincre ce vieil homme que l'argent investi dans le commerce ou l'industrie est plus productif que la terre ? Sébastien, qui sait son père incapable d'entendre un discours économique, adopte un ton rassurant.

— Non, papa. Il ne s'agit pas de dilapider, même pas de vendre toute la propriété. Mais seulement les hectares qui permettront de payer la dette de Bernard, et de donner une somme équivalente à Luce et à moi. Louis Rintier, les fermiers et vous-même, vous suffirez à faire fonctionner l'exploitation.

— Pff ! Louis Rintier ! Un ectoplasme ! Je me demande encore ce que ta sœur a pu lui trouver ! Il reconnaît à peine un cep de vigne d'une pousse d'olivier ! Mais j'ai tort de me moquer. Il n'y voit rien, le malheureux. C'est ce qui lui a épargné la guerre, d'ailleurs...

Bouillonnant de rage, Alfred de Portallan marche de long en large. Non, on ne l'obligera pas à vendre, même dix mètres carrés !

— Et d'ailleurs, rugit-il, si ce que tu dis est vrai, si l'agriculture est condamnée, pourquoi veux-tu que quelqu'un vienne m'acheter cinquante hectares ?

— Parce que, aujourd'hui, les citadins se font construire des villas à la campagne, pour passer leurs vacances. Ils pensent loisirs, pas rendement à l'hectare !

— Alors, nous abandonnerions la campagne pour laisser la place à d'autres ? Tiens, je vais m'exprimer comme Mourès : tu es fada, Sébastien, tu déparles !

Le silence devient épais. Un mur d'incompréhension. Alfred pense que son fils est un aventurier, atteint par la folie des grandeurs, un pur produit de cette époque décadente. Sébastien, lui, voit en son père un homme du siècle précédent, défenseur de la veuve et de l'orphelin, mais surtout de la lampe à huile. Il est décidé à obtenir gain de cause. Coûte que coûte ? Coûte que coûte, se répète-t-il. Jamais il ne rencontrera une conjoncture aussi favorable. Il peut, enfin, mettre le pied à l'étrier. Devenir patron. Développer. S'enrichir. Détenir le pouvoir. Pénétrer dans le cercle très fermé des grandes familles marseillaises qui, pour plus de sûreté, pratiquent avec ténacité une endogamie sans faille. Même son mariage avec Simone ne lui a pas permis d'y accéder.

Les réceptions, les voitures, les grands restaurants, les tableaux de maître : il y pense avec tellement de violence qu'il en a la gorge serrée.

— Laisse-moi, Sébastien, dit Alfred de Portallan. Je vais réfléchir. Je suis épuisé.

Sébastien se retire. Pas très fier de lui, mais satisfait d'avoir mis en marche un processus qui, enfin, transformera le cours de sa vie. D'un geste mécanique, il se frotte les mains. Il va parler à sa mère, mais il ne doute pas de recevoir, de son côté, un accueil favorable. Sébastien juge Joséphine de Portallan beaucoup plus raisonnable que son père. Plus jeune d'esprit, aussi.

Joséphine de Portallan en avait toujours imposé à Sébastien, comme à la plupart de ceux qui l'approchaient. Non par une intelligence, d'ailleurs vive, qu'elle aurait pu mettre en avant, encore moins par les distances sociales qu'elle aurait pu chercher à établir, mais par une faculté d'écoute peu commune et une générosité tranquille qui interdisaient, en face d'elle, la moindre agressivité.

De manière confuse, ses enfants, les amis de la famille, le personnel ou les fournisseurs du domaine avaient toujours pensé qu'avec une extrême discrétion elle évitait à son mari, un peu borné et volontiers emporté, bon nombre d'erreurs humaines et de fautes de gestion. Elle s'y employait, effectivement, à l'abri des regards et des oreilles indiscrètes, veillant à ne jamais placer Alfred en position fausse ou gênante. De la même façon, Sébastien, Luce et Bernard, avaient toujours été surpris de la trouver à côté de leur lit quand ils se réveillaient la nuit, malades ou saisis par un cauchemar, comme si une onde télépathique permanente la liait à eux.

Aujourd'hui, elle accueillait son fils aîné dans le coin du petit salon où elle se tenait le plus volontiers, pour lire et broder, passant d'un fauteuil crapaud à l'autre, selon la lumière. Elle se reconnaissait mal dans ce jeune homme pressé, boulimique et trop secret. Elle l'aurait aimé plus attentif aux autres, moins égoïste.

— Oui, mon garçon ? disait-elle en souriant. Pousse ce livre et assieds-toi. Tu as lu *Le Rouge et le Noir,* n'est-ce pas, Sébastien ? Tu lis encore ?

— Plus beaucoup, je le reconnais... Je voulais vous parler de Bernard, de son... aventure, enfin de tout ce que cela va entraîner.

— Je suis au courant. Votre père est aux cent coups. Une telle... aventure, comme tu dis, est tellement étrangère à son univers !

Elle écoutait Sébastien lui exposer la solution qu'il venait de proposer quelques instants auparavant à Alfred de Portallan.

— Je crois qu'il vous suivra, disait son fils, si vous plaidez dans le même sens que moi. Qu'en pensez-vous ?

Joséphine de Portallan souriait en lissant sur ses genoux la belle laine vert bouteille de sa robe. Alfred se rangerait sans doute à ses raisons. D'autant plus facilement qu'il n'existait pas d'autre possibilité. L'éducation bourgeoise et assez terre à terre reçue dans sa jeunesse lui avait enseigné que l'aisance financière, si elle devait être préservée en évitant des gaspillages par ailleurs moralement condamnables, constituait avant tout le moyen de se sortir avec élégance des aléas de l'existence. En ce sens, l'écart de conduite de son fils cadet, du moment que celui-ci décidait de se montrer à l'avenir plus raisonnable, lui semblait fâcheux, mais pas dramatique.

Curieusement, c'était pour échapper à cette assurance ennuyeuse, à cette programmation de vie sans risque réel, qu'elle s'était laissé séduire par Alfred de Portallan. Le jeune noble, à l'époque, avec son allure sauvage, sa rude épaisseur d'homme de grand air, ses convictions un peu désuètes, lui avait paru un meilleur parti, un parti plus aventureux et plus romanesque, que les petits messieurs qui hantaient les salons de ses parents. Elle n'avait jamais réellement regretté son choix, même si, de temps en temps, les mondanités marseillaises qu'on lui rapportait la rendaient nostalgique.

Aujourd'hui, elle sait que tout emprunt sera difficile à obtenir et, plus encore, à rembourser, vu ce que rapporte, certaines années, la propriété. En outre, elle n'éprouve pas le même attachement, maniaque, qu'Alfred pour le domaine familial. Elle se doute que son mari disparaîtra avant elle. La perspective de gérer une exploitation aussi vaste avec le concours du seul Louis Rintier ne la séduit pas. Et puis, parce qu'elle est mère, Joséphine de Portallan a intuitivement compris, sans pour autant deviner à quelles activités ils se destinaient l'un et l'autre, que ni Bernard ni Sébastien ne resteraient à Hauterive.

— C'est ton propre choix qui est capital, mon petit. Es-tu certain de vouloir te lancer dans les affaires ? Ce n'est pas un monde facile. J'ai vu ça avec mes parents. J'ai entendu souvent mon père marcher, la nuit, dans la chambre au-dessus de la mienne. Ici, c'est sans doute austère, mais à condition de moderniser l'exploitation – ce que votre père oublie volontiers, je l'admets – vous n'affronterez pas de difficultés majeures. Quant à l'éloignement de Marseille, l'automobile ne va pas tarder à le supprimer. Vingt kilomètres !

— Non, maman, ma décision est prise. Je n'abandonne pas Hauterive, mais je ne veux pas exploiter la propriété. Je préfère manœuvrer des gens et de l'argent que la charrue.

— Sébastien ! Tu ne peux pas t'exprimer ainsi ! Et

je te signale que la terre est encore ce qu'il y a de moins salissant. Fais attention. Bon. Je vais réfléchir.

Tandis que Sébastien se lève, Joséphine de Portallan éprouve un pincement au cœur. Le départ, désormais certain, de son fils aîné la laisse désemparée. Elle anticipe ce vide soudain qui, elle le sait, s'élargira encore par la suite. Le bonheur, pense-t-elle, consiste d'abord à vouloir celui des autres, donc à se mobiliser pour leur permettre de l'atteindre. La tristesse, souvent, n'est qu'une manifestation d'égoïsme. Mais que dire de la souffrance qui rampe en vous, et contre laquelle on ne peut rien ? J'ai été épargnée, juge Joséphine de Portallan, le temps est peut-être venu de passer de l'autre côté du décor. Elle se lève, légère, et se dirige vers le grand miroir qui surplombe la commode Louis XV. Elle observe son visage lisse, régulier, sur lequel les rides restent encore discrètes, sa masse de cheveux grisonnants, sourit. Passer de l'autre côté du décor ? Avec douceur, alors. Avec patience. Avec bienveillance.

Le lendemain soir, Alfred de Portallan convoque Sébastien et Simone, Bernard, Luce et Louis Rintier, dans son bureau. Sa femme a pris place à côté de lui, dans un des fauteuils. Si Alfred paraît agité, Joséphine semble particulièrement paisible, et Sébastien en conclut que sa propre thèse l'a emporté.

— Vous êtes au courant, et si vous ne l'êtes pas je vous en informe, des frasques de votre jeune frère, dit nerveusement Alfred de Portallan. Monsieur joue aux cartes. Monsieur est plus malin que tout le monde. Et Monsieur perd, bien sûr. Donc Monsieur nous place dans une situation déshonorante, ridicule et dramatique.

Les époux Rintier ouvrent des yeux ronds en se tournant, la mine interrogative, vers Bernard qui contemple ses chaussures. Quel couple de mollusques ! songe Sébastien. Ils ne voient rien, ne devinent rien, ne comprennent rien ! Tous les trains leur passeront sous le nez. Décidément, les élites ne peuvent compter que sur elles-mêmes. Les autres suivent, comme des moutons.

— Nous sommes dans l'obligation de rembourser ces vingt mille francs de dette, somme dont je ne dispose pas. Ni à la banque, ni dans mon coffre. Somme que, pour diverses raisons, je suis dans l'incapacité d'emprunter. Nous avons donc décidé, votre mère et moi, de vendre rapidement une quarantaine d'hectares de la propriété, ce qui permettra de ne léser aucun d'entre vous. Vous disposerez d'une somme identique à celle que je – je dis bien : je, n'est-ce pas, Bernard ? –, à celle que je rembourserai aux créanciers de votre frère. A moins que vous n'ayez une meilleure idée, nous vendrons des vignes et des pinèdes. Evidemment, nous garderons les deux fermes. Cela devrait suffire.

La longue tirade semble avoir épuisé le vieil homme. Le silence n'est rompu que par de précautionneux raclements de chaussures sur le parquet. Chacun regarde son voisin. Alfred de Portallan s'est levé pour aller jusqu'à la fenêtre. Tous comprennent, à son geste, et même si par pudeur il a tourné le dos, qu'il est en train d'essuyer une larme.

— Père, dit Louis Rintier, est-ce vraiment la seule solution ? En ce qui nous concerne, Luce et moi, nous pouvons laisser notre part dans l'exploitation.

Sébastien contemple, vaguement dégoûté, le visage de grenouille de son beau-frère, aux yeux minuscules derrière des lorgnons épais d'un centimètre. Décidément, se dit-il, il n'en rate pas une.

— Vous m'exaspérez, Louis, répond le vieil homme d'une voix lasse. J'aimerais croire que votre offre part d'un bon sentiment, mais je ne suis plus sûr de rien. Tâchez de placer correctement votre part d'héritage anticipé. Dans l'industrie, par exemple, comme le préconise Sébastien...

Il s'interrompt quelques instants. Pourquoi continuer à argumenter ? Alfred de Portallan sait qu'on ne l'écoute plus que par politesse.

— Le jour où votre industrie, à tous, se sera développée, poursuit-il, vous verrez que le plus rare, donc le plus cher, deviendra le silence et la nature. Eh bien, je vais me mettre immédiatement en rapport avec notre notaire, maître Laval, pour organiser la vente. J'ai choisi des morceaux de terrain cachés par des rangées de cyprès, au cas où certains acheteurs voudraient construire des cabanons de vacances... Des cagadous, comme ils disent, à Marseille !

Joséphine de Portallan, qui n'a pas prononcé un mot depuis le début de la réunion, pense qu'une page se tourne. Beaucoup plus importante que la simple vente de quelques hectares. L'avenir s'obscurcit. J'aurai des décisions à prendre. Au moment où, justement, nous n'avons plus envie de ce genre d'épreuve. Elle regarde sa famille assemblée autour d'elle, pense à Hélène, qui dort à l'étage supérieur. Elle joint discrètement ses mains et prie quelques secondes en silence.

CHAPITRE 10

Le surlendemain, après avoir pris rendez-vous, Sébastien de Portallan remontait, au volant de sa Léon-Bollée, l'allée conduisant à la maison de Thérèse Camoin. Onze heures du matin sonnaient au clocher du village. Sur sa droite, il apercevait les ateliers, des tonneaux rangés contre les murs, et une bouffée de désir, quasiment physique, l'envahissait. Il serrait le volant des deux mains, se forçant au calme.

La propriétaire de l'Huilerie des Aygalades n'avait pas voulu le recevoir dans le bureau qui jouxtait l'usine, pour éviter d'alimenter les rumeurs de vente. Elle n'avait même pas prévenu Marius Maloni de cette visite. Il serait toujours temps d'informer le comptable si la démarche avait trait à l'avenir de l'Huilerie. Elle avait demandé à Edmond de chauffer le salon dans lequel elle n'entrait quasiment plus jamais et à Germaine de préparer du café et du jus d'orange.

Quelle belle automobile ! murmure-t-elle en examinant, à travers une des fenêtres du salon, la limousine gris et bordeaux qui vient de s'arrêter à quelques mètres de l'entrée. Elle ne peut retenir une mimique de surprise à la vue de Sébastien de Portallan. Mais il s'agit d'un tout jeune homme ! se dit-elle, la gorge brutalement serrée. Plus jeune que Victor, certainement ! Que peut-il vouloir réellement ? Pour obtenir ce rendez-vous, il s'était recommandé d'une relation commune, mais s'était contenté d'évoquer des « projets ».

— Monsieur de Portallan, annonce Germaine depuis l'entrée du salon.

Thérèse Camoin se lève et s'avance vers le jeune homme qu'elle juge habillé avec goût et ce rien d'impertinence qui sied à son âge. Celui-ci se courbe pour un léger baisemain. La vieille dame ne peut s'empêcher de penser que cette marque de courtoisie, au fond, n'est pas désagréable du tout. Elle lui indique un fauteuil, tandis que Germaine circule avec un plateau chargé de verres et de tasses. Sébastien s'autorise quelques compliments sur la bastide et son mobilier. Ils évoquent rapidement un des sujets de discussion favoris des Marseillais, l'« horreur », la « plaie », des démolitions qui ont commencé entre la Bourse, le cours Belsunce, les Augustins et l'Hôtel des Postes, plusieurs années auparavant et dont on ne voit pas la fin. La décision remontait à 1905 et les travaux n'avaient débuté qu'en 1912. Un certain nombre de taudis avaient certes disparu, mais le superbe centre d'affaires qui devait les remplacer n'avait toujours pas fait l'objet de la moindre fondation.

— Notre brave maire, Amable Chanot, a de la suite dans les idées, mais seulement dans les idées, sourit Sébastien de Portallan. Il faut reconnaître que les socialistes n'arrêtent pas de lui mettre des bâtons dans les roues...

— Ah, sourit Thérèse Camoin, la politique, dans notre bonne ville ! Nous n'en sortirons jamais !

Sébastien, qui a entendu parler de la « fibre sociale » de son interlocutrice et n'a pas envie de gâcher ses chances par un faux pas, pense que le moment est venu d'engager le fer.

— Je suis confus de vous déranger, madame, dit-il en joignant les doigts. Voilà la raison de ma visite. Ma famille habite à une quinzaine de kilomètres d'ici, au bord de l'étang de Berre. Quasiment Marseille dans les années à venir. Nous exploitons une grande propriété agricole, mais personnellement je souhaiterais m'investir dans d'autres activités. Par le plus grand des hasards, des rumeurs sont arrivées jusqu'à moi, faisant état d'une éventuelle vente de l'Huilerie des Aygalades, en tout ou en partie. Je dis bien : des rumeurs. Parmi vos ouvriers, qui s'en inquiètent et qui, je crois, ont une très haute opinion de vous. J'ai jugé que le plus simple, le plus discret, et le plus courtois, était de m'informer directement auprès de vous.

Il s'agit donc de l'entreprise ! Thérèse Camoin sourit. Ce jeune homme, pense-t-elle, est bien élevé, prudent, décidé et plutôt malin. De nouveau, sa gorge se contracte. Victor !

— Oui, dit-elle. Inutile de cacher que nous connaissons quelques difficultés. Tout Marseille est au courant. En outre, je n'ai sans doute pas les compétences nécessaires pour diriger aujourd'hui une société de cet ordre. Et, à mon âge, je n'en éprouve plus l'envie, à supposer que ce fut un jour le cas. L'Huilerie aurait dû être prise en main par mon fils Victor, mais il est mort... à la guerre.

— Je suis désolé...

— Merci. Nos destins sont tracés, n'est-ce pas ? Mais je vous trouve bien jeune pour vous...

— Pour diriger, éventuellement, l'Huilerie ? Mais je pourrais le faire sous votre... surveillance, sourit Sébastien. En outre, à Hauterive, j'ai appris à commander. Des fermiers, sans doute, des ouvriers agricoles, mais est-ce si différent ? Je sais aussi... compter.

— Oui, bien sûr. Voyons, qu'envisageriez-vous ?

Sébastien se garde de manifester la joie qui l'envahit en cet instant. Le premier barrage a cédé. L'invitation à poursuivre le prouve.

— Tout dépendra évidemment, dit-il, de l'évaluation de l'usine, de l'état de ses comptes, de la clientèle, etc. Mais nous confronterons vos désirs et les résultats d'une expertise réalisée par un technicien compétent. Evidemment, je souhaiterais acquérir, si c'est dans mes possibilités financières, la majorité des parts, mais vous pourriez garder le titre de président honoraire. Enfin, je réfléchis en parlant… Si vous étiez intéressée par mon offre, il faudrait aller plus avant, certainement avec votre comptable, probablement avec votre banque… et la mienne.

— Je suis à la banque Fabre, et vous ?

— A la Provençale d'Escompte.

— Ah oui, je connais son directeur, M. Halin, c'est bien ça ?

— Exactement. Donc, vous pouvez prendre tous les renseignements que vous jugerez utiles sur notre famille, sourit Sébastien de Portallan. De mon côté, je viens d'hériter une certaine somme, dont je peux doubler le montant grâce aux biens de mon épouse. Evidemment, il est toujours possible qu'un gros huilier marseillais présente une meilleure offre que la mienne. Du point de vue strictement financier, je veux dire. Pour le reste, j'en doute, car ils sont assez filous. Par exemple, nous pourrions conserver la marque Camoin…

Thérèse Camoin pense que le jeune homme, décidément, est perspicace. Il joue ses cartes avec habileté. Sans doute ne dispose-t-il pas d'une grosse fortune, mais ne représente-t-il pas une chance de redressement de l'entreprise ? Sa proposition mérite d'être étudiée de près. D'autant que la banque Fabre se montrera moins rigide dès qu'elle saura qu'un acheteur sérieux est sur les rangs. La vieille dame sent, presque physiquement, l'étau se desserrer autour d'elle. La perspective d'un soutien, autant moral que financier, lui rend un semblant d'énergie. Se reposer sur quelqu'un, enfin !

— Cher monsieur, dit-elle, il est trop tôt pour que je vous fasse visiter les ateliers. La maison serait immédiatement en ébullition. En revanche, je vous invite à vous mettre en contact avec mon comptable, M. Marius Maloni, que je vais informer au cours des heures à venir. C'est un homme rigoureux et compétent. Vous pourrez progresser dans l'étude des documents, et commencer à aborder la transaction financière. De toute façon, nous aurons besoin de plusieurs semaines, n'est-ce pas ?

— Evidemment, dit Sébastien de Portallan. En ce qui me concerne, il me faudra un délai du même ordre pour réunir mes fonds sur un seul compte. Puis-je partir en ayant le sentiment que, dans son principe, vous n'êtes pas opposée à ma proposition ?

— Vous pouvez, cher monsieur. Je suis certaine que nous nous reverrons sous peu.

Thérèse Camoin se lève, soudain plus légère, moins douloureuse, et raccompagne son visiteur dans l'entrée.

— Vous avez là de superbes tableaux, note-t-il en s'immobilisant devant les toiles qui encombrent les murs du grand hall.

— Vous aimez ? Il s'agit pour l'essentiel de peintres marseillais. Mon mari était un véritable collectionneur et s'était pris, peu avant sa mort, de passion pour de jeunes artistes locaux, Lombard, Verdilhan, Chabaud, entre autres, qui, je crois, ont assez bien réussi depuis.

La vieille dame semble chercher dans sa mémoire :

— Cette nouvelle école provençale expressionniste s'appelait, il me semble, le groupe du Poteau. Il s'agit d'une peinture forte, presque violente, vous ne trouvez pas ?

— Ah ! dit Sébastien avec fougue, c'est que notre Estaque, depuis des années, est un haut lieu de la création artistique… Cézanne, Monticelli, et puis, au début du siècle Dufy, Derain, Braque !

— Vous êtes fort savant, cher monsieur ! A votre âge !

Sébastien, souriant, prend congé de Thérèse Camoin sur un nouveau baisemain. Il a du mal à rester calme mais, en se glissant au volant de sa voiture, il applaudit comme un enfant. Première étape gagnée, songe-t-il. Mon goût pour la peinture, qui un jour deviendra coûteux, va probablement commencer par me rapporter. Les dés roulent pour moi, je vais avoir cette fabrique, et contre un minimum d'argent. Au diable la charrue, les vignes et les olives !

Des Aygalades, Sébastien gagne la ville à petite vitesse, pour prendre le temps de savourer ce qu'il considère comme son premier succès.

Les quartiers ouvriers mordent chaque jour un peu plus sur la campagne. Marseille, en ce milieu de matinée, lui semble un monstre repu étalé au soleil, s'ébrouant avec précaution avant d'entrer en chasse. Un grand saurien carnivore aux plaques grises et beiges. Marseille, ville sauvage. Qu'il s'agisse des vieux quartiers enchevêtrés près du port, de la majestueuse rue de la République, ancienne rue Impériale, en allant vers la Joliette, des Crottes du côté de l'usine à gaz, de la porte d'Aix d'où l'on déboule vers le cœur de la cité, de la Plaine, du cours Julien et du cours Lieutaud, de Castellane et des quartiers bourgeois, d'Endoume le long de la mer, la ville ne se laisse pas apprivoiser d'un regard. On peut la traverser sans y trouver d'autre particularité qu'un folklore superficiel ironiquement mitonné par les Marseillais à l'usage du touriste méfiant. Il faut qu'elle s'habitue au visiteur pour lui laisser, par un volet entrouvert, une porte mal fermée, une plaque de soleil dans l'ombre, une niche dans une façade, un escalier imprévu au coude d'une ruelle, saisir au vol quelques parcelles d'intimité. Les sourires, les signes amicaux, les manifestations de complicité ne viennent que plus tard, lorsque l'inconnu tend lui-même la main, discret mais assidu.

A l'aide de balais confectionnés avec des branchages serrés, les femmes nettoient leur portion de trottoir après l'avoir arrosée de seaux d'eau. La rumeur de la cité s'installe sans heurt, tissée d'une multitude de répliques vigoureusement scandées avec un accent de plomb. Les cageots des épiciers se répandent sur la chaussée. Les odeurs s'aiguisent, ici si différentes d'une heure à l'autre de la journée et de la nuit, d'une rue à l'autre, comme si des mondes cohabitaient au hasard. Des odeurs que l'on trie facilement – tomate, cumin, sel de mer, javel, poisson… – durant la matinée lavée par le vent et qui ne se mêlent en puissants effluves qu'en milieu d'après-midi sous l'emprise d'une forte chaleur. Les parfums d'une ville disent tout d'elle, pense Sébastien. Paris sent le labeur et la fébrilité, Marseille la légèreté et la fureur.

En approchant de la porte d'Aix, il s'étonne, comme chaque fois qu'il passe là, de la modestie de cet arc de triomphe qu'enfant il trouvait monumental. Et dont tout le monde s'est empressé d'oublier qu'il fut dédié à Louis-Napoléon. La place, déjà envahie d'une foule métissée, enjouée et piaillante, est entourée de maisons basses aux toits de tuiles et aux façades écaillées, de deux ou trois étages, dont les rez-de-chaussée sont occupés par des artisans et des commerces à la porte desquels s'établissent des conciliabules permanents.

En contrebas de la gare Saint-Charles, Sébastien prend droit vers la Canebière, le cœur de la ville, l'artère chic qui semble irriguer, à partir du Vieux-Port et grâce aux richesses venues du monde entier, tout le quartier des affaires. Là, à un kilomètre du fourmillement de la porte d'Aix, les hôtels de luxe, les immeubles majestueux, les boutiques à la mode, les brasseries cossues traduisent l'enracinement des fortunes anciennes. Au-delà, filant vers la préfecture, la rue Saint-Ferréol, la rue chic de Marseille, aux hôtels particuliers chargés d'histoire mais que les commerces, même Sébastien en est conscient, commencent à abîmer. Mon univers, pense Sébastien. Mon univers, désormais. Il se sent impétueux, prêt à tout bousculer. Capable de plier le destin, cette invention des faibles pour expliquer leurs échecs, des forts pour excuser leurs succès.

Il a rendez-vous, au Grand Café de Noailles, avec deux de ses amis, à peine plus âgés que lui, Léon Martat et Maurice Renard, de jeunes artisans fous d'automobile. Avec l'aide de quelques financiers fanatiques comme eux des belles berlines, ils ont réussi à racheter, du côté du boulevard Michelet, un grand atelier de construction de véhicules. Ils produisent jusqu'à deux cents autos par an, sous la marque « Martat-Renard ». Sébastien compte les associer à son offensive. Pour de faibles volumes d'actions, bien sûr, mais en multipliant ce genre de participations sans poids réel sur la marche de sa future entreprise, il espère bien faire jouer vis-à-vis de sa banque, plus tard d'autres établissements financiers, un effet de levier qui facilitera l'acquisition de l'Huilerie des Aygalades, son développement ultérieur et l'acquisition, aussi rapide que possible, de nouvelles sociétés.

Dans quel secteur ? Sébastien n'en sait rien, et s'en moque.

— Il faut vivre, explique-t-il à ses deux amis assis en sa compagnie devant un Noilly-Prat, sur les flux d'argent. L'argent en stock n'a, en soi, pas d'intérêt. Ce qui compte, c'est le mouvement d'argent. Et l'idéal, auquel je vous convie, c'est le rachat, pour une poignée de haricots, de fabriques en difficulté, petites ou moyennes dans un premier temps. On licencie une partie du personnel, on modernise, on les regroupe quand elles appartiennent à la même branche, on réduit le nombre d'installations, et on revend. Et on passe à autre chose. Mais le secret de tout ça, c'est la rapidité. Les banques suivent. On vit sur le mouvement. La notion de capital fixe est très discutable.

Sébastien contemple avec satisfaction son visage volontaire dans les glaces du grand café. Il aime cet endroit opulent aux banquettes confortables, aux lustres et aux cuivres étincelants, fréquenté par la bourgeoisie de la cité. Il s'y trouve à l'aise. Il aimerait y être salué avec déférence par le propriétaire, reconnu par d'autres consommateurs. Il rêve de costumes sur mesure taillés par Léonardi, le couturier pour hommes de la rue de Rome, d'un grand voilier d'acajou avec équipage, d'une Hispano-Suiza avec chauffeur, d'un hôtel particulier rue Sylvabelle, ou plus loin, en suivant la ville riche qui s'étend vers le sud autour de l'axe de la rue Paradis. Aiguillonnée par sa première entrevue avec Thérèse Camoin, son imagination franchit quatre à quatre les escaliers de l'épanouissement social.

— Sébastien ? Tu écoutes ?

Léon Martat, un grand blond au physique de sportif, les cheveux soigneusement plaqués sur le crâne, vêtu d'une sorte de saharienne à poches multiples, le cou noyé dans un foulard aux couleurs de feu, tente de retenir son attention :

— Tu en as de bonnes, avec tes haricots ! Nous, dit-il, nous pouvons t'apporter un peu d'argent, mais nos financiers ne se lanceront jamais dans l'huile et les savons. Ils ne s'intéressent qu'aux prochaines Vingt-Quatre Heures du Mans qui auront lieu dans deux ou trois ans. Tu parles d'une épreuve !

— Tu ne peux pas sortir un moment le nez de ton embrayage ? Les financiers sont toujours intéressés par les bons coups. Fais en sorte que je puisse les rencontrer. Cherchez parmi vos relations. Les passionnés d'automobile sont souvent riches. Mais restez discrets, n'est-ce pas ? Ne mettez jamais en contact des gens susceptibles d'apporter de l'argent. Les affaires, c'est d'abord la discrétion.

Martat et Renard sont de joyeux drilles. En commandant d'autres vermouths, ce dernier, une boule de nerfs et de muscles au nez protubérant, s'esclaffe :

— D'une certaine façon, nous avons de la chance. Mieux vaut que tu te lances avec une huilerie de cent vingt personnes qu'avec une compagnie de navigation. On ne risque pas de se néguer et nous y perdrons moins !

— Mais qui parle de perdre ? s'insurge Sébastien qui oublie tout humour dès qu'il est question de sa propre carrière. Un jour, nous aurons pignon sur rue, des bureaux de ministres. On viendra nous manger dans la main. Nous tiendrons les hommes politiques qui nous seront nécessaires !

— Moi, les hommes politiques…, sourit Renard. Ce que je préfère tenir, c'est une belle petite, tu vois… Par la taille.

99

— Eh bien ! s'amuse Martat. Ma parole, Sébastien, tu penses déjà à ta statue ! Avec l'extension de la ville, il va falloir décorer des croisements partout !

Sébastien de Portallan hausse les épaules, irrité. Ce n'est pas avec de pareils dilettantes, pense-t-il, que j'irai très loin. Mais dans un premier temps...

— Si nous allions déjeuner du côté des Catalans ? propose-t-il.

Sébastien adore les Catalans, une sorte d'incongruité balnéaire au milieu de la ville, que l'on atteint en longeant la côte rocheuse et découpée après le Pharo. La petite plage devait son nom aux pêcheurs catalans qui s'y étaient installés au XVIIIe siècle, grâce à la concession qui leur avait été octroyée, ainsi qu'aux pêcheurs napolitains, à la fin de la guerre de Sept Ans. Au grand dam de leurs concurrents autochtones, ils avaient alors occupé les vieilles infirmeries du Lazaret, transportées au nord de la ville. Les petits restaurants s'y étaient multipliés, comme plus loin, vers le vallon des Auffes et le Roucas-Blanc.

Ses deux acolytes se lèvent aussitôt.

— Quelques oursins et un beau loup ? ajoutent-ils en chœur.

Après avoir emprunté le boulevard de la Corderie, douillet et comme assoupi dans des taches de verdure, Sébastien, par Saint-Louis et la Viste, regagne Hauterive. Quand il sera devenu propriétaire de l'Huilerie des Aygalades, il installera ses propres bureaux à Marseille, non loin de son logement. Ou mieux encore dans le même immeuble, au rez-de-chaussée, comme les grandes familles de la bourgeoisie. Ses enfants iront chez les bons Pères s'il s'agit de garçons ou à Notre-Dame de Sion en ce qui concerne Hélène.

Déjà, la ville est derrière lui. Le vin blanc de Cassis, dont il a un peu abusé à table, l'a mis d'humeur enjouée. Les champs d'oliviers et de vignes, les cultures maraîchères s'étalent à droite et à gauche de la route, protégés du mistral par des haies de cyprès, parsemés de petites fermes. De temps en temps, des chemins s'échappent, conduisant à de grandes bastides, les « campagnes », comme on dit ici. Il oblique vers Saint-Victoret, puis longe l'étang de Berre. Le ciel est lumineux. Par la fenêtre de son automobile, il respire l'air chargé d'iode, piqué de temps en temps de bouffées de thym. J'adore ces paysages, songe-t-il, mais l'avenir est ailleurs. Mon avenir, en tout cas.

En arrivant à Hauterive, il débraye et pousse à fond l'accélérateur. C'est sa façon de prévenir Simone. Il range la luxueuse Léon-Bollée sous la grange derrière la maison. Le temps de contourner le bâtiment, son épouse est déjà sur la terrasse, Hélène dans les bras.

— Ma fille ! Tu seras riche et célèbre ! s'amuse-t-il en prenant l'enfant contre sa poitrine. Elle n'a pas trop pleuré ?

— Pas du tout. C'est un ange ! Tu ne m'embrasses pas ?

— Oh que si ! J'ai des tas de choses à te raconter, mais dans le cou ! Viens vite !

— Sébastien ! Il est quatre heures de l'après-midi ! dit Simone, faussement offusquée.

— Oui, et alors ? Il n'y a pas d'heure pour les amoureux. Hélène a sûrement besoin de dormir un petit moment. Viens vite !

Ils grimpent au premier étage, où ils disposent de deux chambres et d'un salon. Ils couchent Hélène dans son berceau et se précipitent vers leur grand lit, en se dévêtant aussi vite que possible.

CHAPITRE 11

Les projets de Sébastien avaient notablement progressé. Le jeune homme y avait veillé, comme un cuisinier à ses fourneaux, pressant sans vergogne ses interlocuteurs.

Maître Laval, le notaire de la famille Portallan, avait trouvé des acquéreurs, en plusieurs lots, pour les quarante hectares dont le vieil Alfred avait accepté de se débarrasser. L'officier public, un monument de discrétion, avait même proposé d'avancer, sur la première vente, la somme nécessaire au remboursement de la dette de Bernard, et celui-ci semblait décidé à s'écarter des tables de jeux. Les parents de Simone, mis au courant des projets de leur gendre, ravis à l'idée de voir leur fille se réinstaller à Marseille, avaient accepté de doubler la somme dont allait disposer Sébastien pour se lancer. En outre, les pistes ouvertes par ses deux amis constructeurs automobiles lui permettaient d'envisager un troisième apport d'argent à peu près identique aux deux premiers. Le montage juridique et financier de la société « Sébastien de Portallan et Cie » avait été ficelé par la Banque provençale d'escompte.

Depuis un mois, le jeune homme est entré, en compagnie de Marius Maloni, dans le vif des tractations. Avec détermination, il conduit une stratégie d'usure qui consiste, derrière un paravent technique, à payer son acquisition le moins cher possible, mais surtout à broyer, jour après jour, les nerfs de ses interlocuteurs. Il décortique chaque aspect du dossier, se refuse, comme Maloni le souhaiterait, à parler, d'entrée de jeu, d'une somme globale. Il a fait expertiser les bâtiments, chiffrer le moindre travail de rénovation. Les machines, vétustes, ont été appréciées, en fonction des nouveaux procédés à mettre en œuvre, au prix de la casse ou presque. La détérioration progressive du volume de la clientèle de l'Huilerie a été traduite en projections sur les années à venir. Toutes choses égales, elles traduisent à moyen terme une disparition « naturelle » de la fabrique. Les découverts bancaires, les dettes, les traites payées avec retard ont été cumulés. Sébastien a même réussi à évaluer le désavantage concurrentiel que Thérèse Camoin a creusé en adoptant à l'égard de son personnel une politique relativement généreuse.

Désormais, le jeune homme sait que l'argent dont il dispose, plus quelques crédits bancaires garantis par la fortune foncière de sa famille, lui permettront d'acquérir la majorité de l'Huilerie. Ce qui, dans un premier temps, semble suffisant et permet de n'effrayer personne. Même maintenue dans une fonction de président honoraire, Thérèse Camoin n'aura plus voix au chapitre. Et l'éventuel rachat ultérieur des parts de la vieille dame s'effectuera à un prix tout différent. En poursuivant les discussions avec Marius Maloni, Sébastien a de fait écarté d'autres éventuelles candidatures de rachat des Aygalades. Coincée chaque semaine un peu plus par la détérioration de ses comptes, Thérèse Camoin ne peut pas, désormais, changer d'interlocuteur.

Sébastien se veut calculateur, sans doute pour ne pas s'avouer qu'il a simplement franchi la frontière du cynisme. Il considère désormais ses relations, ses amis, sa famille même, comme de simples pions qu'il chauffe entre ses doigts avant de les déplacer, sans remords, d'un coup sec, le moment venu. Il a mis sa bonne éducation, son physique avenant, sa faconde naturelle au service de stratégies glacées tendues vers un objectif de puissance. Quand il lit en détail, chaque jour, *Le Petit Marseillais*, le journal bourgeois de la cité, il se gorge de chiffres de production exponentiels, de bénéfices explosifs, et il pense que bientôt son nom apparaîtra dans ces colonnes pour ne plus les quitter. La faiblesse est un abandon, dit-il souvent à ses confidents, Martat et Renard, en avançant le menton. Nous devons nous montrer inflexibles. Personne, nulle part, ne nous fera de cadeaux. Alors, mieux vaut prendre les devants.

Les réunions avec Marius Maloni, avec Thérèse Camoin et quelques experts appelés en renfort dans le bureau de la propriétaire de l'Huilerie des Aygalades sont maintenant presque quotidiennes. Tout le personnel de la fabrique a remarqué le jeune Sébastien de Portallan et sa confortable limousine. Chacun a compris qu'il s'agissait du futur associé, ou du futur patron, de la maison. Les commentaires vont bon train. Et comme le signe amical que Sébastien, dans la cour, a adressé à Gianni Monti, à deux ou trois reprises, n'a échappé à personne, ce dernier se trouve soumis à un feu roulant de questions.

— Arrêtez, répond-il. Vous m'ensuquez, avec vos histoires. Je le connais à peine.

— Oh, Gianni ! Te fous pas de nous, grogne Marcel Luna, un vieux contremaître. On les voit bien, vos signes de complicité, on est pas guinchos ! Tu comptes monter en grade ?

— Va te faire voir ! Je collabore pas avec les patrons !

— Où tu l'as rencontré, ce type ? Il paraît qu'il s'appelle de Portallan, ou quelque chose comme ça.

— Ben, puisque tu le sais ! Ouais, c'est son nom. Sébastien de Portallan. Je le connais parce que son père a une propriété agricole, près de l'étang de Berre, sur laquelle mon cousin est fermier... Ouais, Emilio ! Tu l'as connu, à l'époque, quand on habitait chez Arturo...

— Qu'est-ce qu'il va décider ? demande Marcel Luna.

— Putain, collègue, tu crois pas qu'il me choisit pour ses confidences, par hasard ? Je l'ai vu dix minutes, le jour de Noël…

— En tout cas, on va surveiller ! Il faut pas qu'il s'imagine, le minot, qu'on va accepter n'importe quoi ! Même si c'est toi l'intermédiaire !

— Fais mèfi, Marcel ! prévient Gianni. Avec tout le respect que je dois à ton âge, je te vire deux boufes !

Monti comprend que le climat, dans la fabrique, est en train de pourrir, faute d'informations. Mais il n'a ni le temps, ni l'envie, d'accomplir la moindre démarche. Un coup à passer pour un jaune. Si l'autre veut devenir patron, grand bien lui fasse ! Il le trouvera toujours au premier rang pour défendre la condition des ouvriers. Emilio ou pas.

Gianni serre les poings et jure, pour la première fois depuis longtemps, en italien. La belle vie, qui l'enchantait deux mois plus tôt, elle pourrait bien se compliquer dans les jours à venir ! Porca miseria ! Pourquoi n'avait-il pas fermé sa gueule, la veille de Noël, quand l'autre lui avait demandé, par politesse, des nouvelles des huileries marseillaises ? Gianni est convaincu d'avoir mis le jeune Portallan sur la piste.

Le 14 avril 1920, Sébastien de Portallan devient propriétaire de l'Huilerie des Aygalades. Il n'a donné aucun lustre particulier à cette prise de contrôle qu'il tient, pour le moment, à laisser dans le vague. Il a circulé à l'intérieur de la fabrique, s'est présenté à tout le personnel comme le « nouvel associé » de Thérèse Camoin, a dit un mot aimable à chacun. Il s'est contenté d'un bureau de taille modeste qui a été installé dans la grande pièce directoriale, veillant à ne modifier ni les signes extérieurs de prééminence, ni les habitudes de la vieille dame.

— C'est là qu'aurait dû, au début en tout cas, se tenir Victor, a dit Thérèse Camoin, la voix nouée.

— Je vous remercie de votre confiance, a répondu

Sébastien. Je ne pourrai jamais le remplacer, mais sachez que mon aide vous est acquise. Je vais essayer d'apprendre comment fonctionne l'Huilerie, si vous voulez bien guider mes premiers pas…

Il sourit intérieurement. Il considère que, d'ores et déjà, la marche de l'entreprise n'a plus beaucoup de secrets pour lui. Le processus technique, depuis le séchage des graines dans les greniers jusqu'à la deuxième pression hydraulique, est relativement simple. Les dernières innovations remontent au milieu du siècle précédent. C'est là, d'ailleurs, que le bât blesse. Il faudrait prévoir une troisième pression, supprimer les transports manuels, ajouter à l'huilerie un atelier de sacs, un atelier de mécanique et une tonnellerie, envisager de fabriquer ce produit nouveau qu'on appelle Végétaline.

Sébastien a enregistré tous les comptes, tous les prix, il connaît par cœur le nom et la situation de chaque client. Fournisseurs et transporteurs, fabricants de machines ne sont plus des inconnus. Sans les avoir jamais rencontrés, il a fini par se forger une idée précise de leurs forces et de leurs faiblesses. Le marché sur lequel il va évoluer est devenu, dans sa mémoire, aussi détaillé qu'une carte d'état-major.

Il s'est donné quelques semaines pour cerner ce qu'il connaît le moins bien : son personnel. Il doit combiner investissement de matériel moderne et licenciement. Ce qui, dans son esprit, revient à passer une sorte de pacte officieux avec les plus influents des ouvriers en leur distribuant quelques avantages et, grâce à eux, à déterminer dans la chaîne de production les maillons les plus faibles, les moins revendicatifs. C'est là qu'il faudra d'abord porter le fer.

Gianni Monti ! pense Sébastien en laissant courir son rasoir sur sa joue couverte de savon. C'est le moment de le voir, mine de rien. Avec sa stature de colosse, c'est forcément un meneur. S'il accepte de jouer dans ma main, j'aurai accompli un pas immense.

Sébastien affûte la lame sur la bande de cuir pendue à côté du miroir et élimine les quelques plaques de barbe qu'il a oubliées. Voir Monti, évidemment, mais le voir ici, chez les Barutti. Ce qui suppose qu'Emilio invite son cousin, donc qu'il parle à Emilio. J'ai mon gibier, se dit-il, tout d'un coup jovial. J'imagine que tout le monde désapprouverait ma conduite, à commencer par ma digne mère et mon idéaliste de frère, mais qu'importe ! Entrer dans la cage aux fauves avec un cerceau et un hochet ? Grotesque ! Nous n'avons pas de temps à perdre, alors pourquoi faire la fine bouche sur les moyens ? Les hommes se jugent aux résultats qu'ils obtiennent, on oublie les voies qu'ils ont empruntées. Et, en prime, ils ont droit à la reconnaissance et même à la respectabilité.

Quelques instants après, vêtu d'une veste de laine et chaussé de ses croquenots de marche, Sébastien prend le chemin qui conduit à la Ferme des agneaux. Les deux épagneuls, Clown et Pitre, ont deviné la promenade et ne l'ont plus quitté depuis dix minutes. Ils regardent la direction que prend Sébastien, puis se ruent dans les fourrés.

Ce matin, il n'y a pas de mistral, la largade ne s'est pas encore levée. Le soleil a jailli au-dessus de la barre rocheuse et vient effleurer la surface lisse de l'étang, y déployant des reflets marbrés sautillant comme des lutins, allant à la rencontre des mouettes qui plongent pour chercher leur pitance. Il n'a pas plu depuis trois semaines. La terre est sèche, déjà craquelée par endroits. Ce printemps n'est pas assez arrosé, juge Sébastien. La végétation pourtant a repris son allure orgueilleuse, se faufilant entre les pierres dans les failles les plus étroites, surgissant par touffes au milieu des sentiers, alourdissant les branches des arbres. Deux ou trois jours d'averse ne seraient pas un luxe, au moins pour rabattre la poussière, se répète-t-il en emplissant ses poumons d'un air frais au parfum de silex, d'iode et de cyprès.

— Emilio ? Il se trouve du côté des marais salants,

dit Maria qui sort de la maison, en tenant Gina par la main. Je dois lui transmettre un message, à midi ?

— Non, je vais marcher jusque-là, réplique Sébastien, qui se penche pour embrasser la gamine. Je ne fais plus assez d'exercice, avec ce travail de bureau. Où est Sandro ?

— Déjà en train de ramasser les œufs dans le poulailler. C'est son grand plaisir.

— Pourquoi ne venez-vous pas à Hauterive, cet après-midi ? Sandro et Gina pourraient voir les chevaux. Comment vont les leçons de français, avec ma mère ? Elle ne tarit pas d'éloges sur son élève, en tout cas.

Sébastien fait un geste de la main et poursuit sa route. C'est comme ça qu'il aime la propriété familiale : pour en profiter de temps en temps, pas pour y travailler quotidiennement. Un énorme lièvre détale devant lui, les deux chiens à ses trousses. J'aurais dû prendre mon fusil, pense-t-il. Le soleil est déjà haut. Il enlève sa veste qu'il balance, d'un doigt, par-dessus son épaule. De loin, il aperçoit Emilio en train de combler de pierres quelques ornières du chemin qui conduit aux marais.

— Si je ne bouche pas ces trous, dit le jeune fermier quelques instants plus tard, je vais finir par y laisser un essieu. Comment allez-vous, Monsieur Sébastien ? On ne vous voit plus guère, maintenant. Ça y est, vous avez racheté l'Huilerie ?

— Racheté... Enfin, je me suis associé avec Mme Camoin. La situation n'était pas très brillante, elle ne l'est toujours pas, d'ailleurs...

— Oui, c'est ce que m'a dit Gianni, la dernière fois qu'il est venu.

Sébastien se fait distrait.

— Ah oui, Gianni Monti... Tiens, au fond, je serais content de parler un peu avec lui, quand il sera là, de la fabrique, du matériel, des problèmes, bref... Vous allez le voir un de ces jours ?

— Je ne sais pas. Mais si vous voulez, je peux lui proposer de monter, un dimanche.

— C'est une bonne idée, Emilio. C'est plus facile de discuter ici que dans la cour de l'atelier. On a l'impression de se donner en spectacle, hein ? Si ça l'arrange, nous pouvons nous fixer rendez-vous, et je le prendrai en voiture. Vous me tiendrez au courant, Emilio ? Et à part ça ? Je ne vous ai pas demandé, au fond : les oliviers ont bien fourni ?

— Superbe ! Un record ! sourit Emilio. On va un peu se trouver dans la même activité, maintenant, vous et moi !

— Quasiment, répond Sébastien, mais vous, vous allez finir par produire de l'huile de luxe, avec les olives. Moi, avec l'arachide, que ce soit pour l'alimentation ou, surtout, pour la savonnerie, je vise la grande consommation.

Les deux hommes discutent un moment. Au soleil, ils jugent, sans avoir besoin de vérifier, que l'heure du déjeuner approche.

— Vous me ramenez jusqu'à la ferme ? demande Sébastien en indiquant de la tête la charrette attelée qui attend un peu plus loin.

Quinze jours plus tard, Gianni est venu, à contrecœur, passer le dimanche chez Emilio et Maria. Ce souhait, émis par Sébastien, de le rencontrer à l'écart de la fabrique ne lui dit rien qui vaille. En tout cas, il s'est rendu à la ferme par ses propres moyens. Un ouvrier, pense-t-il, ne peut pas nouer de relations cordiales avec son propre patron. Ils appartiennent à des mondes différents, ils ne réfléchissent pas de la même façon, ils poursuivent des objectifs divergents. Mieux, leur opposition est naturelle, nécessaire, constructive. C'est de la lutte que vient le progrès et, en ce qui concerne les travailleurs, la dignité. Nous ne devons pas pactiser, considère Gianni, nous devons uniquement revendiquer.

Sébastien surgit en milieu d'après-midi, tandis que

Maria s'apprête à descendre vers la plage avec Emilio et les enfants. La chaleur, déjà forte en cette fin de mois de mai, s'est un peu atténuée. La largade continue à souffler, creusant l'étang de vagues courtes, et lui donnant, à l'inverse du mistral qui le rend bleu foncé, une couleur où se mêlent le gris et l'émeraude. Quelques voiles blanches, des petits dériveurs, se croisent au large.

— Je suis content de vous voir, monsieur Monti, dit Sébastien en serrant la main de Gianni qu'il sent sur la réserve, crispé.

— Moi aussi, monsieur.

Gianni balance sa grande carcasse d'un pied sur l'autre. Il a du mal à maintenir son regard dans celui de Sébastien et regrette de se trouver là. Qu'est-ce qu'il fout sur ce chemin, à discuter avec un patron, le sien, en plus ? Les copains ne manqueraient pas de ricaner s'ils le voyaient en train de discourir en compagnie d'un représentant du grand capital.

— Si nous allions, nous aussi, vers la plage ? propose ce dernier avec le sourire. Un peu d'exercice ne nous fera pas de mal. Ces repas du dimanche sont toujours trop copieux... Nous marcherions devant.

— Si vous voulez, répond Gianni, qui laisse passer un silence avant de poursuivre, ne sachant trop que dire : vous êtes content de l'Huilerie ? C'est une belle fabrique, non ?

— Absolument. Je crois qu'en nous y mettant tous, nous pourrons la sortir de la passe difficile dans laquelle elle se trouve.

— Ah bon ? relève Gianni. Mais qu'est-ce qui va si mal ?

Aussitôt, il s'en veut d'avoir mordu à l'hameçon. Une erreur grossière. Il n'a pas à compatir. Lui, il ne doit viser que deux objectifs : l'augmentation du salaire horaire et la diminution du temps de travail. Le reste n'est pas son affaire.

— Oh, rien ne va réellement mal, tempère Sébastien de Portallan. Seulement, il va falloir moderniser les machines, progressivement. Pour le moment, l'Huilerie perd de l'argent tous les mois.

— Ah…, se contente de ponctuer Gianni.

Il se retient d'ajouter : mais alors, pourquoi l'avez-vous achetée ? Et comment réussirez-vous à dégager des bénéfices ? Car c'est bien ça qui vous guide, non ? Les bénéfices des patrons, ce sont bien des heures de travail d'ouvrier mal payées ? Vous ne faites pas de la philanthropie ?

— Et vous, sur le plan personnel, interroge Sébastien, vous êtes satisfait de votre situation ? Comment voyez-vous votre carrière se… développer, plus tard ?

— Non, non, je me trouve très bien, dit Gianni en se repliant, mais sans pouvoir s'empêcher d'ajouter : enfin, je suis comme tout le monde, nous attendons notre hausse de salaire… La vie augmente… Mme Camoin…

— Oui, oui, bien sûr ! Elle vous avait laissé entendre… Mais elle n'avait pas une idée très claire des comptes. Une augmentation, aujourd'hui, ce serait suicidaire. Une augmentation générale, je veux dire. En revanche, au mérite, évidemment, tout dépendra…

Saligaud ! jure intérieurement Gianni. Mais tu es en train d'essayer de m'acheter !

— Et mon arrivée aux Aygalades, qu'en dit-on, dans le personnel ?

— Vous savez, répond Gianni d'un ton rogue, nous, les ouvriers, on voit ça de loin !

Sébastien s'est arrêté. Tout sourire. Regardant Monti comme un maître bienveillant l'élève un peu brouillon.

— Mais c'est justement ce qu'il ne faut pas faire, Gianni ! Je vous prie de m'excuser, je vous ai appelé par votre prénom ! C'est ce qu'il ne faut plus faire, aujourd'hui. Il ne faut pas voir de loin, comme vous dites. Ouvriers et dirigeants doivent parvenir à une analyse commune de la situation, s'entendre sur la façon de résoudre les difficultés. Chacun doit y mettre du sien, voilà ce qui est moderne !

Porca miseria ! enrage Gianni. Je suis tombé dans

un véritable piège. Ce type est un tordu. Il ne s'agit même plus de paternalisme. Nous n'allons quand même pas gérer la fabrique avec lui ! Et pourquoi ne pas accepter des baisses de salaire, en prime, au nom de l'équilibre des comptes !

— Voyez-vous, monsieur de Portallan, murmure Gianni en se forçant au calme, nous ne pouvons pas – d'autres vous diront peut-être le contraire, mais ils se trompent – nous ne pouvons pas, nous les ouvriers, sortir de notre rôle.

Monti a conscience d'en dire trop. Les discours ne sont pas son fort. Il a appris que le silence est souvent la meilleure arme de ceux qui maîtrisent mal la dialectique. Mais il ne voudrait pas sembler buté, désagréable. Il aimerait faire comprendre au jeune homme que la vie et les chiffres ne se confondent pas toujours.

— Etre moderne, poursuit-il avec précaution, ça ne consiste pas à inverser les fonctions, à tout mélanger. Nous appartenons à des classes différentes. Cette lutte des classes, dont on parle tant, ce n'est pas tellement un objectif, c'est un état de fait. Mais attention, je ne dis pas qu'il s'agit d'un combat guerrier, je ne dis pas qu'il faut que nous nous trouvions systématiquement en bagarre les uns contre les autres, je dis que cet affrontement est dans l'ordre des choses. Parce que vous êtes propriétaire, et moi pas.

— C'est de la politique, ça, monsieur Monti ! distille Sébastien d'une voix qu'il s'efforce de contenir.

— Je ne crois pas, monsieur. Pas au sens où vous l'entendez, ou bien tout, alors, est politique...

Gianni sourit et, subitement très calme, poursuit :

— Vous savez, défendre ses intérêts, je ne sais pas si c'est de la politique. Ce que vous appelez la politique, souvent, ça nous dépasse, nous les ouvriers... Nous en mêler, ce serait prendre le risque d'être manipulés !

Les deux hommes cheminent en silence. Ils approchent de la plage, et les enfants les ont rattrapés.

— J'ai été heureux de cette conversation, dit Sébastien d'une voix neutre. Elle m'a permis de mieux comprendre la situation. Nous aurons sûrement l'occasion d'en reparler.

Le jeune homme, en réalité, pense qu'il a raté son coup. Que les communistes sont infiltrés partout. Que si rapport de force ils veulent, rapport de force ils auront. On les cassera ! La loi des Rouges ! La dictature du prolétariat ! Il n'a pas compris qu'avec beaucoup de doigté son interlocuteur s'est justement efforcé de dédramatiser un antagonisme normal.

Gianni, lui, songe que les difficultés ne font que commencer et que Sébastien de Portallan, malheureusement, n'a pas, ou pas encore, les épaules d'un patron.

CHAPITRE 12

A la rentrée, Simone, Sébastien et Hélène s'étaient installés à Marseille. Même si cela ne correspondait pas encore à ses rêves de grandeur, Sébastien avait malgré tout accepté de loger dans le grand appartement que ses beaux-parents avaient mis à sa disposition, après l'avoir doté d'une salle de bains moderne, au troisième étage de leur hôtel particulier du bas de la rue Paradis, un peu avant le cours Pierre-Puget.

Les façades plongeant à même le trottoir, patinées par le temps mais presque banales par excès d'austérité, donnaient à ce quartier une allure un peu triste. Les porches anonymes ne laissaient rien deviner des jardins intérieurs gorgés d'arbres et de fleurs. A Marseille, l'aisance ne s'exposait pas. On l'abritait, on refusait même d'en profiter trop, comme on se préservait du soleil derrière de lourds volets, comme on laissait la faconde à la légende. Puritanisme et bonne éducation allaient de pair la plupart du temps. La rumeur laissait même entendre que les grandes familles bourgeoises pratiquaient une frugalité quasi monastique, croyant peut-être y gagner leur vie éternelle, et que le nombre de sucres quotidien par enfant était l'objet d'un contrôle sévère.

Sébastien ne se cachait pas qu'il vivait dans un équilibre financier précaire. Sa seule arrivée à la direction de l'Huilerie des Aygalades n'avait évidemment pas suffi à renverser la conjoncture. Il bouclait les fins de mois avec des bouts de ficelle.

Des paroles aux actes, du dessein à sa matérialisation, il avait éprouvé la lourdeur des structures et la résistance des hommes. En pratique, et malgré ses discours, il s'était contenté, depuis son arrivée aux Aygalades, de ne pas remplacer quatre ouvriers partis à la retraite, ce qui avait entraîné une surcharge de travail, non compensée, pour leurs collègues. Les gens avaient grogné, mais accepté. Comme ils avaient rengainé – mais pour combien de temps ? – leurs revendications salariales.

Il savait que Thérèse Camoin et Gianni Monti, sans l'en informer, n'y avaient pas été pour rien. Mais il savait aussi que le temps de l'épreuve était venu. Il n'aurait aucun mal à obtenir de la banque un financement de ses investissements, à condition de prouver, noir sur blanc, une contraction de ses frais de personnel.

A la banque, le vieux Fabre, un visage buriné de pirate sous une crinière blanche, ses grosses mains étalées sur le bureau, ne le lui avait pas envoyé dire.

— Mais, cher ami, je ne voudrais pas que nous nous comprenions mal, avait-t-il coupé sèchement après une demi-heure de discussion. Vous n'ignoriez pas, avant même de vous porter acquéreur, que l'Huilerie des Aygalades n'était viable qu'à condition de mécaniser et de réduire les effectifs.

— C'est justement ce que je propose, avait rétorqué Sébastien.

Sébastien regardait les mains du banquier, lourdes, noueuses, aux doigts carrés, couvertes de poils drus. Des mains de travailleur de force, de bûcheron, développées, musclées. Comme celles de Gianni Monti. Par quel miracle ? Il enviait ces mains parce qu'elles traduisaient un caractère de pierre, une détermination à toute épreuve.

— Non. Vous me demandez de vous financer et vous m'assurez qu'ensuite vous licencierez. Je ne vois pas la situation de cette façon. Je vous assure ce financement, mais je veux que les licenciements soient acquis d'abord. Je suis désolé, mais nous avons tous des comptes à rendre.

— Vous ne me facilitez pas les choses...

— Je ne suis pas là pour ça, avait dit le banquier, avant d'ajouter en fixant Sébastien dans les yeux : patron, c'est aussi un métier, figurez-vous. Le seul trait de caractère qui interdit absolument l'entrée dans notre monde, c'est d'apparaître velléitaire. Cela, personne ne vous le pardonnera.

Le banquier s'était renversé dans son fauteuil, avait claqué la paume de la main sur son bureau – et en cet instant Sébastien aurait voulu lui ressembler :

— Bon ! Tenez-moi au courant. Mais mon crédit vous est acquis, et vous pouvez même en faire état dans vos négociations. Car négociations il y aura, je suppose que vous vous en doutez.

Sébastien était sorti de la banque le rouge aux joues, honteux de sa fragilité, que le financier avait parfaitement détectée. Les lèvres crispées sur une cigarette qu'il avait du mal à allumer, il s'était juré qu'on ne recommencerait pas de sitôt à lui faire la leçon. Non, pas de sitôt. Des voraces ? Il serait vorace aussi. Il en voulait à ses parents de l'éducation qu'il avait reçue, à laquelle il attribuait ses défaillances.

Quelques semaines plus tard, les négociations, comme disait le vieux Fabre, avaient été rudes.

— Il y a dix postes à supprimer, avait commencé par annoncer Sébastien à Thérèse Camoin, un matin, tandis qu'à leurs bureaux respectifs ils buvaient un café apporté par la secrétaire.

— Comment ? Vous voulez licencier ? avait gémi la vieille dame. Mais vous m'aviez dit...

— J'imaginais un redressement plus rapide. Mais il n'y aura pas de redressement sans diminution des coûts. En d'autres termes, sans mécanisation et réduction concomitante des effectifs.

Sébastien de Portallan avait mis dans son propos une

brutalité inhabituelle. Il devait passer en force, or il se sentait faible, et, cette faiblesse, il la reprochait même à la vieille dame qui lui faisait face. La salive dans sa bouche avait le goût amer d'un fruit croqué trop tôt. Il fallait. Avancer sans s'occuper des meurtrissures des autres. Il regardait ses mains et les trouvait trop graciles.

— Je ne peux pas accepter, avait dit Thérèse Camoin. C'est contraire à mes convictions et à mes engagements.

— Libre à vous. Mais c'est moi qui décide. Et d'ailleurs j'annoncerai ça moi-même. Dès aujourd'hui.

Thérèse Camoin s'était effondrée dans son fauteuil, comme recroquevillée autour d'un regard définitivement éteint par cette sauvagerie qu'elle avait toujours refusée. Elle avait eu envie de demander à ce jeune homme agressif s'il avait pensé aux familles, aux enfants, mais elle n'en avait pas eu l'énergie.

Au milieu de l'après-midi, les licenciements avaient été signifiés à dix personnes. Et, en moins d'une heure, la grève était déclenchée.

Par téléphone, Sébastien de Portallan avait joint Eugène Fabre.

— Tout ce que j'ai réussi avec votre méthode, avait dit Sébastien, c'est à me coller une grève sur le dos !

— Oui ? Et alors ? avait répliqué l'autre d'un ton rogue. Ça commence toujours comme ça, qu'est-ce que vous croyez ? Vous avez annoncé dix licenciements ? Ce n'est pas très malin. Il fallait en réclamer douze. Maintenant, vous serez obligé de lâcher à huit. Il vous reste à négocier. Je vous rassure, les ouvriers savent aussi qu'il faut terminer une grève. Tenez bon.

« Por-ta-llan-é-tran-gleur ! Por-ta-llan-é-tran-gleur ! » Tard le soir, le slogan avait retenti dans la cour de la fabrique, semblable pour lui aux premiers cris d'un nouveau-né au terme d'un enfantement crispant. Puis les ouvriers s'étaient dispersés après des heures de conciliabules. Sébastien, sur le chemin du retour, s'était arrêté au Café de Noailles et avait bu trois verres de cognac. Pour la première fois, malgré les lustres rutilants et le bourdonnement des conversations, il s'était senti très seul. Lourd. Epais. Moins seul sans doute que les futurs chômeurs, mais ça, il n'y avait pas pensé.

Il croyait que, dans le long parcours qu'il avait entrepris, il venait de remporter une victoire importante et que la solitude accompagnait naturellement les responsabilités et le succès. Car, pour la première fois aussi, le maître d'hôtel, l'accompagnant à sa table, l'avait accueilli d'un « monsieur de Portallan » long comme le bras.

Marchant avec précaution entre les passants élégants, un peu ivre, il avait descendu la Canebière jusqu'au Vieux-Port qui miroitait dans l'obscurité. Il avait attendu que la ville, dense et secrète, lui communique cette énergie un peu mystérieuse que plus de vingt siècles d'histoire avaient condensée dans l'air, le sol, les pierres.

La grève avait duré quinze jours. Le vieux Fabre ne s'était pas trompé. Huit employés avaient dû quitter la fabrique. A plusieurs reprises Sébastien de Portallan s'était trouvé, dans les discussions, confronté à Gianni Monti qui avait réussi à obtenir quelques avantages pour les licenciés... et ceux qui conservaient leur travail. Ayant ainsi prouvé sa rigueur et sa détermination, il avait obtenu de la banque l'ouverture des crédits nécessaires à la modernisation de l'huilerie.

Sa force de caractère avait été remarquée dans les milieux patronaux marseillais, éternellement partagés entre le regret d'un passé idéalisé et le goût des affaires risquées mais rémunératrices. L'industrie locale avait besoin de ce genre de jeune loup, avide et dur aux chocs. Des mains s'étaient tendues, des sourires s'étaient ouverts. Des gouffres de complicité. Il ira loin, ce petit, avait-il entendu. Sébastien avait compris le message.

Traumatisée par le conflit, déçue par le comportement de son associé, fatiguée de n'attendre plus rien de l'existence, Thérèse Camoin avait décidé de vendre à Sébastien les parts minoritaires dont elle était propriétaire. Le jeune homme lui en avait offert une somme assez faible, mais il était, évidemment, le seul acheteur intéressé. La vieille dame avait un peu tard compris la manœuvre déployée par Sébastien depuis leur premier rendez-vous mais, extrêmement lasse, elle avait fini par céder.

Sébastien de Portallan s'était alors mis en chasse d'un partenaire lui permettant de franchir un deuxième palier. Elargir sa surface : tel était son nouveau mot d'ordre. Il avait réussi à localiser une autre huilerie moyenne en difficulté, l'Huilerie générale, installée à Saint-Antoine. La famille Colomb, qui en était propriétaire, avait confié ses intérêts à un gendre incompétent et noceur, qui avait confondu la caisse de l'entreprise et sa cassette personnelle. Sébastien avait proposé d'effacer les dettes, et d'échanger la majorité des actions de l'Huilerie générale contre dix pour cent du capital de l'Huilerie des Aygalades, dont les comptes s'étaient notablement redressés. Il s'était donné un an pour regrouper toutes les activités aux Aygalades, comprimer les effectifs globaux, puis vendre le terrain et les bâtiments de l'autre fabrique.

Il n'avait pas vu passer cette première année citadine. Il accomplissait, toute sa volonté tendue vers la création de l'« empire », des journées de quinze heures qui le conduisaient, épuisé, jusqu'au lit conjugal sur lequel il s'effondrait. De la grande vie, scintillante, dont il avait rêvé, il n'avait pas encore profité une minute. Pas plus que Simone, qui avait échangé un amant fougueux contre un capitaine d'industrie polarisé sur les comptes, les prises de contrôle, les investissements, les conflits sociaux. Il arrivait même à la jeune femme, esseulée, de regretter son existence campagnarde antérieure.

A Noël, à Pâques, il avait conduit Simone et Hélène à Hauterive pour y passer une dizaine de jours en famille, au grand air. Hélène, qui allait sur ses deux

119

ans, était une gamine brune, adorable et délurée, aux grands yeux noirs bordés de cils sans fin. Elle jouait avec Sandro et Gina, soit sur le terre-plein de la ferme, soit autour du bassin de Hauterive comme lui-même l'avait fait, enfant.

Alfred de Portallan, atteint d'un mal incurable, déclinait de jour en jour. Les drogues que lui donnait le médecin parvenaient à peine à calmer sa douleur. Il se savait condamné et, durant les rares heures de repos que lui laissait la maladie, il classait papiers et archives.

Par bonheur, Bernard, sans doute traumatisé par la coïncidence entre ses ennuis financiers et la révélation de la maladie de son père, n'avait pas renouvelé ses frasques. A l'étonnement de tous, sauf de sa mère, il était « entré en culture » comme on entre dans les ordres, découvrant Picabia, Miro, Dali, se prenant de passion pour le jazz et le cinéma naissant, dévorant Morand, Gide, Montherlant. Alfred de Portallan, même s'il jugeait ces choix artistiques hasardeux, trouvait dans la conduite de son fils cadet une ultime consolation.

Louis Rintier et Luce attendaient un heureux événement. Le vieil homme avait encore eu l'insolence de s'en étonner. Son gendre tentait de remplir du mieux possible la fonction de régisseur qui lui avait échu, mais la bonne volonté de Louis Rintier n'avait d'égal que son absolu manque de sens pratique. Alfred de Portallan considérait même que lui confier n'importe quel outil de ferme relevait de l'irresponsabilité. Jamais Louis Rintier ne serait parvenu à s'acquitter de sa tâche sans l'aide discrète et compétente des deux fermiers, Barutti et Mourès.

Joséphine de Portallan, qui voyait son mari s'éteindre dans la douleur, s'était révélée, pour ceux qui la connaissaient mal, une femme au caractère trempé, déterminée et attentive à tout. Elle entourait Alfred d'une douceur souriante, l'assistait minute par minute jour et nuit, l'aidait pour ses repas, le transportait sur la terrasse pour qu'il puisse voir le soleil se lever sur la barre rocheuse de Vitrolles ou se coucher sur l'étang, dans un foisonnement de lueurs orange et pourpre strié du vol des mouettes. Elle veillait également, sans gêner Louis Rintier, à la bonne marche de l'exploitation, prenant langue directement, et discrètement, avec les fermiers quand c'était nécessaire.

Au vrai, malgré le travail accompli sur la propriété, les résultats n'étaient guère brillants, et les comptes à peine équilibrés. Joséphine de Portallan était résolue à céder, après la disparition de son mari qu'elle savait désormais proche, les fermes et une trentaine d'hectares aux Barutti et aux Mourès. En contre-partie, les deux fermiers continueraient à s'occuper de ses propres cultures, qu'elle ne pouvait raisonnablement pas confier à Louis Rintier.

Par un hasard lugubre, Alfred de Portallan s'était éteint le jour où Simone annonçait à son mari que leur deuxième enfant était en route. Donc, avait conclu Sébastien, ce sera forcément un garçon. La famille s'était réunie à Hauterive, la messe avait eu lieu à Vitrolles et un long cortège avait suivi le corbillard jusqu'au caveau du petit cimetière. Joséphine de Portallan était en même temps meurtrie et soulagée, tant les derniers jours de son mari avaient été épouvantables, pour lui et pour son entourage. Pendant deux semaines, Maria Barutti ne l'avait quasiment pas quittée, veillant à la marche de la bastide et apportant à la vieille dame un réconfort affectueux. Regroupés autour du lit mortuaire, les trois enfants d'Alfred, quelles que fussent leurs relations avec leur père, avaient brutalement compris ce que signifiait son absence définitive, cette sorte de désert qu'ils allaient eux-mêmes traverser jusqu'à leur propre mort.

On était à la veille de l'été et, en cette fin de matinée, le soleil tapait déjà dur. Chacun transpirait sous ses vêtements de deuil. La cérémonie des condoléances n'en finissait plus et Joséphine de Portallan, épuisée par les veilles et le chagrin, avait cru défaillir à plusieurs reprises. Hélène, qui venait d'avoir deux ans et qui ne comprenait pas ce qui se passait, avait beaucoup pleuré, d'énervement et de fatigue. Elle s'était réfugiée dans les bras de son oncle Bernard, qui tenait déjà par la main la petite Gina. Il les avait emmenées se promener à l'extérieur du cimetière, à la recherche des sauterelles qui, dans leurs bonds, déployaient des ailes colorées et dont il fallait, pour les attraper, s'approcher avec une infinie précaution. Puis, comme c'était l'usage, la famille et les proches – certains venaient de loin – avaient regagné Hauterive où les attendait, sur la terrasse, un repas frugal, de poulets froids, de salades et de fruits.

Sébastien avait considéré qu'en tant que fils aîné il devait, du moins pendant un certain temps, assister sa mère. Abandonnant pour l'été l'appartement de la rue Paradis, il s'était donc installé à Hauterive avec Simone et Hélène. Ses journées étaient un peu plus longues, mais le jour se levant tôt et se couchant tard, il avait pris le parti de considérer ces heures de route, au volant de sa luxueuse limousine, comme une flânerie vacancière. Le seul repos, d'ailleurs, qu'il s'accordait avec des dimanches consacrés à la baignade en compagnie de Simone, d'Hélène et, la plupart du temps, des enfants Barutti.

CHAPITRE 13

Maria Barutti n'a que trente-cinq ans, mais il lui semble que sa vie a déjà duré beaucoup plus longtemps. Non pas physiquement. Elle se sait belle. Même ses mains musclées et nerveuses, habituées aux travaux manuels, ont acquis une sorte de majesté austère. L'énergie qu'elle diffuse, y compris à travers ses sourires, agit sur son entourage comme un stimulant, un encouragement à ne jamais se contenter d'à-peu-près. Mais surtout, Maria se sent lourde d'expérience, de malheur surmonté, de bonheur embrassé, riche, en quelque sorte, d'une bénédiction divine qu'il lui faut transmettre à ses proches. Comment, s'il en était autrement, la petite orpheline piémontaise, dont la seule perspective à quinze ans se limitait à un statut de quasi-esclave chez un propriétaire vicieux, aurait-elle pu se retrouver vingt ans plus tard épouse et mère de famille comblée, choyée, respectée ?

De cette plénitude, Maria se juge évidemment redevable à Emilio, dont la passion n'a jamais vacillé, et dont le courage ne s'est jamais démenti. Mais, depuis son installation à la ferme, elle sait tout ce qu'elle doit aussi à Joséphine de Portallan, à sa bonté, à l'affection que cette femme discrète et attentive a su instiller dans leurs rapports. Et Maria, de son côté, sans trop oser le montrer, par retenue et par timidité, lui porte des sentiments quasi filiaux.

Depuis la mort d'Alfred de Portallan, Maria Barutti vient régulièrement à Hauterive en début d'après-midi, lorsque Gina a terminé sa sieste. Elle case Sandro et sa fille dans la carriole légère qu'elle accroche derrière son vélo, et en profite pour apporter à la bastide des légumes et des œufs frais. Elle trouve Joséphine de Portallan très affectée, amaigrie. Absente.

— Ah, dit-elle aujourd'hui, il faudrait que je puisse vous mettre à un régime reconstituant : polenta, civet de lapin, raviolis aux herbes et au fromage ! Vous reprendriez les kilos que vous avez perdus !

— Vous êtes gentille, Maria, mais je n'ai pas faim. Peut-être dans quelque temps... Même lorsqu'on y est préparé, la disparition de l'être cher vous fait douter de tout.

— Je sais, Madame, je pense souvent à vous. Emilio aussi. Je prie avec les enfants pour soulager votre peine.

Maria ne ment pas. La mort d'Alfred de Portallan, par le chagrin qu'elle a provoqué chez sa protectrice, la touche profondément. Elle voudrait lui offrir un appui. Elle sent la vieille dame esseulée, même si Bernard veille à ne pas trop s'absenter de la propriété. La faiblesse de caractère de Luce Rintier est visible. Quant à Sébastien, sa présence physique intermittente ne compense par la relative froideur de son comportement, comme s'il était trop occupé de son propre devenir pour prêter attention à la souffrance de sa mère.

— Voyons, dit Joséphine de Portallan, à quoi pouvons-nous faire jouer ces enfants ? Si nous allions au grenier explorer les trésors familiaux ? Je me demande où se trouve ma petite Hélène. Elle est bien seule aussi.

Sandro et Gina battent des mains en escaladant les marches.

— Comment va Emilio ? Ça fait un moment que je ne l'ai pas vu.

— Il a beaucoup de travail.

— C'est comme Sébastien. Ce garçon m'inquiète.

Je le trouve tendu, impatient, un peu cynique de temps en temps.

Maria ne répond pas, détourne le regard en ayant l'air d'inspecter le fouillis du grenier. Elle n'a rien dit, et évidemment pas à Emilio, de la conduite suspecte du jeune homme.

A plusieurs reprises, Maria avait jugé bien insistants les regards que Sébastien laissait glisser sur ses hanches, ses seins, son dos. Quelques semaines plus tôt, il s'était arrêté à la ferme en début d'après-midi. Emilio était absent. En remplissant un verre d'eau au robinet de la cuisine, Maria avait senti que Sébastien s'était approché et, quand elle s'était retournée, il était presque contre elle, une main tendue, le regard trouble. « Maria », avait-il soufflé d'une voix faible et mal assurée. Elle avait cru défaillir. Par quel mystère avait-elle réussi à réagir avec une simplicité bon enfant ? « Allons, Monsieur Sébastien…, avait-elle répondu en souriant sans méchanceté, allons… » Elle lui avait tendu le verre puis, tournée pour cacher le feu d'indignation qui lui brûlait les joues, elle avait rangé quelques assiettes, déplacé quelques meubles. Le temps d'entendre Sébastien, qui avait retrouvé une voix normale, lancer, guilleret : « Eh bien, merci, Maria, je poursuis ma route. Ce verre d'eau m'a rafraîchi ! »

Maria avait toujours été courtisée. Dans la mesure où les soupirants gardaient une attitude convenable, elle trouvait ça non seulement normal mais agréable. Ne répondant jamais aux avances, elle se gardait bien d'en avertir Emilio, qu'elle savait maladivement jaloux – ce qu'elle trouvait également plaisant quoiqu'un peu pénible en certaines occasions. En revanche la manœuvre pataude et sirupeuse de Sébastien l'avait choquée. Il ne l'avait même pas courtisée. Entre l'évier et la table de cuisine, il avait simplement tenté sa chance, lui le châtelain, comme si la fermière n'avait pas d'autre solution que de céder. Il l'aurait troussée là en quelques coups de reins impatients, puis serait revenu de temps en temps au gré de sa fantaisie et de ses montées de sève. Petit bonhomme, avait pensé Maria, petit goujat, petit prétentieux !

Depuis, quand ils se rencontraient en public, Maria observait Sébastien du coin de l'œil. Il semblait avoir tout oublié. La seule nouveauté dans son comportement, mais à l'exception de la jeune femme nul ne pouvait s'en rendre compte, était un regard un peu fuyant qui évitait le corps de Maria. Ce personnage, pensait-elle, réservera des surprises désagréables à tout le monde. Il est faux comme un jeton.

Pour l'heure, elle s'apprête à mentir à Joséphine de Portallan, parce que la vérité n'apporterait rien à personne.

— Monsieur Sébastien ? Cynique ? Je ne sais pas, dit-elle. Mais c'est peut-être la conséquence d'une découverte trop brutale du monde des affaires.

— J'aimerais bien vous croire, Maria. Mais mon intuition me dit qu'il s'agit de quelque chose de plus grave... Vous verrez, on lit dans ses propres enfants presque à livre ouvert.

Tout en accompagnant les recherches ponctuées de piaillements de Sandro et Gina, Joséphine de Portallan poursuit :

— J'espère qu'ils élèveront correctement leurs enfants. Simone est trop distraite. Je suis sûre que si elle avait un peu de volonté, elle parviendrait à raisonner Sébastien. Comment voyez-vous Hélène évoluer ? Elle est souvent avec vous.

— C'est une gamine très mignonne, éveillée et affectueuse. Emilio et moi, nous l'adorons. Vous savez, je ne dis pas ça pour vous flatter, mais la personne qui élève Hélène, en réalité, c'est vous !

— Oui, sans doute. Et vous, Maria ! Ça me rassure. Je connais votre nature généreuse et droite.

Joséphine de Portallan s'est approchée de Maria et dépose un baiser affectueux dans les cheveux de la jeune femme. Maria, troublée aux larmes, pense qu'il s'agit là de la première caresse maternelle qu'elle reçoit. Elle ne conserve aucune mémoire de sa propre mère, qu'elle ne connaît qu'à travers les vagues souvenirs d'Emilio et de Gianni.

— Vous savez, dit Maria d'une voix fragile, je n'osais pas vous le proposer parce que je ne veux pas gêner vos enfants, mais si vous le voulez, je peux m'installer quelque temps à Hauterive pour vous tenir compagnie. Emilio s'en sortira sans moi.

— Merci, ma petite Maria. Votre offre me touche beaucoup. Mais je me débrouillerai bien toute seule. Il vient toujours un moment où il faut apprivoiser la solitude. Et puis, votre foyer passe avant tout.

Maria Barutti laisse son regard glisser dans l'immense grenier, qui regorge de meubles, de livres, de bibelots hétéroclites, de malles poussiéreuses.

— Que de trésors !

— Oh, non ! répond en souriant Joséphine de Portallan. Que de négligences, plutôt ! Que d'oublis ! Tenez, ajoute-t-elle, cette coiffeuse en acajou, au plateau de marbre et au miroir ovale, appartenait à une des sœurs d'Alfred, morte il y a vingt ans. Je ne savais plus qu'elle se trouvait ici.

— Elle est très jolie.

— Elle vous plaît ? Allez, hop ! Vous l'emportez, ou plutôt je demanderai à Bernard de vous l'apporter. Elle mérite d'être un peu briquée. Un jour, vous la donnerez à Gina. Vous voulez un peu de café ? Descendons au salon...

Joséphine de Portallan précédait Maria vers la cuisine. Ces quelques instants passés en compagnie de la jeune femme l'avaient distraite. Il lui fallait se ressaisir. Son abandon était un mauvais exemple donné à tout son entourage.

— Vous savez, disait-elle en se retournant, que nous, Marseillais, considérons le café comme un produit local ?

— Non, c'est italien !

— Pas du tout ! Le café a été introduit ici, en provenance de Constantinople, au XVIIe siècle. On appelait ça le « moka ». Et le premier café public a ouvert près

127

du port bien avant le Procope parisien. Nos négociants en vendaient dans toute l'Europe. Et puis un jour un bateau chargé d'un autre genre de café est arrivé des Antilles. Comme il coûtait beaucoup moins cher... Le café est devenu populaire, mais le moka a continué à être consommé par les vrais amateurs. Chez moi, pour reprendre l'expression d'Alfred, ce serait plutôt du jus de chaussettes !

Joséphine émettait un petit rire. Maria se sentait plus légère.

CHAPITRE 14

Hélène et Gina sont sagement assises sur un des bancs de la terrasse devant la bastide. Il est cinq heures du soir. Elles attendent Bernard qui coule à Hauterive des vacances universitaires longues et désœuvrées, consacrées au bateau, à la lecture et au batifolage avec les filles de quelques familles amies des environs.

Chaque soir ou presque, quand l'air débarrassé de ses vibrations retrouve une certaine douceur, le jeune homme conduit Hélène et Gina à la découverte de la propriété, par les sentiers et les pinèdes. Ou, comme aujourd'hui, par la madrague en contrebas de la bastide. Il ne s'agissait d'ailleurs pas d'une vraie madrague. Ce terme était en principe réservé à des concessions de bord de mer où les pêcheurs installaient d'énormes filets, des pièges en forme de parallélogramme qu'on appelait des madragues. Puis les poissonnières allaient par les rues en proposant leur marchandise : « La madrague ! La madrague ! »

Bernard raconte. Des histoires où des personnages issus de son imagination traversent des aventures favorisées par la diversité de la nature qui s'étale sous leurs yeux. Les oliviers deviennent des chevaliers figés depuis des siècles dans l'attente du coup de baguette de la fée somnolant du côté des marais salants. Les coquillages ramassés sur la plage sont des pièces d'or volées, au large, par des pirates, mais dont les dieux de la mer n'ont pas voulu qu'ils profitent indûment. A chaque « pourquoi ? » il sait apporter une réponse, et les deux gamines ne manqueraient pour rien au monde leur leçon de choses romanesque.

Comme il l'a promis à son père, Bernard sera diplômé des Arts et Métiers. Mais la technique, qu'il comprend, ne le passionne pas outre mesure. Il préférerait voyager, découvrir. Il aime lire, il aimerait écrire – d'ailleurs il a déjà noirci quelques centaines de pages de contes, étranges ou fantastiques. Il se laisse volontiers emballer par la fièvre politique, qui le porte très à gauche, orientation dont il s'est bien gardé de parler en famille. Des amis socialistes l'ont introduit dans l'équipe qui publie de temps en temps un journal virulent à diffusion confidentielle. Le journalisme, pense-t-il, me conviendrait peut-être assez bien. Mais il croit aussi que la vie, à un moment ou à un autre, décidera pour lui, que la détermination est moins importante que la capacité de répondre, intuitivement, aux appels de l'existence.

— Où allons-nous aujourd'hui, tonton Bernard ? demande Gina en le tirant par le bras dès qu'il approche du banc.

— Ne m'appelle pas tonton, c'est ridicule, sourit le jeune homme. Appelle-moi monsieur le professeur, ou bien mon prince, ou bien Bernard, c'est plus simple…

— Bernard ! claironne Hélène qui, à son âge, a encore du mal à participer à la conversation.

Ils prennent le chemin qui conduit à la pinède. Les aiguilles craquent sous leurs pas.

— J'ai pris mon sac, dit Gina. Qu'est-ce qu'on ramasse ?

— Voyons… Sous les arbres, on peut prendre des pommes de pin pour allumer le feu, ou bien, en sortant de la pinède, un peu de fenouil pour faire cuire les poissons. Qu'est-ce que vous décidez ? Quel est le plus utile ?

— Les poissons, dit Hélène. Les poissons d'Emilio.

Bernard de Portallan farfouille dans les cheveux

noirs d'Hélène. Au fond, pense-t-il, j'ai peut-être une vocation de maître d'école. L'enfant est ce que la vie réserve à l'homme de meilleur, ce qui lui permet de fuir la médiocrité de sa condition, et même d'améliorer cette condition. L'enfant fait appel à ce que nous possédons de plus riche, la générosité, la tendresse, l'amour.

— Ecoutez..., dit Bernard en s'arrêtant. Qu'est-ce qu'on entend ?

Le bruit, tendu, presque strident, fait à ce point partie de leur environnement que les deux fillettes n'y prêtent pas attention.

— Des cigales ! poursuit Bernard. Elles vont s'arrêter de chanter avec la tombée du jour. Elles n'arrivent qu'avec la chaleur, vous n'en trouverez jamais dans la neige. Elles ont combien d'ailes ?

— Deux, répond fièrement Gina.

— Comme les oiseaux ? Non, elles ont quatre ailes. Venez, on va en attraper une...

Avec habileté, il réussit à enfermer un insecte entre ses mains réunies en conque. La cigale a aussitôt interrompu son craquètement.

— Vous voulez qu'elle recommence à chanter ? Grattez-lui le ventre avec un brin d'herbe sèche. D'après vous, ce sont les cigales femelles qui chantent, ou les mâles ?

— Ben, plutôt les femmes, dit Gina.

— Eh non ! Les mâles ! Tu comprends ce que je dis, Hélène ? L'animal homme, c'est un mâle, l'animal fille, comme toi, c'est une femelle.

La gamine secoue la tête, les yeux ronds de perplexité.

— Bien, on va la relâcher, pour qu'elle rejoigne les autres. Ah ! Et pourquoi trouve-t-on autant de cigales sur les pins ? Parce qu'elles se nourrissent de ce qui circule dans l'arbre, la sève, la résine du pin... Tenez, voilà une cigale morte, complètement séchée.

— Pourquoi elles meurent ? demande Hélène.

— Comme nous, quand elles sont fatiguées de chanter. Vous voulez que je vous raconte une histoire ?

Les gamines battent des mains.

— C'est un autre monsieur, très connu, qui a inventé cette histoire. Tenez, asseyez-vous. Ça, c'est quoi ?

— Une fourmi, dit Gina.

— Qu'est-ce qu'elle fait ?

— Elle transporte un grain de je sais pas quoi ! Elles transportent toutes quelque chose.

— Voilà ! Et la cigale, dans l'arbre, ne fait que chanter. Voilà mon histoire, on appelle ça une fable, vous allez voir, quand on récite bien une fable, on dirait de la musique.

Les deux fillettes ne bougent plus. Elles se tiennent par la main comme si elles craignaient l'arrivée de hordes de dragons.

Le gravier crisse sous les pneus de la nouvelle De Dion Bouton de Sébastien qui vire autour de la bastide. Il est un peu plus de huit heures du soir. Hélène, en chemise de nuit, court à la rencontre de son père qui la soulève et la fait sauter très haut.

— Je suis une cigale, dit la fillette.

— Si tu veux.

Tous les membres de la famille sont réunis autour de la grande table ronde de fer forgé, assis sur des fauteuils assortis rembourrés de coussins à fleurs, ce que Joséphine de Portallan appelle son « salon d'été ». Dans le coin le plus frais, Simone a installé le berceau de Marc, né un an plus tôt, et dont chacun s'accorde à penser qu'il ressemblera à son grand-père. La table est encombrée de bouteilles d'eau fraîche sortie du puits, de sirops et de vin blanc.

Sébastien embrasse sa mère, Simone, sa sœur Luce, serre la main de son frère et de Louis Rintier, se penche enfin en souriant vers son fils endormi.

— Il a été sage ?

Puis il s'affale en soufflant dans un fauteuil, sa veste pliée sur les genoux.

— Marseille était une véritable fournaise, aujourd'hui. Pas un souffle d'air, dit-il en s'épongeant le front. Les femmes n'ont probablement jamais autant apprécié la nouvelle mode, avec ses jupes courtes. Nous aussi, d'ailleurs... Ici, vous avez eu la largade, comme d'habitude ? C'est une bénédiction, ce petit vent...

— Comment vont tes affaires ? demande Joséphine de Portallan. Tu n'as toujours pas envie de reprendre la charrue ?

— Oh que non ! On me propose d'acheter des parts dans une grosse fabrique de bougies, mais j'ai le sentiment d'investir sur le siècle écoulé. Il est évident qu'en dehors des pannes de courant, cela ne servira plus qu'à la décoration... En revanche, le sucre... Mais pour un moment encore, c'est un peu au-dessus de mes moyens.

Il laisse passer un moment pour ménager ses effets.

— J'ai une bonne nouvelle, dit-il. Il faut que Simone m'accompagne à Marseille au cours des prochains jours. On m'a parlé d'un petit hôtel particulier rue Paradis, en allant vers Saint-Giniez, exactement ce qu'il nous faudrait !

— Sébastien ! s'émerveille Simone. Raconte-moi !

Sébastien se lance dans une description détaillée. Il enjolive un peu les choses, d'autant plus facilement qu'il n'a pas eu l'occasion de visiter les lieux et qu'il se contente de rapporter approximativement ce qu'on lui a dit. Mais, déjà, il y vit.

— Sébastien ? Ne crois-tu pas que tu vas trop vite ? demande gentiment Joséphine de Portallan. Tu débutes à peine. Vous avez tout le temps de vous imposer des charges aussi lourdes !

— Mère ! s'insurge Simone. Avec le nouvel héritier, il nous faut un peu d'espace ! Et puis, nous allons devoir recevoir ! Hauterive est un endroit charmant, mais vous nous voyez danser le fox-trot sur la terrasse ?

— Pourquoi pas ? sourit Joséphine de Portallan. Il y a eu des bals, ici, vous savez, avant même que je ne m'y installe...

Hier encore, ils avaient l'âge d'Hélène, pense Joséphine de Portallan en contemplant ses enfants réunis autour de la table de la salle à manger. Hier encore, ils sautaient sur les genoux d'Alfred. Hier encore, j'étais jeune fille et je n'ai pas vu le temps passer. Aujourd'hui, les chaises ont été disposées pour masquer l'absence du père. Sébastien et Bernard, assis côte à côte, lui font face, et Louis Rintier a pris place à sa droite. C'est un plan bancal, se dit-elle, un jour ou l'autre nous adopterons une organisation plus rationnelle. Quand les petits-enfants, à commencer par Hélène, prendront leurs repas avec nous.

Hélène me ressemblera. Elle a mes yeux, ma bouche et, déjà, quelque chose de mon port de tête. En revanche, aucun de ses traits ne rappelle sa mère, que Joséphine de Portallan a toujours trouvée jolie mais un peu transparente. Ni son père d'ailleurs, qui est le portrait tout craché d'Alfred.

Sébastien inquiète Joséphine de Portallan. Elle a parfaitement admis la décision de son fils de s'installer à Marseille. Elle aussi a du mal à imaginer que l'exploitation du domaine puisse faire vivre toute la famille dans les décennies à venir. Elle aime moins, en revanche, cette obsession de puissance qui sourd à travers le comportement et les propos de son fils. L'enfant volontaire s'est transformé en homme arriviste, peu regardant sur les moyens qu'il emploie pour parvenir à ses fins.

Elle n'a jamais, par exemple, posé de questions à ce sujet, mais la façon dont Sébastien a éliminé la vieille Mme Camoin de l'Huilerie des Aygalades lui a semblé suspecte. Comme elle trouve douteux ce début de fortune qu'il bâtit, bien trop vite à son goût. L'argent, pense Joséphine de Portallan, ne peut se « ramasser », pour reprendre l'expression de Sébastien, aussi facilement si l'on ne prend pas quelques aises avec le droit et la morale. Je préférais à la rigueur les coups de folie de Bernard à une table de jeu, se dit-elle. Et cet achat d'un hôtel particulier rue Paradis, par quel mystère y parvient-il ? Comment réussit-il, déjà, à se rendre propriétaire d'un gros atelier de maroquinerie en difficulté, qu'il prétend revendre dans six mois, après, selon ses propres termes, « s'être payé sur la bête » ?

Il y a dans sa conduite, songe-t-elle, un fond d'indécence, un goût, peu convenable, de paraître, un penchant affirmé pour la dissimulation et le calcul, qui ne correspondent en rien à l'éducation que nous lui avons donnée. J'espère qu'en tout cas il reste honnête. En formulant cette réflexion, Joséphine de Portallan est bien obligée d'admettre qu'elle n'en est pas certaine.

Est-ce mon rôle de le mettre en garde ? Elle se jure de lui parler dès la fin du repas. Alfred l'aurait-il fait ? Probablement. Mais sans succès, tant les relations entre le père et le fils étaient superficielles depuis l'adolescence de Sébastien. Aura-t-elle plus de chance ?

Les années semblent ne pas avoir de prise sur Joséphine de Portallan. Elle ne s'est pas alourdie et son visage reste lisse et lumineux, toujours légèrement hâlé. Elle s'est glissée sans le montrer dans un rôle de chef de famille qu'elle juge nécessaire. La disparition d'Alfred l'a laissée quelques semaines sans force, sans envies. Un peu étonnée qu'une passion éteinte, même transformée en affection, puisse imprimer de telles traces, une souffrance sourde, floue, mais permanente. A cela, elle a beaucoup réfléchi. Ce qu'Alfred m'a légué, pense-t-elle aujourd'hui, ce n'est pas une famille et un territoire, ce sont des valeurs. Pour lesquelles je l'ai aimé. Et mon problème est moins de maintenir une exploitation agricole que de veiller à ce que la droiture, cette expression tombée malheureusement en désuétude, demeure, avec la générosité, les règles de conduite de ma famille.

Joséphine de Portallan s'approche de son fils, tandis qu'ils prennent tous le café sur la terrasse balayée d'une forte brise. Elle l'entraîne par le bras, en s'écartant du groupe.

— Sébastien, dit-elle, tu trouves bien raisonnable d'acheter cet hôtel particulier ? A ton âge, ce n'est ni nécessaire, ni prudent.

— Je ne comprends pas, rétorque-t-il sèchement. Puisque j'en ai les moyens...

— Parlons des moyens, justement. Tu me sembles brasser beaucoup d'argent, depuis quelque temps...

— Effectivement. Et c'est exactement ce que je voulais. Vous savez, je n'attaque pas les banques.

— Non, bien sûr, sourit Joséphine de Portallan. Mais ces affaires, dont tu parles en permanence, elles sont... honorables ?

— Voyons, maman ! Qu'est-ce que vous voulez dire ?

— Je veux dire que je suis très étonnée qu'on puisse parvenir aussi rapidement à une position qu'en général on atteint seulement au bout de deux ou trois générations.

Le jeune homme sourit, vaguement condescendant.

— Dans l'agriculture peut-être, mais pas dans l'industrie ou le commerce. C'est sans doute un peu compliqué pour vous, tout ça. Je rassemble des capitaux, j'achète bon marché, je vends cher, je réalise des gros bénéfices, j'emprunte et je multiplie les bénéfices. Bientôt mes Huileries réunies – c'est le nom que j'ai choisi – seront une des plus importantes sociétés de Marseille.

Un peu étonnée, Joséphine de Portallan songe qu'au cynisme, à l'égoïsme, son fils a ajouté la suffisance, défaut qu'elle juge grotesque.

— Oui, sans doute, soupire-t-elle. Vois-tu, Sébastien, je ne voudrais pas apprendre un jour que mon fils utilise des méthodes contestables, y compris sur le plan moral, pour amasser de l'argent.

— Mais qu'est-ce que vous allez chercher là !

s'emporte le jeune homme. Dans les affaires, la morale n'a pas de place ! Je ne suis pas entré dans les ordres, moi !

— Bon, j'ai dit ce que j'avais à dire, coupe Joséphine de Portallan d'une voix sèche qui surprend son fils. Et je t'interdis de te moquer des ordres religieux. Quant à la morale, elle a sa place partout. C'est même ce qui doit nous guider. Que personne n'ait à rougir de toi ! Ni moi, ni ta femme, ni tes enfants. Chez nous, il y a des choses qui ne se font pas.

II
RUE PARADIS

II

RUE PARADIS

CHAPITRE 15

— Vous vous attendez à une grève dure ?

L'homme qui vient d'interroger Sébastien est petit, brun, nerveux, le visage anguleux, le nez aquilin, la lèvre supérieure ourlée d'une mince moustache, les cheveux noirs plaqués sur le crâne. De temps en temps, le feu semble prendre dans son regard sombre comme un incendie brutal attisé par le vent. Son costume trois pièces, gris foncé à fines rayures blanches, sort de toute évidence de la boutique d'un grand faiseur. Sa chemise de soie crème, sa cravate et sa pochette ont été achetées en Italie, comme ses chaussures à triples semelles au cuir craquant. Son excès d'élégance, même si celle-ci ne comporte pas de faute de goût, le rend voyant.

A quarante ans à peine, Antoine Simoni est une des personnalités politiques les plus influentes de Marseille, l'élu du Panier, que l'on appelle ici le « village corse », au nord du Vieux-Port. Un entrelacs de ruelles étroites, de passages mystérieux et d'escaliers serrés dans l'ombre d'immeubles de quatre ou cinq étages où les Corses cherchant à échapper à la pauvreté de l'île, en particulier au début du siècle, avaient commencé à se regrouper selon leurs villes ou villages d'origine. Rue des Pistolles, Antoine Simoni, né à Calvi comme la moitié des habitants des maisons qui la bordent, est chez lui. Malgré ses fonctions importantes – député et adjoint au maire – il passe régulièrement au Bar

Lucien, son quartier général depuis qu'il s'est lancé en politique.

C'est là que, faute de temps, il a donné rendez-vous, à onze heures du matin, en ce printemps 1932, à Sébastien de Portallan.

— Ne craignez rien, lui a-t-il dit au téléphone de sa voix sèche et coupante qu'un accent chantant ne parvient pas à arrondir, on y est plus tranquille que n'importe où. Personne ne voit et personne n'entend. Dans ma famille, il n'y a que des aveugles et des sourds. Ça leur permet, avait-il ajouté dans un rire rauque, de rester vivants.

Simoni est assis sur la banquette, dans le coin le plus reculé de la salle. De l'autre côté de la table, une seule chaise, sur laquelle Sébastien, mal à l'aise dans ce décor inhabituel pour lui, transpercé par les yeux froids de son interlocuteur, a pris place. Les consommateurs se tiennent debout près du bar, dans l'autre partie du café, masquant l'entrée de leur masse chuchotante.

— Ils attendent pour me voir quelques instants, dit Simoni. Ici, ce qui prévaut, c'est la solidarité. Je m'efforce de régler leurs petits problèmes. C'est normal, je suis là pour ça. Je vous demandais : vous vous attendez à une grève dure ?

— Plutôt, oui ! souligne Sébastien de Portallan. Cette crise économique est terrible, vous le savez. Les huileries n'y échappent pas. Mais les ouvriers ne veulent pas faire de sacrifices. On dirait que, pour eux, les patrons possèdent tous des mines d'or. Que c'est en nous plumant qu'ils amélioreront leur ordinaire. Si je cède, je n'ai plus qu'à fermer boutique.

— Je sais. Vous n'êtes pas le seul dans ce cas. Le contrecoup de la crise américaine, hein ?

Euphorique dix ans auparavant, l'économie marseillaise vivait mal ce début des années trente.

En 1922 pourtant, une deuxième Exposition coloniale au parc du Rond-Point avait marqué fastueusement le triomphe de Marseille, métropole de la France d'outre-mer. Le Président de la République, Alexandre Millerand, s'était déplacé pour l'inaugurer. L'empereur d'Annam s'y était rendu plusieurs jours consécutifs. Les sociétés savantes y avaient tenu leur congrès. Cortèges, spectacles, fêtes nocturnes avaient attiré un public considérable. L'exposition d'ailleurs était ensuite devenue annuelle sous le nom de Foire internationale. 1923 avait vu le début de la construction de l'escalier monumental conduisant à la gare Saint-Charles. Le Grand Théâtre, détruit dans un incendie, avait été rebâti de manière grandiose. La rénovation totale de l'éclairage de la ville et de sa banlieue avait été rondement menée. En 1926, le premier train de chalands franchissait le canal du Rove, le port s'agrandissait de nouveaux bassins. Le nombre de facultés augmentait. La dévaluation du franc en 1928 avait communiqué une vigueur supplémentaire à l'activité de la région.

Puis la crise économique, allumée aux Etats-Unis, avait atteint Marseille. En 1930, le tonnage traité par le port atteignait à peine le niveau de 1913. L'année suivante avait été pire. Seulement, entre-temps, le nombre d'habitants avait dépassé 800 000. La ville était surpeuplée, le chômage s'intensifiait, les conditions de logement devenaient déplorables. La ville, dangereuse, miséreuse dans certains quartiers, avait les nerfs à vif. On ne savait jamais trop quelle explosion menaçait. Les conflits sociaux étaient permanents et atteignaient souvent une violence inconnue ailleurs.

Jamais comme au cours de cette dernière décennie, Marseille n'avait autant mérité son appellation de ville-refuge. Communistes et anarchistes italiens avaient fui en masse la péninsule à partir de 1923, rejoints ensuite par des responsables républicains et socialistes qui avaient fait de la ville le principal centre d'action antifasciste sans toujours trouver auprès des anciens immigrés italiens, soucieux de s'intégrer, le soutien attendu. A cette vague s'en étaient ajoutées d'autres, venues d'Espagne et de la partie orientale de la Méditerranée.

Grecs, Russes et surtout Arméniens avaient erré des années avant d'échouer à Marseille.

Les camps d'hébergement, d'anciennes zones militaires, avaient rapidement été débordés. Du moins ne chassait-on pas ces exilés, pour la plupart apatrides. Un Office des réfugiés russes avait même fonctionné jusqu'au début des années trente. C'est pourtant dans le plus grand désordre, et la plus terrible misère, qu'une immigration massive d'origine arménienne devait se produire dans la deuxième partie de l'année 1923. Plus de dix mille réfugiés arméniens avaient été recensés à l'arrivée sur le port, et dirigés vers le nord de la ville, au camp d'Oddo, d'anciens baraquements datant de la guerre et pouvant à la rigueur en accueillir quelques centaines. Le mouvement s'était poursuivi durant plusieurs années et, au début des années trente, on évaluait à vingt mille le nombre d'Arméniens qui s'étaient installés en ville, particulièrement du côté du cours Belsunce, avant d'investir quelques banlieues, Saint-Loup, Saint-Antoine ou Saint-Jérôme.

Cette misère, c'est le terreau sur lequel prospère Simoni. Celui-ci, les coudes sur la table du café, semble se recueillir, les deux mains jointes devant ses lèvres, le regard lointain. Ainsi, voilà le grand Simoni, se dit Sébastien, qui fait la pluie et le beau temps à l'Hôtel de Ville depuis des années. Qui, à la mort de l'ancien maire, s'est débrouillé pour organiser la désignation d'un nouveau responsable, réduit depuis, entre ses doigts, au rôle de marionnette ! Comme ça, un peu tassé sur son siège, le cou dans les épaules, il ne paie pas de mine ! Mais, au seul contact de son regard, Sébastien se sent frigorifié. La violence y est tapie, comme un animal dangereux au fond de sa retraite.

L'industriel sait, comme tout le monde à Marseille, que le Corse tient un nombre incalculable d'associations, d'amicales diverses, que ses agents quadrillent de façon systématique les quartiers populaires où, à une voix près, ils sont capables de prévoir les résultats des élections. Que les agents en question sont « protégés » par des voyous implacables qui ont le coup de poing, et la gâchette, faciles. C'est largement à Simoni, au système qu'il a implanté, que Marseille doit sa réputation sulfureuse.

— Cette grève, que vous sentez venir, on peut vous la casser sans problème, reprend Simoni. Nous, nous n'aimons pas le désordre. Il n'est dans l'intérêt de personne, et surtout pas des travailleurs dont, vous le savez, je suis l'élu.

L'apparition de Simoni dans la constellation politique marseillaise, quelques années plus tôt, avait fait l'effet d'un coup de tonnerre. A la tête d'un parti, dit « socialiste-communiste », il avait écrabouillé les deux partis de gauche. Alors qu'un PC en plein essor avait tenu aux Chartreux, dans la banlieue de la ville, son premier congrès national à la fin de 1921, dix ans plus tard on évaluait à trois cents militants à peine les effectifs du Parti. Les socialistes, quant à eux, s'essoufflaient. Simoni avait passé une alliance curieuse avec l'ancien maire dont la liste, inclassable, se contentait d'une étiquette « modérée ». Depuis, à la mairie, il tirait les ficelles et, surtout, développait sans retenue le personnel municipal qui, lui devant tout, le lui rendait au centuple.

— Les dockers, par exemple, n'aiment pas le désordre, murmure Simoni en passant un doigt distrait sur sa moustache.

Sébastien savait. Les troupes de Simoni, en partie recrutées sur les quais, étaient nombreuses, disciplinées et efficaces. Elles étaient capables, à volonté, de monter – ou de disloquer – une manifestation, de faire avorter un meeting politique adverse, de torpiller une grève. La barre de fer volait bas dans les échauffourées et, curieusement, la police était toujours en train de regarder ailleurs lorsque les incidents, imprévus, toujours imprévus, se produisaient.

— Ce n'est pas un problème, dit Simoni. Mais j'ai un ami qui a un problème, lui. Il est candidat du côté de chez vous, au Prado. Et vous savez comment nous sommes, nous, les Marseillais d'origine corse... L'entraide ! Donc, il y a quelques industriels, dans votre quartier, qui l'assistent, financièrement je veux dire, pour ses campagnes politiques. Un brave garçon, Ruli, Sauveur Ruli, un jeune Bastiais, intelligent, dévoué, mais sans grands moyens, une famille du Panier travailleuse, avec six frères et sœurs ! C'est que ça coûte cher, les campagnes, les locations de salles, les affiches, les colleurs d'affiches, les services d'ordre, les petites primes qu'il faut donner ici et là pour être tranquilles !

Simoni avait l'air sincèrement ému. De la main, il désignait de manière vague les consommateurs groupés au bar qui, de temps en temps, jetaient un regard dans leur direction. On imaginait qu'il supportait seul toute la misère des vieux quartiers, sa propre vie n'étant que rédemption.

— Nous devons tous nous aider, voyez-vous, monsieur de Portallan ! disait-il en laissant émerger une pointe d'accent corse. C'est bien volontiers que nous vous rendrons service, mais si vous entrez dans notre... société, il faut en accepter les règles. La solidarité d'abord ! Toujours la solidarité !

A petites gorgées, Simoni terminait son café froid et avalait le verre d'eau qui l'accompagnait. Sébastien, qui n'aimait le café que brûlant, l'imitait et disait :

— Je crois que j'ai parfaitement compris. Tout... ceci me convient très bien. Comment procédons-nous ?

— Oh ! reprenait Simoni, vous ne vous occupez de rien. Mettez-vous en relation avec Sauveur, vous verrez, il s'agit d'un brave garçon. Laissez démarrer la grève. Elle s'interrompra. C'est une question de moyens, et mes amis s'y entendent. Et puis, ensuite, vous me ferez le plaisir d'être mon invité à La Méditerranée, vous voyez, le grand restaurant sur le port ? Il appartient à un compatriote. Je vous joindrai au téléphone, ne vous inquiétez pas.

Le Corse sortait de sa poche un minuscule morceau

de papier et, à l'aide d'un bout de crayon, y traçait quelques signes mystérieux.

— Pour ne pas oublier, murmurait-il. Ce n'est pas simple, la vie d'un homme politique. En repartant, profitez du quartier. Les gens, ici, parlent encore de l'ancienne rue du Pati d'Untel ou d'Untel. Le pati, c'est le moulon d'ordures qu'on met devant la porte... Ou de la rue du Trou de telle famille. Le trou, vous voyez, c'est par là que s'écoulent dans la rue les eaux usées, toutes les eaux... Pas très hygiénique, hein ? Il faut connaître. Un jour ou l'autre, on devra s'en occuper !

Sébastien se levait, serrait la main du député. Déjà, d'un mouvement des cils, Simoni conviait un des consommateurs à le rejoindre à sa table. Les hommes, silencieux, s'écartaient pour laisser l'industriel atteindre la sortie du bar en face duquel deux désœuvrés à chapeau mou tiraient sur leur cigarette en examinant les passants. Des contemplatifs, sans doute, s'amusait Sébastien.

Sébastien de Portallan suit la rue des Pistolles jusqu'à la Vieille Charité qui mériterait bien, pense-t-il, un bon nettoyage. Un des plus beaux monuments de Marseille laissé à l'abandon et à la pouillerie. A l'origine, au XVIIe siècle, il s'agissait d'un hospice réservé aux pauvres « natifs de Marseille », un superbe bâtiment classique de trois étages aux galeries voûtées donnant sur une cour intérieure de près de cent mètres de long et cinquante de large abritant une chapelle surmontée d'un dôme baroque italien, œuvre de Pierre Puget. Tout est aujourd'hui sordide, encrassé, laissé à l'abandon. Quel bordel ! Sébastien jette un regard dégoûté sur la faune qui hante les alentours. Un bon nettoyage, oui. Général !

En obliquant à droite, il rejoint la rue Saint-Antoine. Il connaît mal le Panier. Ce n'est pas un quartier où flânent les bourgeois, sauf le soir lorsqu'ils veulent s'encanailler dans les établissements de nuit ou, pour les plus audacieux, partager la couche de quelque prostituée. Sébastien, qui va maintenant sur ses trente-huit ans, n'a eu l'occasion de s'adonner à ces plaisirs coupables qu'à quelques reprises, en compagnie de clients ou de fournisseurs un peu éméchés.

Les ruelles, par cette journée très lumineuse, bouillonnent. De couleurs, d'odeurs fortes. Brutalité et joie de vivre mêlées. Bars, épiceries, coiffeurs où les hommes se font raser, vitriers, cordonniers – les pégots, dit-on à Marseille –, matelassiers, volaillers tissent une activité bourdonnante et joviale, ponctuée de plaisanteries que Sébastien ne saisit pas. Ici, tout le monde parle corse ou italien. La plupart des femmes, à partir d'un certain âge, sont vêtues de noir. Chacune porte le deuil d'un parent plus ou moins proche. Les hommes, la chemise sans col largement ouverte, ont des muscles lourds, ramassés par l'effort, des mains épaisses, le teint mat ou gris. Silencieux, ils examinent rapidement Sébastien. Ils cherchent à deviner la raison de sa présence, puis ils reprennent, d'une boutique à l'autre, leurs discussions. Des marins ou des pêcheurs, en « bleus », les traits marqués, rentrent se coucher. Des gosses jouent au pilou, une sorte de football avec une pièce trouée dans laquelle est coincé un morceau de papier, ou à la morra, un pari sur la figure que va dessiner la main du partenaire – papier, pierre ou ciseaux – et qu'il tient cachée derrière son dos.

Sébastien se laisse envahir par le charme patiné des ruelles. L'odeur de l'ail et de la farine de châtaigne s'est répandue partout à l'approche de midi. Le linge multicolore cascade depuis les fenêtres les plus hautes. Sébastien se sent curieusement amolli. La rue Paradis, par contraste, avec ses façades austères et cossues manque vraiment de joie de vivre. Il ignore qu'ici on vit souvent à dix dans deux pièces, en utilisant comme complément de logement le réduit obscur du palier, sous l'escalier de l'immeuble.

Sébastien passe derrière l'hôpital de l'Hôtel-Dieu et atteint la place Sadi-Carnot, puis s'engage dans la rue de la République où il a laissé sa voiture. Depuis deux ans, il emploie un chauffeur. Il se déplace peu, et essentiellement entre les Aygalades et Saint-Giniez, mais il s'agit d'une question de standing. Sa passion de la conduite automobile, d'ailleurs, a totalement disparu, ce qui ne l'empêche pas de s'offrir les modèles les plus récents et d'en changer tous les six mois. Pour l'heure, il s'est laissé tenter par une Renault Vivastella 6 cylindres, qui marie la puissance des chevaux, le confort du cuir et de l'acajou.

— Louis, nous rentrons à la maison, dit Sébastien en s'affalant voluptueusement à l'arrière du véhicule. Ce sera tout pour ce matin. Nous irons à l'usine en fin d'après-midi.

CHAPITRE 16

La puissante limousine s'est glissée dans la circulation, se faufile entre les tramways dont les gamins attrapent au vol la plate-forme arrière pour voyager sans payer entre deux ralentissements du véhicule.

Sébastien de Portallan, enfoncé dans la banquette de cuir épais et odorant, allume une cigarette anglaise et entrouvre sa fenêtre. Le soleil est déjà haut et la journée sera chaude. Il n'a pas perdu son temps. Antoine Simoni ne sort sans doute pas de chez les Jésuites, ses méthodes sont évidemment très contestées dans la bourgeoisie bien-pensante, le personnage donne quelques frissons à Sébastien, mais quand une usine doit tourner les états d'âme sont d'un faible secours. Ces grèves à répétition, qui ne font qu'aggraver la situation des entreprises, relèvent du sabotage politique. Sébastien pense que les révolutionnaires, les bolcheviques, minent la société et conduisent le pays à la catastrophe. Il n'a pas l'intention de couler au nom des bons sentiments. Simoni, un homme à poigne à l'idéologie plus que fluctuante, lui semble un appui décisif. On ne gouverne pas Marseille, cette ville rebelle, rouge, presque sauvage, avec des bons sentiments. On prend la ville à bras-le-corps et on la mate. Tout n'est pas très honorable ? Qu'importe si les résultats sont là !

La limousine débouche sur le Vieux-Port, laisse sur sa gauche la Canebière. La circulation est dense et bruyante. Déjà, ici, à quelques centaines de mètres du Panier qui est resté un village, la ville devient brouillonne, étouffante. Malgré l'eau scintillante, les forts ocre qui gardent l'entrée de l'ancien Lacydon, le Pharo, les voiliers qui somnolent à quai et donnent à cette partie de la ville une allure oisive, ce n'est pas le coin de Marseille que Sébastien préfère. L'année précédente Marcel Pagnol a porté à l'écran *Marius*, auquel le public a réservé un accueil presque enthousiaste. Mais, comme certains Marseillais dénués d'humour et incapables de détecter la finesse humaniste de l'auteur, Sébastien pense que la trilogie farceuse donne de la ville et de ses habitants une vision caricaturale nuisant à ses intérêts. Le Bar de la Marine, les parties de cartes et l'analphabétisme d'Escartefigue le laissent froid.

Dès le bas de la rue Breteuil, par laquelle on rejoint le cours Pierre-Puget, il a le sentiment de se retrouver sur ses terres. La rigueur, l'austérité, et même la froideur des façades grisâtres le rassurent. Sébastien juge que là-bas, vers le nord, vers la porte d'Aix, Marseille a pris une drôle d'allure, que l'immigration en provenance d'Afrique et d'Orient s'est inutilement rajoutée aux vagues de populations venues d'Italie ou d'Espagne, que cela déséquilibre la cité et crée des tensions, surtout en cette période de chômage.

En tournant dans la rue Saint-Jacques, puis à droite, le chauffeur a pris la rue Paradis. La proximité de Notre-Dame de Sion, l'institution scolaire chic qui accueille Hélène, rappelle Sébastien à ses devoirs de père. Il a conscience de ne plus s'occuper beaucoup de ses deux enfants, comme d'ailleurs de son épouse. Un vague sentiment de culpabilité l'envahit, qu'il évacue rapidement. Ne donne-t-il pas à sa famille tout le confort matériel, la sécurité, dont ils ont besoin ? N'assure-t-il pas à Hélène et Marc une éducation en tous points excellente ? Simone, déchargée des tâches domestiques, ne profite-t-elle pas d'une existence sans souci ni contrainte ? Son activité professionnelle ne laisse pas à Sébastien un instant de libre, mais c'est là le sort des responsables.

— Au fond, il est presque midi, Louis. Arrêtez-vous devant Sion, demande-t-il. Nous prendrons Hélène au passage.

La jeune fille en tenue bleu marine – adolescente ou jeune fille ? s'interroge Sébastien – qui, au milieu d'un groupe de collégiennes papillonnant, s'avance vers la voiture en semblant danser, la main en l'air pour retenir son attention, est très grande pour son âge. Quatorze ans déjà ! songe Sébastien. Déjà des seins, déjà des hanches arrondies malgré sa minceur ! Déjà des yeux de feu, les yeux de sa grand-mère ! Ses cheveux noirs sont tendus en chignon, dégageant un front bombé, un nez droit, des pommettes hautes. A-t-elle un amoureux ? se demande Sébastien qui, tout d'un coup, prend conscience des années enfuies sans qu'il y ait pris garde. Un amoureux, déjà ? Hier encore…

Hélène bondit dans la voiture par la portière que Louis tient grande ouverte et deux baisers sonores claquent sur les joues de Sébastien qui reconnaît l'odeur d'eau de Cologne de Simone.

— Mais c'est dimanche, alors ! Vous ne travaillez pas et vous venez me chercher ! claironne Hélène en riant. Bonjour, Louis !

— Je me demandais, dit Sébastien en riant, si tu avais un amoureux.

Hélène pince les lèvres et prend l'air sérieux.

— Un ? Des dizaines, papa ! Je les tiens à distance parce que vous leur faites peur. Mais je finirai par céder…

— Hélène ! Tu devrais plutôt penser à tes études !

— Ben… Je ne peux pas faire mieux, je suis première partout, vous avez vu mon carnet ! Je mériterais un cadeau. Par exemple que nous allions à Hauterive samedi et dimanche prochains.

— Excellente idée. J'oublie ma mère depuis quelque temps. Mais j'y pense ! Parmi tes amoureux, il n'y aurait pas Sandro Barutti, par hasard ? Tu le regardes d'une drôle de façon...

Au léger rose qui envahit les joues de sa fille, Sébastien comprend qu'il n'est pas loin de la vérité. Il sent une boule durcir dans son ventre et une vague chaleur envahir ses tempes. Il ne manquerait plus que ça ! Que toute une éducation aboutisse à un flirt avec un paysan ! A quoi donc pensent ma femme et ma mère ?

— Tu sais, dit-il d'une voix rogue, que Sandro, aussi gentil soit-il, n'est que le fils de nos fermiers. Et italien, en plus ! Il faut maintenir certaines distances. Vous n'êtes plus des enfants !

Hélène, ahurie, a cessé de sourire. Son père, de toute évidence, ne plaisante pas. Elle croyait profiter de quelques instants de chaleur avec cet homme qu'elle ne voit plus beaucoup et contre lequel elle voudrait encore pouvoir se blottir, au lieu de quoi elle se voit rabrouer. Sandro ! Italien ! Fils de fermier ! Oui, et alors ? Maintenir des distances ? Qu'est-ce que cela signifie ? Que selon ses origines on se trouve d'un côté ou de l'autre d'une frontière infranchissable ? Quelle injustice et quelle absurdité !

Tout d'un coup, son père semble à Hélène presque un étranger. Des commentaires qu'elle a entendus dans sa bouche et auxquels quelques années plus tôt elle n'a pas prêté grande attention lui reviennent en mémoire. A propos des « métèques » jugés envieux, sournois et sales. Les Arabes et les Levantins, par exemple. Des petites gens à qui l'on ferait bien de botter le derrière plus souvent. Des paresseux et des profiteurs. Mais au nom de quoi se permet-il ces jugements stupides et malveillants ? Au nom de quelle prétendue supériorité ? Nous sommes égaux, certains ont plus de chance que d'autres à la naissance, et puis nous devenons ce que nous faisons de nous-mêmes, voilà la vérité. C'est Bernard qui a raison. Pourquoi mon père a-t-il besoin de détruire, de piétiner ? Pourquoi ce pessimisme hargneux ? De quelle noirceur intérieure est-il porteur, qui le pousse à toujours la suspecter chez les autres ? Dieu me préserve de cette laideur.

— Je vous trouve insultant, dit Hélène en relevant la tête orgueilleusement, alors qu'elle se sent prête à fondre en larmes. Ce n'est pas ça que j'attends de mon père !

Sébastien détourne les yeux, incapable d'affronter ce regard en même temps faible et raidi par la fureur.

— D'ailleurs, ajoute-t-il, Sandro est beaucoup trop âgé pour toi. Il a dix-huit ans... C'est un homme !

— Mais, papa, je suis une femme, aussi. Depuis peu de temps, c'est vrai.

Cette fois, confronté à l'éclat de rire volontairement offensant de sa fille, c'est Sébastien qui se sent rougir. Simone aurait quand même pu me prévenir ! jure-t-il intérieurement.

CHAPITRE 17

La Vivastella avalait la route. Sébastien, chaque fois qu'il rejoignait Hauterive, pensait au temps de trajet gagné en dix ans. Ce siècle était celui des moyens de transport. Du cheval à l'avion. En 1923, un aérodrome s'était ouvert à Marignane, à quelques kilomètres de la propriété. Depuis la terrasse, ils pouvaient assister, selon le sens du vent, aux atterrissages et aux décollages au-dessus de l'étang de Berre. Joséphine de Portallan, curieusement, appelait ça un « champ d'aviation ». La première année, il n'avait accueilli qu'une cinquantaine de passagers aventureux. Ceux-ci, aujourd'hui, étaient près de dix mille. Et la ligne Marseille-Saigon par hydravion venait d'ouvrir.

Quant à l'automobile, elle avait tout transformé. Désormais Marseille serpentait, par routes et chemins vicinaux, vers le nord au-delà même des Aygalades, le sud dans la direction de Mazargues et de Montredon, et l'est, par Montolivet. Rien ne semblait devoir arrêter la ville. Les constructions de villas, qui n'avaient pas le cachet des anciennes bastides, se multipliaient à grande vitesse, empiétant sur les cultures. Un jour, comme à l'intérieur de la cité depuis quelques années, il y aurait des passages cloutés dans les villages. Je l'ai toujours su, songeait Sébastien, qui se demandait pourquoi sa mère n'envisageait pas de réduire de nouveau l'exploitation familiale. L'étang est un superbe lieu de villégiature et l'hectare de terrain, si on le destinait à l'immobilier, rapporterait beaucoup plus que maintenu en culture.

Comme promis, ce samedi, Sébastien, après un saut à l'usine des Aygalades, est allé chercher Simone et les enfants rue Paradis, dès midi. Joséphine de Portallan a décalé d'une demi-heure le déjeuner, rituellement fixé à douze heures trente. La joie d'accueillir enfants et petits-enfants vaut bien une entorse aux horaires, minutieux, de la vie familiale.

Arrivé au portail, Sébastien klaxonne pour avertir la maisonnée. Hélène descend de la voiture et, à l'aide de la clef de son père, pénètre dans la propriété par la petite porte métallique avant d'ouvrir les deux vantaux. Sébastien s'amuse de ces précautions. N'importe qui peut, à travers pinèdes et cultures, parvenir librement jusqu'à la bastide.

— Venez vite ! crie Joséphine de Portallan, depuis la terrasse, tandis que Sébastien range son véhicule. Les poulets vont être trop cuits.

— Mais, maman, vous nous dites chaque fois la même chose ! Pourquoi ne débute-t-on pas la cuisson un quart d'heure plus tard ?

— Parce que je suis pressée de vous voir arriver, c'est simple ! rétorque la vieille dame en souriant.

— Mère, vous n'aurez plus de soucis désormais ! Regardez ce que je vous apporte, dit Simone : une marmite auto-thermos, le dernier cri des arts ménagers. Tous les temps de cuisson sont réduits au minimum !

Joséphine de Portallan déballe joyeusement le paquet. Elle s'est prise de passion pour toutes les nouveautés de la technique. Après le grille-pain, elle s'est précipitée pour acheter, dès sa mise sur le marché, une machine à laver le linge — « un vrai soulagement, croyez-moi ! », répète-t-elle, émerveillée. Depuis qu'un an plus tôt a eu lieu aux Etats-Unis la première interview télévisée, elle attend avec impatience le moment où elle pourra faire l'acquisition de cette boîte à merveilles.

Hélène et Marc se précipitent vers elle pour l'embrasser. Elle n'a presque plus à se pencher. Au train où ils grandissent, elle devra bientôt se hisser sur la pointe des pieds pour y parvenir !

— Vous m'avez manqué, mes petits ! Quinze jours sans vous voir ! Comment ça va, en classe ? Bonjour, Simone, vous êtes très en beauté ! Et toi, Sébastien, tu as encore le temps de dormir ? On me dit que la situation est très tendue, à l'usine. Ailleurs aussi, paraît-il. Marseille est au comble de l'agitation, non ?

Luce et Louis Rintier surgissent quelques instants plus tard. Après une fausse couche, Luce a finalement mis au monde un garçon, prénommé Albert. Il a aujourd'hui sept ans, de grosses joues rebondies et l'allure gauche de son père. Couvé en permanence du regard et du geste, il ne quitte pas les jambes de ses parents et semble toujours redouter une catastrophe. Les Rintier savent qu'ils n'auront pas d'autres enfants. Ils enfouissent leur tristesse sous une douceur sucrée, évoquent une possible adoption. Comme d'habitude, ils ne parviennent pas à se décider. En réalité, ils vivent en tous domaines dans la dépendance presque totale de Joséphine de Portallan.

Bernard fait son apparition au moment où ils se mettent à table. A trente ans, c'est un bel homme aux longs cheveux châtains bouclés et aux yeux clairs, à l'allure sportive, toujours vêtu de chandails vagues et de pantalons informes. Après la mort de son père il a définitivement déserté les tables de jeux et les cabarets borgnes. Il est décidé à se contenter de peu pourvu qu'il puisse, comme il le dit, « faire la vie buissonnière ».

Malgré son diplôme d'ingénieur des Arts et Métiers, il n'a cherché aucun emploi dans l'industrie, se laissant flotter dans les courants culturels jusqu'à sa découverte du surréalisme. Il a rejoint les *Cahiers du Sud*, prestigieuse et éclectique revue littéraire, ouverte au monde, au rêve et à la poésie, curieusement subventionnée par des armateurs et des hommes d'affaires pourtant ancrés à droite, où se croisent et polémiquent les signatures les plus célèbres de l'époque.

Pour Bernard, comme pour beaucoup d'autres qui évoluent dans la mouvance des *Cahiers*, la question qui se pose est celle de l'engagement politique, voire révolutionnaire. Faut-il ou non adhérer, au moment où se confirme la montée irrépressible du nazisme, où le fascisme italien semble triomphant, au Parti communiste ? Quel combat pratique les intellectuels doivent-ils mener ? Bernard, en tout cas, continue à résider à Hauterive, nourrissant son écriture des couleurs brutes, presque sauvages, que produit le choc des eaux changeantes de l'étang, des falaises à l'ocre durci, des roches à peine veinées du vert des broussailles, des pins orgueilleux mêlés aux pâles tamaris, des oliviers gris et noueux, comme rangés en ordre de bataille.

Hélène se lève pour sauter au cou de son oncle et Sébastien en conçoit une vague jalousie. Depuis qu'elle habite Marseille, elle vient à Hauterive seulement durant les vacances et, de temps en temps, le dimanche. Elle n'en continue pas moins à exiger de Bernard les promenades auxquelles il l'a habituée. Les contes de son enfance ont été remplacés ces dernières années par des discussions plus sérieuses que suscitent les lectures de la jeune fille, ou celles de Gina Barutti qui les accompagne la plupart du temps. A la différence de Marc, l'éternel « petit frère », que les « promenades de filles » n'amusent pas et qui demeure un enfant plutôt timide et renfermé.

Bernard de Portallan a gardé une allure d'adolescent farceur et rêveur. Il cède volontiers aux demandes de Gina et d'Hélène. Il n'a jamais – c'est en tout cas ce qu'il dit – songé à se marier. On lui prête de multiples succès féminins, que confirme Simone, renseignée par ses amies de la bourgeoisie marseillaise. Joséphine de Portallan s'en amuse, mais, soucieuse de voir un jour son petit dernier prendre épouse, s'en énerve de temps en temps.

— Toi, dit Bernard à Hélène, tu deviens tellement

ravissante que je ne vais plus pouvoir t'emmener en balade sans chaperon !

— Bernard, prends un siège au lieu de débiter des sornettes ! sourit Joséphine de Portallan. J'ai entendu ta voiture, cette nuit. Ou plutôt ce matin... Toujours ton travail, c'est ça ?

— C'est ça, maman, c'est exactement ça ! Plus quelques verres à L'Ane bleu avec des amis.

— Pour refaire le monde, je suppose ? intervient ironiquement Sébastien.

— Tu sais, dit Bernard, il se refait sans nous, en ce moment, et pas dans le bon sens !

— Tu as si peur de Hitler que ça ? demande Louis Rintier, dont la conscience politique a l'épaisseur d'une feuille de papier à cigarette.

— Encore plus, grogne Bernard, soudain sérieux. Nous finirons par le voir à la chancellerie et les pires saloperies deviendront monnaie courante. C'est maintenant qu'il faudrait arrêter ce fou, mais comment ? Lui, plus l'autre allumé de fasciste en Italie, nous nous préparons des jours sinistres, vous savez !

— Tu exagères toujours tout ! dit Sébastien.

— Et toi, tu ne sais pas ce qu'il y a dans *Mein Kampf* !

— Tu exagères tout, reprend Sébastien, parce qu'il faut bien qu'à un moment des hommes surgissent pour faire régner l'ordre, pour rendre aux nations leur dignité et leur âme !

— L'ordre d'une race supérieure ? Sois gentil, Sébastien, épargne-moi aujourd'hui ton couplet sur les Juifs !

— Tu préfères tes communistes ?

— Ecoute, se fâche Bernard, je ne suis pas au Parti, mais si tu veux procéder à des simplifications abusives, oui, je les préfère.

— Auriez-vous la gentillesse de nous laisser déjeuner tranquilles ? intervient en souriant Joséphine de Portallan. Cela dit, Sébastien, ce Hitler ne me dit rien qui vaille ! En tout cas, ce n'est pas une discussion pour les enfants.

— Oh mais si, grand-mère ! dit Hélène. Si nous avons la guerre, nous devrons bien nous en occuper...

— Seigneur ! soupire Joséphine de Portallan en se signant. Ne permettez jamais de nouvelles atrocités !

Dans le silence qui s'établit, à peine troublé par les bruits des couverts et des assiettes que débarrasse Justine, la vieille dame prie quelques secondes intérieurement. Une courte prière d'enfant qu'elle croyait avoir oubliée.

— Et si nous sortions les chevaux ? demande Bernard à Hélène. On les néglige trop, désormais. Je suis le seul à monter, avec Luce quand elle n'est pas trop fatiguée, ce qui arrive de temps en temps...

— Formidable ! On va même seller Licorne pour Gina, on la prendra au passage et on ira vers les marais salants, d'accord ? Je prends Flicka et je te laisse Tempête, je n'ai pas de jambes, aujourd'hui.

Ils grimpent dans leurs chambres pour se changer et se retrouvent à l'écurie, que vient entretenir tous les jours un des fils Mourès. Ils étrillent rapidement les chevaux, les sellent, installent brides et licols, marchent quelques dizaines de mètres à côté de leurs montures avant de glisser le pied dans l'étrier.

— Au pas jusqu'à la ferme, n'est-ce pas ? insiste Bernard.

— Oui, professeur ! s'amuse Hélène. J'ai grandi, tu sais ?

— Justement ! Au cas où tu serais pressée de revoir Sandro... Il est pensionnaire à Aix, c'est ça, comme Gina ?

— Oui. Et s'il fait sa médecine, il lui faudra bien venir à Marseille...

— Tu es un peu jeune pour tirer des plans sur la comète.

Hélène lutte contre l'agréable faiblesse qui l'envahit. Elle aimerait que Sandro se rende compte qu'elle n'a plus dix ans. Ses seins et son ventre sont devenus sensibles comme des plaies à vif. Son corps long et musclé, dont elle surveille quotidiennement l'éclosion dans le miroir de sa salle de bains, est un torrent en même temps clair et sombre où la vie noue ses mystères. Mais le jeune homme, partagé entre ses études et les travaux de la ferme quand il rejoint sa famille, bloqué par une timiderie de coquelicot, promène sa beauté nostalgique sans lui porter d'attention autre qu'affectueuse. Même si ce crétin me trouve belle, se dit Hélène, il ne doit pas oser le montrer.

Parvenus à la Ferme des agneaux, Hélène et Bernard sautent à terre. Dans la cour, Emilio et Sandro rangent des cagettes en piles. Sandro serre la main de Bernard, embrasse Hélène qui, à son tour, en forçant un peu le contact, glisse son nez dans le cou du jeune homme, mal à l'aise.

— Je sens bon, non ? dit-elle. J'ai mis l'eau de Cologne de grand-mère.

— Tu es aussi belle que ma Gina, rit Emilio en regardant son fils en coin. Ça, vous allez en briser, des cœurs d'amoureux !

Gina, alertée par le bruit, sort de la maison en nouant ses longs cheveux noirs en vague chignon. Ses traits sont moins réguliers que ceux de Sandro, mais, avec son nez fin à peine busqué, ses yeux verts noisette, sa bouche large et charnue, elle éclate d'une beauté bizarre, surprenante, inclassable. D'une beauté émouvante, se dit Bernard, qui se courbe devant elle en un baisemain incongru.

— Mes hommages, jeune princesse ! Votre monture vous attend !

Gina se pend au cou de Bernard.

— Ah, si tu es mon chevalier, je te rejoins dans quelques secondes, le temps de me mettre en tenue. Luce m'a donné une culotte de cheval superbe, qu'elle n'a jamais portée.

D'un trot soutenu, les trois cavaliers s'écartent de la ferme, en direction des marais salants qui réservent quelques possibilités de galop sans danger pour leurs montures. Dans les rayons du soleil qui baisse sur l'étang, le sel en train de sécher prend d'étranges couleurs, du rose au bleu, déployant un arc-en-ciel tendre et pastel. La largade n'a pas encore diminué et les chevaux, naseaux au vent, donnent joyeusement de la croupe, dans l'attente de la légère pression des talons qui les libérera.

— Galop jusqu'au bout, on ralentit, on tourne à droite vers l'étang, dit Bernard. J'y vais, et essayez de rester derrière moi.

Plus tard, ils remettent leurs chevaux au pas, puis les arrêtent pour leur permettre de brouter un peu d'herbe.

— Tu crois qu'une guerre est possible ? demande Hélène à Bernard.

— Oui, malheureusement. Hitler est un fou dangereux qui rêve d'asseoir sa domination sur l'ensemble de l'Europe. Et qui pense que c'est normal. Au nom de la grandeur du peuple allemand, de la supériorité de la race aryenne, il annexera tous les territoires qu'il pourra. J'ai peur qu'il ne rencontre pas beaucoup de résistance au début. Après, il en voudra trop, et ce sera la guerre. Contre nous, contre l'Angleterre. J'espère que l'URSS ne cédera pas. Il chassera les Juifs d'Allemagne. Où iront-ils ? Avec ce que j'entends, ici en France, ce n'est pas nous qui allons leur tendre les bras !

— Pourquoi cette haine des Juifs ? demande Gina.

— Parce que la haine est chevillée au cœur de certains, parce que les imbéciles cherchent toujours des boucs émissaires, parce que tout ce qui est international est considéré comme contraire à la nation. Et le peuple allemand, en grande difficulté économique, sociale, se raccroche à n'importe quoi.

— Tu es communiste, toi, Bernard ? demande Hélène.

— Je vois ce que tu as dû entendre ! Les monstruosités du communisme... Il y en a, c'est certain. C'est une révolution, et les révolutions ne sont jamais vraiment belles, sur le terrain. Je ne suis pas communiste, plutôt pacifiste, favorable à une Europe unie, à la suppression des injustices. Je ne crois pas que les ouvriers doivent partout prendre le pouvoir, ce serait trop simple. Je ne crois pas que le capitalisme privé doit être remplacé partout par un capitalisme d'Etat, parce qu'on remplacera des excès par d'autres excès, peut-être plus graves.

— Mais le communisme, c'est le partage. Ce n'est pas si mal, après tout, intervient Gina.

— C'est un rêve. Vous êtes généreuses, toutes les deux, et c'est formidable. Mais vous êtes aussi encore un peu naïves. Seuls les saints sont prêts à partager. Ils ne sont pas très nombreux. J'ai peur qu'en URSS les nouveaux puissants commencent par se servir et que la grande masse du peuple soit condamnée à partager, non pas des richesses, mais la pauvreté. J'en ai peur, mais cela vaut peut-être la peine d'essayer. Et si ça marchait ? Et si, pour chacun, la dignité retrouvée constituait le réel moteur d'un nouveau progrès, collectif, justement réparti ? C'est ce que nous voudrions tous, non ?

— Papa dit que tu es un dangereux rêveur, sourit Hélène.

— Rêveur, oui. Dangereux, non. Ton père a toujours eu du mal avec les idées, encore plus avec les émotions. Il veut des résultats. L'obligation de résultats, c'est ça qui est dangereux ! Parce que, dès lors, marcher sur la tête des gens, de tes voisins, semble normal.

— Il s'éloigne de nous, dit Hélène. Je le vois bien, sur le visage de maman. Elle semble si triste, certains jours.

Aussi loin que remontent ses souvenirs, Hélène a le sentiment que son réel foyer se trouve ici, à Hauterive.

Son père, lorsqu'il les accompagne, est plus disponible, sa mère moins accablée, moins tendue par la vie mondaine qu'aujourd'hui elle supporte plus qu'elle ne la réclame. Rue Paradis, les contraintes de l'organisation de la maison, des dîners fastueux, des réceptions, des sorties ne laissent à Hélène que de courts instants d'intimité avec sa mère, toujours débordée et qui a, pratiquement, confié l'éducation des enfants à Marguerite, une gouvernante d'âge mûr, affectueuse certes, mais lointaine. Il lui arrive, entre deux baisers rapides, de ne voir ni son père ni sa mère pendant plus de vingt-quatre heures. Elle erre sans but dans la grande demeure trop vide, trop glacée malgré les meubles coûteux, les tableaux dont Sébastien fait l'acquisition avec une régularité maniaque. Toute cette vie, nouvelle, riche, bouillonnante en elle, avec qui en parler ? Marc, le « petit frère », est encore un gamin pataud, essentiellement intéressé par le football. Hier encore il ne vivait que pour ses soldats de plomb. Heureusement, il y a Hauterive, sa grand-mère douce et attentive, Bernard, si gai, si disponible, ouvert à toutes les discussions, la vieille maison patinée, l'étang aux reflets d'or ou de cuivre selon l'heure de la journée, Gina, qu'elle considère comme sa grande sœur. Et Sandro, cet idiot qui ne la regarde pas !

— Gina pourrait dîner à Hauterive, non ? demande Hélène à Bernard. Tu la raccompagnerais en voiture plus tard. De toute façon, Maria est à la maison avec grand-mère. C'est drôle, grand-mère la considère presque comme sa fille, maintenant. On parle de politique chez toi aussi, Gina ?

— Quand l'oncle Gianni vient, dit Gina. Mais la plupart du temps, ils s'isolent, lui et mon père, pour discuter. Ils ont l'air de penser que les femmes n'ont rien à voir là-dedans. Ça changera. En tout cas, pour en revenir à ma mère, elle devient drôlement revendicatrice, sous l'influence de Mme de Portallan !

— Quand nous voterons, ça changera forcément !

dit Hélène. Mais quand les hommes voudront-ils nous donner le droit de vote ? Bernard ?

— Un de ces jours, répond-il en souriant. Ça ne tardera plus, maintenant ! Tu vois, il y a des impérialistes partout, inutile d'aller chercher très loin.

CHAPITRE 18

La mort d'Arturo Amenda, qui les avait accueillis à leur arrivée aux Aygalades une vingtaine d'années plus tôt, avait beaucoup peiné Maria et Emilio Barutti. Le vieil homme s'était effondré au milieu de la rue, victime d'une crise cardiaque – du moins n'avait-il pas connu une fin douloureuse, disaient les hommes en se signant rapidement.

La nouvelle avait immédiatement circulé dans toute la communauté italienne, au sein de laquelle son bon sens et son autorité avaient toujours été respectés. De nombreux immigrés transalpins avaient eu, en débarquant du train ou du bateau à Marseille, recours à ses services et bénéficié de son hospitalité. Les deux pièces construites par Emilio et Gianni Monti n'avaient pas désempli. Sans qu'il ait jamais participé à la moindre action illégale, les avis d'Arturo le Sage étaient souvent suivis par les « capi » italiens du milieu, auxquels il savait imposer une certaine retenue vis-à-vis de leurs compatriotes nécessiteux. Ainsi les petits boutiquiers sans moyens étaient-ils protégés sans acquitter de dîme.

Quand il s'était arrêté de travailler, Arturo avait abandonné l'enclos des Aygalades où il avait passé la majeure partie de sa vie. Il s'était installé avec son épouse près du cours Belsunce, rue Tapis-Vert, une rue très commerçante où la quasi-totalité des échoppes, bijoutiers, chemisiers, chapeliers, tailleurs, liquoristes, coiffeurs, pédicures... étaient tenues par des compatriotes. Le quartier semblait avoir attiré comme un aimant, depuis une bonne trentaine d'années, une grande partie des cent mille Italiens qui avaient choisi Marseille, rabattus par ceux que l'on appelait les « pisteurs » vers les meublés du cours Belsunce et des rues avoisinantes dès qu'ils posaient le pied sur le quai. « Il n'y a pas d'étrangers ici, disaient-ils volontiers au curieux, nous sommes tous italiens. »

La plupart des ouvriers qui habitaient le quartier disparaissaient dès six heures du matin pour rejoindre des chantiers souvent lointains, et ne revenaient qu'en début de soirée. Certains n'étaient restés dans les meublés de la rue que quelques semaines, d'autres y avaient définitivement élu domicile. Quelques-uns tenaient des restaurants où les hommes d'affaires, les négociants marseillais, même s'ils n'habitaient plus eux-mêmes le cours Belsunce, autrefois artère bourgeoise, venaient régulièrement déjeuner et discuter contrats et commissions.

D'abord soucieux de se fondre dans la population marseillaise, Arturo avait éprouvé le besoin, sur ses vieux jours, de se rapprocher en même temps de la ville et de ses origines. Rue Tapis-Vert, il avait loué un petit logement de deux pièces, au dernier étage d'un immeuble dont les fondations le rassuraient. Elles étaient assises, lui avait-on assuré, sur les vestiges d'un ancien bâtiment religieux remontant au Moyen Age.

Maria et Emilio avaient retrouvé Gianni Monti en bas de la gare Saint-Charles et, par le boulevard d'Athènes et la place des Capucines, ils avaient gagné la vieille église Saint-Théodore, rue des Dominicaines, célèbre pour sa façade un peu pompeuse et par la formidable explosion qui l'avait secouée comme tout le voisinage en 1792, alors que ses caves accueillaient un dépôt de munitions, faisant près de quarante morts. Selon la légende, le drame avait été provoqué par des gardes nationaux qui jouaient à la pétanque avec des boulets.

Le choix de cette église, richement décorée et où plusieurs familles marseillaises avaient voulu avoir leur sépulture, disait à quel point Arturo Amenda avait compté dans la communauté italienne.

Pourtant arrivés en avance, Maria, Emilio et Gianni se glissent avec difficulté au fond de l'édifice. Les femmes, la tête recouverte d'un voile noir, ont le visage penché vers le missel qu'elles tiennent entre leurs mains jointes. Les hommes, les traits rudes, les moustaches lourdes, les yeux de pierre, sont, presque uniformément, vêtus de bleu marine, de gris foncé, d'une chemise blanche et d'une cravate noire. Emilio et Gianni saluent certains d'entre eux du menton ou, quand ils les connaissent mieux, d'une accolade accompagnée d'une frappe de la main dans le dos. Exceptionnellement, ils s'adressent la parole, quelques mots à peine, en italien.

— *Ci lascia tutti orfanelli per un mondo migliore...*
— *Si... Un vuoto enorme. Cerchiamo di essere degni della sua memoria. Lasciamoci guidare dal suo esempio.*
— *Se ne è andato sulla punta dei piedi, come un angelo.*

Des yeux, Emilio qui est plus grand que la moyenne de l'assistance, parcourt les rangées, vagues sombres venant s'éteindre à proximité de l'autel. Retrouve ici et là des visages oubliés, marqués par les années. L'exil, pense-t-il, ne ressemble à un déchirement que lorsque nous sommes plusieurs à rassembler nos souvenirs. Et sans doute n'est-il douloureux que si l'hostilité nous entoure, ce qui, pour nous, n'est pas le cas. Nous avons, Maria et moi, déjà vécu aussi longtemps ici qu'en Italie. Nous n'y retournerons jamais. Ou peut-être un jour, en voiture, avec les enfants. S'ils le demandent. La précarité, nous la connaissions beaucoup plus là-bas qu'ici. Nous avons été acceptés.

Il regarde le profil très pur de Maria, derrière lequel se dessinent ceux de Sandro et de Gina. Sandro et Gina qui parlent à peine l'italien. Avons-nous eu raison ? Leurs enfants auront des prénoms français. Ils seront marseillais pur sucre, comme les descendants des immigrés grecs, espagnols, arméniens...

— Tu te sens encore très Piémontaise ? glisse-t-il à l'oreille de Maria.

Elle se tourne vers lui, ahurie.

— Piémontaise ? Euh... Je ne sais pas. Pourquoi tu me demandes ça maintenant ? Tu ferais mieux de prier, pour Arturo et pour nous.

— Arturo, il va être enterré ici, non ? interroge encore Emilio.

— Tais-toi ! Tout le monde t'écoute. Oui, il va être enterré à Marseille.

— Ça veut dire qu'il se sentait français.

— Emilio ! Tu es malade ?

Emilio Barutti n'a jamais beaucoup réfléchi à sa condition d'immigré. Il pense aujourd'hui, en gommant de sa mémoire quelques mauvais moments lors de leur installation, qu'elle ne lui a jamais posé de problème. Il en rend grâce à Dieu et à la famille Portallan. Il se compare à un arbuste qui végétait, qui risquait de mourir, et que l'on a transplanté dans une terre plus riche où ses racines ont pu se multiplier et prospérer. Il est sûr que Sandro sera médecin, que Gina sera respectée, et une bouffée d'orgueil lui serre la gorge, lui picote les yeux. Maria et moi avons réellement accompli un joli chemin ! Les quelques hectares dont ils sont devenus propriétaires, ils n'auraient pas osé en rêver vingt ans plus tôt. Un jour, ils achèteront une automobile.

Un sentiment de plénitude l'envahit comme si tous les réveils à l'aube et les crépuscules, douloureux des efforts de la journée, s'étaient amassés en lui pour décupler ses forces et sa confiance. Emilio ne sait pas si le labeur qu'il assume – celui de deux, trois hommes ? – est pénible. Il ne s'est jamais posé cette question. Son travail constitue une sorte de récompense, ressemble à un mur bâti pierre à pierre, un monument de dignité. Il lui a donné le droit, aussi, de ne plus se considérer comme un étranger. La chance, sans doute, a été déterminante. Mais le résultat est là : il se sent plus étranger dans ce quartier Belsunce, peuplé d'anciens compatriotes, que partout ailleurs dans Marseille. Et il ne pense pas avoir les mêmes centres d'intérêt que la plupart de ceux qui l'entourent aujourd'hui. Ni la même façon de vivre. Le temps est bien loin, finalement, où, le printemps venu, ils partaient en bande de chez Arturo, le pique-nique à l'épaule, pour rejoindre l'Estaque.

Autour de lui, les hommes et les femmes se sont mis en rang dans les travées pour présenter leurs condoléances à la famille d'Arturo, devant le porche de l'église. Le flot s'écoule doucement. Puis les hommes et les femmes se rassemblent sur le trottoir par petits groupes. Les premiers, épais, silencieux, allument des cigarettes. Les secondes rapprochent leurs têtes les unes des autres, parlent bas en repliant les voiles noirs qu'elles glissent dans leurs sacs. Hors le souvenir d'Arturo, et cette vague réminiscence d'un pays natal qu'il n'assimile plus à une patrie, Emilio se demande ce qu'il partage encore avec ses interlocuteurs. Peut-être a-t-il tellement voulu s'intégrer qu'il en est devenu injuste et cynique. Il jette un coup d'œil à Maria. Comme lui, elle paraît pressée d'en terminer avec les convenances qui les retiennent là, sur la chaussée, sans raison.

— On va boire un café ? demande Gianni, qui dénoue sa cravate et secoue sa grande carcasse.

Le groupe s'est retrouvé rue du Petit-Saint-Jean, à quelques centaines de mètres de l'église. Dans les cafés, de jeunes hommes trop bien habillés, le regard suspicieux, jouent aux cartes ou discutent d'un air concentré. Ils tiennent une des principales industries du quartier, la prostitution. Aux fenêtres d'ailleurs, celles que les Marseillais appellent les « cagoles », déjà apprêtées, des peignes dans les cheveux et de lourds pendentifs aux oreilles, invitent le passant de la voix et du geste.

Quand Gianni et Emilio pénètrent dans le bar, le patron est en train de balayer la sciure répandue sur le plancher. Les conversations s'arrêtent, et les barbeaux qui lisent le journal ou sirotent leur café examinent silencieusement les arrivants. Gianni trace un geste vague de la main et chacun revient à ses occupations premières. Derrière, pense Emilio, on doit trouver une salle de jeux clandestins. Et derrière encore, dans une impasse, on doit pouvoir acheter de l'opium ou de la « coco ». A un jet de pierre ou presque de la Canebière, l'artère dorée. La frontière invisible. Au sud, l'Opéra, les salles de concert, et ici vers le nord, l'Alcazar, l'opérette, le caf'-conc' et les cinémas bon marché, le Roxy, le Triomphe... Au sud, les façades lisses et dignes, au nord les murs criblés de dessins et de commentaires obscènes.

— Je n'ai pas très envie de rester, dit Emilio.

Gianni le regarde, regarde Maria, comprend.

— Allons vers le Noailles, sourit-il. C'est plus cher, mais je vous invite. On a vieilli, hein, Emilio ?

Emilio Barutti prend Maria par la taille.

— On a vieilli, c'est vrai. Mais surtout, on a changé. En mieux. Tu vois, je n'ai plus de couteau dans la poche !

CHAPITRE 19

Antoine Simoni, escorté de deux armoires à glace au faciès de marbre funéraire, s'arrête à l'entrée du restaurant et pose une main protectrice sur l'épaule de Bastien Mattei, le propriétaire – le propriétaire officiel en tout cas – des lieux.

La Méditerranée, quai de Rive-Neuve, est un des établissements les plus courus, et les plus chers, de la ville. Il est de bon ton de s'y montrer de temps en temps, même si les fiches de police de certains clients sont beaucoup plus longues que l'impressionnante carte des vins. Qu'il s'agisse de bourgeois, de truands, d'hommes politiques ou d'artistes en quête d'émotions, la fortune au mètre carré y est plus importante que n'importe où à Marseille.

Simoni, saluant ici d'une poignée de main, là d'un sourire complice, une bonne partie des convives, se dirige vers la table où Sébastien de Portallan l'attend depuis un quart d'heure. Ce dernier se lève. La paume de la main du député, malgré la chaleur de la nuit qui s'avance, est de glace. Son regard, qui se voudrait amical, demeure aux aguets, vérifiant la présence de ses deux anges gardiens à une table d'où ils peuvent surveiller les mouvements de la clientèle, y compris sur le trottoir.

— Eh bien ! dit Simoni en dépliant sa serviette. Je vous ai téléphoné pour faire le point. Vous voyez, cette grève est heureusement terminée. Il y a bien eu quelques… incidents, mais c'est inévitable.

En vérité, les affrontements entre les commandos anti-grève et les ouvriers des Huileries réunies avaient été sanglants, laissant une dizaine de blessés sur le trottoir, sans que la police, distraite, trouve apparemment de raison d'intervenir. Les hommes de main mobilisés à volonté par les « relations » de Simoni étaient tous, bien sûr, des chômeurs prêts à prendre dans l'instant le travail des grévistes. Personne n'était dupe, et Sébastien moins que n'importe qui.

— J'ai vu Sauveur Ruli, mon… protégé, poursuit Simoni. Il est très satisfait de votre geste en faveur de ses œuvres diverses. Ce n'est pas rien de démarrer en politique. Mais, entre Corses, nous nous soutenons. Nous avons de bons relais, aussi, de l'autre côté de la frontière, en Italie. On critique Mussolini, c'est facile ! Mais il a bien redressé la barre, qu'en pensez-vous ?

— Je trouve puériles et folkloriques certaines manifestations, mais sur le fond, il faut reconnaître qu'il a remis de l'ordre, et que le pays en avait besoin…

— Un peu comme ici, non ? dit Simoni en levant la main pour appeler le maître d'hôtel qui surveille la table, à quelques mètres. Qu'est-ce qui vous tente, monsieur de Portallan ? Ils font la meilleure bouillabaisse… du monde, évidemment. Je ne peux pas résister. Avec un blanc de Cassis, ça vous va ?

Simoni passe rapidement la commande, salue de la tête quelques nouveaux arrivants. Sébastien remarque que les deux tables les plus proches de la leur ne sont pas occupées. Personne n'y prendra place, estime-t-il, tant que nous resterons là.

— Vous-même, vous n'êtes pas tenté par la politique ? demande le député. Nous avons besoin d'hommes nouveaux, énergiques, sachant prendre leurs responsabilités. La bourgeoisie molle est une catastrophe, pour cette ville !

Sébastien de Portallan approuve de la tête. Il estime que la religion, catholique ou protestante, a toujours pris à Marseille trop de place et qu'elle est largement responsable de la bienveillance sucrée, de l'altruisme besogneux d'une partie des classes dirigeantes. Le confessionnal, estime-t-il, n'est pas le meilleur endroit pour arrêter des actions vigoureuses et impopulaires.

— La politique ? Euh… Je ne saurais pas m'y prendre ! Je suis un homme d'affaires, je n'hésite pas à m'engager, mais pour les discours, je ne vaux rien, soupire Sébastien.

— Voyez-vous, dit Simoni en goûtant le vin, les étiquettes politiques sont de moins en moins importantes. Ce n'est pas ça qui compte. Ce qui compte, c'est de rassembler des gens déterminés. Mis à part les petits accidents de parcours comme celui que nous avons réglé, votre groupe industriel est prospère, m'a-t-on dit…

— Les Huileries se portent bien, en gros. Pour le reste…

— Pour le reste, j'ai compris, coupe Simoni en souriant. Vous achetez à bas prix des sociétés qui végètent, vous les décortiquez, vous éliminez du personnel, vous les fusionnez et vous revendez. Vous avez procédé de cette manière dans la maroquinerie, le papier, les pâtes alimentaires. Vous ne passez pas pour un philanthrope, monsieur de Portallan, et c'est pour ça que vous me plaisez. A Marseille, il faut avoir des couilles ! Et en ce moment, vous tâtez le terrain du côté de la réparation navale. Faites attention, malgré tout, c'est du lourd, rien à voir avec le cuir, la farine ou les huiles !

— Oh, je n'ai rien décidé pour le moment, corrige Sébastien. Je veille simplement à partager mon patrimoine en deux : une partie fixe, solide, que j'élargis avec précaution sans prendre trop de risques, et une partie très mobile, liquide presque, pour tenter des coups.

Simoni, les yeux presque fermés, goûte avec un morceau de pain le bouillon du faitout odorant qu'on vient leur présenter. Il semble à mille lieues de la conversation.

— Une merveille ! dit-il. Une pure merveille ! Regardez ça, Portallan ! Sentez ça ! Des siècles de culture dans une casserole !

Ils observent en silence le maître d'hôtel qui dispose avec précaution, presque religieusement, les poissons dans les assiettes qui leur sont destinées.

— Tenter des coups, dites-vous…, reprend Simoni en regardant son interlocuteur dans les yeux. Vous n'avez jamais pensé à l'immobilier ?

— Pas spécialement, avoue Sébastien aux aguets. Je n'y connais rien. Pourquoi ?

— Vous savez, un jour ou l'autre, ici, nous aurons une vaste zone à reconstruire, de l'autre côté du port. Les vieux quartiers. Un îlot totalement insalubre, en dessous du Panier. Indigne d'une ville comme Marseille, un nid à microbes. Il y a même des vaches, dans les caves ! De la pouillerie partout. Des métèques encombrants. Il faudra bien démolir, et rebâtir. Il s'agira d'une très grosse opération, mobilisant d'énormes capitaux. Mais les profits seront à la mesure de l'investissement. Pensez-y.

Les deux hommes se taisent un moment, le temps de déguster les poissons arrosés d'un peu de soupe à laquelle ils ont mélangé une rouille relevée.

— C'est le petit Jésus en culotte de velours, non ? sourit Simoni.

— Qu'en dites-vous, monsieur le député ? demande le cuisinier, que la notoriété de son client a amené à abandonner un instant ses fourneaux.

— J'en dis, mon bon Louis, que vous méritez une décoration pour cette œuvre d'art, mais laquelle ? Les Palmes académiques, peut-être ? La médaille de la ville, en tout cas !

— Pourquoi pas ? Mais si je pouvais me permettre, je préférerais vous parler – pas ici, bien sûr – d'un petit problème concernant mon frère. Oh, pour vous, une bricole !

— Venez me voir, Louis. Quand vous voulez. A ma

permanence, vous savez où ? J'arrangerai ça bien volontiers. Et la maman ? Toujours d'attaque ?

— Oh fan ! Elle arrête pas de me crier dessus, alors...

Le cuisinier hoche la tête et s'éloigne, ravi.

— Et voilà, dit Simoni. C'est ça, la vraie politique... L'électeur, pour qu'il devienne fidèle, il ne faut pas lui parler de la hausse des prix, lui faire des cours sur l'actualité internationale. Il faut se débrouiller pour que le fils fasse son service militaire à Carpiagne et pas à Valenciennes.

— Je vois. Pour en revenir à notre discussion... Et les habitants de ces vieux quartiers ? interroge Sébastien, émoustillé par le projet énorme que vient d'évoquer Simoni, et dont il n'a jusque-là entendu parler que de manière très vague.

Simoni balaie la remarque de la main.

— Bof ! On trouvera bien à les reloger. De toute façon, y a pas plus dégueulasse que l'endroit où ils habitent... Pensez-y. Nous en reparlerons. Que diriez-vous d'une coupe de champagne chez des amis, au Diamant des Indes ? C'est un établissement superbe, avec des attractions formidables, du côté de la rue de la République. Vous connaissez ?

— Non, avoue Sébastien. J'ai plutôt mes habitudes au Classic.

— Guindé, tout ça, guindé ! Toute une éducation à refaire, cher monsieur de Portallan ! Vous travaillez trop ! Il faut savoir se distraire, aussi. Allez, je vous enlève !

Sébastien fait un geste vers la poche intérieure de sa veste, pour saisir son portefeuille.

— Tt, tt, tt, s'amuse Simoni. Ici, vous êtes invité. Même pas par moi, par nos amis.

Il cligne de l'œil.

— La solidarité, n'est-ce pas ?

Sébastien se lève, rendu euphorique par les deux bouteilles de blanc de Cassis qu'ils ont avalées. Il a une vague pensée pour son épouse qui, de nouveau, et pour ne pas rester seule, a dû dîner chez ses parents. A moins qu'une aventure... Sébastien chasse de son esprit cette éventualité.

Débordé de travail mais en réalité dévoré d'ambition, il s'est détaché de Simone sans s'en rendre vraiment compte. De temps en temps son appétit sexuel le bouscule et il fait l'amour avec sa femme rapidement, brutalement. Il se rend compte que, passive, un peu triste, elle le laisse s'activer sans éprouver le moindre plaisir. A plusieurs reprises, elle lui a reproché de délaisser l'essentiel au profit, dit-elle, d'une poursuite éperdue du pouvoir, qui n'a pas de sens. Simone juge leur fortune largement suffisante pour leur assurer ainsi qu'aux enfants un avenir confortable. Depuis quelques années, ils sont conviés aux réceptions des grandes familles de la bourgeoisie marseillaise. Rue Paradis, ils rendent les invitations de manière fastueuse.

Mais Simone ne comprend pas, juge-t-il, que la vie est une course dans laquelle celui qui n'avance pas recule, celui qui ne dévore pas les autres est dévoré par eux. Elle ne comprend pas ce que le combat comporte d'esthétique, et même de morale. Sébastien estime que sa femme est faible et conventionnelle. Elle a désapprouvé le contact pris avec Simoni pour mettre un terme à la grève des Huileries. Ces « gens-là » ne seraient pas de « notre monde ». Foutaises ! Dans le monde, il y a ceux qui commandent et ceux qui subissent. La bonne éducation n'a rien à voir là-dedans. Depuis cette altercation, il a préféré ne plus évoquer sa relation nouvelle avec le député.

Le Diamant des Indes, vu de l'extérieur, est un cabaret plus que banal, discret. Une façade laquée de noir, une petite vitrine éclairée mettent en valeur quelques photos, le nom de l'établissement gravé sur une plaque de cuivre alourdie d'une fausse pierre de verre taillé. Le chauffeur de Simoni stoppe la puissante conduite intérieure Peugeot du député devant la porte, tandis qu'un des chasseurs en veste rouge et nœud papillon se précipite.

— Monsieur le député, je vous en prie...

Une fois franchis les battants étroits commandés de l'intérieur, l'établissement change de dimensions et de nature. Vaste entrée de parquets blonds aux murs de miroirs entre lesquels des appliques modernes diffusent une lumière douce, profonds fauteuils de cuir, gravures de mode encadrant le vestiaire, maître d'hôtel en smoking. Rien à voir avec les cabarets à matelots, le Black Horse, le New Castle, le Hollywood, les « bars américains » comme on dit, qui pullulent rue de la République, tous hauts lieux de la prostitution.

— Monsieur le député, c'est un plaisir de vous revoir...

Simoni précède Sébastien vers de lourdes tentures sombres à travers lesquelles le tango que joue l'orchestre ne leur parvient qu'assourdi.

La grande salle – toujours du parquet, des miroirs, des plantes vertes, des tableaux modernes parmi lesquels Sébastien reconnaît quelques œuvres coûteuses – s'étale sur deux niveaux séparés, autour de quelques marches, par une rambarde de fer forgé. Des tables rondes de tailles différentes, nappées de blanc, entourées de chaises et de fauteuils contemporains gainés de tissus beige et mauve, sont réparties jusqu'à la scène surélevée, en dessous de laquelle cinq musiciens en smoking blanc diffusent une musique sud-américaine irréprochable. Des parfums féminins et des fumées subtiles de havane exacerbent le luxe du décor, que traversent, discrets et attentifs, des garçons vêtus de noir au physique de jeunes premiers de cinéma.

Assis en bordure de la piste de danse, Sébastien laisse son regard courir parmi la nombreuse assistance que la disposition des tables répartit sans l'entasser. Costumes stricts et cheveux laqués chez les hommes, robes de soie fluides marquées par l'ouragan Chanel, bijoux et coiffures à la garçonne pour leurs compagnes, la mode, en particulier féminine, a connu une véritable révolution en moins de dix ans. La jupe à mi-mollet a sensiblement raccourci. Légère et vaporeuse, collée au buste et aux hanches pour affiner la silhouette, elle se porte avec des ceintures basses. Vestes aux couleurs vives, genre tennis, tissus Art nouveau et même smokings pour le soir ont été adoptés par les plus audacieuses, comme les chapeaux collants ressemblant un peu à des bonnets de bain. Les consommateurs, pour la plupart amateurs de champagne, tissent un brouhaha élégant ponctué de rires cascadés.

— Quelles jolies femmes, n'est-ce pas, Sébastien ? Ça ne vous ennuie pas, si je vous appelle par votre prénom ? Faites pareil. Je préfère Antoine que monsieur le député, surtout ici ! Il y en a même qui m'appellent monsieur le maire ! Ils se trompent d'un cran. Remarquez, ils pourraient...

Comme tout le monde à Marseille, Sébastien sait parfaitement que le docteur Ribot, le maire en titre, un brave homme qui dirigeait le service sanitaire maritime, n'est qu'une potiche. Il avait été propulsé là par Simoni, lui-même déjà premier adjoint, à la mort du docteur Flaissières. Le Corse, lors de la dernière élection municipale, avait apporté son soutien à celui-ci, maire de Marseille à deux reprises dans le passé, mais lâché par ses amis socialistes en raison de son grand âge. Ils avaient fait liste commune. Dans la plus grande confusion idéologique et au terme d'une campagne particulièrement agitée, ils avaient tout emporté sur leur passage. Depuis 1925, Simoni avait en fait les mains totalement libres.

— Des filles superbes, dit Sébastien de Portallan. Absolument superbes... Quel endroit formidable !

— Oui, murmure Simoni, la décoration a coûté une fortune. Mais les bouis-bouis, ce n'est plus de notre âge !

Un seau de métal argenté garni de glace et d'une bouteille de Ruinart surgit sur leur table.

— Bonsoir, monsieur le député...

— Ah ! Bonsoir, René... Tout va bien ? M. Carnalo n'est pas là ?

— Ce n'est qu'une question de minutes, dit le maître d'hôtel en remplissant les coupes. J'ai prévu un troisième verre pour lui.

L'orchestre s'éteint sur une note langoureuse. Les danseurs regagnent leurs tables. La lumière diminue d'intensité.

— Vous allez voir Doris, dit Simoni. Vous ne regretterez pas d'être venu. Elle chante et danse de façon merveilleuse. Quant au reste...

Sur un solo de batterie, le rideau glisse, découvrant une scène profonde qui reproduit, avec ses buildings éclairés, une vue de New York. Quatre girls peu vêtues bondissent face aux spectateurs et, dans un déchirement de trompette, Doris fait son apparition. Elle est grande, blonde, légère, cheveux coupés au carré, robe rouge fendue jusqu'en haut des cuisses, maquillage des paupières teinté de brun pour magnifier le regard bleu gris. Sébastien, subjugué, sent la voix cassée de la chanteuse couler dans son ventre. Le blues semble évoluer dans l'air comme un serpent qu'elle charmerait du bout des doigts.

Simoni se penche vers Sébastien :

— Superbe, non ?

— Mieux que ça.

Sébastien a envie de demander au député quelques renseignements concernant la jeune femme, mais n'ose pas.

— Voulez-vous que nous l'invitions après son tour de chant ? interroge Simoni. Elle sera ravie, j'en suis sûr. Elle vaut bien Joséphine Baker, non ? Cette Revue nègre, il y a quelques années, au Théâtre des Champs-Elysées, quand même ! Où va ce pays ?

Sébastien se moque éperdument des idées racistes de Simoni, qu'au reste il n'est pas loin de partager. Il n'a d'yeux que pour Doris et n'a retenu du propos de son interlocuteur que la prochaine venue de la chanteuse à leur table.

— Bonne idée. Quelle beauté ! Et quelle voix !

— Je lui prédis un grand avenir, dit Simoni. Elle a un talent fou. Le Diamant des Indes, c'est déjà un peu confidentiel pour elle. Elle devrait chanter à l'Alcazar à la rentrée prochaine. Tiens, voilà Ruli !

Simoni agite la main en direction de Sauveur Ruli qui, depuis l'entrée, parcourt la salle du regard.

— Assieds-toi, Sauveur. Je ne te présente pas Sébastien de Portallan...Tu te rends compte, il ne connaissait pas le Diamant des Indes ! Et le diamant du Diamant ! sourit Simoni en désignant la chanteuse.

Quelques instants plus tard, tandis que l'orchestre entreprend de ramener les consommateurs vers la piste de danse, la jeune femme rejoint leur table, suivie par les regards admiratifs d'une partie de la clientèle masculine.

— Ma chère Doris, bravo ! dit Simoni. Vous êtes absolument merveilleuse. Permettez-moi de vous présenter un de mes bons amis, Sébastien de Portallan, à qui notre industrie marseillaise doit beaucoup.

La jeune femme tend une main fine et chaude à Sébastien qui se casse presque en deux pour dissimuler son trouble. Elle prend place à côté de lui et trempe ses lèvres dans le verre de champagne que lui présente le maître d'hôtel.

— Mademoiselle, dit Sébastien, je vais vous paraître d'une extrême platitude, mais vous avez une voix prodigieuse, émouvante. Qui n'a d'égale que votre beauté.

Doris distille un rire de cristal. Sébastien se sent ridicule, aussi empoté que lors de son premier flirt. La jeune femme paraît en même temps très convenable et très libérée. Classique et moderne. Un cocktail épicé de bonne éducation et d'érotisme. Une sensualité chaude et acérée sous un vernis de civilité souriante et distinguée. Sébastien regrette tout d'un coup son manque d'expérience amoureuse. Comment aborder une femme aussi sûre d'elle, aussi maîtresse de la séduction diabolique qu'elle exerce, aussi évidemment habile à exacerber le désir des mâles ?

— Ne rougissez pas, Sébastien, s'amuse-t-elle.

J'adore les compliments. Vous pouvez continuer, mais en dansant.

Elle se lève et tend la main à Sébastien, qui s'excuse du regard auprès de Simoni et Ruli, vaguement complices.

Sur la piste, elle se tourne vers lui, se glisse entre ses bras et pose sa main gauche juste à la base de son cou, au-dessus de sa chemise. Un temps sur deux, Sébastien devine la hanche de Doris qui effleure son ventre, puis les ongles de la jeune femme s'égarent à la frontière de ses cheveux. Insensiblement, tandis que le slow s'étire sur un vieux fond de jazz, elle se rapproche de lui. Bientôt, les cheveux de Doris glissent sur sa joue. Il perçoit le parfum fleuri qui monte de la gorge creusée entre ses seins.

— Vous ne parlez pas beaucoup, Sébastien, mais d'après ce que je sens, vous n'êtes pas en état de me raccompagner jusqu'à notre table... Je veux dire, de façon convenable.

Elle rit doucement dans l'oreille de Sébastien.

— Je suis désolé, dit-il.
— Ah bon ? Pourquoi ? Vous avez très envie de moi, et je trouve ça flatteur. Dansons encore.

Ils continuent à tourner. Jusqu'au moment où, du coin de l'œil, Sébastien aperçoit Simoni et Ruli en train de se diriger vers la sortie, en compagnie d'un homme brun et massif, sans doute le directeur de l'établissement. Il pose un baiser léger sur la tempe de la jeune femme qui, à son tour, effleure de sa bouche le coin de ses lèvres.

— Allons quand même nous asseoir, dit Doris. Je voudrais vous connaître un peu mieux avant de céder à votre charme.

Ils prennent place. Curieusement, il n'y a plus que deux chaises, d'ailleurs très rapprochées, autour de la table. Le maître d'hôtel apporte une nouvelle bouteille de champagne :

— Vous êtes l'invité de la maison, dit-il en se penchant vers Sébastien. M. Carnalo a dû s'absenter, mais il m'a demandé de vous présenter son meilleur souvenir.

Il est quatre heures du matin. Nue sur les draps froissés, Doris s'étire comme un félin au réveil. Sébastien, épuisé, a roulé au bord du lit. Il a le sentiment d'avoir traversé une tempête et de n'être plus qu'un débris de bois sur une plage. La jeune femme a déchaîné chez lui un tumulte sexuel dont il ne s'imaginait pas capable. Il a pénétré sur des terres inconnues, de fraîcheur et de fureur mêlées. Il en revient éperdu, révélé à lui-même. Victorieux et vaincu. Etonné de sa propre audace, imaginant déjà d'autres étreintes.

Doris sourit.

— Eh bien, dit-elle, pour un industriel qui ne fait que travailler, tu as encore quelques réserves.

Sébastien lui en veut de prendre à la légère cette passion qui l'embrase, de ne sembler retenir de leur communion fougueuse qu'un aspect simplement physique. Il sait qu'il a, dans l'attente aiguë du plaisir, balbutié des mots d'amour définitifs. Qu'elle lui a demandé de répéter. « Oui, dis-le encore. Donne, donne ! Je te veux ! Là ! Que moi, Sébastien ? Viens ! » Et il est venu, dans une sorte de détresse incantatoire, comme s'il renouait avec une vie ancienne.

— Je t'aime, murmure-t-il.

— C'est formidable, et tu me l'as déjà dit. Tu ne crois pas que c'est un peu tôt ?

Sébastien promène sa main sur les seins souples de Doris, son ventre plat, son pubis à peine recouvert d'un duvet blond. Il se penche vers la large bouche entrouverte, se perd dans les yeux bleu gris immenses, glisse son visage entre les cuisses soyeuses qui s'écartent. Son sexe, à nouveau, durcit.

— Je veux encore.

— Tu es fou ! Viens !

Elle le renverse sur le dos et, à légères pressions, l'enfouit en elle.

CHAPITRE 20

Bernard de Portallan tapote du bout des doigts le journal plié en quatre. Il le tend à Hélène et Gina qui sont assises à côté de lui dans des fauteuils de rotin, sur la terrasse de la bastide.

— Lisez ça, dit-il. Et rappelez-vous la date de l'événement : 10 mai 1933.

Les deux jeunes filles se penchent en silence. Puis Hélène se relève au bout de quelques instants en rejetant en arrière sa lourde chevelure brune.

— Vingt mille livres ! s'exclame-t-elle. Ils ont brûlé vingt mille livres ? Mais quelle horreur ! Pourquoi ?

— Voilà ce qu'on est capable d'organiser, aujourd'hui, à Berlin, soupire Bernard. Un autodafé de livres. Une cérémonie solennelle. Par camions entiers ! Sous les applaudissements d'une foule en délire.

— Ils ont brûlé les livres de Marx, note Gina.

— Oui, bien sûr ! Et de Freud, et de Thomas Mann, et de tous ceux qui ne pensent pas « bien ». Qui ne pensent pas dans la ligne nazie !

Bernard s'est levé et marche de long en large, sous le regard attentif des deux jeunes filles.

— Pour établir une dictature, il faut même tuer les idées, la mémoire, la culture, dit Bernard. Il faut déraciner les individus, les couper de tous leurs points de référence, leur laver le cerveau. Pour façonner des hommes nouveaux, il ne suffit pas de supprimer ceux qui vous gênent, il faut être sûr que personne ne pourra plus penser comme eux. C'est un crime absolu. Qui en annonce d'autres.

Le sectarisme, la volonté d'exclusion, qu'elle assimile au comportement de son père, ont toujours paru à Hélène haïssables. L'intolérance, a-t-elle lu un jour, fait que l'on ne se contente jamais de la liberté pour soi, si l'on n'opprime pas en même temps celle des autres. L'intolérance est une tare qui pervertit monstrueusement les individus et les sociétés. La tare. Celle dont découlent tous les malheurs, toutes les injustices, tous les crimes. Hélène n'a aucune idée de la manière dont plus tard elle organisera sa vie, mais elle est convaincue que ce sera sous le signe de la liberté d'esprit, de la compréhension et de l'indulgence. Contre les préjugés et les préventions. Admettre l'autre, avec ses différences. Intuitivement, elle pense qu'en ressemblant à sa grand-mère, elle parviendra comme elle à magnifier sa condition d'être humain, parce que la tolérance entraîne bonté, générosité, indulgence.

— Sous l'Inquisition on brûlait les hérétiques, n'est-ce pas, Bernard ?

— Exactement. C'est la même dépravation, la même démence. Plus rien ne retiendra Hitler, maintenant qu'il est chancelier du Reich et qu'il a les pleins pouvoirs.

— Papa ne veut pas qu'on parle de ça, à la maison, dit Hélène.

— Eh bien, il faut que tu saches. Il y a un peu plus d'un mois, comme une grande manifestation s'était déroulée aux Etats-Unis pour soutenir les Juifs d'Allemagne, Hitler a fait apposer l'étoile jaune sur tous les magasins juifs... Des magasins ! Des commerçants qu'il qualifie, dans la foulée, de ramassis d'intellectuels, de professeurs et de brasseurs d'affaires occupés à exciter le monde entier contre l'Allemagne renaissante ! Et les gens qui continuent à acheter dans des magasins juifs sont dénoncés comme traîtres. On leur imprime un tampon sur le front !

185

— Mais qu'est-ce qu'on peut bien reprocher à ces pauvres gens ? demande Gina. Leur race ?

— Non, non ! Ce sont eux, les nazis, qui parlent de race ! Mais on ne peut rien reprocher aux Juifs, et surtout pas leur race. Il faut faire très attention, voyez-vous, les filles. Il n'y a qu'une race, la race humaine. Nous sommes tous pareils, même si nous avons des peaux de couleur différente, si nous pratiquons des religions différentes, si nos coutumes sont différentes. Tous ceux qui vous diront le contraire sont des escrocs. Ne les écoutez pas.

— Pourquoi ne fuient-ils pas l'Allemagne ?

— Parce que ce n'est pas possible pour tout le monde. Et puis les Juifs en Allemagne se sentent allemands. Ils ne croient pas au pire, pour la plupart d'entre eux. Ils vont être pris dans une souricière. Vous avez vu qu'Einstein a refusé de rentrer en Allemagne ?

— Penses-tu que les nazis vont les tuer ? demande Hélène.

— C'est bien possible, et cela me terrorise. Nous risquons de vivre une abomination.

— Nous allons les défendre ? Nous, les autres pays européens ? interroge Gina.

— Je le souhaite, je ne sais pas, dit Bernard. Nous ne sommes pas très courageux et, voyez-vous, en France même, il y a aussi des antisémites.

Peut-être, comme le soutiennent de prétendus bons esprits, l'antisémitisme français est-il un peu différent de l'antisémitisme nazi, mais dans l'horreur, comment établir des gradations ? Bernard de Portallan est resté très marqué par l'affaire Dreyfus, durant laquelle la droite nationaliste française, cléricale et antisémite, était apparue à visage découvert, faisant son pain du mensonge, de l'insulte et de l'ignominie. Et comment de brillants esprits comme Drieu La Rochelle pouvaient-ils, au prétexte de l'ordre et de l'action, se laisser corrompre, s'enthousiasmer même, pour le fascisme ? Par quelle alchimie putride la raison – à supposer que le cœur ait disparu, que la morale ait sombré – en vient-elle à se déliter ?

Bernard de Portallan extrait de la poche de son pantalon une blague à tabac et entreprend de rouler une cigarette. Il contemple au loin la barre de roches blanches, majestueuse et familière en même temps. Pourquoi tant de fureur chez les hommes ? Pour gagner quoi ? Une immense tristesse l'envahit. Quel avenir préparons-nous à ces deux jeunes filles, à tous les autres enfants ? Bernard se sent indigne, comme s'il prenait en charge par avance les crimes qu'il anticipe.

— Si nous marchions jusqu'à la plage ? propose-t-il. Nous sommes bien loin des contes et des leçons de botanique, hein ?

— Nous ne sommes plus des enfants, Bernard, dit Hélène. Nous devons nous préparer. Que faudra-t-il faire ? C'est naturel, d'avoir peur ?

— Oui, bien sûr. Mais il ne faut pas laisser la peur te dicter une conduite méprisable. Je suis opposé à la guerre, je crois à la supériorité de l'esprit, aux vertus de la discussion. Mais je refuse de me laisser imposer des infamies par la force. Je refuse la dégradation de l'homme par l'homme. A ce moment-là, nous n'avons pas d'autres solutions que de nous battre.

Hélène le croit. Elle aime la fermeté paisible de Bernard, sa recherche permanente de ce qui est juste et honnête. Elle ne peut s'empêcher de comparer l'intégrité de son oncle et la faiblesse morale de son père, qu'elle a entendu à plusieurs reprises tenir des discours lamentables sur la supériorité des élites, l'exemple de redressement national que Hitler fournit aux peuples décadents d'Europe. Elle en est choquée, comme elle est outrée par la conduite de son père vis-à-vis de sa mère depuis un an. Il arrive régulièrement à celui-ci, désormais, de ne plus revenir rue Paradis qu'à l'aube. D'une pièce à l'autre, Hélène a parfaitement saisi la signification des pleurs de sa mère et des éclats de voix de son père. Ces scènes la bouleversent. Son père a une maîtresse et, aux prières de sa mère, il ne répond que de manière brutale et, souvent, grossière.

Comment un homme peut-il parler ainsi à une femme, à sa propre épouse, à la mère de ses enfants ? De quel droit ? se demande-t-elle. Où le pouvoir de l'homme sur la femme se trouve-t-il inscrit ? Elle a même entendu, un matin, le bruit de claques et elle a vu sa mère se réfugier, les joues écarlates inondées de larmes, dans le bureau du deuxième étage. Depuis, elle fuit son père, qui d'ailleurs ne lui prête plus guère attention. Comme il se moque complètement de l'éducation de Marc, son frère, qu'elle trouve particulièrement taciturne, et qui déserte la rue Paradis aussi souvent que possible sous des prétextes fallacieux.

Hélène aimerait voir sa mère réagir. Comment ? Elle ne sait pas. « Fous le camp si tu veux ! Je n'ai même plus besoin de ton fric ! » a-t-elle entendu son père hurler, un matin. Elle se souvient vaguement de ses parents se promenant main dans la main, ici, à Hauterive. Quel âge pouvait-elle avoir, à l'époque ? Cinq ou six ans ? Son père portait Marc sur son dos. Clown et Pitre, morts depuis, couraient en jappant autour d'eux. Puis ils allaient au bord de l'eau, son père lui apprenait à réussir des ricochets avec des galets, elle lançait des morceaux de bois dans l'étang, et les épagneuls nageaient pour les ramener sur le rivage.

Elle est certaine que ses parents avaient été heureux. Que s'était-il produit ? S'étaient-ils écartés l'un de l'autre petit à petit, ou une crise violente avait-elle surgi, qu'elle n'avait pas remarquée à l'époque ? Elle avait tenté d'interroger sa mère quelques semaines plus tôt, mais celle-ci avait fondu en larmes. « Ce n'est rien, avait-elle dit. Tous les couples traversent des crises. Tu es un peu trop jeune pour comprendre. Ton père est devenu violent, mais ce n'est pas un mauvais homme. Il a des soucis. » Sa mère mentait pour ne pas l'inquiéter, mais elle mentait mal. Son désarroi, sa panique même, était aisément perceptible. Hélène en veut un peu à sa mère de ne pas se rebeller. A quoi sert de vivre ensemble, pense-t-elle, s'il ne s'agit que de souffrir ?

Ne devrait-elle pas en parler à Bernard ? Mais en a-t-elle le droit ? Elle a depuis longtemps compris que les deux frères ne s'aiment plus, qu'ils ne partagent pas les mêmes valeurs, qu'ils se supportent à peine. Comment Bernard, à supposer qu'il le veuille, pourrait-il intervenir ? Plus personne ne semble avoir de prise sur son père. Grand-mère peut-être ? se demande Hélène. Mais la vieille dame paraît très fatiguée, usée par la vie quotidienne de l'exploitation agricole qui, Hélène s'en est bien rendu compte en assistant à certaines conversations, connaît de graves difficultés. C'est Sandro qui lui en a expliqué les raisons. La terre n'est pas assez riche, en comparaison d'autres régions, le vin que l'on produit à partir des vignes de la propriété n'est pas de bonne qualité, l'huile d'olive résiste mal à la concurrence de l'huile d'arachide.

— Bernard, je change de sujet, mais crois-tu que nous, je veux dire notre famille, nous pourrons garder la propriété ? demande Hélène.

— Tu as raison, parlons d'autre chose. Nous aurons malheureusement d'autres occasions de discuter des menaces qui assombrissent le monde. La propriété ? Je ne pense pas que nous réussirons à la préserver dans sa totalité. De ce point de vue, ton père, avec qui je ne suis jamais d'accord, ne se trompait probablement pas. Il faudra sans doute en vendre une partie. Mais pas la bastide, rassure-toi !

— Papa dit que les cultures rentables seront celles que l'on pourra mécaniser, intervient Gina.

— Sans doute... Je n'y connais pas grand-chose.

— C'est vrai qu'on va installer des raffineries de pétrole sur l'étang, de l'autre côté ? demande Hélène.

— C'est vrai. A Berre, je crois. Ça ne me plaît pas, mais le progrès industriel... Venez, on rentre. L'heure du dîner approche. Comment marchent tes études, Gina ?

— Tu sais que je passe la première partie de mon bachot l'année prochaine ? répond la jeune fille.

— Eh oui... Ça ne me rajeunit pas ! sourit Bernard.

— Tu as l'air à peine plus âgé que mes camarades, dit Gina en rougissant.

— Je voudrais bien.

Hélène, du coin de l'œil, a remarqué le trouble de son amie. Mais il ne manquerait plus qu'elle ait le béguin pour mon oncle ! songe la jeune fille, amusée.

Le lendemain, un dimanche, Hélène enfourche sa bicyclette et rejoint la Ferme des agneaux. Pour y retrouver Gina, mais en réalité pour tenter d'attirer l'attention de Sandro Barutti qu'elle juge, quand il n'est pas au lycée, trop occupé à aider son père. Elle redoute que le jeune homme ne disparaisse de son univers, happé par ses prochaines études médicales. Sandro a dix-huit ans, un corps longiligne d'athlète, un beau profil léger sculpté pour le pinceau d'un artiste, des yeux clairs bordés de cils fournis. Hélène estime qu'il doit faire des ravages à la sortie de l'école – d'où le peu d'intérêt qu'apparemment il lui porte. Elle n'était qu'une compagne de promenades et de jeux et, aujourd'hui, il doit encore la considérer comme une enfant. Elle attend avec impatience les mois de vacances d'été et les tenues de bain qui lui permettront de mettre en valeur son buste superbe, ses hanches étroites mais rondes, ses jambes fines et musclées. Il sera bien obligé de regarder, ce crétin, pense-t-elle. Elle s'imagine dans les bras de Sandro, cédant à ses caresses, allant au bout des rêves troubles et brûlants qui, la nuit, souvent, l'envahissent.

— Sandro ! On va se promener jusqu'aux marais ?

Hélène prend le ton copain-copain, seul capable, juge-t-elle, de mettre Sandro en confiance. Le jeune homme, au milieu de la cour de la ferme, assis sur un tabouret, est plongé dans un obscur travail de tri de graines diverses, les répartissant de ses doigts agiles entre trois seaux métalliques. Il ne lève pas la tête.

— J'ai du boulot, Hélène ! Il faut que je termine ça avant ce soir.

— Eh bien, tu m'accompagnes pendant une heure et ensuite je t'aiderai à finir.

— Pourquoi ne demandes-tu pas à Gina ?

— Parce que j'ai vu Gina hier, parce qu'elle a passé la soirée à la maison, parce que ça fait une éternité que tu ne m'adresses plus la parole, bonjour, bonsoir, et c'est tout.

Sandro sourit.

— Tu me fais une scène de jalousie ? Allez, on y va ! Promis, tu m'aides ensuite ?

Hélène sent une bouffée de chaleur monter à sa gorge. Bien joué, se dit-elle. Pourvu que Gina ne vienne pas nous rejoindre !

Sandro a roulé les jambes de son pantalon pour ne pas les laisser prendre dans le pédalier. Les deux jeunes gens font la course sur quelques centaines de mètres puis, essoufflés, retrouvent un rythme plus normal, se laissant frôler par les branches des tamaris qui bordent le chemin. Dans le soleil déclinant, les marais ont pris une couleur mauve rehaussée par le brun des allées qui les transforment en gigantesque damier. Sur leur gauche, la broussaille a été envahie de milliers de petites fleurs jaunes.

— On s'arrêtera au vieux puits ? demande Hélène.

— Si tu veux. Tu envoies toujours des cailloux au fond ?

— Oui, et je crie, pour entendre l'écho.

Ils posent leurs bicyclettes contre le muret circulaire à demi écroulé. Ils n'ont jamais connu ce puits que sec. Ils se penchent, retrouvant du regard l'obscurité familière qu'enfants ils peuplaient de monstres ou de fées. C'est déjà si loin, pense Hélène. Emilio, souvent, quand il travaillait de ce côté de l'exploitation, les emmenait sur la charrette et leur permettait de tenir les rênes. L'été, ils ramassaient des coquelicots dont ils confectionnaient des bouquets.

— Fais un vœu, dit Hélène, toujours courbée par-dessus la margelle. Comme avant.

— Ecoute... Nous n'avons plus l'âge ! rétorque Sandro, gêné.

Les voix résonnent dans le puits.

— Tu n'es pas drôle ! Il n'y a pas d'âge pour rêver. Quand tu cesses de rêver, c'est que tu es mort !

— Bon, d'accord. Mais toi d'abord...

Hélène laisse passer quelques instants, puis crie dans l'orifice :

— Je veux que Sandro ne me quitte jamais !

La phrase roule le long des parois, remonte, assourdie et multipliée. Hélène continue à fixer le fond du puits, droit devant elle. Le silence s'éternise.

— A toi, zut ! dit Hélène.

— Je veux qu'Hélène soit toujours aussi belle qu'aujourd'hui ! hurle Sandro.

Ils ne tournent la tête ni l'un ni l'autre, laissant le silence recouvrir leurs prières. C'est presque ce que je voulais, songe Hélène, en tout cas c'est un début. En se redressant, empruntés, ils évitent de se regarder et enfourchent leurs vélos. Puis ils prennent le chemin du retour.

— C'était gentil, ton vœu, dit Hélène au bout d'un moment, en s'efforçant de donner à sa voix un ton enjoué. Tu le penses vraiment, au moins ?

— Evidemment. Toi aussi, c'était gentil. Mais la vie est longue.

— Oui, et toi tu es pessimiste ! Je suis sûre qu'on ne se quittera pas.

Quand Sandro, à l'entrée de la ferme, lui dit au revoir en l'embrassant, il semble à Hélène que les lèvres du jeune homme sont très proches de sa bouche. Elle agite la main en se retournant, et elle appuie sur les pédales avec une force joyeuse. Elle aurait bien voulu que Sandro cueille pour elle quelques fleurs mais, se dit-elle, il ne faut pas trop en demander, la première fois.

CHAPITRE 21

— Les Mourès abandonnent. Ils vont s'établir à Marseille, en ville, à cause de leurs enfants. Et ce n'est pas la seule mauvaise nouvelle : l'administration veut réquisitionner toute une bande de terrain pour élargir la route nationale, en prévision de la construction de la raffinerie de Berre.

Joséphine de Portallan profite du repas dominical qui, en cette fin de mois de juillet, réunit la totalité de la famille, pour annoncer le départ des occupants de la Ferme des moutons et la nouvelle réduction, forcée et mal rétribuée, d'une partie de la propriété. La vieille dame, qui approche des soixante-dix ans, garde un maintien ferme mais elle s'est exprimée d'une voix cassée par l'émotion. Le silence se fait autour de la grande table dressée sur la terrasse, dans l'ombre des hauts murs de la bastide.

Hélène est effondrée. Elle n'entretient pas avec les enfants de la famille Mourès les mêmes relations qu'avec Sandro, Gina et leurs parents, mais elle a le sentiment qu'une page de sa jeunesse se tourne de manière irrémédiable, que la destruction de sa cellule familiale, subie rue Paradis au jour le jour, se poursuit et s'élargit à Hauterive.

Enfant, elle a connu des chagrins, aujourd'hui il lui semble découvrir la souffrance, cette bête qui rampe et vous enserre, qui ne vous laisse pas de répit, même en

193

l'absence de douleur physique. La souffrance devient sans doute, avec l'âge, une compagne naturelle à laquelle on s'habitue parce qu'on prend conscience que le monde ne ressemble pas à nos rêves. Elle voudrait pouvoir contrarier le sort injuste qui accable sa grand-mère, qui martyrise sa propre mère et les oblige l'une et l'autre à mener des combats auxquels elles n'étaient pas préparées.

Confusément, l'industrialisation annoncée de « son » étang, de Berre à Marignane en passant par Lavéra et La Mède, la montée insidieuse des périls politiques en Europe dont elle discute souvent avec Bernard, les violences marseillaises qui répandent jusqu'à elle leur odeur de poudre et de sang, les difficultés financières de l'exploitation agricole lui paraissent annonciatrices d'une catastrophe. Elle se sent trop faible pour affronter la tornade. Elle aimerait n'avoir jamais grandi.

— Je m'en doutais, soupire Louis Rintier. Mourès avait évoqué cette éventualité à deux ou trois reprises.

Il laisse passer quelques instants puis, ôtant ses grosses lunettes et découvrant des yeux incongrus et un peu larmoyants, il dit en cherchant ses mots :

— Luce et moi, dans la mesure du possible, souhaiterions reprendre Les Moutons et nous y établir. Sans léser personne, évidemment. Je crois qu'avec des saisonniers, je pourrai faire tourner la ferme. Et, aménagé de manière moderne, le bâtiment sera très agréable.

Hélène qui a rarement entendu son oncle s'exprimer de façon aussi abondante et aussi précise, comprend qu'il réclame dès maintenant un partage du futur héritage. Elle a de la peine pour sa grand-mère qui, alors qu'elle attendait sans doute le soutien de l'ensemble de la famille, voit une partie de celle-ci abandonner le navire.

— Je ne veux pas qu'on vende Hauterive, dit Hélène, très vite, sans réfléchir.

Tous les regards se tournent vers elle, étonnés de

cette autorité qu'elle manifeste publiquement pour la première fois. Puis elle voit les maxillaires de son père se contracter et le rouge envahir ses joues. En revanche, elle a l'impression de lire un remerciement ému dans les yeux de sa grand-mère.

— Hélène ! Ne t'occupe pas des affaires des adultes ! intervient brutalement Sébastien de Portallan. Et d'ailleurs qui parle de ça ?

— On ne vendra pas Hauterive, ma petite fille, dit affectueusement Joséphine de Portallan, touchée par la spontanéité – et la naïveté – d'Hélène. Tant que je vivrai, et j'espère vivre encore longtemps. En outre, ce n'est pas nécessaire. Vous n'êtes pas bien, ici ? poursuit-elle en se tournant successivement vers sa fille et son gendre.

— Ce n'est pas ça, maman, répond doucement Luce Rintier. Mais nous aimerions être chez nous, vous comprenez ? Et puis maintenant, avec Albert...

La vieille dame baisse la tête. Comme si, songe Hélène, on venait de la prendre en faute. Chez nous ? a dit Luce. Mais personne n'a jamais pu leur donner l'impression qu'ils n'étaient pas chez eux ! Quelle curieuse manière de remercier ses parents ! Qu'est-ce que grand-mère peut bien avoir à se reprocher, sinon de s'être toujours dévouée à ses enfants ? Il y a un côté vampire, chez certains adultes. Qui, dirait-on, ne parviennent à faire leur propre bonheur qu'en suçant, jusqu'à la mort, celui des autres.

— Combien vont rapporter les terrains destinés à la route ? demande Sébastien.

Mon père est indécent, songe Hélène, outrée. L'argent, toujours l'argent ! Il ne pense qu'à ça ! Il ne parle que de ça ! Comme si nous n'en avions pas déjà suffisamment ! Que veut-il encore acheter ? A Notre-Dame de Sion, elle a entendu certaines élèves dire de son père, en répétant évidemment des propos entendus chez elles, qu'il était un « requin » des affaires. Elle n'a pas eu besoin de demander d'explication pour comprendre qu'il s'agissait d'un jugement péjoratif. Et elle a également compris que la bourgeoisie marseillaise, dont elle côtoie à l'école la progéniture en uniforme bleu, attachait une grande importance à la façon de faire fortune et de dépenser cette fortune.

— Pas grand-chose, comme tu l'imagines, répond Joséphine de Portallan à son fils aîné. Le notaire ne m'a laissé aucun espoir à ce sujet. L'administration...

— Cet Etat est insupportable, bougonne Sébastien. Et dire que certains ne jurent que par l'extension de ses pouvoirs ! Voilà l'influence du bolchevisme !

— Nous ferions mieux de réfléchir, au lieu de nous emporter sans raison, dit la vieille dame. Il faut bien construire des routes. Qu'y pouvons-nous ? C'est normal.

— Comme vous le savez tous, intervient Bernard, je ne m'intéresse pas beaucoup à l'agriculture. Mais je m'intéresse à l'endroit où j'ai toujours vécu, à cette maison, à cet étang, à ces paysages. Et si vous devez, poursuit-il en s'adressant à sa mère, calculer ma part d'héritage, vous pouvez considérer qu'elle reste gelée sur la propriété.

— Bien, et toi Sébastien ?

Hélène regarde son père droit dans les yeux, et elle place dans ce regard toute la violence dont elle est capable. Ce regard est un fil électrique à haute tension qui relie nos deux cœurs. Je ne te pardonnerai jamais ça, jure-t-elle intérieurement en tutoyant son père, ce qui ne lui est jamais arrivé. Si tu décides de réclamer de l'argent, je te le ferai regretter. J'ignore comment mais je trouverai. Tu n'as pas le droit. Je te tiendrai tête. Aujourd'hui, demain, toujours. Les phrases défilent dans sa tête et elle est certaine que son père les lit sur son visage, sous les sourcils froncés, à la pointe de son menton. Tu as déjà esquinté mon foyer, humilié ma mère, terni notre nom ! Tu n'iras pas au-delà. Elle s'étonne de cette détermination brûlante qui l'a, tout d'un coup, envahie, de cette aversion pour son père qui la submerge comme une lourde vague et qui l'emporte, définitivement, très loin de lui. Elle pense qu'elle entre dans un autre monde, et que cette deuxième naissance, forcément, est douloureuse. Mais qui l'a voulu ? Qui l'a forcée à ramasser en boule de haine son énergie d'adolescente ?

— Euh…, grogne, avec une certaine réticence, Sébastien de Portallan, pas question évidemment de toucher à la bastide elle-même. Mais pour les terrains, qu'il soit entendu que je pourrai un jour en vendre une partie. Par exemple aux Barutti.

— Tu sais, dit Joséphine de Portallan, ils me versent déjà une rente correspondant aux hectares qu'ils ont acquis il y a une dizaine d'années. Enfin, nous verrons…

Hélène respire et elle qui ne prie que rarement adresse des remerciements silencieux au Seigneur. Si l'essentiel de la propriété continue à appartenir à sa grand-mère, à Bernard, aux Barutti, et même si quelques hectares sont vendus, l'essentiel sera préservé. Elle pense qu'elle a remporté sur son père une victoire symbolique. Lui qui croit à la force, curieusement, est incapable d'en supporter la pression et elle porte à son passif la marche arrière qu'il a effectuée. En plus, pense-t-elle, il n'est pas courageux. Il est violent par procuration.

Ce père qu'elle détestait, elle se rend soudain compte qu'elle commence à le mépriser. Après la colère, une intense lassitude l'envahit. Pour prévenir les sanglots qui lui bloquent la gorge, elle adresse, à travers la table, un clin d'œil rapide et souriant à Bernard. Celui-ci hoche la tête en signe de connivence. J'ai compris, croit-elle entendre, tu es très courageuse.

Sébastien de Portallan a parfaitement perçu l'onde d'hostilité, de répulsion, voire de haine, jaillie des yeux de sa fille. Il est conscient d'avoir cédé à cette virulence nouvelle et imprévue. Mais il n'y attache pas autrement d'importance. Il n'est pas hypocrite au point de nier qu'entre ce qu'il dit et ce qu'il fait, il existe une marge importante. Il compte bien, un jour prochain, se débarrasser de terrains dont il n'aura jamais l'utilité. L'élargissement de la route nationale, l'augmentation du trafic automobile créeront de nouveaux besoins commerciaux et immobiliers : il y répondra avec quelques hectares bien placés vendus au prix fort.

En revanche, il estime ne plus pouvoir considérer sa fille, qu'il n'a pas vue grandir, comme quantité négligeable. Cette apparition soudaine d'un caractère vigoureux en face de lui le trouble. Autant il sait Simone fragile et finalement incapable de rébellion, autant il devine chez Hélène une capacité de résistance et de contradiction singulière chez une adolescente. Voilà, se dit-il, le résultat des âneries de Bernard, de ses méthodes de discussion, de ses idées d'extrême gauche, des bouquins qu'il donne à lire à sa fille, Ernest Hemingway ou André Malraux par exemple. Comme si une jeune fille ne pouvait pas se contenter d'autre chose ! Comme si la littérature classique ne suffisait pas à former un esprit sain !

Déjà, tandis qu'il marche dans la pinède en frappant les fourrés de sa canne, une des cannes de son père, son esprit a fui vers Marseille, vers le vaste appartement de la rue Sylvabelle luxueusement remis à neuf et meublé, où il a installé Doris, au confort de laquelle veillent deux domestiques logées dans des chambres de bonne et dont il règle les gages.

Ses affaires sont largement suffisantes pour couvrir, outre les dépenses de l'hôtel particulier de la rue Paradis qui abrite sa famille, le fastueux train de vie de sa maîtresse. Doris, de toute évidence, ne compte pas. Les factures de couturiers, de modistes, de coiffeurs, de fourreurs, de manucures, de masseurs, les cotisations de divers clubs de sport, les notes des restaurants ou des salons de thé où elle fait étape dans la journée s'entassent avec une belle régularité dans un coffret qu'elle lui présente une fois par semaine avec un sourire éblouissant. Quant aux bijoux, c'est avec une prévenante discrétion que Doris et Sébastien sont accueillis chez Melerin, en haut de la Canebière, quand la jeune femme décide de diversifier ses parures.

Une idée fixe trotte désormais dans l'esprit de Sébastien : partir une semaine en croisière avec Doris. Mais ce serait une façon ostentatoire d'officialiser une liaison, connue certes de toute la bonne société marseillaise, sur laquelle pourtant celle-ci fermera les yeux aussi longtemps que les deux amants feront preuve d'une certaine retenue. Au-delà, Sébastien est bien conscient que la plupart des portes de ses amis ou relations se fermeraient sans autre explication.

Sauf, estime-t-il, s'il devenait un des personnages clefs de la cité. Sauf si sa fortune et son pouvoir politique rendaient inimaginable sa mise à l'écart, même feutrée. Alors, les grandes familles s'inclineraient, de mauvaise grâce sans doute, car elles ne pourraient pas se comporter autrement. Et les honneurs, les décorations, les charges officielles viendraient couronner cette ascension.

Mais Sébastien de Portallan est taraudé par l'idée que la base même son empire, les Huileries réunies, avec ses six mille employés, reste fragile. Les produits industriels, en cette période de progrès scientifique accéléré, sont toujours menacés d'obsolescence. En outre, l'emprise du capitalisme parisien sur les grandes affaires marseillaises se renforce de jour en jour. Que demain, pour une raison indéterminée, le commerce de l'arachide subisse de graves difficultés, et plus de la moitié de son chiffre d'affaires serait mise en péril. Il passerait alors sous la coupe d'un grand groupe, peut-être étranger. En vérité, depuis que Simoni a évoqué devant lui la perspective d'un coup immobilier juteux dans les vieux quartiers qui bordent le port, Sébastien rumine ce qu'il appelle sa « grande reconversion ». Mais les mois passent, et le député ne se montre guère plus précis.

Quel chemin parcouru en un peu plus de dix ans ! Sébastien de Portallan, naïvement, se rengorge. Que pèsent, en face, les états d'âme de sa fille ? Pas plus que ne pesaient ceux de la vieille Mme Camoin, morte depuis, lorsqu'il lui a arraché l'Huilerie des Aygalades.

Que représentent ces dizaines d'hectares en bordure de l'étang, sur lesquels toute la famille s'attendrit bêtement, sinon la possibilité d'y bâtir demain, quand l'aérodrome de Marignane se sera développé, quand la raffinerie de Berre sera construite, des immeubles, des villas, des magasins, des hôtels, d'autres usines pour produire des articles qui n'ont même pas encore été inventés ? Sébastien ricane, en tendant le poing vers le ciel, comme s'il se vengeait d'un sort obscur.

CHAPITRE 22

En ce début d'été 1934, Sébastien de Portallan atteint la quarantaine. Il a décidé de marquer cet événement et son entrée à la chambre de commerce de Marseille par une réception qui frappera les esprits. Une sorte d'autoconsécration ponctuant dans son esprit un itinéraire habile, et même flamboyant.

C'est évidemment à La Réserve, sur la Corniche, qu'il a convié, depuis trois mois, ses six cents invités. Le plus beau palais-restaurant de la ville, entre la plage du Prado et le vallon de l'Auriol, deux étages percés de fenêtres hautes et étroites, au milieu de jardins sur les rochers dominant la mer. A l'origine, un coup de génie d'un excellent restaurateur qui avait décidé, à la fin du siècle précédent, d'y transporter, en abandonnant le Vieux-Port, ses spécialités culinaires et particulièrement sa bouillabaisse. Il avait conservé le nom de l'établissement, lié à la proximité d'une ancienne réserve de bois, et créé en contrebas de la Corniche sa propre « réserve », mais de coquillages.

Le succès avait été fulgurant. Au début des années 1900 toute la clientèle fortunée, marseillaise, française ou étrangère, en avait fait une étape obligatoire et tenait à y signer le prestigieux livre d'or. *Le Figaro* avait même salué la qualité et la notoriété du lieu, que tout le monde n'appelait plus que La Réserve tout court, d'un article élogieux. Et, dans la haute bourgeoise marseillaise, marier ses filles ailleurs qu'à La Réserve était quasiment devenu une faute de goût. A proximité de la colline Périer, du Prado, du Roucas Blanc et du bout de la rue Paradis, les quartiers chic de la ville, La Réserve était devenue dans les années vingt, l'automobile et le tram aidant, « La Perle de la Corniche ». Ses galas musicaux faisaient fureur, alternant orchestres de musique tzigane et de jazz. Mais du « jazz sans nègres », du « jazz distingué » comme le soulignait avec force *La Vie marseillaise*. Le vieux restaurateur avait disparu, laissant sa place à des hôteliers professionnels.

Simone avait vainement tenté de modérer les projets démesurés de son époux, mais Sébastien s'était entêté, considérant que cette manifestation constituerait en même temps le couronnement de la première partie de sa vie, et le début, éclatant, de la seconde. On dînerait donc par petites tables de manière grandiose avant d'écouter un concert de musique classique puis de danser au son de plusieurs orchestres. Sous des flots de champagne. A la lumière des torchères. Il dirait quelques mots de remerciement ému, irait de table en table, de groupe en groupe, détendu et chaleureux. On louerait à voix basse le faste de l'entreprise. On l'envierait, on le jalouserait aussi, ce qui était la plus incontestable des preuves de réussite. Dix ans plus tard, on ne parlerait encore que de la réception des Portallan.

Hélène est resplendissante dans la robe du soir de shantung bordeaux, sa première robe du soir, dont elle est, en compagnie de sa mère, allée choisir le modèle, fluide et léger, chez la meilleure couturière de la ville, rue Saint-Ferréol. Deux fines bretelles mettent en valeur la peau fraîche et mate de ses épaules et de sa gorge. Un chignon haut rassemblant ses cheveux sombres dégage son font bombé, ses yeux effilés vers les tempes, son nez droit, sa bouche large et charnue. Les miroirs lui ont renvoyé une silhouette élancée, en même temps que quelques furtifs regards masculins.

Elle aurait voulu que Sandro puisse l'admirer en cet instant mais elle avait rapidement cédé quand son père, tout en acceptant que Gina se joigne à eux, avait refusé d'inviter le jeune homme. En réalité, elle aurait été gênée que Sandro la découvre dans cet environnement de luxe effréné auquel il était totalement étranger et qui, d'ailleurs, la laissait elle-même froide, plutôt révoltée, même si elle s'en amusait.

De loin, elle observe son père et sa mère qui, à l'entrée, sourires déployés comme si leur vie n'était qu'un tapis de fleurs, accueillent leurs invités. Elle en reconnaît certains qu'elle a rencontrés rue Paradis. Elle se déplace pour aller embrasser ses grands-parents maternels, aussi ternes et ennuyeux que d'ordinaire. Elle ne les a jamais vus beaucoup sauf pour quelques anniversaires qui lui valaient de maigres cadeaux. Depuis qu'ils sont au courant de la conduite de Sébastien, ils se contentent de consoler leur fille comme ils peuvent. Ils semblent embarrassés de se trouver là et leurs baisers secs et pointus disent bien à Hélène qu'ils ont mis tous les Portallan dans le même sac. La jeune fille trouve leur attitude injuste et idiote, mais elle n'a aucune envie de lutter contre l'égoïsme profond qu'elle devine derrière leurs traits sévères.

Sous les lustres de verre taillé, dans la blondeur que renvoient les parquets, les robes longues aux couleurs vives des femmes, les habits et les smokings noirs des hommes déploient, tandis que le jour décline, ce qui ressemble aux ailes d'un gigantesque papillon chatoyant, mollement poussé par le vent venu de la mer. Le personnel en livrée circule avec des plateaux chargés de verres de champagne, de porto et de jus de fruits. Les conversations, déjà, sont à peine couvertes par les violons de l'orchestre installé sur la terrasse.

Hélène cherche Gina du regard, et finit par la découvrir dans l'embrasure d'une porte-fenêtre, en compagnie de Bernard et de Joséphine de Portallan qui, événement rare, a accepté d'abandonner Hauterive pour la soirée. Elle se dirige vers eux pour les embrasser.

— Tu es superbe, dit-elle à Gina. Cette robe grise à perles est une merveille. Si j'avais su...

— Tu vois qu'il faut savoir fouiller dans les greniers, répond la jeune fille, aux anges.

— Elle lui va comme un gant, non ? dit Joséphine de Portallan. Je ne l'avais plus portée depuis trente ans ! J'ai l'impression de me regarder dans la glace. Mais je n'avais pas ta prestance, ma Gina ! Tu embellis cette robe.

— Je crois que tu auras droit à quelques tours de valse, dit Bernard. Après tout, tu es bonne à marier !

Gina rosit sous son léger maquillage et fait bouffer ses cheveux courts et noirs. Elle chasse son émotion d'un rire en cascade qui fait pétiller ses yeux sombres.

— Quand tu voudras, mon oncle d'adoption ! Combien croyez-vous que je puisse boire de verres de champagne sans être pompette ?

— Tout dépend, répond Bernard en souriant, de l'heure jusqu'à laquelle tu veux rester debout. Venez, allons nous promener dans le parc, ils font tous beaucoup de bruit.

— C'est une belle fête, dit Joséphine de Portallan. Je n'étais venue qu'une fois ici, il y a bien longtemps...

— Avec qui, grand-mère ? demande Hélène.

— C'est un secret ! Même les vieilles personnes gardent des jardins secrets.

Il s'agissait d'une douleur, se souvient avec émotion Joséphine de Portallan. D'une petite douleur, d'une jolie blessure, de quelques fleurs et d'un poème. Rien que l'on puisse raconter. Après, il y eut tant de bonheur. Inutile de défaire les rubans qui entourent quelques lettres fanées. La tendresse est aussi un produit de la mémoire.

Dans la nuit qui tombe en écailles violettes, les collines de Marseilleveyre, au-delà de la Pointe-Rouge où scintillent quelques lumières, tracent une épaisse ligne de craie pâle, le début du cirque qui enserre la ville.

Le vent iodé caresse le buste d'Hélène qui frissonne d'un plaisir un peu coupable.

— Ne te reproche pas tout ça, dit doucement Bernard. Je ne parle pas de la beauté qui s'étale sous tes yeux, je parle de l'argent. Tu n'y es pour rien. Tu peux en profiter. Enfin, un peu… L'essentiel est de ne pas se laisser guider par lui, tu vois. De n'exploiter personne pour amasser des sommes dont tu n'as pas réellement besoin.

Devinée, Hélène sourit. Cet étalage de luxe, effectivement, la gêne. Elle a le sentiment que cette opulence paraît également extravagante à une partie des invités et alimente, ici et là, les conversations. Elle le comprend à des regards qui évaluent les buffets, à des gestes qui embrassent discrètement le décor comme pour en souligner la vanité, à d'imperceptibles haussements d'épaules.

— Mon père est fou, non ?

— Oh non ! Pas fou ! Ton père, mon frère, est un arriviste. Je ne sais pas de qui il tire ce défaut. Nos parents, au fond, malgré leur fortune, étaient, si l'on peut dire, des gens simples. Ils ont toujours vécu modestement sans s'interroger sur les origines de la situation dont ils bénéficiaient mais, à leur manière, ils partageaient ce qu'ils possédaient. Il n'y avait pas de quoi les pendre à la lanterne.

— Qu'est-ce que tu veux dire ? interroge Hélène.

— Oh, c'est une chanson datant de la Révolution, s'amuse Bernard, qui fredonne : les aristocrates à la lanterne, les aristocrates on les pendra… Chez nous personne n'a été pendu. Par chance, sans doute. La famille vivait loin de tout, donc il n'y avait pas de lanterne.

Ils font quelques pas, grignotent des canapés. Hélène trouve Bernard très romantique, avec ses cheveux longs, son air rêveur, son vague sourire permanent. De la bouche de Maria, qui est un peu devenue la confidente de Joséphine de Portallan, elle a fini par apprendre l'épisode des dettes de jeux, la jeunesse un peu chahutée de son oncle. Elle est ravie de ce passé aventureux comme de l'évolution qui s'est produite depuis. Pas une raison pour que Gina en soit amoureuse, il a quand même trente-quatre ans ! pense-t-elle.

— Viens, tonton, allons voir le défilé de mode !

Les robes ont pris récemment un tour poétique, servi par des drapés flous, le satin, la mousseline, le taffetas, le crêpe. Elles font une place aux fantaisies alertes et plutôt sportives. Ce soir, quelques audacieuses n'ont pas hésité à apparaître en longs pantalons de soie, évasés à partir des hanches et frôlant le sol en larges corolles. Hélène s'en amuse. Ils déambulent en plaisantant près de l'entrée, où se presse la file d'attente des invités qui attendent de pouvoir se présenter à Sébastien et Simone de Portallan. Elle perçoit un creux dans le brouhaha des converstions.

— Tiens ! Il a invité Simoni, entend Hélène derrière elle. Et sa maîtresse ! Il ne manque pas de souffle !

Hélène jette un regard vers ses parents. Ils font face à un homme mince aux mâchoires de carnivore et à une longue femme blonde, très belle, glissée dans un fourreau violet pailleté. Son père se penche vers la main de la femme, dit quelques mots. Le visage de sa mère, livide, semble taillé dans le marbre.

Tandis que les deux arrivants fendent la foule, Hélène comprend que sa mère adresse du coin de la bouche à son père un violent reproche. Mais celui-ci, déjà, accueille un nouveau couple.

— Viens par ici, murmure Bernard en lui prenant le coude. Allons chercher une coupe de champagne.

Elle refuse de bouger. Elle ne le pourrait pas, d'ailleurs. Ses jambes pèsent des tonnes, comme si elle était prise de vertige.

— Sa maîtresse ! articule-t-elle avec peine. Je n'avais pas compris ! Il s'agit de la maîtresse de mon père, n'est-ce pas ?

Bernard détourne le regard.

— Bernard ! La vérité ! C'est la maîtresse de mon

père, et la moitié des invités sont au courant ? Dis-moi !

— J'ai bien peur que oui, souffle-t-il, effondré. Tu as raison, il est fou !

Hélène sent un flot de larmes monter à ses yeux. Comment ose-t-il ? Comment ose-t-il recevoir sa famille, ses amis, tout Marseille et inviter sa maîtresse ? Et la présenter à sa femme ?

— Qui est-ce ? demande-t-elle à Bernard.
— Une chanteuse.
— Une chanteuse ! Mais où l'a-t-il trouvée ? Et pourquoi s'affiche-t-il avec elle ?
— Je ne sais pas, Hélène. Viens, sortons.

Le jeune fille se précipite vers Gina et, abandonnant Bernard, entraîne celle-ci vers la terrasse en tentant maladroitement de sécher ses larmes. Elle est en même temps révoltée et honteuse. N'être jamais venue, n'avoir jamais vu ça ! Ne pas avoir reçu cette lame en plein cœur, cette indécence odieuse, cette – elle cherche ses mots – cette saloperie ! Confusément, Hélène se jure de ne jamais supporter en ce qui la concerne pareille situation, ni d'ailleurs de contraindre quiconque à s'y retrouver un jour. Tu auras fait de moi une femme, pense-t-elle en s'adressant à son père, mais de la manière la plus dégoûtante possible. En détruisant mes espoirs.

— Je le hais, je le hais, sanglote-t-elle dans les bras de son amie.
— Qui ? Quoi ?
— Mon père ! Je le hais ! Il a invité sa maîtresse !
— Quoi ? Oh, le salaud !

Hélène, progressivement, se calme et, bribe par bribe, raconte à Gina tout ce que, depuis des mois, elle a gardé pour elle : la vie rue Paradis, les violences verbales et physiques, les nuits d'absence de son père et ce doute effroyable qui vient d'être confirmé, l'humiliation publique.

Bernard les rejoint. Il les prend par les épaules, fraternel.

— Ce sont des choses qui arrivent, dit-il. Les adultes n'ont souvent, inconsciemment, qu'une ambition : briser les rêves, et même leurs propres rêves. Comme s'ils se vengeaient de la mort qui approche. Venez. J'ai vérifié : nous nous trouvons tous les trois à une table sympathique. Il y a un peintre et un cinéaste, nous ne perdrons pas notre temps.

Hélène regarde dans le vide, les yeux fixes. Comment laisser passer l'insulte ? Pourquoi accepter la loi du plus fort ? Elle goûte dans ses dents le parfum acide de la révolte.

— Ce serait idiot, n'est-ce pas, si j'allais donner une claque à mon père ?

Bernard sourit.

— Ce serait amusant, mais idiot, effectivement. Tu ajouterais un scandale à un autre. Et il ne faut pas désespérer : il rompra peut-être avec sa chanteuse. Puis la vie reprendra son cours. Autrement, c'est certain. Mais la pureté n'est pas de ce monde.

— Je ne conçois pas l'amour comme ça, dit Hélène.

— Heureusement, répond Bernard. Il faut toujours vouloir que ça marche. Et il arrive que ça marche, même assez souvent.

— Tu n'es amoureux de personne, toi, Bernard ? demande Hélène.

— Euh..., bredouille celui-ci, légèrement troublé, j'ai été atteint par la maladie plusieurs fois. Je m'en suis remis. Pour le moment.

Du regard, Hélène cherche la femme en fourreau violet. Elle ne quitte pas l'homme avec lequel elle est arrivée. Au grand soulagement de la jeune fille, ils se dirigent ensemble vers une table assez éloignée de celle de Sébastien de Portallan. Hélène comprend que l'homme est en train de la présenter à d'autres invités, puis lui-même vient prendre place à ce qui est de toute évidence, autour de son père, la table d'honneur. D'honneur ? Dieu me préserve de ce qui leur tient lieu d'honneur, qui n'est que vanité, mensonge et crapulerie.

— C'est un député ? demande Hélène.

— Oui, Antoine Simoni, laisse tomber Bernard sur un ton dégoûté. Nous l'aurons peut-être un jour pour maire. Malheureusement.

— Ah ? Pourquoi malheureusement ?

— Parce qu'il n'est pas très honnête, ce monsieur.

— Qu'est-ce qu'il fait ?

— Disons du trafic. Il trafique sur tout.

— Et c'est un ami de mon père ?

— Tu vois... Les affaires, la politique, la magouille...

— Eh bien, c'est complet ! soupire Hélène. Tu n'as rien d'autre à m'annoncer ?

Bernard ne répond pas. Hélène se promet de lui tirer, un jour, les vers du nez.

Plus tard, un peu étourdie, Hélène se laisse entraîner sur la piste de danse par Bernard pour sa première leçon de valse. Un léger vent rend la chaleur supportable. Les bijoux des femmes qui tournent sur la terrasse entre les bras de leurs cavaliers scintillent dans la pénombre comme des lucioles paresseuses.

— Que de luxe ! soupire Hélène. Je crois que je ne porterai jamais autant de bracelets, de colliers, de boucles d'oreilles ou de broches. C'est un peu tape-à-l'œil. Comment je me débrouille, mon oncle ? Je ne t'estropie pas trop ?

— Tu es parfaite. Tu as déjà dû t'exercer en cachette. On verra tout à l'heure si tu es aussi à l'aise avec le swing. Où est passée Gina ?

— Je ne sais pas. Elle te manque ?

— Hélène !

La jeune fille éclate de rire puis, soudain, s'interrompt. Elle vient d'apercevoir la femme en fourreau violet et son père, qui dansent à proximité d'une porte-fenêtre. Dans l'abandon du corps de la chanteuse, dans la position familière de la main de Sébastien, Hélène devine une tendresse qui lui est insupportable. Elle imagine les deux corps nus enlacés, et cette vision lui paraît obscène. Une douleur s'insère dans son ventre, qui lui coupe le souffle.

— Accompagne-moi dehors, Bernard. Je n'en peux plus.

— Allons, Hélène, allons. Calme-toi.

— C'est dégoûtant. Humiliant. Comment s'appelle-t-elle ?

— Doris, je crois.

— Grand-mère est au courant ?

— J'espère que non. Ne lui en parle pas, en tout cas.

Réussie, mon entrée dans le monde des adultes ! songe Hélène. Marcher avec Sandro, la main dans la main, le long de la plage. Ecouter les vagues qui rythment des poèmes. Ramasser des fleurs et les effeuiller. Siffler pour entendre les merles répondre. Promettre. Dessiner une vie qui ressemblerait à une pierre précieuse. Ma mère, un jour, a dû rêver comme moi, se dit-elle. Ma mère. Elle embrasse Bernard sur la joue.

— Merci, murmure-t-elle. Je vais voir maman quelques instants. Et toi, trouve Gina et invite-la à danser. Sinon d'autres vont le faire, et tu seras jaloux !

— Tu es idiote, Hélène !

Hélène, légère, contourne les couples qui encombrent la piste et finit par repérer Simone de Portallan. Ma mère est belle, pourtant ! Elle ne mérite rien de tout ça ! Mon père est un vrai salaud ! La jeune fille se penche dans le cou de sa mère.

— C'est formidable, maman, dit-elle. Je m'amuse comme une folle. Et je t'aime parce que tu es la plus belle.

Simone de Portallan sourit en lui caressant les cheveux.

CHAPITRE 23

Gianni Monti descend du train à la gare de Vitrolles, une petite maison plantée entre pins et rocaille, à mi-chemin du village dressé sur le plateau et de l'étang de Berre dont la surface miroite rudement en ce jour sans vent, telle une plaque métallique chauffée par un soleil blanc. Il est midi. Des milliers de cigales tissent ce samedi brûlant du mois d'août d'un craquètement continu, assourdissant, auquel Gianni met quelques instants à s'habituer. Les herbes jaunies par la sécheresse sont poudrées d'une fine poussière grise qui ne disparaîtra qu'avec les grosses pluies de septembre. Le chemin de terre ocre, troué d'ornières sur lequel l'homme s'engage, conduit à travers les oliviers jusqu'à Hauterive et, en bifurquant vers la gauche, jusqu'à la ferme des Barutti.

Gianni ouvre largement sa chemise et, en marchant très lentement, tente de calmer la suffocation qui l'a saisi à sa sortie du wagon. Cet été 34 est le plus chaud de la dernière décennie. Et, dans ces cas-là, midi est l'heure à partir de laquelle on interdit aux enfants de se promener au soleil. On croise les volets en s'efforçant d'organiser à l'intérieur des maisons de maigres courants d'air entre les différentes pièces et, sur le bord des fenêtres, on dépose les gargoulettes qui sont censées conserver fraîche l'eau du puits.

Gianni est seul sur le chemin, ébloui par une lumière

de phosphore. Après s'être épongé le front, il noue les quatre coins de son mouchoir qu'il serre autour de son crâne. La terre vaporeuse a déjà recouvert ses pieds, à peine protégés par des sandales aux lanières de cuir croisées. Avant de traverser la route nationale, il s'arrête dans l'ombre d'un olivier et, d'un mouvement agile, entre pouces, index et majeurs, roule une épaisse cigarette de tabac brun dont la première bouffée lui arrache une toux râpeuse. Puis il reprend le sac qui contient quatre bonnes bouteilles de vin, du côtes-du-rhône, un short, un maillot de bain, un tricot de corps et son nécessaire de rasage, jette de nouveau sa veste sur l'épaule. Il se promet de se doucher dans la cour de la ferme, au tuyau d'arrosage, dès son arrivée. Ses genoux craquent un peu, désormais. A près de cinquante ans, Gianni conserve un corps d'athlète mais ses articulations commencent à le faire souffrir de temps en temps.

Gianni a gardé l'habitude de passer régulièrement un ou deux week-ends par mois chez Emilio et Maria. Sa vraie famille, en fait. Il ne s'est pas marié, contrairement à ses promesses et malgré de multiples aventures. Il considère Sandro et Gina comme ses enfants. « J'ai déjà un foyer, dit-il en riant lorsqu'on l'interroge sur son célibat. Je ne vais pas devenir bigame ! » Il aime ces samedis soir paresseux, sous la tonnelle l'été, devant la cheminée l'hiver, ces dimanches lents où il se lève à dix heures, aide Maria à la cuisine, reste à table avec Emilio après le déjeuner en buvant du marc et en fumant un toscan extra-vieux, puis somnole une heure avant de marcher jusqu'à l'étang. Le soir, par le dernier train, engourdi, il regagne la gare Saint-Charles, prend le tram pour un court trajet jusqu'à la Belle-de-Mai, un vieux quartier où il loue un petit appartement, une cuisine, une chambre, un water. Pas de salle de bains, mais un évier et une grande bassine de zinc dans laquelle il se lave debout, en aspergeant les tomettes.

On ne devient pas riche, aux Huileries réunies,

lorsqu'on est responsable syndical. On reste ouvrier. On passe de l'usine des Aygalades à l'usine de La Valentine, qu'on rejoint tous les jours à sept heures et demie du matin par le tram d'Aubagne, au départ de la gare de l'Est. La direction de l'Italie, pense Gianni régulièrement en sautant sur la plate-forme. Il ne regrette pas l'Italie. Il ne regrette pas le poste de contremaître qu'il devrait occuper depuis des années. Il ne regrette rien et continue à se dire qu'il a beaucoup de chance. Et que le pays dans lequel il vit, qui a accepté de lui donner la nationalité française, est un pays généreux. Son accent lui vaut encore, de temps en temps, des commentaires désagréables. Il y répond par un bras d'honneur, ou par un coup de poing quand le propos vire au racisme. Mais quand il déploie sa grande carcasse, et malgré les cheveux gris qui se multiplient vite désormais, personne ne cherche trop à le contrarier.

— Qu'est-ce que tu vas faire, après ton bachot ? demande Gianni Monti à Gina. Tu vas aider, ici, à la ferme ?

Ils sont assis sous la tonnelle, Maria, Sandro, Gina et les deux hommes qui, les joues marbrées de rose, finissent leurs verres de vin tandis que la cafetière fume sur la table. Gianni sent ses paupières un peu plus lourdes que d'ordinaire et Emilio, euphorique, contemple son petit monde en chassant d'une main vague les mouches qui tourbillonnent.

Maria les imagine dans quelques années, Gianni et Emilio voûtés, les cheveux blancs, la démarche un peu raide, Sandro et Gina mariés, des enfants courant dans leurs jambes, et elle-même, plus lourde et paisible, entrant gorgée d'affection dans la dernière partie de sa vie. Il arrive à Maria de s'étonner : Sébastien de Portallan mis à part, elle ne nourrit d'antipathie à l'égard de personne, elle n'éprouve aucun ressentiment. Comme si le sort s'était montré d'une clémence sans limite, écartant de sa route les embûches, la guidant d'une main sûre, veillant à susciter autour d'elle attention et bienveillance. Alors, sans prévenir Emilio, elle va chercher son chapelet dans sa chambre, qu'elle enfouit dans une poche de son tablier, puis elle prend le chemin qui conduit aux marais salants. Grain après grain, elle récite à voix haute ses *Je vous salue Marie* et ses *Notre Père*. Pour ses enfants, pour Emilio, pour Joséphine de Portallan, pour Hélène et Marc qu'un père dénaturé a fragilisés.

— Qu'elle travaille à la ferme ? Ça, sûrement pas, dit Emilio avec force. Dans vingt ans, plus personne ne vivra d'une ferme comme celle-là. Enfin, Maria et moi peut-être, en nous repliant sur les fruits, les légumes et quelques moutons. Le reste… L'agriculture sera mécanisée, mais la mécanisation coûte beaucoup d'argent et, sur une terre comme ça, elle n'est guère rentable. Quant à la cueillette des olives, elle réclamera toujours des bras, et le litre d'huile reviendra trop cher.

— Qu'as-tu envie de faire, Gina ? reprend Gianni Monti.

— Professeur, j'aimerais être professeur, répond la jeune fille en faisant bouffer, dans un geste mécanique de la tête, ses cheveux courts et noirs.

— Institutrice ? demande Gianni.

— Non, professeur au lycée. De français.

— Gina Barutti, professeur de français ! Mais c'est formidable, ça ! Si tes grands-parents étaient vivants, pour le coup qu'ils porteraient des cierges à la Madone ! rugit Gianni, hilare. Il faut de longues études, non ?

— Oui, assez. Mais Aix n'est pas très loin. Il y a le car.

— Et Hélène, au fond ? demande Emilio. Elle a une idée ?

— Hélène, elle est très perturbée, en ce moment, répond Gina.

— Son père ? demande Gianni. C'est ça ?

— C'est ça, dit la jeune fille.

— Il vit quasiment avec une chanteuse de cabaret, précise Gianni à l'intention de Maria et d'Emilio. Tout le personnel des Huileries est au courant. Et il fréquente en permanence la bande de Simoni, le député, adjoint au maire. Des voyous. C'est Simoni qui a fait casser la dernière grande grève chez nous. On en a pris plein la gueule.

Il s'interrompt. Son regard fixe un horizon intérieur que les années n'ont pas encore brouillé.

— Je l'ai rencontré il y a longtemps, Simoni ! Pendant une manifestation. C'est un fou. A l'époque, il voulait tout brûler. Un dangereux anarchiste. Après, il s'est prétendu communiste. Mon œil ! Et aujourd'hui…

— Ici, Sébastien, on ne le voit quasiment plus jamais, dit Emilio. Ce n'est pas une perte. Sa femme vient avec les enfants, ou bien les enfants sont accompagnés par le chauffeur.

— C'est dommage pour la famille, mais ce Sébastien est un sale bonhomme, dit Gianni Monti. Il trafique, comme Simoni d'ailleurs, avec les activistes d'extrême droite, liés aux fascistes italiens et à une partie de la pègre. Et il n'est pas le seul, parmi la bonne bourgeoisie… Tout ça, les cercles de jeux, les bordels, la drogue même, est en partie couvert par la police. Marseille, aujourd'hui, c'est corruption, clientélisme et compagnie, une ville qui vit en marge de la loi.

— Tu devrais te retirer ici, avec nous, dit Maria. On partagerait le travail. On pourrait même décharger un peu la vieille Mme de Portallan, qui ne s'en sort plus. Je suppose que tu n'as plus l'intention de te marier, maintenant ?

Se marier ? Gianni voudrait bien. Et souffler un peu. Et regarder le temps passer. Se laisser modeler par la nature au lieu de tenter de refaire le monde. S'occuper de lui et oublier quelques instants les autres.

— *Chi lo sa*… Travailler ici ? Ce n'est pas idiot. Les luttes ouvrières, j'en suis un peu fatigué. On ne débouche pas. Depuis janvier, le Parti a envoyé un vrai professionnel pour reprendre en main la fédé départementale. Tout va peut-être changer. La ligne, maintenant, c'est l'alliance des forces de gauche, avec les socialistes, pour barrer la route aux fascistes. La grande manif, contre les ligues, a été un succès. Il n'y était pas, Simoni, d'ailleurs, à la manif ! Les gens commencent à comprendre qu'il n'a plus rien à voir avec nous. Socialiste-communiste, il se prétendait, cette bordille !

— Bon, dit Maria, assez de politique ! Et assez de marc ! poursuit-elle en emportant la bouteille. Vous voulez piquer un petit pénéqué ?

— Tu sais, maman, intervient Sandro, j'ai bien peur que la politique ne vienne nous chercher jusqu'ici. Même à la fac, c'est un chaudron !

— Reste en dehors de tout ça, Sandro, dit Maria. La politique ne nous vaut rien, à nous. Nous, on doit s'intégrer. On doit passer entre les gouttes. On est français, maintenant, mais pour tout le monde on est encore des Italiens. Il faut faire attention.

— Mais attention à quoi ? interroge Sandro. Un jour, peut-être bientôt, on ne parlera plus que de l'Europe...

— C'est du rêve, tout ça, mon garçon ! soupire Maria. La réalité, et j'en parlais avec Mme de Portallan l'autre jour, la réalité, c'est qu'on risque d'avoir la guerre avec l'Allemagne, que Hitler et Mussolini feront peut-être alliance contre nous. Que les fascistes feront peut-être la guerre à toute l'Europe !

— Tu vois tout en noir, maman ! Et si c'est ça, eh bien, on fera la guerre !

Maria se signe rapidement, puis se lève en compagnie de Gina pour débarrasser la table. La guerre ! Derrière son dos, elle tend vers le sol l'index et le petit doigt de la main droite.

Hélène, les joues rougies par la chaleur encore forte en cette fin d'après-midi, appuie son vélo contre le mur de la ferme. Depuis quinze jours, depuis qu'ils ne sont plus venus à Hauterive, elle attend le moment de revoir Sandro. Son affection pour Gina n'a pas faibli, mais les visites qu'Hélène rend à la jeune fille ne sont qu'un prétexte.

Comme elle le redoutait, l'entrée de Sandro dans le

monde étudiant l'a définitivement coupé de l'adolescence. Elève de première année de médecine, il passe la presque totalité de la semaine à Marseille, où il loue une petite chambre avec un ami, du côté du Chapitre. Il étudie énormément et ses rares heures disponibles sont consacrées à de petits travaux pour les commerçants du quartier, qui lui permettent de boucler son maigre budget. Même à la ferme, il continue à potasser ses bouquins, comme si sa vie en dépendait. « Mais elle en dépend, justement ! », a-t-il répondu à Hélène qui lui reprochait de ne plus avoir une minute libre. En fait, la jeune fille sent parfaitement que les années qui les séparent aujourd'hui constituent un infranchissable fossé. Sandro qui, en quelques mois, semble avoir brutalement mûri, la regarde comme il regarderait une enfant. Souvent, quand il s'échappe de la ferme, le samedi ou le dimanche, il rejoint Bernard avec lequel il noue des conversations politiques qu'elle juge, à ce moment-là, barbantes.

Hélène voudrait avoir trois ans de plus. Etre étudiante, elle aussi. Sandro ne risquerait pas de lui échapper. Disposer de son temps, de ses nuits. Ne plus ânonner des théorèmes ou traduire des versions latines, mais entrer dans la vraie vie. Conduire une automobile, ne plus rendre de comptes.

— Bonjour, Hélène, sourit Maria. Qui cherches-tu ? Gina ou Sandro ?

— Euh… L'un ou l'autre, dit la jeune fille en rosissant.

— Va voir. Ils doivent être dans leurs chambres. Cette chaleur est épouvantable.

Hélène frappe à la porte de Sandro, et passe la tête par l'entrebâillement. La chambre est plongée dans la pénombre. Le jeune homme est assis à son bureau, près de la fenêtre, face à des piles d'ouvrages, et prend des notes. La pièce est petite, monacale, avec ses murs peints en blanc, ses gros carreaux rouges au sol, son lit métallique, son armoire de bois sombre, ses étagères bourrées de livres.

— Hélène ? Entre. Je ne t'avais pas entendue arriver. Qu'est-ce que tu deviens ?

— Je pensais qu'on pourrait aller se baigner, dit-elle, un peu gauche, en avançant de deux pas dans la pièce. Tu ne vas quand même pas travailler jour et nuit !

Après la violence de la lumière extérieure, les yeux d'Hélène ont du mal à s'adapter à la semi-obscurité. Creusé par les contrastes entre les fins rayons pailletés de soleil qui jaillissent des fentes des persiennes et les ombres lourdes accrochées aux meubles et aux angles de la chambre, le visage de Sandro lui semble d'une beauté surnaturelle. Le jeune homme s'est levé de sa table et elle se précipite dans ses bras plus vivement qu'elle ne l'aurait souhaité.

— Embrasse-moi, dit-elle, la gorge contractée.

Sandro claque un baiser sonore sur sa joue.

— Non, sur la bouche.

Elle est effrayée de sa propre audace. Le jeune homme serre les deux bras d'Hélène entre ses doigts.

— Hélène !

— Pourquoi ne veux-tu pas ? Je suis si laide ?

— Pas du tout !

— Tu n'as pas envie ? Apprends-moi, au moins !

Sandro contourne Hélène sans lâcher sa main, ferme la porte et s'adosse contre le battant. Elle lève ses lèvres entrouvertes vers lui, les yeux clos. Elle sent la bouche de Sandro, puis sa langue curieusement fraîche qui recherche la sienne, l'entoure. Elle voudrait répondre mais demeure étonnée, figée, le souffle bloqué. Il s'écarte et lui caresse les cheveux.

— On ne devrait pas rester ici, murmure-t-il dans son oreille.

Hélène a l'impression que ses jambes se dérobent sous elle. Elle est en même temps émerveillée et épuisée. Puis elle se sent triomphante, comme le jour où elle a réussi à nager. Elle voudrait que Sandro l'embrasse encore, mais elle n'ose pas le retenir, guettant les bruits du couloir et de la grande cuisine. Les joues en feu, elle se demande comment elle va oser passer devant Maria, ce qu'elle répondra à Gina qui, forcément, devinera tout.

— Ce que tu es beau ! dit-elle. Il y a du vert dans tes yeux, je n'avais jamais fait attention.

— Attends-moi dans la cour, Hélène. Je passe un maillot de bain.

— Je suis toute rouge, non ?

— Peut-être, mais il fait chaud, c'est normal.

Quelques instants plus tard, ils pédalaient vers la plage. Hélène riait aux éclats. Il lui semblait que cette cascade emportait sur son passage la peine accumulée depuis des mois. Qu'elle était devenue une balle qui rebondissait vers le ciel ou une idée nouvelle qui produisait à son tour des millions d'idées, de mots, de phrases, de vers. Elle récitait du Ronsard. « Sa robe pourpre au soleil. » Elle répétait, en chantonnant. Sandro semblait un peu gêné. Elle le bousculait de la main et son vélo faisait une embardée. Il finissait par rire aussi, lâchait son guidon, écartait les bras et hurlait : Yaououh, je vole ! C'était sa façon à lui d'avouer sa passion, dont il n'osait pas parler. Que, depuis son adolescence, il tenait enfouie le plus loin possible de sa conscience. Il répétait : Yaououh, je vole ! Comme s'il criait je t'aime, je t'aime. Il est plus enfant que moi, se disait Hélène. Les hommes sont toujours plus enfants que les femmes, c'est pour ça que ce sont les femmes qui mettent les enfants au monde.

CHAPITRE 24

Hélène descend quatre à quatre les escaliers et se précipite vers sa mère qui, dans la salle à manger, veille au bon agencement de la table du petit déjeuner. En s'examinant dans la glace, elle a trouvé que cet uniforme bleu marine, quand on s'apprêtait à présenter son bachot, semblait un peu ridicule.

— Le facteur est passé ? claironne-t-elle.

— Tu sais bien qu'il n'arrive que plus tard, répond Simone de Portallan avec un pauvre sourire. Sandro t'écrit tous les jours ? Tu crois que c'est sérieux, à quelques semaines des examens ?

— Maman ! On ne s'écrit pas tous les jours. Seulement quand on ne se voit pas !

Hélène, tout d'un coup, regarde attentivement la table, comptant mentalement les bols.

— Papa n'est pas là ? demande-t-elle.

— Non. Il n'est pas rentré cette nuit.

— Mais il n'est pas rentré depuis trois jours, c'est ça ?

— C'est ça. Il n'a pas donné de nouvelles non plus.

La jeune fille examine le visage blafard de sa mère, ses yeux cernés, ses traits creusés. Elle n'a pas dû dormir, encore une fois. Une colère violente submerge la jeune fille.

— Ça ne peut pas durer !

— Que veux-tu que je fasse ? J'espère toujours que

cette histoire va se terminer ! De toute façon, quand il est là, il m'adresse à peine la parole. Comme à vous. Tu t'en es rendu compte, non ? Quand il dîne avec nous, c'est en coup de vent. Il repart immédiatement après.

— Où est Marc, d'ailleurs ?

— Il est déjà parti au collège. L'étude du matin commence à sept heures et demie. Ton frère supporte tout ça très mal. Je le trouve particulièrement perturbé. C'est le père censeur qui m'a prévenue. Je dois le rencontrer demain.

Hélène termine son café au lait. Elle n'a pas faim. Surtout envie de pleurer. Elle se précipite dans la rue Paradis. Aujourd'hui, elle ne prendra pas le tram, le 41, qui pourrait la déposer devant le cours. Parce qu'il faudrait l'attendre là, à l'arrêt, et continuer à sentir derrière elle la présence oppressante de l'immeuble.

L'essentiel est de fuir, au plus vite, cette demeure trop majestueuse où elle a désormais l'impression de flotter comme un poisson mort dans un aquarium. Un rez-de-chaussée et trois étages, comme la plupart des hôtels particuliers du quartier. Un bel escalier de marbre doté d'une rampe en fer forgé. A droite, l'enfilade des salons et la salle à manger donnent par de hautes fenêtres sur la rue et sur un petit jardin, à l'arrière de la maison. Le premier étage est celui des parents, le deuxième celui des enfants et le troisième, mansardé, est réservé aux domestiques. Curieusement, Sébastien de Portallan, pourtant passionné de peinture contemporaine, a tenu à meubler la totalité des pièces de la manière la plus classique possible. Les dorures Empire, les vases de Sèvres, les Aubusson répartis sur les parquets donnent à l'ensemble un air ennuyeux qu'accentuent les lourdes tentures et les tapisseries des murs.

Hélène a toujours trouvé cette maison pesante, trop sombre. Malgré le vent iodé qui souffle souvent dans ce quartier proche de la mer, malgré les collines blanches qui au loin semblent veiller sur la ville dans une impassibilité de géant, malgré les calanques sauvages au-delà de la Pointe-Rouge, elle a grandi ici sans plaisir, attendant avec impatience les fins de semaine et les vacances qui lui permettraient de retrouver Hauterive. L'absence de son père a terminé d'ôter tout attrait à l'austère bâtisse. Une résidence de m'as-tu-vu, juge-t-elle aujourd'hui, de nouveau riche, sans patine et sans âme.

Au carrefour du boulevard Périer, après quelques centaines de mètres, Hélène rejoint ses camarades de classe. Ensemble, elles marchent jusqu'à Sion. La jeune fille ne parvient pas à suivre les conversations de ses amies, à s'intéresser à leurs peines de cœur, leurs difficultés avec tel ou tel professeur.

Elle se sent usée par l'angoisse de sa mère et s'en veut de ne pas savoir comment l'alléger, comment en prendre une partie à sa charge. Son esprit est distrait en permanence par les voitures qui circulent rue Paradis dans les deux sens. Elle s'attend à apercevoir son père à l'arrière de chaque automobile. Est-il possible de reconstituer un foyer déchiqueté, de revenir sur des mensonges accumulés, des dignités bafouées ? Qu'attendre encore de ce père avec qui elle n'a plus rien de commun, qui est devenu un adversaire ? Toute minute qui passe l'éloigne d'un possible pardon. Elle n'en ressent d'ailleurs plus le besoin. L'amour qu'elle éprouve pour Sandro lui paraît au contraire la pousser vers d'autres rivages, dont l'harmonie fait ressortir cruellement le chaos affectif des relations avec son père. Il n'a pas le droit ! s'emporte-t-elle. Elle n'admet pas, forte de la passion qui l'emporte, que l'on puisse éprouver deux fois les mêmes sentiments. Mais surtout, l'avilissement d'une personne aimée autrefois la révulse. Jamais je ne m'abaisserai à ce point-là, se jure-t-elle. C'est toujours vis-à-vis de soi, finalement, qu'à travers les autres on se montre indigne.

« Que veux-tu que je fasse ? » La pauvre interrogation de sa mère, paralysée par la brutalité de son mari, incapable de la moindre réaction, taraude Hélène. Pourquoi cette impuissance ? Pourquoi cette soumission ? Pourquoi cette dépendance ?

Dépendance : le mot, insupportable, la brûle. C'est parce que ma mère a tout abandonné pour son mari, pour ses enfants, pour sa famille, qu'elle se trouve aujourd'hui à la merci d'un homme déloyal et méprisant. Qu'elle perd sa liberté même. De choix, de conduite, de pensée. Qu'elle devient esclave. Qu'elle est traitée comme une sous-catégorie humaine. Mon père, se dit Hélène, se comporte vis-à-vis de sa femme comme il maltraite les ouvriers, comme il méprise les étrangers. Il s'agit d'une seule et même attitude. Un racisme à facettes multiples. Inacceptable. Il ne faut pas appartenir. Il faut exister. Avoir sa vie professionnelle, ne jamais la sacrifier, ne dépendre de personne, rester autonome. Les formules jaillissent en torrent de son esprit échauffé.

— Je ne serai pas, dit-elle à mi-voix sous le regard étonné de ses amies, une marionnette qu'on déposera dans un coin lorsqu'on ne voudra plus jouer.

Ce matin-là, Hélène traverse les heures de cours sans prêter à leur contenu la moindre attention. A midi, elle se retrouve dans la rue, l'estomac au bord des lèvres, partagée entre l'idée de fuir jusqu'à Hauterive, le seul refuge qu'elle connaisse, et un sens nouveau des responsabilités, qui lui commande de ne pas laisser sa mère seule. Est-ce cela, songe-t-elle, devenir adulte ? Est-ce cette amertume qui m'envahit, avec les désillusions, comme si déjà les fautes de mes proches étaient une part de ma propre expérience ?

— Mademoiselle Hélène ! On ne vous aperçoit plus beaucoup ! Vous voulez voir vos grands-parents ? Ils sont au premier étage, dans le petit salon. Je vais les prévenir.

La vieille servante en blouse bleu clair et tablier blanc trotte vers les escaliers, tandis qu'Hélène laisse son regard courir dans le hall d'entrée recouvert de tomettes sombres et de tapis fatigués. La vasque de verre encombrée de courrier, posée sur la console de marbre grenat, à gauche des marches, et, à droite, une sorte de salon d'attente aux meubles noirs, aux peintures que la crasse a rendues indéchiffrables, à peine éclairé d'une lampe qui brûle en permanence pour compenser la fermeture des volets donnant sur la rue à hauteur d'homme : ici, aussi loin que remontent les souvenirs d'Hélène, rien n'a changé. Même l'odeur de renfermé vaguement sucrée trouve dans sa mémoire un écho nostalgique, qu'elle associe aux temps heureux de son enfance.

— Monte, Hélène ! Voyons, que fais-tu, en bas ?
— J'arrive, bonne-maman !

Elle ne sait plus très bien comment elle s'est finalement décidée à déranger les parents de sa mère. Peut-être parce qu'un temps, elle a habité ici, dans l'appartement qui avait été mis à la disposition de ses parents. Bouleversée par le désarroi de Simone de Portallan, elle espère qu'on tendra à celle-ci une main secourable.

— Que t'arrive-t-il ? demande sa grand-mère qui l'attend sur le palier du premier étage. Il n'y a pas de catastrophe, au moins ?

La voix est sèche, presque sans intonation. L'accolade de pure forme. Et quand Hélène voit surgir son grand-père, petit, rond, pâle, le regard froid aussi gris que son épaisse moustache, elle comprend l'inutilité de son déplacement.

— Eh bien, dit celui-ci d'un ton cassant, tu redécouvres notre existence ?
— Non, répond Hélène faiblement, je suis venue vous parler de maman.

Ils ont pénétré dans le grand salon aux trois fenêtres immenses garnies de lourds rideaux chamarrés. Les murs sont tendus d'un tissu satiné vert passé et constellés de tableaux minuscules et d'aquarelles. Sur les commodes provençales au bois foncé, des assiettes de faïence en Vieux-Marseille et, dans le coin le plus retiré, un piano quart de queue. Hélène l'a toujours vu ouvert sans entendre un jour quelqu'un l'utiliser, malgré les partitions qui traînent sur le tabouret en un savant désordre. Les fauteuils sont recouverts de tapisserie au petit point, dont les tons s'accordent avec les plantes grasses réparties dans la pièce. La petite table ronde, haute sur pieds, à côté du fauteuil crapaud où prend toujours place sa grand-mère, supporte, en pile artistique, les mêmes livres que dix ans plus tôt. Mon Dieu, songe-t-elle, comme ce salon ressemble à tous ceux des grands-parents de mes amies ! Vivement le désordre de Hauterive !

— Alors, Hélène ? demande sa grand-mère, une fois qu'elle s'est glissée dans son siège habituel.

— Maman est très malheureuse, très seule, dit-elle d'une voix chevrotante.

— A qui la faute ?

La faute ? Bien sûr, la faute... La faute des uns, la vengeance des autres. La punition méritée. La satisfaction de punir. La revanche sordide. A qui la faute ? Trop facile. Minable.

— Si ton père se conduisait normalement, nous n'en serions pas là ! grogne son grand-père.

Hélène sent sa gorge se serrer. Elle n'est pas venue pour entendre des reproches, seulement pour demander de l'aide.

— Je sais, dit-elle. Il faut simplement... Maman est si angoissée. Elle pleure souvent.

— Tu dois être bien malheureuse, ma pauvre petite fille ! Et ta mère aussi ! Mais ton père, vraiment ! Enfin, nous faisons ce que nous pouvons. Tu as besoin de quelque chose ?

Non, elle n'a besoin de rien, réellement de rien. Juste de fuir, aussi vite que possible.

— Depuis le temps que nous le disons ! grince sa grand-mère. Ton père est un égoïste et un goujat. Si j'avais su... Qu'est-ce qui a pris à Simone, Seigneur ? Avec tous les beaux partis qui se pressaient à la porte !

Hélène se bouchait les oreilles. Se levait. Dégringolait les escaliers quatre à quatre. Elle entendait la voix de sa grand-mère, haut perchée.

— Hélène ! Mais que lui arrive-t-il, à cette petite ? Elle a le même caractère que son père.

L'injustice lui semblait intolérable. Ainsi, il lui faudrait aussi assumer la conduite de son père ? Il faudrait qu'elle s'entende promettre les mêmes errements ?

Elle courait dans la rue jusqu'à en perdre haleine, elle sentait les fils de la révolte se nouer dans ses tripes en un écheveau indémêlable. Voilà ton héritage, se répétait-t-elle au rythme de ses talons qui frappaient le sol. Ton héritage, qu'il faudra chérir et faire fructifier. La révolte contre les injustices, contre l'abus de pouvoir, contre le recours à la force et à la puissance pour imposer ses propres intérêts. La révolte contre toutes les formes de domination morale, psychique, intellectuelle. Le combat comme purification de soi-même et des autres.

La révolte ! Elle fonçait entre les ombres, rasait des murs noirs, sautait par-dessus des précipices. Elle devenait forte. Elle serait dangereuse, elle aussi.

CHAPITRE 25

Sébastien de Portallan attire à lui le téléphone de la table de nuit. Il est neuf heures du matin. Encore une fois il sera en retard à son bureau et il doit inventer un énième mensonge pour sa secrétaire qui, vu le regard qu'elle lui jette à son arrivée, ne doit plus être dupe.

La veille, il a campé au Diamant bleu, assistant aux deux tours de chant de Doris et absorbant force coupes de champagne, en compagnie de Sauveur Ruli. Celui-ci n'a pas réussi à se faire élire mais Simoni l'a installé à la mairie dans un rôle d'expert, aux fonctions obscures. Sébastien a compris qu'en réalité Ruli était l'organisateur de la protection rapprochée du député, protection physique et protection politique. Celui que Simoni appelle son « neveu » contrôle, au niveau le plus élevé, toutes les affaires sensibles de Simoni dont Sébastien commence à avoir une idée assez précise. « Beaucoup de gens jugent judicieux de s'assurer, en quelque sorte, auprès de moi, lui a un jour dit Simoni. De cette façon, il ne peut rien leur arriver de très grave. Ils font partie de mes amis et ils sont protégés. »

Doris bouge dans son dos. Il sent une jambe soyeuse s'insérer entre les siennes et la main de sa maîtresse glisser vers son ventre.

— Tu ne vas pas partir déjà ? murmure-t-elle.
— Si. Tu sais que je dirige une entreprise ?

— Et tu es à cinq minutes près ? Quand on est patron, on fait travailler les autres.

Sébastien, d'un coup de reins, saute sur ses pieds et se dirige vers la salle de bains.

— Je te prépare un café, dit Doris. J'adore vivre avec toi. Ta femme ne t'emmerde pas trop ?

Sébastien ne répond pas. Il déteste que Doris lui parle de Simone, ce qui le culpabilise. Et il ne supporte pas ce ton léger et négligent à propos de sa famille. Il barbouille ses joues, son menton et son cou de savon, en pensant qu'il lui faudra bien, pourtant, trouver une solution. Mais, se dit-il, de proche en proche, Simone finira bien par accepter cette façon de vivre.

— Tu as fini de te raser ?

Doris est nue, collée contre son dos, et ses mains saisissent le sexe de Sébastien qu'elle réveille immédiatement.

— Je ne peux pas te laisser partir comme ça, murmure-t-elle dans son cou. Tourne-toi.

Vaincu, Sébastien obéit. Doris le rend fou. Il sent la bouche de sa maîtresse qui chemine vers son ventre par petits baisers rapides et qui finit par l'engloutir. Quand il est au bord du plaisir, gémissant, elle le guide jusqu'au lit, l'oblige à s'allonger, puis le chevauche en longues pulsions. Il crie, comme de douleur, les bras fermement cloués au drap par les doigts de Doris.

— Tais-toi, dit-elle en fermant de ses lèvres la bouche de son amant. Tais-toi, tu vas alerter les voisins. C'était bien ? Tu es encore plein de savon à barbe. Va te laver, maintenant, et cache-toi, sinon je recommence.

Groggy, Sébastien réussit à s'asseoir. Doris continue à se promener dans l'appartement complètement nue. La gracilité hâlée de son corps fait de nouveau battre plus vite le cœur de Sébastien. A quarante ans, celui-ci pense atteindre enfin, entre les mains expertes de sa maîtresse, l'apogée de sa vie sexuelle. La totale impudeur de Doris, après l'avoir gêné au début de leur relation, agit maintenant sur lui comme un aphrodisiaque.

Le souvenir même de certaines situations lui communique, dans la journée, des érections violentes.

— Je vais aller passer la fin de la matinée au Cercle des nageurs, dit-elle tandis qu'il barbote dans la baignoire. Tu m'y rejoins à l'heure du déjeuner ?

Sébastien pense qu'il devrait, pour une fois, déjeuner chez lui, mais la perspective de devoir affronter le regard de sa fille lui fait un peu peur. Hélène, c'est évident, a pris le parti de sa mère. Qu'expliquer ? Qu'il a retrouvé sa jeunesse, qu'il est amoureux, qu'il est physiquement comblé, que ses ambitions de puissance sont enfin satisfaites ? Hélène ne connaît encore rien de l'existence. Un jour peut-être elle comprendra. « Tu n'es qu'un odieux cynique, lui a-t-elle asséné quelques semaines plus tôt alors qu'il évoquait les licenciements à venir dans une de ses entreprises. Tu représentes exactement tout ce que je me suis juré de refuser durant ma vie. » Il avait claqué la porte, fuyant la discussion.

— D'accord, je serai au Cercle vers midi et demi, dit-il en se séchant. J'aimerais bien que tu passes commander quelques chemises chez Lucca, il a mes mesures.

— Tu sais que tu commences à disposer d'une belle garde-robe, ici ?

— Je t'encombre ?

— Pas du tout, mon chéri, au contraire. A propos de garde-robe, j'ai vu un adorable tailleur rue de Rome. Tu me l'offres ?

— Je te préfère sans vêtement, mais bien sûr, si ça te plaît. Prends ce qu'il te faut dans mon portefeuille.

Sébastien de Portallan, pour une fois au volant de sa nouvelle Talbot noire et grise, se dirige vers le cours Pierre-Puget. Le célèbre architecte, à qui l'on doit bon nombre des plus belles réalisations de la cité, avait en quelque sorte, au siècle précédent, sauvé les Marseillais de leurs palinodies politiques.

Pour donner du travail aux indigents, le préfet avait, en 1800, décidé de relier par une avenue majestueuse la porte de Rome à celle de Notre-Dame de la Garde, et de lui donner le nom de cours Bonaparte. Le conseil municipal avait voté une adresse au Premier Consul, dont l'emphase le disputait au ridicule. « Là, citoyen Consul, nous retracerons et vos vertus et vos exploits. Là, sous un ciel pur et serein, à l'ombre de ces arbres dont la plantation datera de l'année de notre salut, nous rendrons grâce au génie bienfaisant qui vous a préservé des machinations infernales, des trames criminelles d'une poignée de conspirateurs. Là, votre nom, gravé sur le marbre et dans nos cœurs, nous rappellera le vainqueur d'Arcole, des Pyramides et de Marengo, le pacificateur du monde, le régénérateur de la patrie. Là enfin, confondant toutes nos affections, nous transmettrons à nos neveux vos vertus et votre gloire, et nous leur imposerons l'obligation d'admirer votre conduite et de surpasser, s'il est possible, notre reconnaissance. » La colline rocheuse elle-même, au bout du cours, avait été rebaptisée colline Bonaparte. Une colonne de granit avait été érigée dans la partie haute de cette superbe promenade.

Jusqu'au jour où, à la suite du blocus maritime qui avait transformé en haine la vénération des Marseillais pour Napoléon, la population, à la chute de l'Empire en 1814, avait envahi le cours, la colline, démoli la colonne. On avait fait rouler au sol la tête de l'Empereur, qu'on avait ensuite traînée dans les rues sous les vivats de la foule. Cours et colline avaient alors reçu le nom de Bourbon. La fleur de lis avait remplacé le buste de Napoléon sur la colonne. Jusqu'au jour où, la République aidant, il avait fallu chercher un « parrain » acceptable pour tous les régimes. Ainsi allait Marseille, assez portée à faire crédit tant que l'on n'« exagérait » pas, selon l'expression locale. Exagérer, c'était s'en prendre aux pulsions profondes de la ville, à ses traditions devenues convictions, et à ses intérêts. Elle brûlait alors sans remords ce qu'elle avait adoré ou accepté. Le mistral, enfin, effaçait tout.

Les bureaux de Sébastien de Portallan sont installés sur deux niveaux, rez-de-chaussée et premier étage, dans la partie la plus proche de la préfecture. Il a regroupé là tous les services centraux, administratifs, comptables, commerciaux, qui commandent la nébuleuse d'entreprises diverses dont il est propriétaire, et dont le joyau demeure l'huilerie.

Tandis qu'il tend au portier les clefs de sa voiture, il se rengorge, comme chaque jour, à la vue des deux élégantes et discrètes plaques de cuivre soigneusement polies, vissées de part et d'autre de la lourde porte d'entrée. « Les Huileries réunies », annonce l'une. « Sébastien de Portallan et Cie », indique l'autre. Cette dernière société chapeaute la totalité de l'empire.

Sans publicité, il y a fait entrer depuis peu, pour une participation minoritaire mais juteuse en argent frais, Antoine Simoni. « Cela resserrerait nos liens, avait dit celui-ci. Et je ne sais pas où investir une partie de mes économies. » Sébastien s'était bien demandé comment un homme politique de cet âge, sans fortune familiale, pouvait avoir accumulé un tel patrimoine, mais il s'était gardé de le relever. En contrepartie, l'homme politique avait suggéré à Sébastien d'embaucher son cher « neveu », Sauveur Ruli, en tant qu'« attaché de direction », à un salaire modeste. C'est avec Ruli, dont la présence dans l'entreprise est épisodique, que Sébastien de Portallan a rendez-vous ce matin.

Sauveur Ruli ressemble à un jeune danseur de tango. Il a une trentaine d'années. Grand, très mince, brun de peau, les cheveux noirs plaqués sur le crâne, l'œil sombre, toujours élégamment vêtu de costumes bleu marine et de chemises blanches, il sourit en permanence comme s'il baignait dans le bonheur le plus total. Ses gestes lents et précis, ses phrases courtes, l'élasticité de sa démarche, son regard qui de temps en temps se fige au-delà de son interlocuteur mettent toutefois Sébastien mal à l'aise. Ce dernier est convaincu que l'extrême courtoisie de Ruli, si celui-ci se trouvait contrarié, pourrait sauter comme un mauvais vernis.

Détendu et réjoui, une serviette de cuir sous le bras,

le factotum de Simoni traverse le bureau et tend la main à Sébastien.

— Comment allez-vous, mon cher président ?

Sébastien trouve la formule un rien ironique, et en tout cas trop familière, mais se contente de désigner à son visiteur un fauteuil en face de son bureau.

— Je vous en prie, Sauveur, asseyez-vous. Tout se passe comme vous le souhaitez ?

— En ce qui me concerne, parfaitement. Il en va un peu différemment pour notre député-adjoint au maire. Rien de grave, je vous rassure. Mais c'est la raison de ce rendez-vous.

— Ah ?

— De petits problèmes de trésorerie, poursuit Ruli sur un ton léger.

— De trésorerie ? Que voulez-vous dire ?

— Des échéances difficiles. Qu'il faudrait couvrir en liquide. Il m'a demandé de m'en charger et de venir vous voir.

— Mais que suis-je censé faire ? demande Sébastien de Portallan qui sent un frisson courir le long de sa colonne vertébrale.

— Eh bien, sourit Ruli, nous aider à traverser cette passe. Temporairement, bien sûr. M. Simoni est actionnaire, n'est-ce pas ?

— Bien entendu. Les dividendes seront là, en temps opportun, dit Sébastien.

Sauveur Ruli le regarde tout en fixant derrière lui, à travers les vitres, les platanes du petit jardin qui jouxte l'immeuble. Il ne sourit plus et Sébastien se sent rétrécir. Le silence dure une dizaine de secondes.

— Non. Justement. Il s'agirait... comment dire ? d'une avance en liquide, immédiate. Cinquante mille francs.

— Mais je ne peux pas extraire une pareille somme de ma comptabilité, déglutit Sébastien.

Ruli ne répond pas, se contentant de désigner du menton le mur de droite. Sébastien suit le geste des yeux, et comprend. Comment l'autre sait-il que le grand tableau moderne accroché là recouvre en fait un coffre encastré ? Comment Simoni lui-même est-il au courant ?

— Je ne crois pas, dit doucement Ruli, que vous cherchiez à mettre M. Simoni dans l'embarras. Ce serait… indélicat. Et imprudent.

— Evidemment pas, s'empresse de répondre Sébastien de Portallan, qui se sent totalement piégé.

Il pense que Simoni ne connaît pas la moindre difficulté de trésorerie, mais qu'il a trouvé un excellent moyen de disposer, dans un but ou un autre, d'argent liquide. A-t-il procédé de la même façon avec d'autres dirigeants de sociétés ? Sans doute. La contrepartie de services rendus. La monnaie de la protection. Au nom de la solidarité, comme dit Simoni. Sébastien se lève et va vers le coffre, dont il tourne les boutons chiffrés. Il prélève quelques liasses de billets, referme le battant, brouille la combinaison, remet le tableau en place. Il tend les liasses à Ruli qui les dispose méthodiquement dans la serviette de cuir.

— Je vous fais confiance, dit-il.

L'autre le regarde froidement.

— Vous pouvez. Vous devez. La famille…

Il se lève, son éternel sourire revenu sur ses lèvres.

— Eh bien, voilà une bonne chose de faite. M. Simoni m'a aussi chargé de vous transmettre ses amitiés et de vous remercier. Peut-être nous reverrons-nous un de ces soirs au Diamant bleu ?

Saligaud ! pense Sébastien en raccompagnant son visiteur.

Pourquoi Simoni a-t-il soudainement besoin d'argent ? s'interroge-t-il. A quel événement imprévu a-t-il dû faire face ?

Marseille est encore sous le coup de la tragédie qui a ensanglanté la ville quelques semaines plus tôt. Le 9 octobre 1934 en effet, le roi de Yougoslavie, Alexandre Ier, avait été abattu alors qu'il venait de débarquer à Marseille et que le cortège officiel dans lequel sa voiture avait pris place se trouvait à la hauteur de la

Bourse. Atteint de plusieurs balles tirées par un révolutionnaire croate, ainsi d'ailleurs que le ministre français des Affaires étrangères qui devait également laisser la vie dans l'attentat, le roi avait succombé quelques instants après le drame, couché sur un canapé dans un salon de la préfecture. On en était assez rapidement arrivé à la conclusion que le meurtrier avait été commandité et armé par les services secrets italiens.

Sans doute Simoni n'avait-il pas trempé personnellement dans la préparation du crime. Mais, s'interroge Sébastien qui sait le député totalement lié aux partisans de Mussolini et en rapport permanent avec ses agents à Marseille, pourrait-il avoir été le financier de l'opération, une opération forcément coûteuse, de ce côté de la frontière ? C'était là exactement le genre de coup tordu dont on prêtait volontiers la paternité au « patron » de la ville, et de ses bas quartiers. Correspondant parfaitement à sa volonté de déstabiliser la société française pour favoriser à terme l'installation de ses amis.

Sébastien sourit en allumant une cigarette. Il aimerait bien tenir Simoni.

CHAPITRE 26

Les liens, de moins en moins discrets, entre Simoni et Sébastien, la conduite privée de ce dernier qui s'affiche maintenant avec Doris sans la moindre retenue bouleversent Joséphine de Portallan.

Quand elle se croit à l'abri des regards, la vieille dame laisse le désespoir prendre le dessus. Recroquevillée dans son fauteuil habituel, elle ne parvient plus à retenir ses larmes, et ces instants douloureux l'épuisent pour de longues heures. La déchéance – elle n'emploie pas d'autres mots – de son fils la tourmente, la tient éveillée une partie de la nuit. Pendant un certain temps, elle avait imaginé que Sébastien traversait une mauvaise passe, qu'il finirait par mettre un terme à ses fréquentations douteuses. Elle avait tenté de la raisonner, fait valoir l'autorité qu'elle croyait conserver, mais en pure perte. Sébastien n'était plus qu'un mur d'hostilité, sur lequel elle se brisait. Elle s'était réfugiée dans la prière et s'efforçait de donner, au moyen de quelques pauvres sourires et d'une affabilité qui sonnait faux, le change à son entourage. Ce qui n'avait trompé personne, ni Maria Barutti, ni Hélène, ni les domestiques de la propriété. Ni, évidemment, Bernard.

Depuis plusieurs années, toute complicité avait disparu des relations entre les deux frères qui, s'ils s'adressaient encore la parole, ne cherchaient plus à établir le moindre contact. Quand ils avaient atteint l'âge adulte, l'opposition de leurs caractères était déjà patente, mais chacun jugeait encore l'autre avec une certaine tendresse. Sébastien tenait Bernard pour un idéaliste rêveur, perturbé par des lectures révolutionnaires. Péchés de jeunesse ! Il replierait le drapeau rouge comme il avait abandonné les tables de jeux ou les beuveries entre amis. Bernard, lui, considérait que son frère aîné avait sauté à pieds joints dans le monde aventureux des affaires et que cette passion brouillonne finirait par se tarir. Ils n'étaient d'accord sur rien, mais avec le sourire. Bernard n'en avait même pas voulu à Sébastien d'avoir utilisé ses frasques pour réunir les capitaux dont il manquait, quinze ans plus tôt.

Mais ce qu'ils considéraient réciproquement comme des travers temporaires s'était en réalité trouvé, avec les années, confirmé et amplifié. Bernard, dans l'esprit de Sébastien, était devenu un compagnon de route des communistes, irresponsable et dangereux. Un agent de la destruction consciente et organisée de la société française. Un apôtre du mélange grotesque des cultures et des races. Quant à Sébastien, ses diatribes extrémistes et plus tard fascistes, son cynisme affairiste, son arrivisme cruel et presque inhumain, sa goujaterie même, avaient profondément choqué Bernard. Il s'était écarté de son frère, après quelques crises tenues secrètes vis-à-vis du reste de la famille. Le fossé entre les deux hommes s'était élargi de façon définitive. Ils étaient devenus des étrangers l'un pour l'autre. Et s'ils n'avaient pas rompu tout lien, c'était avant tout pour ne pas briser le cœur de Joséphine de Portallan.

Aujourd'hui, Bernard voit bien quelle angoisse accable sa mère. La vieille dame sait Sébastien mêlé de près aux aspects les plus sordides de la politique marseillaise, dont la violence semble devenue le principal ressort.

L'assassinat du roi Alexandre de Yougoslavie avait été le point d'orgue d'une période explosive. La même année, au début février, une manifestation des ligues fascisantes, qui tentaient de donner l'assaut à la

Chambre des députés, avait tourné à l'émeute et causé la mort de dix-sept personnes. Quelques jours plus tard une contre-manifestation monstre, à Paris et dans les grandes villes de province, rassemblait malgré leurs divergences anciennes toutes les forces de gauche et les syndicats. Les affrontements, violents, faisaient à Marseille près de cinquante blessés graves. Et depuis, la tension, les heurts, les batailles rangées ne cessaient pas, entre les groupes de combat d'extrême droite, les militants de gauche et les forces de police.

Cette virulence locale s'alimentait à une actualité internationale dramatique. Mussolini cherchait un accord avec l'Allemagne hitlérienne. Le Führer avait commandé l'assassinat de hauts responsables des SA qui menaçaient son pouvoir, sous l'accusation d'attentats aux mœurs. En Autriche, les nazis avaient exécuté le chancelier Dollfuss. En Espagne, la gauche, qui se jugeait flouée, avait déclenché la grève générale, des mouvements révolutionnaires avaient éclaté un peu partout, dans les Asturies, en Catalogne, à Madrid même où l'on s'était battu dans les rues et où il y avait eu de nombreuses victimes. Toute cette fureur, Marseille, place forte du communisme en même temps que de l'extrême droite et où se pressaient de nombreux exilés, semblait la faire précipiter en un infernal mélange chimique.

Bernard de Portallan sait sa mère particulièrement sensible à cette atmosphère saturée de discours xénophobes, lourde de règlements de compte, comme asséchée par les appétits de vengeance. Intuitivement, celle-ci devine une catastrophe prochaine et voudrait que Sébastien retrouve, comme elle dit, le « droit chemin ».

C'est ce qui conduit aujourd'hui, en milieu d'après-midi à l'heure la plus creuse de la journée, Bernard au Cintra, où il a rendez-vous avec Sébastien. Il n'a voulu le voir ni cours Pierre-Puget, ni rue Paradis. Encore moins dans un restaurant où leur rencontre aurait forcément été repérée. Et évidemment pas en présence de Doris. Bernard n'a parlé à personne de son initiative. Il est certain que Sébastien ne s'est pas, de son côté, montré plus disert.

Les deux frères se serrent la main. Bernard a immédiatement l'impression que Sébastien, alourdi, un peu fangeux, va tenter de le prendre de haut, de lui imposer un droit d'aînesse.

— Qu'est-ce qui me vaut le plaisir de te retrouver ? demande Sébastien en s'asseyant. Ça ne te suffit pas de t'occuper de mes enfants ?

— Le plaisir ? Rien de très drôle, tu t'en doutes. Quant à tes enfants, tu ferais mieux de t'en occuper un peu toi-même. A supposer que tu en éprouves l'envie, sinon le besoin. C'est de ça que je suis venu te parler, de ça et d'autre chose.

— Ecoute, mon vieux, tu ferais aussi bien de balayer devant ta porte. Ton comportement, ton irresponsabilité politique, ton appui aux communistes, c'est grotesque, lamentable, insupportable !

— Sébastien ! Je ne me laisserai pas entraîner sur ce terrain ! Ce dont il est question, c'est ta famille. Ta femme et tes enfants. Et ta mère. Et nous tous. Ton comportement – comment dire ? – nous fait honte. Et je voulais te demander si, de temps en temps, tu n'as pas honte toi-même. Pourquoi te laisser aller comme ça ? Regarde, tu as déjà bu trois vermouths ! Que t'apportent les voyous, que t'apportent les fascistes ?

— Ton inculture politique n'a d'égale que ta mauvaise foi. Au nom de quoi les patriotes, les partisans du redressement national, les francistes devraient-ils étouffer leurs convictions ? Au nom de nos morts de la dernière guerre, au nom de nos compatriotes menacés sur leur propre territoire par des étrangers, des métèques, au nom du communisme triomphant ?

Bernard, meurtri par la violence verbale de Sébastien, par cette haine suintant de tous les pores de sa peau, se rend compte qu'il ne parviendra pas à raisonner son frère.

— Pense au moins à ta mère, dit-il d'une voix lasse. Les thèses que tu défends, les… amis avec lesquels tu les défends sont une injure à notre éducation, à l'amour que maman nous porte !

— Ma mère vit dans une autre époque. Quant à Simoni – si je comprends bien, c'est de lui qu'il s'agit –, il essaie de préserver Marseille de toute la racaille qui la menace ! Voilà le péché de Simoni !

— Mais la racaille, comme tu dis, c'est autour de lui qu'on la trouve !

Bernard sent qu'il se laisse emporter. Il s'en veut de subir l'emprise psychique de son frère et de tomber dans le piège de la simplification, de la brutalité et de la provocation.

— Tes enfants, Sébastien ! Et ta femme ! Cette chanteuse ! Pourquoi t'affiches-tu de la sorte ?

— Là, mon vieux, tu entres dans ma vie privée. Je ne t'ai jamais demandé de comptes dans ce domaine, et pourtant, à une époque, j'aurais pu. Laisse Doris tranquille ! Si tu es venu en mission, tu peux t'en retourner et rendre compte. Et je te conseille, désormais, de t'écarter de ma route !

Quel homme est-il donc devenu ? s'interroge Bernard. Il n'avance aucune excuse, ne cherche aucune explication, se refuse à convaincre. Il insulte et écrase. Voilà la véritable nature des fascistes. Il ne nous reste plus rien en commun puisqu'il nie les valeurs mêmes auxquelles nous croyions. La gorge serrée, Bernard se rappelle les promenades au bord de l'étang, les jeux partagés, les fous rires. De quelle sauvagerie s'est-il nourri, qui lui interdit aujourd'hui de saisir une main tendue ?

— Je suppose qu'insister, discuter serait inutile…, laisse tomber Bernard. Je suppose qu'avec tes amis, admirateurs de la force pour la force, organisateurs de combats de rue, fanatiques des bottes de cuir et des brassards, on ne discute pas, on lève le bras ?

— Vous levez bien le poing !

Bernard se redresse et se dirige vers la sortie du

café. Les épaules un peu voûtées, il se retourne vers son frère.

— Tu es fou, dit-il seulement. Ne cultive pas la violence, elle t'échappera et se retournera contre toi. C'est une pieuvre, la violence, une pieuvre mortelle pour tous ceux qui l'adorent.

CHAPITRE 27

— L'huilerie est entrée en grève. On occupe l'usine. Comme partout. Ça va être très dur.

Au téléphone, la voix de Gianni Monti est cassée, vidée. Emilio Barutti l'a appelé au bar de la rue Lautard, à la Belle-de-Mai, un vieux quartier populaire de Marseille, derrière la gare Saint-Charles. Gianni s'arrête là tous les soirs en revenant de son travail et, lorsqu'il ne passe pas le dimanche chez les Barutti, il y reste aussi le samedi soir, participant aux parties de loto qui permettent de gagner un lapin, un poulet ou des bouteilles de vin, et auxquelles on joue sur des cartons de couleur avec des petits graviers.

Dans l'histoire sociale de Marseille, la Belle-de-Mai était un quartier presque glorieux. Il avait été en janvier 1887 le théâtre de la première grande grève féminine, celle des « cigarières » de la Manufacture des tabacs. Elles étaient cinq cents, six cents ? En tout cas, à la stupéfaction générale, elles avaient déboulé en cortège par la rue Saint-Ferréol vers la préfecture au cri de « Roustan, à la porte ! » Roustan était leur chef de service. Il refusait trop de cigares, Roustan, au prétexte qu'ils étaient mal finis, ce qui n'empêchait pas de les vendre mais diminuait le salaire des ouvrières, déjà ridicule ! Il refusait de leur donner des outils de travail convenables, Roustan, ce qui leur interdisait de tenir les cadences ! Il multipliait les vexations, les embûches, les retards volontaires d'approvisionnement, Roustan, ce qui les mettait hors d'elles.

Elles avaient exigé son départ jusque dans le bureau du préfet, qui les avait renvoyées à la direction dont la réaction avait été sans ambiguïté : « Vous pouvez partir, j'ai douze cents demandes d'embauche ! » A quelques unités près, le nombre d'ouvrières de la Manufacture. L'épreuve de force avait duré une dizaine de jours. Toutes les ouvrières de l'usine s'étaient mobilisées derrière les cigarières. Réunions publiques, comité de soutien pour aider les grévistes sans salaire, la direction avait fini par céder et le dénommé Roustan par accepter son déplacement.

Cinq semaines plus tôt, dans ce café de la rue Lautard où Emilio a appelé Gianni au téléphone, les tournées générales s'étaient multipliées jusqu'à la fermeture inhabituellement tardive, pour fêter la victoire du Front populaire.

Personne, la veille, jour du scrutin, n'imaginait un succès de cette ampleur, accentuée par le système électoral. Mais face à une droite divisée et impopulaire à cause des réductions de salaires, la gauche avait su se rassembler contre la « menace fasciste » que représentaient les ligues et autour d'un slogan de coalition : « le pain, la paix, la liberté ». Les communistes, habilement, avaient su faire passer au second plan leur tactique du « classe contre classe » pour se rallier à la stratégie du « front uni », ce qui ne devait pas, après la victoire, les empêcher de se tenir à l'écart du gouvernement lui-même, que cependant ils soutenaient.

Les cortèges s'étaient alors formés au hasard, drapeaux mêlés, rouges, noirs et tricolores. Les hurlements de joie, dans la rue, se croisaient, des étages à la chaussée, et le linge étendu aux fenêtres semblait lui-même former un gigantesque étendard de triomphe. Les poings se levaient, plus joyeux que vengeurs.

Aujourd'hui, les mines sont graves, sombres. Les forces de gauche entendent obtenir rapidement les dividendes de leur victoire. Dès la fin du mois de mai, à l'image de ce qui se produit dans tout le pays, un puissant mouvement social porté par un enthousiasme conquérant a débuté chez Coder, dans la métallurgie, puis aux Chantiers. Comme un incendie, il s'est propagé dans toutes les branches industrielles marseillaises, les sucreries, les minoteries, les huileries et savonneries. On prévoit que les inscrits maritimes rejoindront rapidement les grévistes, ce qui serait décisif pour la généralisation du mouvement.

— A partir de demain, dit Gianni Monti, tu ne pourras plus me joindre. Je resterai à La Valentine. Tu te rends compte ! On occupe, comme chez Renault !

— Je me rends compte, dit Emilio. Fais attention, Gianni. D'après ce que je sais, ça va être violent !

— C'est déjà violent ! Les fascistes ne tolèrent pas notre victoire. Soixante-douze députés pour nous, au Parti, et cent quarante-six pour la SFIO... On n'en espérait pas autant. Blum va devoir aller vite, que les patrons le veuillent ou non !

— Simoni est fou de rage.

— Oui, mais Simoni est ratatiné, coupe Monti. Dans son fameux secteur protégé, et par un élu de chez nous ! Il l'a dans le cul !

— Il tient tout, Simoni ! Méfie-toi, Gianni ! Tu es une cible parfaite. Un communiste italien !

— Je n'ai plus l'âge d'avoir peur, Emilio. Nous obtiendrons tout, les quarante heures sans réduction de salaire, les congés payés, les conventions collectives !

— Les patrons ne lâcheront pas, et Simoni mettra ses voyous à leur disposition. Comme d'habitude.

— Sûrement. Seulement Simoni est largué par une partie de ses anciennes troupes et, à droite, il fait peur à certains modérés malgré ses hurlements contre les bolcheviques. Il va se casser la gueule, Simoni !

— Il vous la cassera d'abord, Gianni. Sois prudent. Je me débrouillerai pour te joindre.

— Emilio... Les enfants... Ils devraient rester un peu à la ferme, tu sais. Les enfants de ce salaud de Sébastien, aussi. Ça peut très mal tourner, à l'huilerie.

Et Portallan est un excité, complètement lié à Simoni. Vous aussi, faites attention.

— Vous lui avez dessiné des faucilles et des marteaux sur tous les murs ?

— Comment tu le sais ?

Le rire rauque de Gianni Monti résonne dans l'écouteur.

— Forcément, il sera sur la Canebière. A la tête des bolcheviques des Huileries. C'est lui qui coordonne tout entre La Valentine et Les Aygalades. Ne le ratez pas. Gianni Monti. Tenez...

A travers la table, Sébastien de Portallan tend la photo à Sauveur Ruli. Les deux costauds au mufle épais qui entourent ce dernier se penchent sur le cliché. Dans un coin de la pièce, Simoni, qui feuillette des documents, lève la tête :

— Qui ça, vous dites ?
— Gianni Monti.
— Monti, Monti...

L'homme politique se lève et rejoint la table.

— Faites voir la photo.

Le visage est plus lourd, ridé, mais il n'y a pas de doute.

— C'est bien lui. Gianni Monti. Un coco. Je l'ai connu, dans le temps. Faites attention, c'est une masse, il a des poings comme des sacs de patates.

— On l'oubliera pas, dit un des costauds. On va l'emplâtrer, n'aie crainte ! Putain, il marchera pas avant un moment !

Le grand rassemblement des travailleurs est programmé pour le début de l'après-midi. Tout permet de prévoir une manifestation massive. On évalue à quarante mille personnes environ le nombre de grévistes dans plus de deux cents usines marseillaises. Même des navires de commerce sont désormais occupés.

En ce milieu du mois de juin, la chaleur est forte, les esprits enfiévrés. Les accords Matignon conclus une semaine plus tôt entre le gouvernement, le patronat et la CGT, les « projets sociaux » déposés par Léon Blum à la Chambre, notamment sur la durée hebdomadaire du travail et les congés, constituent une véritable révolution. Révolution est d'ailleurs bien l'expression reprise dans les milieux de droite, qui n'avaient pas réellement cru, au début, à la mise en œuvre du programme de la gauche mais qui, désormais, voient les Soviets à la porte d'Aix. Les journaux conservateurs dénoncent jour après jour ces dispositions démagogiques, prédisent le découragement du travail et de l'épargne, l'inflation par l'augmentation du pouvoir d'achat, la détérioration du franc, le contrôle des sorties de capitaux, l'abaissement de l'influence de la France.

Contre l'« internationalisme », contre le communisme, contre les puissances financières trop souvent liées à des intérêts juifs, pour la restauration d'un pouvoir fort, Antoine Simoni, lui, a trouvé son homme providentiel, qu'en ce mois de juin, aux arènes du Prado, il va présenter à ses partisans marseillais : Jacques Doriot, fondateur du Parti populaire français, un parti « national » et « social » qui, à l'image, du parti national-socialiste triomphant de l'autre côté du Rhin, sent le soufre. « Nous avons trouvé notre chef ! », a-t-il dit à ses fidèles dont cette nouvelle parenté a encore contribué à réduire le nombre. Mais Simoni considère que le temps joue pour lui. C'est la raison pour laquelle il ne laissera pas passer sans réagir la manifestation monstre de l'après-midi. Ses troupes sont prêtes, bien organisées et veulent en découdre.

Les affrontements sont d'une extrême violence. Une épouvantable bataille rangée, sur la Canebière même, fait des dizaines de blessés graves. Parmi eux, Gianni Monti, tombé dans une véritable embuscade, un bras et un pied cassés à la barre de fer, les arcades sourcilières et la bouche explosées à coups de tête. « De la part des vrais patrons, espèce d'enculé de Rital ! », a-t-il entendu, avant de sombrer dans le coma.

Gianni, le visage marbré, couvert de cicatrices laissées par les points de suture et encore déformé, pied et bras plâtrés, se repose dans un fauteuil, à l'ombre du mur de la Ferme des agneaux. Il a été transporté par des amis chez les Barutti dès qu'il a pu sortir de l'hôpital de l'Hôtel-Dieu. Depuis quinze jours, entouré de l'affection de Maria et d'Emilio, il reconstitue ses forces, mais il est encore incapable de se déplacer sans aide. Il n'en suit pas moins l'actualité avec attention, grâce à la radio, aux journaux et aux comptes rendus des camarades qui viennent lui rendre visite.

Les mesures adoptées par le gouvernement ont progressivement calmé les ouvriers. Les grèves diminuent d'intensité ou s'interrompent. Il y a toujours des manifestations, mais les troupes de Simoni se font plus discrètes. Nous avons gagné, songe Gianni. Personne ne reviendra sur ces conquêtes.

Pourtant, le vieux militant devine que d'autres jours sombres s'annoncent. La Rhénanie a été occupée par les troupes du Reich. Les troupes italiennes sont entrées dans Addis-Abeba. La République espagnole s'efforce de faire face au pronunciamiento militaire du début juillet et, à Marseille, un grand meeting de solidarité avec les républicains a réuni des milliers de personnes le 29 juillet. Dans le port, le *Cabo Palos* a hissé à son mât le drapeau rouge et le drapeau noir de l'anarchie. Tout à fait officiellement, un Comité de défense de la République espagnole s'est constitué sur proposition du représentant communiste des dockers. En face, la droite nationaliste française, xénophobe et revancharde ne désarme pas. Notamment pas à Marseille où tous les milieux d'affaires, en particulier le milieu maritime, voient leurs débouchés extérieurs se fermer en raison de la hausse des prix.

— Tu penses que tu étais personnellement visé ? demande Emilio à Gianni en lui tendant un verre d'une bouteille de vin frais tirée du puits.

— Il a une belle couleur, ce rouge, je l'aime…, dit Gianni en souriant. Si j'étais visé ? C'est bien possible.

Les deux types ont foncé directement sur moi, comme s'ils me cherchaient. De la part des vrais patrons, ont-ils dit. Mais qu'est-ce que cela signifie ? A ma façon, je suis une célébrité locale.

— Tu crois que Sébastien de Portallan pourrait y être pour quelque chose ?

— C'est sûr que je l'emmerde beaucoup. C'est sûr qu'il est copain de Simoni. C'est sûr que j'ai été agressé par des casseurs à la solde de Ruli, le bras droit de Simoni, et qui, lui, est plus truand qu'homme politique. Mais de là à conclure à une attaque commanditée... Je ne saurai jamais.

Assis côte à côte, les deux hommes, silencieux, regardent, au-delà du muret de pierres sèches, l'étang qui miroite dans les derniers rayons du soleil. Un vol de pies traverse le ciel mauve pour aller se nicher dans les pins. Depuis la cuisine leur parviennent des bruits familiers de casseroles et d'assiettes.

— Tu vois, Gianni, ici, c'est la paix. Tu devrais rester avec nous, dit Emilio. Nous ne sommes plus très jeunes. On partagerait. Selon nos besoins. C'est ce que tu as toujours voulu, non ?

Selon nos besoins ? Oui, c'est ce que je voulais, songe Gianni... Il y a longtemps. Aujourd'hui... Aujourd'hui, je suis un professionnel. Un rouage efficace d'une grosse mécanique. Je ne suis pas toujours d'accord. C'est ça aussi, le Parti.

— Je ne sais plus très bien ce que je veux, dit-il. La paix, la justice, c'est sûr. Mais quel est le meilleur moyen d'y parvenir ? C'est ça la question. Je suis vide, Emilio.

Il laisse passer un moment, le regard battu.

— Et les enfants ? poursuit-il. Ils viennent, ce dimanche ?

— Ils seront même là samedi. Leurs études marchent bien. Gina va certainement rester avec nous pendant les vacances. Sandro, sans doute aussi. Maintenant, chaque fois, je me demande s'ils reviendront pour les vacances suivantes. C'est drôle, les enfants... Tu les vois petits, puis tu ne les vois plus grandir, puis un jour ils sont partis, et tu es seul. Comme un con. Tiens, donne-moi ton verre. C'est mauvais pour moi, la philosophie !

— Et le vin, ce n'est pas fameux non plus !

Maria se tient sur le pas de la porte, souriante. Emilio pense qu'elle est toujours très belle, musclée, un peu sauvage, presque aguichante dans sa robe légère.

— Evidemment, vous ne servez pas les femmes ? poursuit-elle. Toi, Gianni, je te pardonne, tu ne peux pas bouger. Mais toi, Emilio ?

Ils rient, et les périls s'estompent. D'une certaine façon, ils sont toujours sur la route qui vient d'Italie. Ils pensent qu'ils n'ont pas tellement changé et ils ont confiance, même s'ils sentent autour d'eux monter des fumées guerrières.

Maria est fière d'Emilio, qu'elle considère avoir élevé presque autant que ses enfants. Petit à petit elle a réussi à lui communiquer le goût de la lecture qu'elle a découvert au contact de Joséphine de Portallan. Elle parvient aussi, de temps en temps, à le traîner dans les magasins de Marseille. Ils en profitent pour déjeuner au restaurant et assister à une séance de cinéma. Deux ou trois fois, ils sont même allés à l'Opéra et ont ensuite campé chez Gianni, à la Belle-de-Mai, ne regagnant Hauterive que le lendemain matin. L'achat prochain d'une petite voiture d'occasion, dont ils n'arrêtent pas de discuter, leur donnera une autonomie complète. Vivre en ville, alors que la ville arrive à eux, quel intérêt ? De cette existence équilibrée, pleine, enrichissante, de plus en plus confortable, Maria a le sentiment d'extraire un bonheur fort et dense, comme le jus d'un fruit bien mûr. Elle n'en demande pas plus. Elle possède déjà trop, se dit-elle de temps en temps, et elle ne pense qu'à donner. Elle voudrait vieillir sereine et généreuse. Mais plus tard. Pour le moment, elle entend profiter d'Emilio et de sa nature fougueuse aussi souvent que possible, dès qu'elle le sent tourner derrière elle, lourd de désir.

— J'ai fait des alouettes sans tête, avec des pâtes fraîches, dit-elle en riant sous cape de ses pensées érotiques. Si on dînait dehors ? Il y a du vent. Nous n'aurons pas de moustiques.

— Le festin, alors ? s'amuse Gianni. J'ai honte de ne pas pouvoir vous aider. Encore trois semaines. Tu m'accepterais ici, Maria, si je m'installais ?

— Oh volaille ! Plutôt dix fois qu'une, mon beau ! Je commence à m'ennuyer, avec celui-là !

Maria plaisante et sourit. Pourtant, l'arrivée prochaine à Hauterive, sans doute pour tout l'été, de Simone de Portallan et ses deux enfants la préoccupe. Elle n'a pas saisi le moment où les relations enfantines et amicales de Sandro et d'Hélène ont évolué vers une affection d'une autre nature. Mais lorsqu'elle s'en est rendu compte, elle n'a pas mis longtemps à vérifier l'exactitude de son intuition. Le bonheur rendait les deux jeunes gens transparents. Maria avait trouvé le flirt sympathique, mais elle avait décidé de réagir fermement. Il était hors de question de laisser se nouer une idylle qui, à tout moment, risquait de se transformer en rapport sexuel.

Elle avait profité d'un bref séjour de Sandro à la ferme pour lui faire la leçon, avec gentillesse certes, mais autorité.

— Vous avez peut-être grandi ensemble, avait-elle dit, et il s'agit sûrement de la jeune fille la plus adorable que je connaisse. Seulement, d'abord et pour toujours, elle est la petite-fille de notre patronne. Tu dois la respecter.

— Mais je la respecte, avait rougi Sandro. Et je n'y peux rien, si nous sommes amoureux l'un de l'autre.

— Tu n'as qu'à la voir moins souvent et te tenir à distance. Elle appartient à un autre monde.

Sandro avait grommelé.

— Tu me promets ? avait insisté Maria.

Le jeune homme avait baissé le nez, n'avait rien promis. Maria avait pensé qu'elle lui demandait beaucoup et qu'il ne savait pas comment s'y prendre.

La Renault Vivaquatre freine devant Hauterive. Ahurie, Joséphine de Portallan fixe avec attention la conductrice.

— Hélène ! Mais comment ? Tu conduis, maintenant ?

— J'ai passé mon permis le lendemain même de mes dix-huit ans ! C'est formidable ! Vous savez, on démarre sans manivelle, désormais ! Vous voulez faire un tour ?

— Euh… Peut-être tout à l'heure. Mais, rassure-toi, à soixante-douze ans, je suis déjà montée dans une automobile. Et pour la manivelle, il y a déjà un moment, ne me prends pas pour une sotte… En revanche, ne m'interroge pas sur les modèles et la mécanique.

Hélène et Marc embrassent leur grand-mère, tandis que Simone descend du véhicule avec précaution, encombrée de deux gros cartons à gâteaux.

— Tenez, mère, nous nous sommes arrêtés chez Castelmuro en venant de la rue Paradis.

Joséphine de Portallan voudrait demander où se trouve son fils, qu'elle n'a plus vu depuis des mois, mais elle n'ose pas. Surtout pour ne pas peiner sa bru et ses petits-enfants. En questionnant son cadet, Bernard, et même si celui-ci s'est montré évasif, elle a recueilli plus d'informations désagréables qu'elle ne le souhaitait concernant les errements de Sébastien. Différentes rumeurs déplaisantes étaient déjà parvenues à ses oreilles. Elle est bouleversée à l'idée que son fils aîné mène une vie dissolue, inqualifiable, qu'il fréquente des individus peu recommandables, liés, dit-on, à l'extrême droite et à la pègre. Nous ne l'avons pourtant pas élevé comme ça ! songe-t-elle. Son père était un peu pénible, avec des idées d'une autre époque, mais jamais il n'aurait accompli un acte répréhensible, jamais il n'aurait – mentalement, elle cherche ses mots – jamais il n'aurait vendu son âme. Néanmoins, elle se force à sourire.

— Donc, vous vous installez pour l'été ? C'est merveilleux. Vous ne pouvez pas savoir à quel point vous me faites plaisir. Je crois que Gina est déjà là et que Sandro ne va pas tarder. C'est Maria qui me l'a dit. Elle est tellement gentille avec moi... Les neveux de nos cousins, à Saint-Victoret, passent également leurs vacances ici.

— La voiture est pleine de valises, dit Simone. Marc, sois gentil de les monter dans les chambres.

L'adolescent, poussé haut sur pattes, a le visage un peu ingrat et la voix qui mue.

— Pourquoi moi ? bougonne-t-il.

— Mais parce que tu es l'homme de la maison, dit Joséphine de Portallan, amusée. Il faut t'y faire.

— Mon père pourrait transporter les valises, au lieu de transporter sa poule.

— Marc ! Veux-tu rester convenable ? s'indigne Simone sans chercher à cacher un sourire.

Hélène attrape ce sourire au vol. Il lui réchauffe le cœur.

Les domestiques sortaient de la maison pour les embrasser. Hélène pensait que son existence retrouvait un cours normal. L'angoisse qui, à Marseille, ne la quittait plus depuis des mois se dénouait soudain. Elle aspirait avec avidité l'air chargé de la senteur un peu acide des pins. Elle se dirigeait vers la terrasse qui surplombe l'étang, auquel on accède par trois volées d'escaliers successives. En contrebas, les guirlandes d'algues séchées ourlaient le bord de l'eau. Tout à l'heure, elle descendrait au petit port, puis elle marcherait jusqu'à la plage. Elle remuerait du pied le varech gorgé d'esches minuscules à l'aide desquelles, enfant, elle n'avait jamais réussi à pêcher le moindre poisson. Les mulets, vers le soir, jailliraient de l'eau à la recherche d'insectes. Avec un peu de chance, les moutons se trouveraient encore du côté de la pinède et elle entendrait quelques clochettes. C'est à ce moment-là qu'elle verrait surgir Sandro, sur son vélo.

Elle est la seule à le savoir : Sandro arrive ce soir. Il le lui a promis.

Elle n'a pas pu garder le secret. Tout à sa joie, elle veut en faire profiter Maria. Elle rejoint à vélo la ferme des Barutti et trouve la mère de Sandro dans la cuisine.

— Il y a quelqu'un qui va vous surprendre dans la soirée, dit-elle en embrassant Maria.

— Ah bon ?

— Sandro.

— Quoi Sandro ?

— Eh bien, il arrive ! Je le sais depuis cette semaine. Je n'aurais pas dû vous prévenir.

Maria applaudit comme une enfant, en riant de bon cœur.

— Le bandit ! Il aurait quand même pu m'écrire !

Elle laisse passer quelques instants puis entoure de son bras les épaules d'Hélène.

— Mais c'est vrai... Vous avez des secrets bien à vous, maintenant.

Hélène se sent rougir. Elle ne sait trop si elle doit se montrer enthousiaste ou vaguement indifférente mais il lui est impossible d'installer la moindre distance entre Maria et elle.

— Oui, dit-elle d'une petite voix, comme si elle était amenée à confesser avoir grignoté en douce des gâteaux dans le placard.

— Je suis heureuse que le hasard nous permette de parler de votre attirance l'un pour l'autre. Je ne me trompe pas, n'est-ce pas, Hélène ?

La jeune fille reste muette.

— Vois-tu, reprend Maria, vous n'êtes plus des enfants et je vais m'adresser à toi comme une femme à une adulte. Nous vivons très proches les uns des autres et toute ta famille s'est comportée avec nous de la manière la plus merveilleuse, la plus généreuse possible. Nous lui en resterons toujours reconnaissants. Les mots sont insuffisants pour rendre compte de ça ! Et c'est justement la raison qui m'amène à te dire, le plus franchement du monde, que nous ne sommes pas du même milieu...

Qu'est-ce que ce discours signifie ? songe Hélène

qui a encore en mémoire les propos tenus par son père dans le passé. Les frontières sociales ! Avec des armées de part et d'autre, le fusil pointé !

— Je me moque des différences de milieu, rétorque Hélène d'une voix claire et nette, qu'elle voudrait définitive, comme sait si bien y parvenir, quand elle le souhaite, sa grand-mère.

D'abord surprise, Maria ne se laisse pas démonter.

— Tu n'y peux rien, moi non plus, mais nous ne sommes que des fermiers, les employés de ta famille et on ne mélange pas les...

— Maria ! Tu n'y peux rien, moi non plus, mais j'aime Sandro. J'espère qu'il m'aime aussi et j'espère que ça durera. Les frontières sociales ! Mais quelle horreur !

Etonnée, Hélène voit de grosses larmes rouler sur les joues de Maria. Elle se précipite dans ses bras.

— Je vous en supplie tous les deux, murmure la mère de Sandro, éloignez-vous l'un de l'autre.

— Maria ! J'ignore ce qu'éventuellement décidera Sandro. Mais, en ce qui me concerne, c'est non ! Tu dois le savoir, on ne choisit pas de changer d'amour comme de chemise.

En regagnant Hauterive, Hélène se sent en même temps furieuse et réjouie. Furieuse que Maria puisse imaginer l'obliger à ne plus voir Sandro. Réjouie que leur amour ait été détecté. Le plus simple, pense-t-elle avec un solide pragmatisme, est maintenant de se cacher, de faire comme si, de ne saisir aucune perche tendue. Le temps qu'ils s'habituent, les uns et les autres. Les frontières sociales ! Elle éclate de rire en évitant une ornière d'un coup de guidon.

CHAPITRE 28

Le soleil n'est levé que depuis deux heures quand Bernard de Portallan et Sandro Barutti, en maillots de bain et vieilles chemisettes, descendent vers le petit port, au-dessous de la propriété. Ils portent sur l'épaule les grappes à oursins et à moules, deux paniers bourrés de palengrotes, de matériel de pêche et d'appâts, et, à bout de bras, des cageots qui serviront à recueillir les coquillages. Hélène et Gina, en short, les suivent, chargées des cabas contenant le casse-croûte qu'ils prendront vers dix heures.

Ce matin du mois d'août est lumineux, conservant encore la relative fraîcheur de la nuit, avivant les couleurs que, plus tard, la grosse chaleur et la brume affadiront. Aucun souffle de vent n'effleure l'étang, dont la transparence jusqu'à plusieurs mètres de profondeur permettra, depuis la barque, le repérage des coquillages dans les rochers. La largade ne se lèvera qu'un peu avant midi et, frisant la surface de l'étang, commandera le retour.

Chaussés d'espadrilles aux couleurs fanées, que d'un été à l'autre on porte en surveillant l'effilochage de la corde, ils passent par le sentier serpentant entre les tamaris et atteignent le port minuscule dans lequel les trois pointus tiennent à peine.

— Au mois de juin, je les ai calfatés, goudronnés et repeints avec ton père, dit Bernard à Sandro. Heureusement qu'on ne t'a pas attendu ! C'est vrai que des mains de futur chirurgien dans l'étoupe et le goudron ! Je plaisante...

Ils détachent la lourde embarcation bleu clair et noir, fixent les dames qui pendent à l'intérieur du pointu. Sandro prend place au milieu du banc et, tandis que chacun s'installe, il insère les rames dans les arceaux de cuivre noirci et, manœuvrant à petits coups, un œil au-dessus de l'épaule, il propulse la barque à travers l'étroit chenal.

— Quel endroit choisissons-nous ? demande Sandro.

— On commence du côté des falaises ? propose Bernard. Je n'y suis pas encore allé cette année. Les filles ? Vous savez toujours fixer des trémolines ? Alors au boulot... On prend le large, comme on disait dans le temps pour traverser le Vieux-Port avec le ferry-boat. Vous connaissez l'histoire de l'inauguration du ferry-boat en 1880 ? Il a fallu reculer la cérémonie de trois jours, à cause du mistral. Notre-Dame de la Garde, priez pour les marins qui sont au port...

Hélène sourit. Elle attrape les rectangles de liège autour desquels les fils sont enroulés, en extrait les hameçons avec précaution, et glisse les vers autour des tiges acérées.

— Tu vois, j'y arrive encore... Ça va, Gina, tu te débrouilles ?

— C'est plus simple que Montesquieu. Souquez ferme, matelots, on traîne !

Elles jettent les lignes à l'eau, qu'elles laissent filer le plus loin possible du battement des avirons. Depuis l'endroit où se trouve le pointu, à la perpendiculaire de la fin des falaises et du début des marais salants, elles distinguent nettement les hangars de Marignane.

— C'est une drôle d'idée, de créer l'aérodrome de Marseille aussi loin de la ville, dit Gina. On l'a fait à cause des hydravions ?

— En partie, répond Bernard. Mais je crois que ceux qui ont défendu cette solution contre celle du parc

Borély ont eu raison. Un aérodrome quasiment en pleine ville ? Dans vingt ans, il faudra allonger les pistes parce que les avions auront doublé de volume, et comme ils auront doublé de volume, le bruit de leurs moteurs deviendra insupportable.

— Tu plaisantes ? s'amuse Hélène.

— Pas tellement. Sur ce point, je crois que mon père avait raison. Un jour viendra, rappelle-toi ce que je te dis, où la préservation de la nature, l'aspect des paysages, la qualité de l'air ou de l'eau, le maintien des forêts, l'absence de bruit deviendront un enjeu. C'est un capital auquel, pour le moment, on ne prête pas attention. A tort.

— Alors, pourquoi installe-t-on des raffineries de pétrole autour de l'étang ? demande la jeune fille.

— Parce que c'est le plus simple, ce qui coûte le moins cher, donc ce qui rapporte le plus. C'est la loi du profit.

— Tu es communiste, Bernard ? demande Gina. Comme Gianni ?

— Non. Pas du tout. Je partage avec eux certaines valeurs. Mais les moyens qu'ils emploient me font peur. Vous verrez : les règles des partis politiques, surtout celles du Parti communiste, et la notion même de liberté sont difficilement conciliables. Ce qui ne m'empêche pas de penser que les capitalistes exagèrent.

— Tu ne crois pas que les salaires des ouvriers, la réduction de la durée du travail passent avant la préservation de la nature ? interroge Hélène.

— Oui, sans doute, admet Bernard. Si ce n'était pas ridicule, j'ajouterais : pour le moment. Je suis favorable au progrès, mais je ne vois pas toujours où il nous entraîne. Bien... La politique n'est pas tout. Nous sommes là pour ramasser quelques coquillages. Ce n'est pas la politique qui va assurer le déjeuner de midi. Sinon, à Marseille, ce serait l'indigestion générale.

Bernard de Portallan a adopté un ton léger, mais il a le sentiment qu'un étau se resserre sur le pays. Une

« Maison de la culture », expérience inouïe, vient de s'ouvrir à Marseille. Présidée par Giono, elle a été inaugurée par André Malraux. Bernard s'est immédiatement mis à la disposition de ses organisateurs. Il sait que la droite marseillaise est littéralement outrée par l'irruption de la politique dans le domaine de la culture. L'immeuble de la rue Sainte, où s'est installée la « Maison », a été restauré par des ouvriers bénévoles. Il doit accueillir manifestations et expositions, notamment celles de peintres marseillais qui, comme Pierre Ambrogiani, Antoine Serra ou François Diana, ont créé trois ans plus tôt le « mouvement des peintres prolétariens ».

Autant dire que ces initiatives ne laissent aucun doute à la bourgeoisie de la cité quant aux convictions qui guident leurs animateurs. A plusieurs reprises, Bernard a été insulté, bousculé, par des groupuscules fascistes à la sortie de l'immeuble de la rue Sainte. Leur attitude haineuse, leur vocabulaire, leurs saluts affirment clairement leur appartenance et renvoient de la manière la plus claire à des régimes étrangers voisins. La droite marseillaise, dans sa grande majorité, n'a certes pas choisi Hitler et Mussolini. Elle reste « patriotique », mais son exécration du bolchevisme l'amène à excuser les exactions des bataillons d'extrême droite.

Sandro laisse la barque glisser sur son erre, et rentre les avirons. En passant derrière Hélène, et malgré la discrétion qu'ils se sont imposée depuis les remontrances de Maria, il laisse ses doigts courir le long de l'épaule de la jeune fille qui, en retour, lui sourit.

— On vous voit, les amoureux ! dit Gina, en regardant Bernard.

Hélène saisit ce regard, en même temps appel de complicité et invitation tendre mal contrôlée. Incroyable ! pense-t-elle. Elle est amoureuse de mon oncle ! Et l'autre idiot ne se rend compte de rien ! Heureusement, d'ailleurs.

Bernard et Sandro se sont penchés, la grappe à la main, au-dessus du plat-bord. A travers l'eau immobile, ils repèrent les paquets de moules sombres et les oursins violets et bruns nichés dans les anfractuosités des rochers. Avec précaution, pour ne pas brouiller le fond, ils commencent à remonter leur moisson, qu'ils déposent dans les cageots. Leurs gestes sont lents, presque délicats.

— On se baigne ? demande Gina.

— Plus tard, répond Bernard distraitement.

Les deux jeunes filles ont remonté leurs lignes, désormais improductives. Elles ont ôté leurs shorts et se sont mises en maillot. Pour la première fois, des maillots deux-pièces, très colorés, dont elles attendent l'une et l'autre le meilleur effet. Elles se renversent sur les coudes à l'avant de l'embarcation et offrent leur visage aux rayons du soleil. Hélène ferme les yeux et se laisse envahir par la chaleur. En cet instant, elle donnerait tout ce qu'elle possède pour préserver ce qui l'entoure, Sandro qu'elle aime, Bernard et Gina, et le calme infini, odorant, de ces rivages ocre et verts. Elle se moque complètement de la « frontière sociale » qui fait si peur à Maria. Elle sait que, là-bas, sur la terrasse de la bastide orientée vers le large, sa grand-mère doit, de temps en temps, venir jeter un coup d'œil pour s'assurer que le pointu n'a pas été emporté par une bien improbable tempête. Cette quiétude attentive la rassure et la berce.

— Et le casse-croûte, les filles ?

— On a dormi ?

— Je ne sais pas, dit Sandro. Vous réfléchissiez, peut-être... Mais j'ai une faim de loup. Les cageots sont pleins et, d'ailleurs, la largade ne va pas tarder, regardez les risées, au large.

Ils dépliaient les torchons blancs contenant le pain, les œufs durs, le saucisson. Ils buvaient un verre de vin de la bouteille attachée à une ficelle que Bernard remontait de l'eau. Ils parlaient de ce mouvement de peinture « prolétarienne » auquel Bernard prêtait son concours, de l'architecture de Le Corbusier qui soulevait des polémiques incessantes, des *Cahiers du Sud* dont la renommée avait largement dépassé la cité. Ils se baignaient et Hélène en profitait pour embrasser Sandro à l'abri des regards. Bernard et Gina plongeaient en criant depuis la barque. Ils se laissaient sécher au soleil. Le sel dessinait sur leur peau de petites auréoles blanches. Puis le clapotement, contre le bois de la coque, se faisait plus fort. Bernard disait qu'il était temps de rentrer, que Gina et Sandro déjeuneraient à Hauterive, qu'il ne voulait pas ouvrir les coquillages tout seul.

— Vous allez voir, ajoutait-il, ma mère va nous recommander de boire un verre de vin rouge avec les moules et les oursins. Elle est convaincue que l'alcool tue les microbes. Je ne sais pas où elle a lu ça. Si c'était vrai, avec ce qui se consomme, l'Hôtel-Dieu serait désert.

Ils attachaient la barque, enfilaient leurs espadrilles, longeaient le rivage. Au coin de la deuxième volée d'escaliers qui montent à Hauterive, il y avait un tuyau d'arrosage. Ils s'arrêtaient pour se rincer et se débarrasser du sel, particulièrement dense dans l'étang. Ils se disputaient en riant la première place sous le jet, celle qui bénéficiait de l'eau contenue dans le tuyau et tiédie par le soleil.

Toujours, Hélène garderait le souvenir de cette journée, entamée dans l'eau et la lumière, bercée d'éclats de rire et de douceur partagée. A la fin de son existence encore, elle n'aurait aucun effort à accomplir pour en revivre chaque instant. Pour en sourire avec tendresse.

Cela, à cette minute même, elle le sait, parce qu'elle attend l'événement depuis longtemps. Parce qu'elle le veut avec une intensité douloureuse, tandis qu'elle chemine à travers la pinède les yeux fixés sur le profil de Sandro. Parce que, leurs doigts mêlés, elle communique cette volonté au jeune homme. Parce qu'elle ralentit, qu'il ralentit aussi, qu'elle s'adosse à un tronc et qu'elle l'attire à lui. Ils étendent leurs serviettes mouillées sur le lit d'aiguilles mortes qui craquent sous leur poids. Autour d'eux, l'ombre que ne pénètre plus le soleil couchant est devenue complice. Le silence, vrillé de quelques cris de merles, semble à Hélène les protéger. Sandro est au-dessus d'elle, une jambe passée entre les siennes, et, dans son regard elle perçoit une sorte de panique.

— N'aie pas peur, dit-elle. Je t'aime.

Elle sent les mains de Sandro qui hésitent au bord de son intimité, qui enrobent ses seins sous son maillot de bain humide. Le ventre dur du jeune homme, contre l'intérieur de sa cuisse, l'émeut, la trouble et l'inquiète. Elle sait sans savoir. Elle plonge dans sa bouche une langue brusque, comme si elle se jetait à l'eau. Elle ferme les yeux, puis attire le visage de Sandro contre sa poitrine et guide les lèvres du jeune homme vers ses mamelons soudain agressifs.

— Je t'aime, dit-il à son tour. J'ai trop envie de toi.
— Moi aussi. Viens. Doucement.

Elle enfouit son propre visage dans le creux du cou de Sandro, qui a un goût de sel et, curieusement, de lavande. Elle ne veut plus penser, elle ne veut qu'être peau, sexe, seins, qu'être femme investie et possessive. Elle veut recevoir et donner, multiplier les soleils qui dansent derrière ses paupières. Une douceur inconnue inonde son ventre. Elle se débarrasse de son short, puis s'abandonne aux mains rapides du jeune homme dont, à son tour, elle découvre maladroitement la nudité. Elle s'ouvre à lui et une douleur vive la transperce un instant. Puis des contractions de plaisir envahissent son ventre, entre lesquelles elle se laisse rouler comme elle le ferait des vagues, cherchant à maîtriser son corps et sa respiration. Mais Sandro, déjà, se retire d'elle.

— Attends, dit-il.

Hélène ne sait pas. Pourquoi fuit-il ? Elle cherche le sexe de Sandro, qui s'échappe.

— Viens, répète-t-elle.

Il sourit, explique. Elle laisse ses lèvres courir sur les pectoraux musclés du jeune homme, libère ses doigts qui apprennent les plis de l'aine, la sécheresse douce et courbe des côtes, la cambrure des reins, les hanches étroites. Au-dessus d'elle, les yeux de Sandro ne lui ont jamais paru aussi clairs. Puis il revient en elle et Hélène se sent emportée, très vite, comme si son corps voulait s'envoler malgré son désir de le retenir, et de ce déchirement naît un plaisir saccadé, brouillon, qui la laisse radieuse, qu'elle cherche à enfermer pour le conserver le plus longtemps possible.

Elle croit perdre connaissance quelques secondes, mais elle sent encore le sexe de Sandro, comme une pierre brûlante, dans son ventre qui se referme.

— Je t'aime. Et toi ? Rien ? demande-t-elle en ouvrant des yeux rieurs.

— Maintenant, si tu veux. Fais attention, je ne dois pas jouir en toi.

— Pff, s'amuse-t-elle. Aujourd'hui, tu peux. Je suis au courant de certaines choses, quand même. Dis-moi...

— Je t'aime, je t'aime, je t'aime...

— Tant que ça ?

Hélène croise ses jambes dans le dos de Sandro et son ventre, lentement, impose à son amant un plaisir qui arrache à celui-ci un cri d'enfant. Elle se sent douce et forte, invulnérable. Responsable et maîtresse de son destin.

Ils reposent sur le dos, côte à côte, leur nudité recouverte drôlement des quelques vêtements qu'ils ont éparpillés pour se protéger d'on ne sait quel regard. Sandro cherche la main d'Hélène.

— Tu m'en veux ? J'ai un peu honte, dit-il.

— Ah bon ? Tu m'as violée ? Je n'avais pas eu cette impression. Tu ne m'as pas trouvée consentante ?

— Si, murmure-t-il.

— Dis-moi, si je ne t'avais pas... agressé, tu n'aurais rien tenté ?

— Euh... Non. Et je ne suis pas sûr d'avoir eu raison.

— Goujat ! s'esclaffe-t-elle. Tu veux qu'on recommence tout de suite, pour vérifier ?

Hélène se sent submergée par une onde de tendresse et de confiance. En même temps, l'idée qu'elle peut maintenant appeler Sandro son amant la fait rire.

— Ça ne pouvait pas être quelqu'un d'autre que toi, dit-elle. Parce que je t'aime depuis longtemps et puis parce que j'ai toujours pensé que c'était avec toi que je devrais accomplir les actes importants de ma vie, mais il s'agit peut-être de la même chose. Et toi ?

— Euh.. Oui.

— Oui, quoi ? Je ne te demande pas si tu as déjà fait l'amour avec d'autres filles. J'en suis sûre, et je ne veux pas en entendre parler. Est-ce que tu as le sentiment que nous sommes nécessaires l'un à l'autre ?

— Je n'y avais jamais pensé de cette façon. Mais, c'est vrai. Je ne crois pas que nos existences s'écarteront beaucoup. D'où vient cette intuition ?

— La tendresse précède peut-être l'amour. Tu crois que tout le monde va se rendre compte de ce qui nous est arrivé ? J'ai l'impression, dit Hélène, que mon regard, mon physique, mes gestes ont changé. Que mon bonheur doit se voir.

— Ce qui se verra encore plus, c'est si nous ne rentrons qu'à la nuit tombée...

— Tu manques de romantisme, mon Sandro. Embrasse-moi. On va passer un été merveilleux.

— Et après ? demande Sandro.

— Après ? Je ne sais pas. Comme je t'aimerai toujours, on réglera tous nos problèmes. J'ai encore envie de toi.

— Hélène !

— Quoi ? C'est mal ?

Du bout des doigts, elle suit l'angle des mâchoires de Sandro, dessine ses lèvres et la minuscule fossette de son menton, remonte vers le nez, le front.

— Je t'apprends, dit-elle. Fais pareil. Tu dois pouvoir me reproduire les yeux fermés. De la tête aux pieds. Bien sûr, tu as tout le temps. Mais je vais t'obliger à répéter ta leçon chaque jour.

— Qu'est-ce qu'on va dire ? Pour le retard ?

— Pfff… On va rentrer en longeant le bord de l'eau, se baigner, et dire que nous sommes revenus de la plage à la nage. C'est une bonne raison, qui pourra nous resservir. Nous allons devenir des champions de natation. Ah ! et ce n'est pas la peine d'en parler à ta mère… Les milieux sociaux, tu comprends…

Hélène pense qu'être amoureuse lui donne de l'imagination. Elle se sent euphorique.

CHAPITRE 29

Hélène n'a pas voulu quitter Marseille.

Depuis la rentrée, elle a entrepris, à la Faculté libre, des études de droit. Déterminée à ne dépendre, plus tard, de personne, elle est décidée à exercer un métier. Celui d'avocat – qu'elle perçoit avant tout comme la défense des faibles contre les puissants – lui a paru correspondre à ses aspirations éthiques. Non sans surprise, car les jeunes filles de la bourgeoisie lui semblent plus incitées par leur famille à trouver un bon parti qu'à passer des diplômes, elle a reçu les encouragements unanimes de Sandro, de sa mère, de sa grand-mère et de son oncle Bernard. « Je ne vous savais pas aussi modernes », leur a-t-elle dit en souriant, un soir d'août, à Hauterive. « Mais, avait répondu Joséphine de Portallan, les personnes plus âgées que toi voient aussi les années passer. Il est normal, et même nécessaire, que les femmes prennent leur part dans l'activité du pays. Et d'ailleurs, nous entendrions moins de bruits de guerre aujourd'hui, si les femmes dirigeaient, si elles confisquaient aux hommes leurs jouets meurtriers. »

La fureur du massacre de Guernica est arrivée jusqu'à eux. Plus de 1 600 morts, près de 1 000 blessés, la plupart des vieillards, des femmes et des enfants dans cette petite ville basque, sur l'ordre de Franco. Anéantis par les Junker 52 et les Heinkel 51 de la légion Condor, fierté d'Adolf Hitler. Un carnage parmi les civils, destiné à « atteindre le moral » des troupes républicaines !

La guerre rôde partout, et Joséphine de Portallan redoute les pires atrocités, comme si les années ne servaient aux hommes qu'à aiguiser leur cruauté. Les pires tortures aussi. Par exemple la campagne ignoble déclenchée par les journaux d'extrême droite contre Roger Salengro, traité sans le moindre fondement de déserteur durant la précédente guerre, et qui devait finalement se suicider. Où ces fous s'arrêteront-ils ? se demande avec angoisse Joséphine de Portallan. Je souhaite vivre le plus longtemps possible, mais je préfère disparaître que de connaître de nouvelles horreurs. Et de savoir que mon fils y participe.

Sébastien de Portallan a quasiment abandonné l'hôtel particulier de la rue Paradis où il ne passe plus qu'en coup de vent. Sans doute, imagine Hélène, pour régler les problèmes matériels du train de maison. La jeune fille juge finalement cet arrangement plus confortable pour sa mère qui, progressivement, retrouve un certain allant. A plusieurs reprises, celle-ci est allée dîner à l'extérieur, apportant à sa tenue une attention particulière et répondant au coup de sonnette de la porte d'entrée avec une célérité qui a fait rire sa fille.

Hélène, en ce qui la concerne, se considère comme largement détachée de ce père qui non seulement ne lui manque plus, mais dont la présence épisodique lui semble désormais insupportable. Elle a trouvé en Bernard un support familial attentif et généreux. Et surtout, Sandro l'occupe tout entière. Elle le souhaiterait un peu plus fou, moins raisonnable, mais l'amour paisible qu'il diffuse, les prévenances dont il l'entoure la sécurisent, et la passion profonde, comme absolue, qu'il imprime à leurs étreintes la comble et l'émeut en même temps. La mine réprobatrice que Maria adopte de temps en temps l'amuse beaucoup.

En quelques mois, Hélène a donné rue Paradis deux soirées dansantes auxquelles elle a convié, outre Sandro et Gina, ses camarades anciens et nouveaux. Elle l'a fait de façon simple, sans luxe ni affectation, saisissant avec naturel un rôle de maîtresse de maison que sa mère, apparue quelques instants seulement à l'arrivée des invités, lui a abandonné avec discrétion. Elle a, chaque fois, demandé à Bernard de se joindre à eux, mais il a répondu qu'il ressemblerait à une potiche ancienne sauf si on lui confiait une veste blanche de serveur. Hélène a parfaitement perçu la déception de Gina qui, de toute évidence, laisserait volontiers, à l'occasion d'un slow, sa tête reposer, mine de rien, sur la poitrine de Bernard. J'en sais désormais suffisamment, a souri Hélène, pour ne pas me tromper à ce sujet. Les soirées se sont terminées à l'aube, autour de grands bols de café au lait et de pleins paniers de croissants chauds.

Même lorsque Simone de Portallan ne quitte pas la rue Paradis, Hélène a pris l'habitude de passer presque tous ses week-ends à Hauterive, qu'elle rejoint en voiture en compagnie de son frère, de Gina et de Sandro.

Cet équipage, Hélène s'en doute, ne trompe désormais pas plus sa grand-mère ou Bernard que Gina Barutti. A la mine gourmande et complice de Joséphine de Portallan, Hélène a compris que le secret de sa liaison – mais jusqu'à quel point ? – était largement éventé. Et comment en irait-il autrement ? Ses longues promenades avec Sandro, au sujet desquelles, curieusement, personne ne lui demande d'explication, comment les justifier ? Au début, Hélène avait redouté une crise avec sa grand-mère ou sa mère. Mais elle avait finalement compris que la conduite de son père avait eu pour conséquence de souder entre elles les familles vivant à Hauterive et que, par ailleurs, les liens entre Maria et Joséphine de Portallan avaient, avec les années, largement dépassé les rapports anciens de subordination.

Du côté des marais salants, Hélène et Sandro ont fait leur un ancien poste de chasse abandonné qu'enfants ils utilisaient, dans leurs jeux, comme repaire de bandits. A l'intérieur, ils ont vaguement consolidé la toiture de branches et de petites poutres tordues, ajouté quelques pierres dans les murs mal en point. Le mistral coupant de l'hiver s'y engouffre encore en sifflant, mais ils sont conscients que des travaux d'isolation plus visibles donneraient l'alerte.

— Je voudrais tellement passer toute une nuit avec toi, murmure Hélène, pelotonnée sous leurs manteaux et les quelques chandails dont ils se couvrent en abondance avant de partir en promenade.

— Mais tu es venue dans ma chambre, de temps en temps.

— Oui, mais je repars au milieu de la nuit. Je voudrais me réveiller avec toi, le matin. Je ne te connais pas, le matin. Tu restes un étranger pour toute une partie de ta vie. Au fond, pour connaître réellement quelqu'un, il faudrait pouvoir accéder à ses rêves, communiquer en rêve avec lui.

— La science le permettra un jour...

— Tu crois ? Tu crois qu'on réussira à établir des relations entre deux personnes qui dorment ?

— Evidemment. Mais ça favorisera la bigamie.

— Sandro ! Tu es un cochon !

Nus sous les manteaux qu'ils ont enroulés autour d'eux, leurs grosses chaussettes de laine remontées sur les jambes, ils se tiennent côte à côte. Par les interstices des pierres, ils regardent au loin l'étang ourlé de blanc, que le mistral a rendu bleu violent. Sur leur droite, une allée de cyprès sombres à la tête courbée creuse une longue perspective vers le premier champ d'oliviers.

— Je voudrais visiter le monde entier et être sûre de toujours revenir ici, dit Hélène. C'est beau, non ?

Oui, c'est beau, songe Sandro. Mais que va-t-il rester de cette propriété ? Le jeune homme se demande s'il doit dire la vérité. Il n'a pas le goût de la dissimulation, mais il trouve qu'Hélène, dont il se sent profondément épris, est déjà perturbée par la conduite inqualifiable de son père. Pourquoi la bouleverser encore ? Il voudrait au contraire la sécuriser, pouvoir lui offrir ce soutien moral dont elle manque depuis que Sébastien de Portallan a abandonné son foyer et versé – il en est certain — dans l'escroquerie commerciale et la saloperie politique.

La conduite de ce dernier hérisse Sandro, qui loue ses parents de lui avoir toujours inculqué, ainsi qu'à Gina, la simplicité et la loyauté. Tout le reste en découle, disait volontiers Emilio, ne cherchez pas à gonfler comme des baudruches et à calculer comment couillonner vos voisins. Il y a des règles, dans la vie, des règles de bon sens et des règles de cœur. D'intelligence et de générosité. Soyez simplement bons. C'est peut-être cette éducation, pense Sandro, qui m'a conduit vers la médecine. Il a effectivement trouvé, dans le secours qu'il peut fournir aux autres, un grand réconfort. En outre, il sait désormais qu'il a apporté à ses parents la satisfaction de sa propre réussite. Il ne va pas commencer à mentir à la femme qu'il aime.

— Hauterive, c'est ce que je connais de plus beau, mais que va-t-on en faire ? Est-ce que tu sais que ton père veut obliger ta grand-mère à vendre la plupart des terrains de la propriété ?

Hélène, comme il s'y attendait, s'est brutalement redressée.

— Comment ? Comment ça, vendre ?

— Oui. C'est mon père qui me l'a dit. J'hésitais à t'en parler.

— Mais pourquoi vendre ?

— Parce qu'il a des offres. Pour des dizaines d'hectares en bordure de la route. Il paraît qu'on veut y installer une usine d'embouteillage, des petits pavillons pour le personnel, une aire de stockage de produits métallurgiques, et même un hôtel-restaurant à cause de l'augmentation du trafic automobile. Un Luna Park...

— Mais ils sont fous ! siffle Hélène. Et depuis quand mon père a-t-il besoin d'argent, avec tout ce qu'il ramasse, comme il dit ?

Sandro sait qu'il est trop tard pour se taire. Il voudrait protéger Hélène, mais lui cacher la vérité serait stupide et déshonorant pour elle. Il aime la jeune fille plus qu'elle ne peut l'imaginer, et depuis plus longtemps qu'elle ne le croit.

— Ton père… Je suis désolé… Ton père veut rassembler le plus d'argent possible pour se lancer dans l'immobilier à Marseille, avec les amis de Simoni. C'est ce qu'on dit, en tout cas. Il paraît qu'il y a eu une scène épouvantable, un jour de la semaine dernière, ici, entre lui et ta grand-mère. Il est violent, hein ? Mireille a presque tout entendu. Ta grand-mère a pleuré.

— Mais il ne peut l'obliger à rien !

— Non, bien sûr. Mais elle est âgée, fatiguée. Il paraît qu'il n'arrêtait pas de hurler qu'il voulait sa part d'héritage, tout de suite.

— Quel salaud !

— Hélène ! C'est ton père !

Sandro essaie de calmer la jeune fille, mais il est d'accord avec elle. Même un Italien, à ce stade, est capable d'en vouloir à ses propres parents. Sébastien de Portallan est un odieux individu. Comment a-t-il osé se comporter ainsi avec sa propre mère ? Avec quelqu'un à qui il doit tout ?

— Je le hais. C'est simple, je le hais, martèle Hélène. Je préférerais être née de père inconnu. Il a humilié ma mère, il l'a même battue ! J'espère que grand-mère ne va pas céder.

— Mon père dit qu'elle a décidé de tout régler de son vivant. Pour que vous ne soyez pas ennuyés plus tard.

— Qui ça, vous ?

— Bernard, toi et ton frère, et Albert, le petit des Rintier.

Le soir tombe, violet, fragile. Hélène a la gorge serrée, l'impression que tout ce qu'elle contemple va se briser comme une porcelaine. Elle voudrait se battre, mais elle ne trouve pas d'adversaire. Son père ? L'idée même de l'affronter lui soulève le cœur. Et, d'un point de vue légal, elle se trouve désarmée. Elle doit parler à Bernard.

Hélène n'en a pas eu le temps. Le dimanche suivant, Joséphine de Portallan a invité son fils et sa petite-fille à la suivre dans le grand bureau que, depuis la mort de son mari, elle utilise seulement pour rédiger son courrier et tenir les comptes de l'exploitation. Hélène essaie d'imaginer son grand-père dans ce cadre.

Personne n'entrait ici sans y être expressément convié, lui a dit un jour Bernard, et la pièce sentait toujours l'eau de Cologne. La disposition des meubles n'a pas bougé d'un centimètre et, sur le bureau lui-même, l'encrier, le sous-main, le râtelier à pipes, le petit classeur de bois contenant des papiers disparates sont toujours à la même place.

— Asseyez-vous, mes enfants, dit Joséphine de Portallan. Je voulais vous voir tous les deux, et le choix de ce bureau n'est pas neutre. Je crois que votre père et grand-père approuverait ce que je vais vous annoncer.

Hélène a peur. Elle qui, aujourd'hui, se sent devenue femme a le sentiment d'être redevenue une enfant. Elle regarde Bernard, qui lui renvoie un sourire confiant.

— Je suis trop âgée, poursuit-elle, pour me battre avec Sébastien. Je désapprouve totalement sa conduite, à tous points de vue. Il me réclame sa part d'héritage, et je vais la lui donner. J'espère vivre encore long-temps, mais à plus de soixante-dix ans...

— Maman ! intervient Bernard.

— Qu'ai-je dit d'extraordinaire, mon garçon ? Avec le notaire de la famille, j'ai soigneusement évalué la propriété et ses composantes. Je dois d'abord te poser une question, Bernard, et je te demande d'y répondre franchement : veux-tu, toi aussi, ta part d'héritage maintenant ?

— Mais pas du tout ! J'en ferais quoi ? J'ai la vie que je souhaitais avoir. Je n'ai pas de besoin particulier. Je suis très heureux comme ça.

— Parfait. Sébastien veut évidemment vendre ce qui doit lui revenir. Pour se lancer dans je ne sais trop quelle opération ! Encore une ! Bon, qu'il continue ses trafics, je n'ai pas d'influence sur lui ! Mais il ne vendra pas la bastide, et les terrains qui l'entourent directement. Et il n'en aura pas la possibilité juridique ! Cette maison, par héritage, reviendra pour moitié à toi, Bernard, et pour moitié à mes petits-enfants, toi, Hélène, ainsi qu'à ton frère et à Albert. Les pinèdes, une partie de l'oliveraie, ce qui borde le chemin jusqu'à la plage iront à Bernard. Les terrains du bord de la route, Sébastien en disposera comme il le voudra. Je le regrette, mais je ne vois pas d'autre solution. J'espère simplement qu'il cessera ses crises et que, par ailleurs, le paysage ne sera pas trop détérioré. C'est mon fils, mais aujourd'hui, c'est surtout une croix ! Quant à Lise et Louis Rintier, ils ont déjà eu leur part.

Le silence, que troublait à peine la voix ténue de Joséphine de Portallan, prend tout d'un coup une densité douloureuse. Comme si, pense Hélène au bord des larmes, grand-mère était en train de nous quitter. La mort, qu'elle n'a jamais approchée, devient soudain une réalité physique et sa propre vie un phénomène transitoire, incertain.

— Maman, nous n'avons pas besoin de tout ça ! dit Bernard, la voix éteinte.

— Oh, mais rassure-toi ! sourit la vieille dame. Tout ça, vous ne l'aurez que lorsque je disparaîtrai. Le plus tard possible, donc. D'ici là, je pense qu'Emilio Barutti veillera à la mise en valeur des terrains... que nous gardons.

— Comment va réagir Sébastien ? demande Bernard.

— C'est le cadet de mes soucis désormais, coupe avec force Joséphine de Portallan. De toute façon, il n'a jamais aimé cette maison. Il l'a quittée dès qu'il a pu. Il ne manquerait plus qu'il élève à ce sujet la moindre réflexion !

— Grand-mère, j'ai honte ! souffle Hélène.

La vieille dame s'est levée et tend les bras en souriant.

— Viens ici, ma petite fille. Honte de quoi ? Tu n'es responsable de rien. Si. Désormais, tu es en partie responsable de Hauterive. Les ennuis commencent.

Hélène fond en larmes contre la poitrine de sa grand-mère. Elle frotte son front sur la robe, douce comme une laine de layette. Elle voudrait jouer encore au croquet sur la terrasse, entendre Bernard lui raconter des histoires de fées surgies entre les étoiles et les ombres des pins. Elle voudrait entendre la cloche qui, à midi et à sept heures et demie, appelait tout le monde à table. Une famille au complet, qui riait et s'apostrophait.

CHAPITRE 30

Le Front populaire, c'est fini ! Hitler est entré en Autriche, avec l'accord des Autrichiens !

En ce mois d'avril 1938, la nomination de Daladier à la présidence du Conseil et l'Anschluss semblent sonner pour Sébastien de Portallan l'heure de la conquête. Les nouvelles venues d'Espagne laissent présager un effondrement des « Rouges » devant les troupes franquistes.

A Marseille même, carrefour de l'aide aux républicains espagnols, Simoni, s'appuyant sur les palinodies politiques et les difficultés économiques du pays, sur la faiblesse du franc, reprend du poil de la bête. Ses troupes, en particulier, ont réussi à déclencher de violentes bagarres pour contrer les envois d'armes aux communistes espagnols et à dynamiter quelques dépôts supposés abriter des munitions. Elles attendent, elles espèrent un affrontement plus général avec l'extrême gauche à l'occasion d'une grande grève qui ne devrait pas manquer de se produire.

— Nous allons leur casser la tête, dit Simoni à Sébastien de Portallan, avec lequel il ne prend plus guère, désormais, de précautions oratoires. Cette racaille est devenue insupportable. Vivement un régime digne de ce nom !

— Bien d'accord avec vous ! Les procès de Moscou n'ouvrent les yeux de personne, c'est un comble !

L'URSS, vous parlez d'une démocratie ! Et c'est ça qu'on veut ici ! Dans mes entreprises, je n'ai que des emmerdements.

Les deux hommes ont d'abord pris l'apéritif à côté de l'Opéra, au Cintra, rue Beauvau, le bar chic des milieux d'affaires. Ils sont maintenant attablés dans un restaurant italien proche de la gare de l'Est, la gare des tramways, tenu par un « ami » de Simoni, en fait un des multiples agents mussoliniens qui traînent à Marseille. Les tables qui les entourent ne sont pas occupées et, à l'entrée, quatre gardes du corps surveillent la ruelle, le chapeau vissé sur la tête comme si leur seule allure ne suffisait pas à renseigner les passants quant à la présence du « chef » derrière les portes vitrées.

Sébastien, que l'embonpoint menace et qui a desserré son col de chemise trop étroit, se gave d'osso bucco et de chianti. Simoni, comme cela lui arrive souvent quand il ne participe pas à un repas officiel, a déboutonné la ceinture de son pantalon pour se sentir plus à l'aise. Une habitude que Sébastien a toujours trouvée d'un sans-gêne de bas étage.

— Depuis le temps qu'on se connaît, Sébastien, on pourrait se tutoyer, dit Simoni en piochant dans son assiette à petits coups de fourchette.

— Pourquoi pas ? Avec le plus grand plaisir. Tiens, prends un verre de chianti et trinquons !

— Nous allons vers le grand soir ! Notre grand soir ! reprend Simoni. A la tienne ! A nos succès ! Tu n'as pas trop de problèmes, en ce moment ? Sinon, hein, tu préviens Ruli !

Il laisse passer quelques secondes :

— Je voulais te parler d'une opération.

— L'immobilier ?

— Non, pas encore. J'ai besoin de faire entrer quelques marchandises en douce. En dehors des douanes et de la police, tu vois ?

— Oui. Des armes, c'est ça ? Et alors ?

— Non, pas des armes. Dans le département, il y a déjà de quoi équiper deux régiments au moins, sourit

Simoni. Tu importes bien des graines, non ? Tiens, sers-moi un autre verre. A propos, avec Doris, ça marche toujours du feu de Dieu ? Quelle bombe ! Tu t'es complètement séparé de ta femme, non ?

— Oui, quasiment. Pourquoi veux-tu acheminer cette… marchandise en fraude ?

— Parce que nous avons des besoins financiers importants, parce que les luttes politiques à venir vont être décisives et coûteuses. Tu importes depuis Dakar ?

— Largement, oui, répond Sébastien, réticent.

— Donc, si au départ il y a quelques sacs contenant autre chose, ce n'est pas un problème ?

— Si, c'est un problème. Je n'ai jamais fait de contrebande, moi !

Simoni compulse la carte du restaurant comme s'il n'avait rien entendu.

— Je crois que je vais me laisser tenter par un morceau de gorgonzola. Pas toi ?

Il laisse, de nouveau, passer un instant, puis reprend doucement, comme s'il s'adressait à un enfant :

— Sébastien, tu as choisi ton camp il y a un moment, et tu ne t'es pas trompé. Tu as bénéficié de beaucoup d'avantages. Maintenant, si tu veux que ton camp triomphe, il faut que tu nous aides. Tu n'es pas dans le tram, là, collègue, où tu descends quand tu veux, tu comprends ?

Sébastien déglutit, au bord de la panique.

— Ne t'affole pas, dit Simoni, paternel, en posant sa main sur l'avant-bras de son interlocuteur. Dans cette affaire, tu n'interviens pas. Au départ, certains sacs sont remplis de graines… et d'autre chose. On se débrouille. A l'arrivée, comme les sacs sont marqués, nos amis les prélèvent sur le port. Et toi, tu ne seras pas oublié. L'immobilier, ça t'intéresse toujours ?

Sébastien se jette à l'eau.

— Et dans ces sacs, il y a quoi ?

— Tu veux réellement le savoir ? Quand je te l'aurai dit, tu ne pourras plus reculer…

— Dis toujours, s'amuse Sébastien.

275

— De l'opium. On en tire la morphine.

Le silence semble à Sébastien s'abattre sur la table comme un voile noir. Il repose ses couverts et contemple Simoni qui, tranquillement, mange son fromage de la pointe de son couteau. Il avait pensé à tout, sauf à la drogue.

— Non ! dit-il abruptement.

— Réfléchis, Sébastien. Nos financiers n'ont besoin que d'une livraison. C'est sans risque, et c'est beaucoup d'argent. Tu ne peux pas répondre non comme ça. Sauveur s'occupera de tout. Prends ton temps... Enfin, pas trop. Qu'est-ce que tu dirais d'une petite grappa ? Ces communistes nous font chier, hein ? Allez, on boit un canon ?

Doris envoie son sac et ses talons hauts dans un fauteuil, à travers le salon. Une fortune, ce salon ! se réjouit-elle en contemplant son mobilier Arts Déco de bois précieux, de cuir, de nacre, d'ivoire, aux motifs abstraits inspirés du cubisme, en quelque sorte l'écrin du bijou de la collection : une superbe commode recouverte de galuchat vert.

Elle secoue ses cheveux courts et dénoue sa robe vaporeuse qui tombe à ses pieds. Elle ne porte plus qu'une culotte de dentelle noire, qui met en valeur sa peau légèrement bronzée. Un large collier d'or, le dernier cadeau de Sébastien, brille à son cou. De ses longues mains aux ongles écarlates, elle caresse négligemment ses seins haut perchés et son ventre plat.

— Quelle soirée, non ? Je me couche trop tard. Demain, j'aurai des valises sous les yeux. Je vais prendre un bain. Toi aussi ?

Sébastien grommelle des mots confus. Depuis la veille, depuis son dîner avec Simoni, il est d'une humeur de chien. Il ne s'est pas déridé de la soirée, qu'ils viennent de passer au Diamant bleu en compagnie de relations d'affaires, après avoir dîné sur le long balcon du grand restaurant Basso, face au Vieux-Port. Il n'a pas trouvé de solution pour sortir du piège. Mais il ne se résigne toujours pas à se plier aux exigences de Simoni. Malgré le bruit de l'eau qui coule dans la baignoire, il entend la voix de Doris :

— Tu as réfléchi à ce que t'a proposé Simoni ?
— Tu es au courant ?
— Bien sûr, dit-elle. Il attend ta réponse.
— Je ne veux pas être mêlé à un trafic de drogue.
— Il ne te demande pas grand-chose, malgré tout. Essentiellement de fermer les yeux. Tu réagis comme un gamin !
— C'est la meilleure !

La légèreté avec laquelle Doris juge la situation le confond. Mais surtout, la découverte des activités criminelles de Simoni le terrorise. Jusqu'ici, il avait feint de ne rien connaître de la vie occulte de l'homme politique. On disait celui-ci lié au grand banditisme – il avait d'ailleurs, dans sa feuille de chou quotidienne, officiellement défendu deux caïds notoires quelques mois plus tôt –, mais les liens tribaux de la population corse et les nécessités de la politique locale pouvaient expliquer ce cousinage peu reluisant.

Sébastien de Portallan avait également à plusieurs reprises, depuis qu'il fréquentait Simoni, Doris, Ruli et sa bande, côtoyé des individus plus que douteux. Il avait même passé des soirées en leur compagnie, dans des cabarets du Panier ou des cercles de jeux. Il s'était contenté, là encore, de juger ces « amitiés » inhérentes au clientélisme sans lequel, à Marseille, on ne pouvait assurer aucune élection. Quant aux dons, maintenant réguliers, qu'il effectuait en faveur des différentes « œuvres » de Simoni, il n'était pas le seul à y consentir, d'autant qu'en échange on lui garantissait protection sociale, passe-droits divers et marchés privilégiés dans les services ou organismes dépendant de la municipalité. Mais la drogue, c'était autre chose !

— Sébastien, dit Doris, tu ne peux pas refuser à Antoine ce qu'il t'a demandé.
— Pourquoi ?
— Parce que si tu refuses, mon beau, beaucoup de

choses vont changer pour toi, répond-elle sans contrôler un accent qui devient vulgaire. Tu auras des problèmes dans tes usines, par exemple, des incidents mécaniques, des fournitures qui n'arriveront plus, des camions gravement endommagés, des vols, des incendies.

— Mais il s'agit de menaces ! s'étrangle Sébastien. Et c'est toi qui t'en charges !

— Ne m'emmerde pas, Sébastien. La vie, elle est comme elle est. Tu es trop petit pour la changer. Je ne suis chargée de rien du tout. Je t'informe, et basta ! Il faut que tu saches, aussi : tu ne peux pas atteindre Simoni. Cette cargaison dont il t'a parlé, ce n'est pas lui qui va la décharger, hein ? Il est loin de tout ça, Simoni. A des milliers de kilomètres. Si par hasard tu parlais à des flics, il serait au courant. Forcément. La police ne lui cache rien. Et ensuite, tu aurais un accident mortel.

— Tu rigoles ?

— Pas du tout. Ce sont les maîtres de Marseille. Mais je n'imagine pas que tu ailles parler aux flics. Pense simplement aux conséquences matérielles d'un refus. Les dénonciations anonymes aux impôts, la fin de tous tes contrats avec l'administration...

— Mais c'est la mafia !

Doris, enroulée dans une serviette-éponge, brossant ses cheveux vers l'arrière, surgit dans la pièce et se plante devant le fauteuil où Sébastien est effondré.

— N'exagère pas. Mais qu'est-ce que tu croyais, gros bébé ? Que tu avais rejoint une troupe de scouts, de cœurs vaillants ? Tu n'as pas le choix, Sébastien !

La jeune femme a laissé tomber la serviette à ses pieds. Elle est nue et son corps superbe semble miroiter dans la lumière du lampadaire. Sébastien se sent submergé par une onde de désir. Il se lève pour saisir Doris par la taille, mais celle-ci recule d'un pas.

— Tu perdrais tout, Sébastien ! Tu comprends ? Même moi. Comment pourrais-je continuer à vivre avec quelqu'un qui chercherait des histoires à mon...

protecteur ? Je dois tout à Simoni, tu sais ? Ecoute-moi : les amis d'Antoine, aujourd'hui, ils ont besoin d'alliés éduqués, compétents. Certains ne savent même pas écrire. C'est ta chance.

Devant lui, Doris, toujours debout, commence à se caresser lentement, avec une impudeur totale. Sébastien, le regard fou, suit le mouvement des mains de la jeune femme qui vont et viennent dans son entrejambe. Puis Doris recule vers le lit et s'allonge, les genoux repliés et écartés.

— Tu as envie, Sébastien ? Viens. Je pourrai dire à Simoni que tu as accepté ? Tu promets ?

Se dévêtant à demi, il promet, le ventre en feu. Un torrent de promesses mêlées à des exigences sexuelles qu'il n'a jamais osé formuler. Du bout des doigts, Doris l'excite encore un peu plus, déplaçant en riant son bassin pour qu'il ne parvienne pas à la pénétrer.

— Mais déshabille-toi, Sébastien... Tu promets ? Encore ? Mais c'est un viol !

Enfin, elle le laisse aller, balbutiant des mots sans suite, à grands coups de reins désordonnés qui le conduisent en quelques instants à un plaisir violent, presque douloureux.

Je ne sais réellement pas, pense la fille en fixant le rond de lumière au plafond, si Simoni a raison de prendre des risques avec ce type. Il est fragile, beaucoup trop fragile.

III

LA SAINTE-BAUME

CHAPITRE 31

La pluie violente, habituelle en cette fin de mois de septembre, a transformé la terrasse en bourbier. On ne distingue plus, au-delà des allées de cyprès, la barre rocheuse de Vitrolles, et l'étang semble s'être fondu dans une masse grisâtre engloutissant le moindre relief. Pour chasser l'humidité, les cheminées ont été, pour la première fois depuis le printemps, chargées de grosses bûches de pin et d'olivier qui crépitent en dégageant une odeur familière, rassurante et nostalgique.

— On a beau se dire que la terre a besoin d'eau, je ne connais rien de si triste que le Midi sous la pluie, dit Mireille, la vieille femme de chambre, en rangeant le buffet de la salle à manger.

— Si, Mireille, la guerre, répond Joséphine de Portallan qui examine l'état des couverts d'argenterie contenus dans les tiroirs. Nous ne pensions pas revivre ça, n'est-ce pas ? Quelle horreur ! Où se trouve Hélène ?

— Au premier, dans sa chambre. Elle se languit. Sandro et Bernard à l'armée, ça la tourneboule, cette petite !

Trois semaines plus tôt, la France et la Grande-Bretagne étaient entrées en guerre contre l'Allemagne nazie.

La lamentable prestation franco-anglaise de Munich, un an plus tôt, à la fin du mois de septembre 1938, n'avait évidemment rien réglé. Hitler avait simplement compris qu'il pouvait se servir sur les territoires qui l'intéressaient pour élargir le Reich. Ce qu'il avait fait en annexant quelques mois après la Tchécoslovaquie. Puis le 1er septembre 1939, sans déclaration, il avait envahi la Pologne. Staline, avec qui il avait au mois d'août signé, à la stupéfaction générale, un pacte de non-agression, avait agi de même, de son côté, quelques jours plus tard. Entre-temps, Paris et Londres, refusant de cautionner l'annexion polonaise, s'étaient déclarés, le 3 septembre, en état de guerre avec l'Allemagne. Au printemps l'Italie avait attaqué l'Albanie. Les troupes de Franco étaient entrées dans Madrid et le général Miaja, chef des armées républicaines espagnoles, avait trouvé refuge à Marseille.

La ville était devenue depuis un an un gigantesque chaudron. Les affrontements politiques, sur fond de crise économique et sociale nationale, de dévaluation du franc et de rigueur salariale, dépassaient l'imagination. Grèves et mesures de répression s'enchaînaient inexorablement dans une atmosphère de violence rarement atteinte.

C'est dans ce climat que la cité devait être frappée par une catastrophe sans précédent. Le 28 octobre 1938, en pleine Canebière, un gigantesque incendie détruisait les Nouvelles Galeries, faisant soixante-treize morts. Les services municipaux s'étaient montrés au-dessous de tout : matériel inutilisable, pompiers mal entraînés, pagaïe générale, hôpitaux débordés et équipement médical médiocre. La droite et Simoni, qui pourtant était largement responsable de cette gabegie, s'étaient déchaînés contre le maire, suivis par la presse conservatrice locale et nationale. Budget ingérable, dépenses trop lourdes, la coupe débordait. Le 20 mars 1939, la ville avait été placée sous tutelle par décret gouvernemental, toutes les responsabilités étant dévolues au préfet.

Quelques mois plus tard, à la déclaration de guerre, Sandro avait rejoint Avignon. Bernard, lui, avait été envoyé en cantonnement à Sospel, sur la frontière italienne. Et depuis, tout le monde attendait. Entre le nord de la France et la Suisse près de cent trente divisions, l'arme au pied, guettaient l'ennemi qui se préparait de l'autre côté de la frontière. La drôle de guerre, jugeait-on. Une drôle de guerre qui finirait évidemment par une guerre véritable, pensait avec terreur Joséphine de Portallan en multipliant les rosaires.

— Vous avez eu bien raison de proposer à tout le monde de s'installer à Hauterive, dit Mireille. C'est plus sûr. On ne sait pas ce qui va se passer. Les enfants auront toujours le temps, pour la faculté. Maintenant, il faut faire petit.

— Je n'aime pas les savoir rue Paradis. Et Sébastien qui ne s'occupe même pas de sa famille !

Joséphine de Portallan soupire. A soixante-quinze ans, elle garde un port de tête gracieux, mais elle se déplace de façon moins aisée et, de temps en temps, cherche le secours d'une canne. La déchéance de Sébastien lui a porté un rude coup. Moral et physique.

— J'ai toujours pensé que ce Hitler nous conduisait à la catastrophe. Comment Sébastien peut-il soutenir les idées de ce fou ? Je préfère ne plus le voir. Mon fils, Mireille, mon propre fils !

— Calmez-vous, Madame, il est fada, ça lui passera.

— Non, Mireille, non ! On m'a tenue au courant, vous savez ! Il fréquente de sales milieux politiques... politiques et autres. Je n'ai pas vu Maria Barutti depuis deux jours. Ils ont des nouvelles de leur fils ? Dites-leur de passer, un soir.

— Sandro leur écrit. Ça ressemble pas trop à une guerre, pour le moment, d'après ce qu'il dit.

— Tant mieux. Si tout ça pouvait s'arrêter ! Je ne parviens pas à y croire. Une pareille absurdité ! Ce fou veut l'Europe entière à sa botte, mais pour en faire quoi ? Ah, voilà Hélène.

Vêtue d'un gros chandail blanc, la jeune fille pénètre dans le salon qui communique avec la salle à manger par une double porte vitrée et va présenter son dos à

285

la cheminée. Depuis le départ de Bernard et de Sandro, elle compte les jours. Elle ne sait pas pourquoi, puisqu'elle aussi est convaincue que la guerre va réellement éclater. Elle n'a pas connu la Grande Guerre, mais elle a beaucoup lu, beaucoup entendu. Le carnage, qu'elle reconstitue, lui donne en permanence envie de vomir. Sandro ! Le courage et la bonté réduits en charpie ! Elle frissonne.

D'abord physiquement attirée par l'adolescent rieur, puis séduite par la douceur et la générosité du jeune homme, elle est aujourd'hui amoureuse d'un adulte volontaire et réfléchi, mais volontiers blagueur. La mobilisation est venue interrompre, détourner un torrent d'eau limpide. Elle en veut à la terre entière, qui a réussi à enfanter les monstres dévoreurs de conflits, les vampires insatiables qui se nourrissent d'innocents, de la chair à canon.

— J'ai froid, et c'est si triste, tout ça...

D'un geste vague de la main, Hélène désigne la lumière glauque à travers les fenêtres. Elle fronce le nez de manière comique et secoue les longs cheveux dénoués qui encadrent son visage large et félin, aux pommettes hautes.

— Je voudrais parler d'autre chose, dit-elle en esquissant un sourire las, mais je ne pense plus qu'à la guerre... Je ne parviens même pas à lire. Il faudrait que j'écrive, pour préparer ma thèse, mais je reste là, plantée devant ma feuille blanche, comme un santon. Vous avez vu maman ?

— Je crois qu'elle prépare un tian, à la cuisine, répond Joséphine de Portallan. Nous sommes toutes un peu perdues... Dieu nous a encore envoyé une terrible épreuve.

— Dieu ? Vous croyez vraiment, grand-mère ? Dieu ne passe pas son temps, depuis l'origine du monde, à nous précipiter dans les guerres. Je pense même que s'il existe, il doit se montrer furieux de nos âneries.

Hélène sourit. Sa grand-mère n'aime pas beaucoup les plaisanteries à propos de la religion et quand, deux ou trois fois par an, elle invite à déjeuner le dimanche le curé de Vitrolles, chacun est prié de se tenir correctement.

Le dynamisme naturel d'Hélène s'accommode mal de la pluie qui la cantonne à l'intérieur. Elle vient de relire la dernière lettre de Sandro et elle imagine que quelques instants passés chez les Barutti lui permettront de retrouver son odeur, sa silhouette. Et d'ailleurs, pourquoi Gina ne s'est-elle pas manifestée, depuis ce matin ?

— Je vais me couvrir et aller à vélo jusqu'à la Ferme des agneaux, dit-elle. J'ai besoin de me dépenser un peu.

— Ce n'est vraiment pas le jour, avec cette pluie ! remarque la vieille dame. Mais si tu y tiens... Demande à Maria des œufs et des légumes, s'il te plaît.

Hélène pose son vélo contre le mur, près de la porte de la ferme. Par les carreaux de la fenêtre, elle aperçoit Emilio, Maria et Gina assis autour de la grande table, ainsi qu'un homme aux larges épaules qui lui tourne le dos. Elle finit, au moment où elle pousse la porte, par reconnaître Gianni Monti. Il se tient un peu voûté, les coudes appuyés lourdement sur le plateau de bois. Quel âge a-t-il maintenant ? se demande-t-elle soudain. Cinquante-cinq ans ? Hier encore, il nous portait, Gina et moi, sur son dos comme si nous ne pesions rien. Un léger picotement envahit ses yeux.

— Quelle belle plante ! rugit le colosse en riant. Malgré tes vingt et un ans, tu peux encore embrasser le tonton Gianni. Pas trop, parce que j'ai une barbe en fil de fer. J'ai quitté Marseille en oubliant de me raser... Quand on est pressé, hé ?

Hélène sent, autour d'elle, une vague gêne et regarde tour à tour les parents Barutti et Gina. Elle réalise qu'un jour de semaine, Gianni n'a aucune raison de se trouver là. Elle redoute une catastrophe, elle ne sait trop laquelle. Depuis quelques semaines, elle a l'impression de frôler l'abîme.

— Que se passe-t-il ? demande-t-elle.

— Hélène, dit Emilio, Gianni va s'installer ici, travailler avec nous. Mais c'est inutile d'en parler autour de toi. Evidemment pas à ton père. Je verrai ta grand-mère demain matin.

— C'est parce que tu es communiste ? demande Hélène. Vous savez, je ne parle plus à mon père, de toute façon.

Gianni hoche la tête. La veille, il a quitté, très vite, l'usine de La Valentine. On l'avait prévenu à temps. Depuis le pacte germano-soviétique du mois d'août, les communistes étaient traqués. Le Parti venait d'ailleurs d'être officiellement dissous par le Conseil des ministres et l'on pensait que les députés communistes seraient bientôt arrêtés. Gianni n'était pas loin de juger ça normal. Staline était maboul. Il imaginait bien les raisons qui l'avaient poussé à pactiser avec le dictateur allemand, il savait qu'on ne dirige ni un pays, ni un parti sans un minimum de cynisme, mais le pacte, le pacte de la honte, était inacceptable. Gianni était effondré, meurtri. On ne pactise pas avec les nazis, même pour préserver les acquis de la Révolution.

— Je suis un cadre du Parti. Je serai pourchassé. Et en plus, on me considère comme un Italien. Alors, avec l'alliance entre Hitler et Mussolini... Je préfère m'écarter, personne ne viendra me chercher ici, si nous restons discrets.

La guerre ! Hélène pense aux républicains espagnols et aux anciens des Brigades internationales réfugiés à Marseille depuis la victoire de Franco et que Staline, monstre froid, n'avait d'ailleurs plus beaucoup soutenus à la fin du conflit. Elle pense à Bernard, qui n'appartient pas au PC, mais qui s'en déclarait proche. Et Sandro, présent comme une blessure dans sa propre chair, qu'elle ne parvient à situer nulle part, dans aucun lieu qu'elle ait connu un jour, dont elle voit la photo posée sur un coin du buffet ! Elle voudrait retourner cette photo, qui ressemble trop à celle d'un disparu. Sa photo, elle l'a glissée dans le livre qu'elle lit. Sandro la suit de son regard clair et curieux de tout. Sandro marche, court, rit, il n'est pas mort. Quand il se battra, il restera vivant. Forcément. Tout d'un coup, elle a la certitude qu'ils gagneront cette guerre, Sandro, Bernard, Gianni, elle-même, contre tous ceux qui ont choisi la violence et le crime pour éliminer l'intelligence et la générosité.

La pluie vient de cesser et de larges lambeaux de bleu métallique apparaissent entre les nuages, qui commencent à galoper vers l'est. Le vent nettoie le relief, lui rend sa profondeur et ses aspérités. Puis le ciel, porté par un soleil couchant orange et pourpre, paraît éclabousser les arbres et, en les séchant, leur conférer une sorte d'arrogance. Les couleurs se bousculent comme sur la palette d'un peintre fou, pressé de saisir une perfection fugitive. Les ombres s'étalent, rampent, posent ici ou là des nuances subtiles que seule peut donner à voir, un instant, la roue d'un paon. Quelques gouttes d'eau accrochent le soleil, rosée scintillante préservée depuis le lever du jour par un magicien inventif.

Hélène et Gina poussent leurs vélos sur le chemin, puis roulent vers les marais en s'amusant à éviter les flaques. Pour quelques instants, elles retrouvent leurs jeux d'enfants, ce qui est une façon d'oublier la guerre, leur compagne habituelle.

— Je dois te dire quelque chose, crie Gina un peu essoufflée.

Les deux vélos se suivent et se disputent la première place au gré des fondrières.

— J'espère qu'il s'agit d'une bonne nouvelle. Ça nous changera.

— J'aime Bernard !

Hélène donne un coup de guidon brutal, et éclate de rire. La surprenante découverte !

— Je le savais, ma belle ! Tu n'es pas très forte pour cacher tes émotions.

— Mais ce n'est qu'une partie de la nouvelle.

— Ah ?

— Il m'aime aussi, hurle Gina.

Hélène freine brutalement, et le vélo dérape vers le talus.

— Redis-moi ça ?

Gina a stoppé sa course à côté d'Hélène. Elle a les joues en feu. Ses yeux sombres éclatent d'un mélange de bonheur et de malice, comme si elle venait de se jouer de tout le monde.

— Tu as bien entendu. Attention, c'est un secret, tu penses !

Mais je rêve, se dit Hélène. Je rêve. Bernard et Gina ! Il pourrait être son père, enfin pas tout à fait, mais quand même ! Comment est-ce possible ?

— Vous êtes fous ! dit Hélène, ahurie. C'est merveilleux, mais vous êtes fous ! Il a quinze ans de plus que toi !

— Et alors ? Nous n'y pouvons rien. Ça ne se commande pas. Tu le sais, d'ailleurs. Sandro...

— Ça n'a rien à voir. Bernard, c'est mon oncle, pas mon frère.

Hélène ne parvient pas à se fâcher réellement. Puis elle est secouée d'un éclat de rire qui n'en finit plus. Elle imagine la tête de son père, le jour où il apprendra les liens sentimentaux tissés entre Hauterive et la Ferme des agneaux, ce gigantesque pied de nez aux conventions. Que lui commandait-il, quelques années auparavant ? De maintenir des distances avec le fils des fermiers ? Et maintenant, son propre frère ? De quoi tomber raide ! C'est la vengeance des dieux, s'amuse-t-elle. D'une certaine façon, s'ils se marient, Gina va devenir propriétaire de la bastide ! Il ne va pas décoléèrer, le châtelain !

— C'est drôle, hein ? Et je ne t'ai pas encore tout raconté, murmure Gina.

A la profondeur du regard de son amie, à une sorte de douceur qui arrondit ses lèvres et à laquelle elle n'avait pas prêté attention, Hélène comprend que Gina et Bernard ont dépassé les serments platoniques. Normal, pense-t-elle, ce ne sont plus des enfants.

— Non ? dit-elle au bout d'un moment. Vous avez… fait l'amour ?

Elle a égrené sa phrase avec précaution comme une grappe de raisin trop mûr.

— Mais quand ? ajoute-t-elle, un peu perdue.

— Comment, quand ? Il y a deux mois…

— Et… ça continue ?

— Hélène ! Oui… Qu'est-ce que tu veux dire ? Ça continue ? Bien sûr, et heureusement. Je ne me suis pas envoyée en l'air un soir de solitude, tu sais…

— Je raconte n'importe quoi. Je suis tellement perturbée. Si je m'attendais à ça…

— Moi, j'attendais ça. Comme toi avec Sandro. Tu es furieuse ?

Hélène éclate de rire et, laissant tomber son vélo, se précipite dans les bras de son amie. Elles pleurent ensemble, sourient, se regardent, s'embrassent, pleurent de nouveau. Puis Hélène chuchote à l'oreille de Gina :

— Et c'est… bien ?

— Hélène ! Ce que tu es indiscrète… Oui, c'est merveilleux !

— Mais vous vous êtes… connus où ?

— Dis donc, tu ne veux quand même pas que je te fasse un dessin ! Bon… On s'est connus, comme tu dis, à Marseille, un soir.

— Vous êtes des gros hypocrites. Dis-moi : il t'a fait la cour ? Personne ne le sait, bien sûr ?

— Personne. La cour ? Oui, mais il ne s'en rendait pas compte. C'est comme ça que j'ai compris qu'il m'aimait aussi…

— Mais vous allez vous marier ?

— Nous n'en avons pas parlé. C'est bien trop tôt. Et puis nous avons l'impression que notre bonheur est multiplié par le fait que nous cachions notre… liaison. Et maintenant, il y a la guerre… J'ai peur.

— Moi aussi, j'ai peur. Tout le temps. Nous n'avons pas mérité tout ça. Tu as entendu, chez toi, parler de la dernière guerre ? Une boucherie. Tu as regardé les plaques, dans les églises ? Des familles entières, ou presque.

Elles sont assises, silencieuses, sur de grosses pierres qui bordent, par endroits, le chemin. Elles ramassent des minuscules fleurs jaunes qu'elles réunissent en bouquets, et leurs souvenirs se bousculent. Les émotions très fortes ont cette propriété de brasser le temps, comme si la chronologie n'avait plus d'importance. Comme si le paquet de photos avait été battu par une main négligente et facétieuse. Hélène, Sandro, Gina, Bernard, un mystérieux tricot, un ouvrage secret empaqueté pendant des années à l'abri des regards.

— C'est ici que tu t'étais ouvert le genou, non ? demande Hélène à Gina. Tu étais un peu assommée et j'ai eu une frousse terrible.

— J'ai toujours la cicatrice. On avait quinze ans, non ?

— Tu sais ce que grand-mère a décidé ? De nous offrir un tennis, à gauche de la bastide. On l'aura l'été prochain. Ça va être formidable, non ?

— L'été prochain ? C'est si loin... Je suis sûre que la guerre donne au temps une autre dimension, dit Gina.

Quand cette guerre sera terminée, pense Hélène, nous serons très vieilles. D'une façon ou d'une autre. Personne, à part nous, ne le saura. Nous garderons des visages lisses, de beaux cheveux, mais intérieurement nous aurons beaucoup changé. Nous aurons beaucoup subi, et nous appellerons ça l'expérience, mais nous n'en parlerons pas. Nous aurons peut-être des enfants, nous aurons peut-être perdu des parents. Une partie de notre vie sera en même temps contractée et étendue.

— Finalement, toutes les générations connaissent une guerre... ou deux. C'est une sorte de fatalité. Une malédiction. Un jour peut-être, les peuples se réconcilieront, en Europe par exemple. Ils créeront un seul pays. Voilà une belle cause ! Tous les pacifistes, conduits par les femmes, imposeraient l'Europe unie.

— Qu'est-ce que tu racontes ?

— J'en ai parlé avec Bernard, dit Hélène. Aux

Etats-Unis aussi, ils se sont déchirés, Nord contre Sud. Il ne faut pas désespérer. Je crois que les Américains sont des optimistes. Ce qui est possible ne leur fait pas peur.

— Alors que nous, en Europe, nous avons toujours des revanches à prendre ?

— Oui, nous sommes des pessimistes, dit Hélène. Nous croyons que l'avenir n'est que la reproduction du passé. Nous avons l'esprit fermé, et nous nommons ça la culture... Et à propos, tu deviens professeur quand ça ?

— Pas cette année. De toute façon, j'ai l'impression qu'ils ne souhaitent pas tellement désigner des professeurs femmes... Les hommes font toujours la guerre à quelqu'un !

— Quand nous voterons, il faudra bien que ça change. Les députés seront répartis proportionnellement à la composition de la population. Et comme nous sommes plus nombreuses que les hommes...

— Tu rêves, Hélène ! Mais ce serait amusant...

CHAPITRE 32

— Je n'ai rien compris, dit Sandro. Nous avons erré du côté de Nancy. On nous déplaçait en permanence. Des ordres contradictoires. Un matin, nous avons appris que la guerre était finie, que nous l'avions perdue et d'ailleurs, dans la ferme où nous nous trouvions, nous n'étions plus que quelques-uns. Un officier nous a dit de rentrer chez nous et de nous faire démobiliser. Démerdez-vous, a-t-il ajouté. Oui, comme ça. Voilà.

Joséphine de Portallan a convié à déjeuner, pour la première fois, Emilio et Maria Barutti, ainsi que leurs enfants. A l'exception de Sébastien, toute la famille de la vieille dame se trouve réunie sur la terrasse de la bastide.

Il est midi, en cette fin du mois de juin 1940. Sur la grande table, quelques bouteilles de blanc de Cassis ruissellent de fraîcheur. Bernard est allé extraire du puits le casier métallique fixé à une corde qui évite d'encombrer la glacière de vin et d'eau. Personne ne sait très bien comment se comporter. Sandro et Bernard sont sains et saufs, ce qui autoriserait le champagne. Mais le pays est écrasé, les Allemands s'installent à Paris, et la honte de la défaite broie les sentiments de chacun. Rire et pleurer. Se congratuler et se révolter. L'addition des émotions contradictoires est en même temps troublante et inadmissible. La morale et la raison ne trouvent pas leur compte dans ce salmigondis douteux.

— Moi, je n'ai même pas vu un soldat italien, dit Bernard. Je n'ai pas entendu une détonation. Une cure de repos à la montagne, tous frais payés ! Je ne devrais pas plaisanter, mais tout ça est tellement grotesque. La ligne Maginot ! Mais qui nous a donné de pareils stratèges ? Si vous voyez un mur, vous faites quoi ? Vous passez à côté !

Incroyable, songe Hélène. Tout était allé tellement vite ! Trois semaines plus tôt, les troupes allemandes avaient attaqué sur l'Aisne et la Somme, et les défenses françaises s'étaient trouvées, avec une rapidité stupéfiante, enfoncées, contournées, neutralisées. Une mauvaise nouvelle, à peine connue, était immédiatement dépassée par une information encore plus catastrophique. L'Italie, entrée en guerre le 10 juin, n'avait pas encore cherché à percer les lignes françaises que le gouvernement se repliait à Bordeaux et que les troupes allemandes entraient dans Paris. La débâcle !

— Le bordel, madame, je suis confus du terme, le bordel ! raconte Sandro. On croisait des soldats, aussi paumés que nous, qui regagnaient leurs foyers par leurs propres moyens. Sans instructions. On désertait sans déserter.

Le jeune homme a le sentiment d'avoir vécu une aventure incompréhensible, aux confins du monde réel. Il est soulagé, mais surtout stupéfait et humilié. Hélène lui sourit, comme à un blessé que l'on encourage à se relever, mais qui n'y parvient pas. Il voudrait sourire aussi, lui rendre sa tendresse, oublier le cauchemar. Par quel mystère, en raison de quelles négligences, un grand pays, une grande armée qui s'était mobilisée depuis des mois avaient-ils cédé comme une cloison de papier ? Les mêmes interrogations, depuis des jours.

— Mais vos officiers ? demande Hélène.
— Nos officiers ? Ils tentaient de maintenir un semblant d'ordre. Mais d'ordre pour quoi faire ?

Sandro avait sauté dans un train. Vers le sud. Par

hasard, et sans billet. Un capitaine lui avait dit : « Vous voyez, c'est fini ! Nous aurions pu nous épargner tout ça ! » Le capitaine avait été partisan de pactiser avec l'Allemagne dès le début. Une France forte, à l'image de sa voisine ! Un peu avant Valence, il avait ensuite été pris à partie par un type qui fuyait avec sa famille, sur une charrette tirée par deux chevaux. Il ignorait où il allait, avec ses matelas roulés et ses poules entassées dans des cages. Sandro avait été insulté, traité de couille molle. C'était à ce moment-là qu'il avait décidé de se procurer des vêtements civils.

— La débâcle, dit le jeune homme avec lassitude. Un château de cartes.

Hélène trouve Sandro vieilli, comme usé, et cet effondrement la bouleverse. Elle devine ce qu'il ressent parce qu'elle traverse la même épreuve, le même marécage.

— Qu'allons-nous faire, grand-mère ? demande-t-elle. C'est affreux d'être condamné à regarder son pays disparaître sans rien faire.

— Je crois que nous devons nous préparer à accueillir comme nous pourrons ceux qui, sûrement, vont se replier vers Marseille en fuyant les troupes allemandes. Nous avons des amis, des relations. Ils vont se manifester. Nous nous efforcerons de les loger. C'est à peu près la seule chose que je sache.

— Mais nous n'allons pas résister ? poursuit Hélène.

— Résister ? interroge la vieille dame. Que veux-tu dire ? Résister à qui ? Les troupes allemandes ne sont pas là. Pas encore là, en tout cas. Et résister comment ? Tu vas prendre un fusil ?

Le silence devient écrasant. Emilio Barutti, qui en temps normal n'aurait jamais osé se permettre pareille familiarité, demande de la tête à Joséphine de Portallan s'il peut allumer une cigarette, ce qu'elle autorise d'une mimique bienveillante. Du regard, Maria en fait le reproche à son mari et Hélène ne peut s'empêcher de sourire. Elle ne voit que Sandro, qu'elle s'attendait,

Dieu sait pourquoi, à trouver changé. Et pourtant non, malgré la lassitude, le découragement, la honte. Ils sont tous là, dans les mêmes chemisettes qu'un an plus tôt, à la même place, sous le même soleil. Et, entre-temps, il y a eu une guerre.

— Résister ? En revenant, dit Sandro, j'ai entendu des gens discuter d'un appel à la résistance... Ils ne savaient pas très bien de quoi il s'agissait. Un général, paraît-il, un certain de Gaulle, que personne ne semblait connaître. Il avait parlé à la radio anglaise, depuis Londres. Le 18 juin, je crois. Mais vous écoutez la radio anglaise, vous ? Dans le compartiment du train, la plupart des voyageurs le prenaient pour un fada.

— Moi aussi j'ai entendu raconter cette histoire, dit Bernard. De Gaulle, c'est ça, voudrait que les Français le rejoignent en Angleterre pour continuer la guerre. Il compte sur l'Afrique, les colonies...

— Pourquoi pas ? intervient Hélène.

— Mais l'armistice est signé, ma petite fille, relève Joséphine de Portallan. Tout le nord de la France sera occupé. Il n'y aura plus d'armée. Et le gouvernement de Pétain collabore avec l'Allemagne.

— Je suis folle de joie que vous soyez rentrés tous les deux, dit Hélène. Mais je trouve que nous coucher par terre est scandaleux. Nous allons tout accepter ? De travailler pour ces salauds ? D'appliquer leurs idées barbares ? De les laisser s'en prendre aux Juifs ici aussi ?

Le silence, brutalement, les accable. La défaite, indigne, pénètre en eux, les fouille comme une douleur aiguë.

— Non, dit Bernard. Sûrement pas. D'ailleurs, ajoute-t-il en se tournant vers Emilio, pourquoi n'êtes-vous pas venus avec votre cousin Gianni ?

Emilio Barutti se trouble.

— Euh... Il n'était pas invité.

— Votre cousin ? demande Joséphine de Portallan. Mais j'ignorais sa présence. Ah oui, vous m'en aviez parlé... Il est toujours là ? Ce n'est pas un reproche, Emilio...

— Oh, reprend ce dernier, il est là de temps en temps, il m'aide pour les travaux de la ferme.

— Eh bien, allez le chercher. Vous en avez pour cinq minutes en voiture. Marc, veux-tu t'en charger ? Ça doit encore t'amuser, de conduire ? Je vais faire rajouter un couvert.

— Nous ne voudrions pas gêner, dit Maria.

— Allons, allons... Dites-moi, Emilio, votre cousin, poursuit la vieille dame, c'est bien celui qui a des idées... de gauche ?

— Oui, madame, c'est ça. Mais c'est un honnête homme !

— Emilio ! Voyons ! Vous croyez que j'assimile les Rouges à des voleurs ? Cela dit, cette appropriation collective des biens de production, ça se discute, hein ? Bon, nous n'allons pas parler de ça.

Marc s'est levé. Avec les années, la ressemblance entre Simone de Portallan et son fils s'est accentuée. Celui-ci est devenu un jeune homme doux, élancé mais assez effacé, aux traits réguliers mais un peu anodins. Ses cheveux châtains et ses yeux bruns renforcent son allure affable et comme indulgente. Il évolue de manière nonchalante, presque toujours en retard, et donne en permanence l'impression de faire partie d'une famille trop agitée pour lui. « Ne me bousculez pas, dit-il de temps en temps avec gentillesse. Je suis un contemplatif. Et je fatigue vite... » Il faudra toujours quelqu'un pour le protéger, pense Hélène. Mais personne, en fait, ne cherche à perturber Marc. On a tendance à oublier sa présence, c'est tout. Et lui semble très heureux de cette situation, partageant son temps entre des études littéraires, le cinéma et de longues expéditions en montagne dans les Alpes. Curieux comme nous pouvons passer à côté de certains enfants, songe Joséphine de Portallan, qui s'en veut de ne pas avoir plus de contacts avec son petit-fils.

— Je suis confus, madame, de m'imposer dans ce

déjeuner de famille. Mais je vous remercie, et j'en suis très heureux, dit, un peu plus tard, Gianni Monti en s'inclinant vers la vieille dame.

— Trêve de salamalecs, répond celle-ci. Maintenant je meurs de faim. Alors, à table !

— Mais vous, monsieur Monti, comment voyez-vous l'organisation de ce pays, désormais ? demande Joséphine de Portallan tandis que les convives font un sort aux trois énormes mulets sortis de l'étang. Nous allons donc avoir une zone occupée et une zone libre, ici dans le Sud ?

— Je ne sais pas très bien, hésite Gianni. En principe, oui. Mais la zone dite libre relèvera malgré tout d'un gouvernement qui collaborera avec celui de Hitler...

Combien de temps pourra durer cette sorte de partition, Gianni l'ignore. Cela dépendra sans doute, pense-t-il, de l'évolution de la guerre sur d'autres fronts. Mais pourquoi les nazis se contenteraient-ils d'une partie seulement du territoire français ? Et s'ils devaient un jour se défendre ne serait-il pas plus simple pour eux de le faire sur la côte plutôt qu'à l'intérieur du territoire français ? Se défendre ? Gianni continue à espérer une rupture du pacte germano-soviétique, une entrée en guerre de l'URSS contre l'Allemagne nazie. La logique. La logique et la morale. Mais que pèse la morale ?

— Staline pourrait changer d'attitude, émet faiblement Gianni. Et tout, alors, serait différent.

— Mais en tant que... communiste, vous vous sentez l'allié des nazis ? demande Joséphine de Portallan. Je ne devrais pas poser ce genre de question, mais je ne comprends pas.

— Vous avez raison de poser cette question. Elle me soulage, même. Je ne me sens à aucun titre l'allié des nazis, martèle Gianni Monti, et la presque totalité mes camarades pense comme moi. Nous ne pourrons pas rester au Parti.

— Mais pourquoi Staline...

— Pourquoi ? Parce qu'il ne veut pas participer à une guerre maintenant, parce que le régime soviétique n'est pas très solide, parce que faire la guerre signifie distribuer des armes qui pourraient se retourner contre l'appareil... Voilà pourquoi ! Ce n'est pas brillant, je suis d'accord. Mais le pacte avec Hitler est un crime contre l'esprit.

— Moi, ce que je crois, intervient Hélène, c'est que Hitler ne voulait pas avoir de souci à l'est, tandis qu'il dépeçait le reste de l'Europe. Et puis un jour, il attaquera l'URSS, les bolcheviques comme ils disent. C'est ça, la logique.

— Hélène a probablement raison, relève Bernard de Portallan. Si Hitler est vraiment atteint de mégalomanie furieuse...

— Encore tous ces morts ! Je crois que votre génération, ajoute Joséphine de Portallan en se tournant vers les plus jeunes, aura une grande responsabilité quand tout sera terminé – parce que Hitler finira par perdre cette guerre, cela ne fait aucun doute – et cette responsabilité, ce sera d'organiser l'Europe pour que les peuples qui la composent ne puissent plus jamais se détruire mutuellement. Ces peuples partagent plus de valeurs qu'ils n'ont de raisons de se battre. Mais, monsieur Monti, vous n'avez pas tout à fait répondu à ma question : dans la pratique, maintenant que la guerre est... finie, comment va s'organiser notre vie ?

— Vous ne verrez pas grand changement, mère, dit Louis Rintier, silencieux jusque-là comme à l'ordinaire. L'activité économique continue, renforcée même par ceux qui vont fuir la zone occupée. Quant à la ville, en raison même des excès de tous ordres qui y ont été commis, elle est placée sous tutelle par l'Etat depuis plus d'un an et c'est le préfet qui, dans la pratique, remplace le maire...

— Enfin, Louis ! relève Bernard. Je veux bien qu'apparemment les changements ne soient pas évidents, mais ne tombons pas dans l'angélisme. La censure, par exemple ! Nous n'y couperons pas ! Et à ce sujet, je crois que maman avait raison quand elle en parlait avant le repas : nous devons nous préparer à aider tous ceux qui vont échouer ici, à Marseille, fuyant le désastre, à la recherche d'une retraite ou d'une destination sûre.

— Tu penses aux Juifs ? demande Hélène. Un de nos professeurs nous en a parlé. Les autres ont l'air de ne pas savoir très bien.

— Oui, aux Juifs en particulier, répond Bernard. Mais c'est vrai : les informations sont difficiles à interpréter. Il ne faut pas croire qu'ils seront particulièrement bien accueillis ici. Tout ce que j'entends me confirme dans l'impression que Marseille est assez largement acquise à Pétain.

La ville, depuis quelques jours, était submergée par les vagues de l'exode en provenance du nord de la France. Vieillards, enfants, femmes et hommes déboussolés se logeaient comme ils le pouvaient dans les hôtels surpeuplés, s'installaient dans des abris de fortune sur les terrains publics, en particulier la zone démolie derrière la Bourse, couchaient dans les voitures ou à même le trottoir.

Pour le reste, Marseille ne semblait pas en état de guerre, malgré les camions militaires rangés le long du Prado, les quelques tanks stoppés au parc Chanot et les sacs de sable disposés ici ou là sur le Vieux-Port. Il avait fallu le bombardement italien du 21 juin, qui avait fait près de cent cinquante morts essentiellement d'ailleurs dans les vieux quartiers à forte population d'origine transalpine, pour le lui rappeler durement. Mais au total, loin des combats, échappant à l'occupation, les Marseillais avaient en général accueilli, la stupéfaction passée, la fin du conflit avec soulagement. Et donné leur confiance au vieux maréchal.

— Mais tu voudrais qu'elle soit acquise à qui, notre confiance ? demande Louis Rintier. A ton... de Gaulle, c'est ça ?

— Louis, je vous en prie ! se fâche Joséphine de

Portallan, interrompant un début de discussion qui risquait de mal tourner.

La vieille dame, soudain, semble perdue dans ses pensées et chacun respecte son silence. Puis elle dit d'une voix lente, concentrée, donnant à son propos une densité inhabituelle :

— Bernard ? Aux *Cahiers*, ta revue, tu vas sûrement être en contact avec des gens qui fuient le nazisme, des artistes, des écrivains, des musiciens. Je serais heureuse de les héberger ici, à Hauterive, le temps qu'ils trouvent un pays d'accueil plus sûr, qu'ils obtiennent un visa, qu'ils puissent prendre un bateau…

— Maman ! Ça va représenter beaucoup de fatigue ! dit Bernard.

— De fatigue ? A mon âge ? C'est le moment ou jamais de me fatiguer un peu, sourit la vieille dame. A moins que les uns ou les autres, vous y soyez opposés ? Mais présentez-moi de bons arguments !

— C'est une très bonne idée, madame, dit Emilio Barutti. Vous pouvez compter sur mon aide. Sur notre aide à tous.

Un brouhaha joyeux suit immédiatement l'intervention du fermier, comme si la petite communauté venait de trouver une raison de vivre. Louis Rintier pique du nez dans son assiette mais Bernard lui assène, en riant, une claque sur l'épaule :

— Bombe le torse, Louis ! On ne t'entraîne pas dans la révolution ! N'aie crainte !

Hélène, émue, s'est levée pour aller embrasser sa grand-mère. Elle ne sait pas s'il s'agit d'une grande décision mais elle sait en tout cas qu'elle ne va pas se contenter d'être la spectatrice passive, et donc un peu complice, de la médiocrité et de la faiblesse. Relever la tête, d'une façon ou d'une autre ! Réagir ! Dans le chaos dont elle devine la proximité, une lueur tremblote. Allumée par une femme de soixante-quinze ans. Elle se sent envahie d'une fierté qui balaie l'absence honteuse du père. Elle sent la main de Sandro qui effleure son dos. Quand elle se retourne, il sourit. Elle sait que désormais il a, lui aussi, repris confiance.

— Je ne suis pas très doué pour les compliments, dit Gianni Monti dont la voix couvre les apartés autour de la table. Et je ne connais que le langage de la rue. Mais permettez-moi de vous dire, madame, que vous en avez dans le pantalon !

— Gianni ! crie Maria, affolée.

Joséphine de Portallan se lève en riant de bon cœur.

— Je ne m'étais jamais posé la question, monsieur Monti. Mais, maintenant que vous le dites… Allons boire le café !

CHAPITRE 33

Joséphine de Portallan a découvert avec émerveillement le téléphone, qu'elle a finalement réussi à faire installer à Hauterive. Elle a surveillé l'implantation des poteaux de bois, un peu à l'écart de l'allée principale, avec autant d'attention que si elle avait préparé des malles-cabines pour un long voyage, auquel d'ailleurs elle assimile cette aventure technique. Désormais, elle confie volontiers à ses interlocuteurs, avec une mine d'enfant gourmand : « Vous pouvez toujours m'appeler. C'est le numéro 15 à Vitrolles. »

Aujourd'hui cependant, la vieille dame n'aime pas beaucoup utiliser l'appareil de la propriété pour ses activités qu'elle qualifie de « parallèles ». Il faut en effet passer par une opératrice, ce qui laisse des traces. Ses interlocuteurs l'ont mise en garde. Peter Master, par exemple, un jeune Américain qui, pour le compte d'une fondation de Boston, s'occupe de réfugiés désirant quitter la France.

— Nous devons nous préparer à recevoir un ami pianiste autrichien, lui dit-il ce matin au téléphone. Pouvez-vous le prendre en charge ?

— A partir de quand ? demande Joséphine de Portallan. Je ne me plains pas, mais les amis sont nombreux, en ce moment.

— Dans une dizaine de jours.

— Je suppose qu'à cette époque R.M. nous aura quittés ? Vous voyez ?

— Parfaitement. Il sera déjà à Lisbonne. Les Dominicains ont réglé le problème du passage par l'Espagne.

Dans les milieux artistiques et intellectuels, la « campagne Portallan » est, en moins d'un an, devenue presque célèbre. Une fois la confusion patronymique élucidée – Sébastien, le « mouton noir » de la famille, figure désormais parmi les dirigeants officieux de l'extrême droite marseillaise – la nouvelle vocation de Hauterive avait fait l'objet d'un bouche-à-oreille flatteur, mais dépassant largement dans ses conséquences l'attente de Joséphine de Portallan. La quasi-totalité des chambres disponibles à la bastide sont en permanence occupées par des musiciens, des écrivains, des peintres, des philosophes, d'origine juive pour la plupart, qui viennent à Marseille chercher une sécurité temporaire avant d'embarquer pour le Portugal, l'Angleterre ou, rêve de tous, les Etats-Unis.

La vieille dame est devenue une interlocutrice quotidienne des organismes d'aides aux réfugiés, en particulier la compagnie d'émigration juive et le réseau américain de secours, très actifs, mais débordés de demandes. On évalue en effet à près de deux cent mille le nombre d'étrangers en résidence dans les Bouches-du-Rhône. Tous ne cherchent pas à quitter le pays, mais ceux que l'on peut considérer comme des réfugiés étrangers sont au moins quinze mille.

— Je refuse que ma maison serve à héberger tous ces Juifs ! Marseille, c'est la nouvelle Jérusalem de la Méditerranée !

Sébastien de Portallan, qui n'a plus mis les pieds à Hauterive depuis près de deux ans, est planté devant sa mère, les mains sur les hanches, tremblant, au comble de l'exaspération.

— Je te prie de te tenir convenablement, rétorque la vieille dame, pâle mais déterminée. Ta maison ? Tu es ici chez moi, je te prie de ne pas l'oublier. Je veux bien t'y accueillir, mais je me demande bien pourquoi, vu ta conduite inqualifiable. Tous ces Juifs, dis-tu ? Eh bien oui, et j'en suis fière. Et j'ai honte de toi.

— Tout ça, c'est l'influence de Bernard et de ses *Cahiers du Sud* ! On soutient les métèques et les communistes contre les bons Français ! Il a même embrigadé mes gosses. Savez-vous que vous êtes une minorité ?

Joséphine de Portallan s'en doute. Les premiers décrets visant les Juifs et les francs-maçons n'ont pas soulevé de protestations particulières. Et c'est semble-t-il dans l'enthousiasme que la population marseillaise a accueilli au début du mois de décembre 1940 la visite du maréchal Pétain. Il s'est même trouvé un artisan local pour fabriquer un santon représentant Pétain en tenue militaire ! Surprenante avancée de l'ordre moral dans une ville que l'on considérait comme « rouge » trois ans plus tôt, et que la droite locale, qui pourtant abrite dans ses rangs des patriotes convaincus, vit comme une revanche sur le Front populaire, la menace bolchevique.

Marseille en réalité, comme souvent dans son histoire, fait le gros dos. Les ressorts de la ville n'ont pas changé en quelques mois, et le rapport des forces politiques ne s'est pas sensiblement modifié. La ville attend, du moment qu'« on lui fout la paix ». Elle donne le change, elle agite des petits drapeaux, mais elle observe, les yeux mi-clos, comme un vieux fauve au soleil. Elle laisse les extrémistes de tous bords s'agiter, ce qui n'est pas une nouveauté.

— Tu es un âne, Sébastien ! Je me moque d'appartenir à une minorité et je n'ai besoin de personne pour respecter l'honneur et la dignité, pour pratiquer la charité. Tu ferais mieux de réfléchir, si tu en es encore capable et s'il en est encore temps. Et je t'interdis de t'adresser à moi de cette façon ! Tu n'es pas dans un cabaret !

La voix de la vieille dame a grimpé d'un ton et Sébastien de Portallan se sent désarçonné.

— Un jour ou l'autre, vous aurez d'énormes ennuis !

Vous ne croyez quand même pas qu'on va vous permettre, ici, à Hauterive, de continuer à entretenir des filières d'évasion de Juifs ?

— Qui ça, « on » ? Toi ? Tes amis les voyous ? Tes complices politiques pro-nazis ? Tes Simoni et compagnie ?

— Exactement. Déjà, Hauterive est considéré comme un chancre !

— Et vous compteriez m'interdire de recevoir qui je veux sous mon toit ? Autant que je sache, vos lois antijuives, oui, celles de la fin de l'an dernier et du début du mois de juin de cette année, ne s'étendent pas aux propriétés privées. Vous pouvez les exclure de l'administration, de l'enseignement, de l'armée, de la presse, de la radio, des spectacles, de la banque, que sais-je encore... mais vous ne pouvez pas, moi, m'interdire d'accueillir quelqu'un sous mon toit sous prétexte qu'il a deux grands-parents juifs. Vous êtes des malades mentaux, c'est tout !

— C'est ce qui va se produire, si vous ne décidez pas vous-même de mettre un terme à ces... activités.

— Et tu favoriseras cette décision ?

— Bien sûr ! Dans votre intérêt, dans le mien, et dans celui de toute la famille !

La vieille dame semble se recueillir, les mains jointes, puis elle lève un regard embué qu'elle plante dans celui de son fils.

— Alors, écoute-moi bien, Sébastien, car c'est peut-être la dernière fois que je te parle. Tu restes mon fils. Mais puisqu'il s'agit de m'interdire de recevoir qui je veux sous mon toit, je t'interdis de revenir à Hauterive. Tu peux te retirer.

Elle laisse passer un moment.

— Essaie de prier, Dieu t'apportera peut-être son aide. En tout cas, je le ferai pour toi.

De loin, Hélène a assisté à l'arrivée de son père. Elle a vu le chauffeur descendre de la Citroën Traction avant noire, une 15 CV à la pointe de la technique, et ouvrir la portière arrière, puis Sébastien surgir, sanglé dans un costume croisé bleu marine sous lequel on devine un embonpoint envahissant, coiffé d'un feutre gris à large ruban, les joues pendantes et couperosées. Elle a enregistré un surprenant haut-le-cœur. D'ordinaire on ne voit pas ses parents vieillir et d'ailleurs, pense-t-elle, ils ne vieillissent pas réellement.

Elle a l'impression de contempler son père à travers un prisme déformant et, de temps en temps, surgit le visage riant de ce même homme, jeune et espiègle. Elle hésite à le rejoindre. Mais que lui dire ? N'avoir rien à dire à son père, ne pas souhaiter l'approcher, ne pas attendre sa main ou son regard, mais au contraire se tourner vers les marais salants et marcher seule sur le chemin !

Hélène ravale un sanglot. Elle imagine que dans quelques instants elle reviendra sur ses pas. Elle verra son père vêtu d'un vieux pantalon et de grosses chaussures. Depuis la terrasse il lui fera signe : « Je sors en barque poser quelques nasses. Tu m'accompagnes ? Raconte-moi ce que tu as préparé cette semaine. Moi, j'ai eu du boulot par-dessus la tête. Et Sandro ? » Il y aurait un père et une fille, adulte. Deux êtres vivant dans la confiance, la complicité et l'affection. De loin, Marc crierait : « Et moi ? Je peux venir aussi ? » Plus loin encore elle entendrait le rire en cascade de sa mère qui recommanderait : « Ne rentrez pas trop tard. Il ne fait quand même pas très chaud. » Bien sûr, la guerre serait toujours présente, mais elle ne se doublerait pas de ce déchirement affectif insupportable, plus scandaleux que la guerre elle-même, fruit pourri d'un enfantement monstrueux, comme *a posteriori*. Je ne veux pas, je ne peux pas être la fille d'un nazi.

Les liens entre Sébastien et Simoni sont de notoriété publique, leurs accointances avec l'extrême droite fasciste et la partie du milieu qui la soutient quasiment officielles. Sébastien de Portallan, qui a établi des relations cordiales avec tout ce que le Midi compte d'ultras à particule, passe pour un des financiers des deux journaux édités à Marseille et qui défendent les thèses nazies. On lui prête même un rôle décisif dans la conduite du *Petit Marseillais*, ouvertement collaborationniste, et dont les presses servent également à imprimer *Gringoire*, un torchon antisémite.

Dans l'esprit d'Hélène, cette ignominie est aujourd'hui beaucoup plus importante que ce qu'elle appelle désormais les « histoires de fesses » de son père. Elle pense que la liaison de celui-ci avec la « chanteuse de claque », comme elle dit, se poursuit, mais du moment que son père n'agresse plus sa mère, elle n'en demande pas plus. « Il finira par attraper une sale maladie, a-t-elle un jour plaisanté devant Sandro. Et je ne verserai pas une larme. » De la pointe de sa chaussure, elle envoie au loin un des cailloux du chemin. Il est temps de rentrer à la bastide, pense-t-elle. Il a dû partir. Mais qu'est-il venu chercher, réclamer ? De l'argent, encore ? Elle ne veut surtout pas le croiser. Elle espère que sa grand-mère l'a mis à la porte, et définitivement.

Définitivement ? Hélène a l'impression, fugitive, qu'elle ne reverra plus son père. Elle n'en conçoit, curieusement, aucune peine. Plutôt un certain soulagement. Elle aperçoit la Citroën qui soulève un petit nuage de poussière en fonçant vers le portail. Il est parti. Mon père. Il a disparu. Sa gorge se serre.

La scène que Sébastien vient de faire à sa mère semble à Bernard de très mauvais augure. Elle l'a mis à la porte, ce qui est mérité et représente le cadet de ses soucis. Mais ce qu'il a annoncé à propos de l'aide aux réfugiés, il n'a pas pu l'inventer. Ses liens avec la collaboration lui permettent certainement d'être au courant de nombreux projets, à supposer qu'il ne participe pas lui-même à leur préparation.

— D'ici à ce qu'on nous interdise, murmure Bernard, d'accueillir ces malheureux...

— Comment ça, interdire ?

— Oh, c'est très simple de pondre des circulaires. A Vichy, ils font ce que demandent les Allemands. Il m'arrive de penser qu'ils précèdent, même, les demandes des Allemands…

Par exemple, songe Bernard, ce recensement des Juifs qui vient d'être commandé ! Autant qu'on sache, il s'agit d'une initiative de Vichy. Les maires vont obéir, bien sûr. Et les dénonciations… Comment utiliseront-ils ensuite ce fichier ? Et ce salaud de Xavier Vallat, le commissaire du gouvernement aux questions juives, comme ils disent ! Les questions juives ! Quelles questions juives ? Nous l'avons, le programme ! Les nouvelles mesures, avait-il prétendu, étaient rendues obligatoires au terme d'enquêtes de la Sûreté nationale révélant, de leur part, des actes qui nuisaient au redressement national, à la défense de la monnaie et aux relations extérieures de la France, pas moins ! Comment peut-on gober de pareilles idioties ? La même argumentation qu'en Allemagne, un peu plus tôt. Et bientôt la même étoile jaune ?

— Au moins, Marseille est un port, dit Hélène. Les gens peuvent partir, se sauver.

— Pas tous, on est bien placés pour le savoir, soupire Bernard. Pas la majorité. Il faut des relations… et de l'argent. Et puis un port, dans certaines conditions, cela peut se transformer en véritable souricière. Le plus terrible des pièges. Tout ça me colle la trouille.

— Qu'est-ce qu'on fera, Bernard ?

— On se couchera ou on se battra. Il n'y a pas trente-six solutions. D'une certaine façon, nous avons déjà choisi.

— Les gens que nous aidons, nous ne pourrons pas les laisser tomber, sous prétexte qu'on nous l'interdit, remarque Hélène. Nous continuerons, mais de manière clandestine. C'est le minimum.

Sans y prendre garde, ils ont poursuivi leur marche au-delà de la bastide, et leurs pas les portent, à travers la pinède, vers la plage. Ils s'assoient sur le sable. C'est samedi et une vingtaine d'enfants s'ébattent au bord de l'eau en piaillant, surveillés par leurs parents qui ont étendu sur le sol des serviettes multicolores. Les familles viennent des villages voisins, Vitrolles et Rognac. Plusieurs villas ont été construites sur les terrains vendus par les Portallan. L'été, quelques campeurs s'installent sous les tamaris, à une vingtaine de mètres du rivage. Une buvette de bois et de canisses ouvre le dimanche. Le patron y sert des panachés et, en douce, des verres de Ricard.

— Tout change, même le paysage, dit la jeune fille en agitant le bras en direction de Berre. Cette raffinerie de pétrole... Franchement, c'est vilain, même de loin. Et en plus, les jours de mistral, ça pue ! J'espère qu'ils ne vont pas faire des petits. Et ils peuvent raconter ce qu'ils veulent, je suis sûre qu'à la longue, ils vont polluer l'étang.

— L'essence, tu y penses moins quand tu conduis ta voiture, hein ?

— C'est vrai. Je suis même contente d'en trouver, aujourd'hui.

— Et tu te rends compte de ce que tu envoies dans l'atmosphère ?

— Moins que les fumées d'usine, réplique Hélène, mais le jour où nous roulerons tous en voiture, où il y aura deux voitures par couple... une pour toi, une pour Gina, par exemple... Une petite Ronsengart...

Bernard regarde la jeune fille qui, les lèvres pincées pour ne pas rire, fixe l'horizon auquel la tombée du jour confère une transparence paisible. Depuis qu'elle a reçu les confidences de Gina, Hélène brûle d'entendre Bernard.

— Qu'est-ce que tu sais, toi ? demande-t-il, amusé, au bout d'un moment.

— Rien. Je devrais savoir quelque chose ?

Hilares, ils tombent dans les bras l'un de l'autre.

— Même si Gina ne m'avait rien dit, je l'aurais deviné...

— Sûrement pas ! Je ne veux pas que ça se sache. Je ne suis pas très fier, d'abord.

— Tu vas l'épouser ?

— L'épouser ? Personne n'a parlé d'un tel événement. Moi, le mariage, tu sais… Et puis, je ne pense même pas qu'elle le souhaiterait. C'est une drôle de fille, Gina. Elle va demander son premier poste de professeur. Tu as envie de te marier, toi ?

— Un jour, sûrement ! Mais pas maintenant.

— La guerre, ça n'incite pas trop aux grands projets personnels, hein ? Comme tout devient bizarre…

On parle d'amour, on parle de nature, et la guerre survient dans la conversation, presque naturellement, songe Bernard. Elle nous façonne, entre en nous, estompe l'avenir. La moitié du pays est occupée, de Gaulle continue le combat, mais pendant ce temps, par exemple, on monte des expositions, on enregistre des chansons, on réalise des films… Sans doute n'a-t-on jamais autant tourné qu'en ce moment, dans les studios de la rue Mermoz, à Saint-Giniez. Et pourtant la guerre est là, elle continue sur d'autres fronts. L'économie alimente la guerre, et nous ne nous en rendons qu'à peine compte.

— Ça t'amuserait d'assister au tournage d'un film ?

— Bien sûr. Tiens, je n'ai jamais pensé aux métiers du cinéma.

— Où tu en es, d'ailleurs ? Tu vas chercher du travail ?

— Non. Pas avant un moment. D'abord, l'activité – « parallèle » comme dit grand-mère – de Hauterive me prend beaucoup de temps. Et puis, je veux passer mon doctorat avant d'être avocat. Mais cette guerre…

Ils se lèvent. Le ciel est devenu mauve. La plage est maintenant déserte et seul un léger clapotis trouble le silence. Sur leur droite, ils voient quelques lumières s'allumer presque en même temps.

— Ah, les Rintier dépensent un peu d'argent, dit Bernard en souriant. Ça doit leur fendre le cœur…

Ils vont s'agenouiller au bord de l'eau et s'aspergent longuement le visage.

— Que c'est bon, l'eau salée, murmure Hélène. J'ai toujours eu l'impression qu'elle purifiait mieux que l'eau douce. Je n'aime pas tellement l'eau douce, finalement. De temps en temps, je vais nager au Chevalier Roze à Marseille, mais ce n'est pas très agréable.

Hélène glisse sa main dans celle de Bernard.

— Viens, mon tonton, on rentre, dit-elle. On n'arrive pas à être vraiment gais, hein ? Et puis nous avons du monde à dîner, non ? Comme tous les soirs, comme à midi... Ils sont combien, en ce moment, à la bastide, nos malheureux ? Douze, non ? Quel courage, grand-mère ! Mon père est un beau salaud !

Elle s'en veut de penser encore à son père. Elle voudrait l'avoir oublié. Mais on ne se débarrasse pas aisément d'une partie de soi-même.

CHAPITRE 34

Simoni avait vu Darnand. Il disait ça en se rengorgeant, comme s'il était encore monté en grade. Il regardait Sébastien de Portallan de ses yeux de métal, pointus comme des clous. C'était à se demander s'il ne jouait pas la comédie, s'essayant à des rôles de gangster.

Les résultats du recensement étaient bien ceux que l'on attendait. Que l'on craignait. Dans le département, il devait y avoir près de quarante mille Juifs. Est-ce que Sébastien se rendait compte ? Quant au nombre d'étrangers... C'était l'envahissement. Une cour des miracles, on allait avoir. Une République des métèques. Va-t'en redresser un pays « avec ça » !

— Fais attention, réplique Sébastien de Portallan. Tu peux considérer qu'en gros la population marseillaise était au moment de l'armistice favorable à Pétain – mais s'agissait-il d'une particularité régionale par rapport au reste du pays ? En revanche, ici, les gens ont l'habitude des étrangers, même si de temps en temps ils veulent les foutre dehors.

Simoni grogne. Que voulait-il dire, ce con de Portallan, avec son habitude des étrangers ? Toujours la même histoire, les peuples et les cultures mêlés depuis vingt-cinq siècles ? Ça signifiait quoi, de remonter aux Grecs, aux Romains et tutti quanti ? Il y a les bons Français et les autres, qui viennent se servir dans ton assiette et qui te filent des poux. Que lui avait-on fait lire, récemment, à Simoni ? Un article d'un journaliste célèbre, pas n'importe qui, un certain Albert Londres. Il pouvait citer son texte, presque de mémoire : « Voilà les gourbis, les bicots et les mouquères. Voilà le parfum de l'Orient, c'est-à-dire l'odeur d'une vieille chandelle en train de frire dans une poêle. Voilà, pendus aux portes, les moutons aux fesses vieilles et talées. Voilà les sidis rentrant à la casbah après le travail au port. Cédez le trottoir et ne parlez pas aux femmes, cela ferait une bagarre, vous êtes en territoire arabe. Vous êtes à Sfax, à Rabat et dans le ghetto d'Oran. Rien n'y manque. Le réchaud à café turc, le lumignon au plafond et la pénombre malsaine et tentante des villes méditerranéennes. Maintenant sauvez-vous ; voilà les poux ! » Près de vingt-cinq ans, qu'il avait été écrit, ce texte ! Et depuis, tout avait empiré.

— Ce que je veux dire ? marmonne Sébastien. Simplement que nos idées, en matière de purification raciale, ne sont pas partagées par le plus grand nombre. Loin s'en faut. Ici, tu viens de n'importe où, et tu deviens marseillais. Au bout d'un certain temps. Si tu le veux. Il faut le savoir.

— Tu doutes ? Tu doutes de la nécessité du redressement national ?

— Pas du tout. Sinon, je ne serais pas là. Mais ça ne sert à rien de se voiler la face. Le mélange des cultures, à Marseille, c'est un peu une seconde nature. Que tu sois d'accord ou pas.

— Ah ! L'influence familiale ! ricane Simoni. Madame mère t'a remonté les bretelles, mon petit Sébastien ? C'est facile de tenir de pareils propos, quand on traîne des particules et qu'on a fait pousser la charrue aux fermiers pendant des siècles. Tu l'as prévenue, au moins, d'arrêter son mic-mac avec les réfugiés ? Oui, je te parlais de Darnand. Ça ne m'étonnerait pas qu'on assiste, dans les semaines ou les mois à venir, à un bon coup de balai.

Il devenait radical, Simoni. Radical et presque gros-

315

sier. Sébastien le sentait tendu comme une rafale de vent au ras du sol. Ils marchaient, ce qui était rare, et Simoni regardait droit devant lui sans se soucier des passants venant en sens contraire. Ils remontaient la rue Sainte, qui est parallèle au quai de Rive-Neuve, une des plus vieilles rues de Marseille. Il y avait tellement de rues portant le nom de saints ou de saintes à Marseille que le conseil municipal, prétendaient certains, avait fini par tomber en panne d'imagination. On avait baptisé la rue : Sainte, sans patronyme. En fait, il s'agissait de l'ancienne via Sacra conduisant à l'abbaye de Saint-Victor.

Simoni, petit bouledogue pressé, oubliait pour une fois de rendre leur salut à ceux qu'ils croisaient.

— Un bon coup de balai ? reprenait Sébastien.

— Tous ces Juifs étrangers, que font-ils chez nous ? On les renvoie d'où ils viennent !

Sébastien de Portallan regarde Simoni avec attention. Le politicien, visiblement, détient des informations. Pour le moment, il demeure mystérieux, mais il finira bien par en confier une partie au moins à Sébastien. Progressivement, le Corse est devenu en même temps plus hermétique et plus désinvolte, plus cynique et plus familier, comme si côtoyer en permanence l'échec et le succès lui avait affûté le caractère à la manière d'une lame.

Mois après mois, les liens entre les deux hommes se sont renforcés. La première cargaison de drogue importée a laissé à Sébastien de Portallan de substantiels bénéfices et, les dernières digues morales ayant cédé, lui a permis d'envisager de nouveaux développements de son empire. Une pieuvre grise mouvante et informe qui se déplace au gré des faillites, des achats, des reventes, des participations, des prête-noms et dont nul, y compris chez les banquiers, n'est aujourd'hui capable de dessiner l'anatomie. Simoni, avec machiavélisme, entretient sans cesse Sébastien de projets de « financements » divers et, plus particulièrement, de cette gigantesque opération immobilière dans les vieux quartiers qui bordent le port. « Nous serons milliardaires, collègue ! » lui répéte-t-il. Ce qui a justifié un deuxième déchargement de sacs, transférés, selon les renseignements obtenus par Sébastien, vers de minuscules ateliers de traitement disséminés dans les environs d'Aubagne.

Sébastien de Portallan s'est habitué au contact quasi permanent de la pègre, qui a fini par représenter l'essentiel de ses fréquentations, orchestrées par une Doris ayant abandonné toute discrétion et pressant, désormais âprement, son amant de divorcer. Il a néanmoins jugé provocatrice l'intervention publique d'Antoine Simoni en faveur d'un truand notoire au mieux avec les forces d'occupation. « Nous ne risquons plus rien, Sébastien ! a rigolé Simoni. Tu as peur de ton ombre ! Ils font tous dans leur froc ! Le patron de Marseille, demain, c'est moi. Ne te trompe pas. »

Et effectivement, même si bars, restaurants, cabarets, cercles de jeux, bordels n'appartiennent pas à Simoni mais à quelques gangsters locaux qui semblent obéir à une organisation très structurée, Simoni est accueilli partout comme une sorte d'empereur. Autour de lui, sur une sorte de deuxième cercle, plus large et plus mondain, on trouve des hauts fonctionnaires, des hommes d'affaires, des responsables politiques, des négociants. Ceux-ci, à un titre ou un autre, assurent au clan Simoni une assise de respectabilité tout en faisant fructifier les prébendes qui leur ont été concédées. On trouve même Simoni derrière un quotidien qu'il a contribué à créer, *Marseille-Matin*. Le fait qu'il puisse, lui un homme se prétendant « de gauche », être défendu par un journal solidement ancré dans une droite dure, ne semble gêner personne.

En ce printemps 1942, les deux hommes se voient presque quotidiennement. Seuls ou en compagnie de Sauveur Ruli et d'un nouvel homme de confiance de Simoni, Arnold Schroeder, un jeune Autrichien parlant parfaitement le français et de toute évidence homosexuel. La Méditerranée, soigneusement protégée, est devenue leur QG. La salle du fond, pratiquement, leur est réservée. La plupart du temps, ils y accèdent par la ruelle qui court à l'arrière de l'immeuble, et les cuisines.

— Tu t'intéresses toujours aux œuvres d'art, Sébastien ? demande Antoine Simoni en se laissant tomber sur sa chaise après avoir pendu son veston au dossier.

— Oui. Pas à tout. Surtout aux peintres, disons contemporains. Pourquoi ?

— Parce qu'il y en a un certain nombre à racheter. En liquide, mais pour des nèfles !

— Tu as fait un héritage ?

— Tu peux dire ça comme ça, s'amuse Simoni. Hein, Sauveur, c'est un peu ça ?

Ruli et Schroeder sont hilares.

— Mais avant tout, dit Simoni, je me taperais bien un whisky. J'ai découvert cette boisson ennemie sur le tard, comme quoi tout n'est pas mauvais chez les English... Essaie le Johnny Walker, Sébastien, c'est meilleur que la fine... Et meilleur que l'alcool de topinambour dont notre gouvernement – que le ciel lui soit clément ! – vante les mérites auprès du petit peuple. Trop longtemps méconnu, le topinambour ! C'est une excellente plante potagère pour l'alimentation humaine, elle permet aussi de nourrir le bétail, et en plus on peut en tirer un marc étoilé ! Tu as déjà bu de l'alcool de topinambour, Sébastien, tu as déjà vu des éléphants roses ?

Ils éclatent de rire et passent commande auprès du serveur mis à leur disposition en permanence.

— On est sûrs de ce loufiat, Sauveur ? Bon. Ecoute-moi, Sébastien ! Il ne s'agit pas d'acheter deux ou trois croûtes, en l'occurrence.

Il s'agissait en quelque sorte – Simoni souriait finement – de sauver un patrimoine. Il fallait voir grand. Grand sur le plan financier, grand quant à l'organisation, grand en ce qui concerne le stockage. C'était pour ça que Simoni en parlait à Sébastien. Il avait l'habitude, Sébastien, avec toutes ses entreprises, ses locaux... La comptabilité, si ça ne l'emmerdait pas trop, ils allaient s'en charger eux-mêmes. Simoni, Ruli et l'Autrichien se regardaient en clignant de l'œil, lourdement. Une complicité qui sentait la vase.

Ils buvaient. Sébastien attendait. Malgré l'attrait de l'argent, il avait fini par redouter l'imagination sans limite du Corse. Simoni se renversait dans sa chaise et allumait une cigarette. Aujourd'hui, il y avait des gens – va savoir pourquoi ils ont le feu au cul, ricanait-il – il y avait des gens qui voulaient quitter Marseille rapidement. Seulement, aller vite et aller loin, avec une famille et en toute sécurité, ça coûtait cher ! Il fallait des tickets, des visas, des dossiers qui surgissaient au-dessus de la pile au lieu de rester bloqués dessous. Alors, souvent, on était obligé de vendre ce qu'on avait emporté avec soi. Des bijoux, des objets d'art, des toiles... De vendre dans les meilleurs délais. Et ce n'était pas facile de vendre, quand on ne connaissait personne en ville ! Donc on était content quand on obtenait un nom, et que le type, en face, sortait des bons billets craquants. Juste, non, ce n'était pas très juste, mais la vie n'était pas juste. Il ne fallait pas se trouver au mauvais endroit au mauvais moment. Et puis, on n'allait pas pleurer sur des étrangers, sur des Juifs pleins aux as. Simoni parlait du bout des lèvres, comme s'il crachait en même temps des morceaux d'aliments non comestibles.

Sébastien de Portallan repose ses couverts, s'essuie la bouche avec précaution et boit une gorgée d'un bandol rouge frais que le patron leur réserve.

— Antoine, en gros, ce que tu me demandes, c'est de devenir receleur ?

— Receleur ? feint de s'offusquer Ruli. Mais il ne s'agit pas de marchandises volées ! Ce sont les propriétaires qui vendent ! C'est complètement légal. Simplement, ils sont obligés de vendre à bas prix et en liquide, parce qu'ils sont pressés.

— Et ensuite ? Si j'ai bien compris, j'avance

l'argent et je stocke. Et qu'est-ce que je fais de tout ça ?

— Tu gardes ce qui t'intéresse, pour ta commission, et le reste, on l'écoule, dit Ruli. On sait comment. Arnold sait comment. Ne t'inquiète pas, les gens ne vont pas se présenter à tes bureaux, cours Pierre-Puget. Tu crées, nous créons, une société, un bel écran de fumée...

— Je vois, dit Sébastien.

En réalité, l'homme d'affaires sent qu'une partie de la donne lui échappe. Il comprend bien l'intérêt pour un particulier, lui-même en l'occurrence, de se procurer quelques œuvres d'art à des prix sans rapport avec ceux du marché, mais il voit mal à quel titre d'aussi gros poissons que ceux que Simoni représente perdraient leur temps dans un trafic, juteux peut-être, mais limité. Combien de personnes sont susceptibles de tomber dans l'escroquerie organisée qu'envisagent Simoni et ses acolytes ? Quelques dizaines, une centaine, deux cents ? Chaque réfugié ne se promène pas avec un Rubens roulé au fond de sa valise. Les profits que le clan Simoni peut attendre de l'opération sont sans commune mesure avec le reste de ses activités illégales, à commencer par la drogue. Et surtout, réalise Sébastien de Portallan, de quelle capacité de stockage, comme ils disent, auraient-ils réellement besoin ?

— Vous auriez besoin de quelle surface pour... entreposer vos achats ? demande Sébastien. Une vingtaine de mètres carrés, deux ou trois grandes caves ?

— Ah non ! intervient Simoni. Je te reconnais bien là, Sébastien. Tu vois tout riquiqui, c'est le manque d'ambition qui te perdra... Non, tu disposes bien quelque part, entre les Aygalades et La Valentine, d'un entrepôt désaffecté ? Tiens, par exemple, cette entreprise de tubes métalliques que tu as fermée il y a un an, vers Sainte-Marthe ? Il reste quoi, là-dedans ?

— Des tubes, comme tu l'imagines, sourit Sébastien.

— Tu as gardé du personnel ? Des gardiens ?

— Deux ou trois types qui se relaient, pas plus.

— C'est bien protégé, malgré tout ? s'inquiète Simoni.

— Oui et non. Il s'agit d'un entrepôt abandonné. Pas grand-chose à voler, mais je ne veux pas que n'importe qui puisse s'y installer. En ce moment... Le terrain est grillagé, si ma mémoire est bonne. Le bâtiment principal ferme au moyen d'un portail métallique cadenassé. Les petits bureaux, à côté, sont laissés aux gardiens pour y dormir et y faire leur tambouille. On a dû garder un ou deux chiens, je ne sais pas. Les environs sont assez déserts.

— Ça m'a l'air très bien, dit Simoni. Qu'est-ce que vous en pensez ? ajoute-t-il en se tournant vers Ruli et Schroeder. Vous buvez un autre whisky ?

Simoni se frottait les mains en se renversant dans sa chaise. Il levait son verre pour trinquer, aussi tranquille que s'il venait d'acheter un paquet de cigarettes. Il clignait de l'œil de nouveau, en direction de Ruli. C'était énervant et mortifiant pour les autres, cette manière qu'avait le Corse de considérer ses propres paroles comme définitives. C'était l'équivalent d'une porte de prison qu'on vous claquait au nez. L'affaire, pour lui, était conclue. Sébastien n'était qu'un pion, une quantité négligeable, une poussière que Simoni chassait de son costume comme il venait de le faire, du bout des doigts, négligemment.

— Antoine, est-ce que tu as remarqué que je ne t'ai toujours pas donné mon accord ? réplique, sarcastique, Sébastien de Portallan. Tu me prends pour un con. Tu n'as pas besoin d'une installation d'une pareille superficie pour le... petit commerce dont tu m'as parlé au début du repas.

Le silence s'établit autour de la table. Le visage mince et pâle de Simoni paraît se figer autour de ses maxillaires qui se contractent sous l'effet de la colère, tandis que ses yeux rapetissent brusquement.

— Sébastien, tu oublies qui est le patron, ici ! dit-il d'une voix sifflante. Tu me dois largement ce que tu es devenu, et d'ailleurs tu n'as plus le choix. Tu es mouillé jusqu'au cou, collègue, et beaucoup plus que moi, comme tu ne le sais peut-être pas.

Il laisse passer un moment, semble se calmer. Il sourit et lève son verre.

— Allons, ne nous fâchons pas ! Santé ! Tu as bien compris, Sébastien : il s'agit effectivement de ramasser un peu d'argent, mais il s'agit surtout de savoir si nous sommes prêts à en ramasser beaucoup. Si nous sommes capables de le faire. Du point de vue matériel et en ce qui concerne l'organisation. Je ne peux pas t'en dire plus. Parce que je ne suis sûr de rien et parce que je suis tenu au secret. Mais il faut savoir si tout fonctionne convenablement.

— Je ne comprends pas. A qui veux-tu racheter des objets d'art en quantités industrielles ?

— Qui t'a parlé de racheter, Sébastien ? dit Simoni d'une voix douce. Au début, oui. Mais après ?

Sébastien de Portallan ne réussit pas à avaler l'alcool qu'il conserve dans la bouche et qui, au bout d'un instant, brûle ses muqueuses. Il poursuit une information logée dans un coin de son crâne et qu'il ne parvient pas à rattraper. Qui cherche à partir ? Essentiellement les Juifs ! Tout d'un coup, il s'avance sur une plage déserte, au bout de laquelle s'étend une lumière phosphorescente, aveuglante. Il déglutit. Le recensement ! Une liste détaillée de tous les Juifs étrangers, commune par commune ! Qu'est-ce que Simoni peut bien envisager ? De quel nouveau projet tordu est-il encore porteur ? Assez souvent, de manière volontairement mystérieuse, Simoni l'entretient de ses relations politiques à Vichy. L'arrivée d'Arnold Schroeder dans le cercle de ses intimes à Marseille tend cependant à prouver que l'appui dont il bénéficie s'étend au-delà du gouvernement Laval.

Le port de l'étoile jaune a été rendu obligatoire en zone occupée au mois de mai 1942. Peu après la rafle du Vel' d'Hiv' à Paris, les premières rafles en zone libre ont conduit deux mille personnes, à partir du 28 août, au camp des Milles à côté d'Aix-en-Provence. Pour Marseille, c'est trois cents personnes qui sont dirigées vers l'enfer et la déportation.

Les hommes de main du clan Simoni sont passés immédiatement après l'arrestation des familles juives étrangères et ont tout ramassé. Tout ce que les malheureux n'avaient pu garder sur eux et qui avait quelque valeur, tableaux, meubles, objets d'art, collections de timbres…

Mais Marseille, où Pétain avait été acclamé en décembre 1940, n'était déjà plus la même ville. Les incidents avec les commissions d'armistice s'y multipliaient, la commémoration de l'assassinat du roi de Yougoslavie en 1941 avait été houleuse. Le 14 juillet 1942, à l'appel de Radio-Londres, plusieurs milliers de manifestants convergeaient vers la Canebière et pendant plus d'une heure y scandaient des slogans hostiles au gouvernement, avant de se rassembler rue Pavillon devant le siège du PPF. Des coups de feu étaient tirés, faisant deux morts dans la foule. Marseille avait basculé.

Le secret de la rafle de la fin août n'avait pas été totalement bien gardé et bon nombre de réfugiés avaient pu, grâce à de multiples complicités, se glisser entre les mailles du filet. En particulier ceux qui étaient hébergés à Hauterive. Mais Joséphine de Portallan avait été officiellement avertie que toute forme d'accueil, autre que strictement familial, lui était désormais interdite.

Le butin des vautours avait rejoint, dans l'entrepôt de Sainte-Marthe, le produit des premières escroqueries. Sébastien de Portallan, finalement alerté à l'initiative des gardiens de l'arrivée de plusieurs camions, n'avait pas mis longtemps à comprendre à quelle machination il avait prêté son concours. Il ne s'était pas déplacé, n'avait rien dit. Désormais, il préférait boire. Par faiblesse, par lâcheté.

Les deux gardiens, en revanche, avaient fouillé les caisses, les valises, les cartons, examiné les peintures.

— J'y connais que dalle, mais à mon avis y en a pour beaucoup de pognon, avait relevé Gustave Di Marco, un vieil ouvrier de l'entrepôt reconverti en gardien jusqu'à sa retraite. Tu crois que ça vient d'où ?

— J'en sais rien, avait répondu le jeune Simon, qui partageait avec lui les heures de veille. Y a de tout. Regarde. Ça, c'est des beaux tableaux modernes. Picasso, ça te dit quelque chose, non ? Putain, il fait des drôles d'affaires, le proprio. Comment il s'appelle, déjà ? De Portallan ? Un ami de Simoni…

— Bon ! Collègue, ça pue la merde. On va fermer notre gueule, mais on va pas fermer notre mémoire. J'enregistre, avait-il ajouté en piquant son index contre sa tempe. On verra bien.

— Ouais, ça m'étonnerait qu'il se lance dans l'antiquité. Il doit trafiquer quelque chose.

CHAPITRE 35

En novembre 1942, l'occupation de la zone sud par les Allemands, qui avait suivi le débarquement allié en Afrique du Nord, avait du jour au lendemain statufié la ville. Le trafic maritime avec le Maghreb et l'Afrique s'était brutalement interrompu. Les navires restaient à quai. Les dockers étaient réduits au chômage. Ce qui subsistait de l'économie marseillaise toussait comme un moteur en bout de course.

— Heureusement que nous avons Hauterive, dit Hélène à Sandro. On va commencer à manquer de tout.

Les deux jeunes gens dégringolent les escaliers de l'immeuble où Sandro occupe, sous les toits, une chambre sommairement meublée, mais encombrée de livres. Sa tanière, quand il ne dort pas à la Timone, l'hôpital où il est maintenant l'assistant du professeur Estrangin, en chirurgie. Hélène y vient régulièrement passer la nuit. Personne ne demande de comptes à la jeune femme. Il y a la guerre, la dislocation de la cellule familiale, les difficultés de déplacement. On devient rapidement adulte, dans ces conditions. « Je n'ai plus quinze ans, avait dit Hélène en souriant, à sa mère. Je sais ce que je fais, et Sandro aussi. » Simone de Portallan avait pensé qu'il était ridicule de chercher à sauver des apparences. Les troupes allemandes patrouillaient dans les rues de la ville. C'était une raison suffisante, malheureusement, pour rétablir une hiérarchie des tragédies.

— Ce sera dur, effectivement. Tous ceux qui vivent en ville en bavent, répond Sandro en saisissant la main d'Hélène tandis qu'ils arrivent au rez-de-chaussée. Mais la guerre vient peut-être de changer de face.

Avant de débarquer en Afrique du Nord, les Américains avaient infligé un sévère échec aux Japonais au large de Midway. Les Soviétiques avaient bloqué les troupes nazies entre le Don et la Volga. A Toulon, la flotte française, plutôt que de tomber aux mains des Allemands, avait préféré se saborder. 3 cuirassés, 8 croiseurs, 17 contre-torpilleurs, 16 torpilleurs, 16 sous-marins avaient été envoyés par le fond, 5 sous-marins gagnant l'Afrique du Nord. La Résistance, dans *Libération*, avait eu la bonté d'y voir une victoire, une éclatante manifestation de la volonté française de relever la tête. Hélène et Sandro étaient plus dubitatifs.

Depuis que, le matin du 12 novembre, les premiers détachements allemands avaient pénétré dans la ville par l'avenue des Chartreux et le boulevard de la Madeleine, la ronde des uniformes dans les rues de Marseille avait violemment modifié la perception que les deux jeunes gens avaient de la guerre. Le drame était devenu physique. Réquisitions, expulsions, arrestations s'étaient multipliées. Ils savaient aussi que, de l'autre côté de la Méditerranée, des troupes françaises se battaient, qu'en Angleterre des volontés de plus en plus nombreuses s'étaient regroupées autour du général de Gaulle, que sur le territoire national lui-même les patriotes relevaient la tête et s'organisaient. Ils pensaient que l'aide apportée depuis des mois aux réfugiés cherchant à fuir la France n'était plus à la mesure du conflit.

— Crois-tu que Bernard appartient à la Résistance ? demande Sandro.

— Ça ne m'étonnerait pas, mais il répondra sûrement par la négative. C'est le genre d'engagement autour duquel tu ne fais pas de réclame. Tu y penses ?

— Forcément. Et toi ?

Hélène murmurait de façon confuse en se serrant contre Sandro, le nez dans le col de sa canadienne. L'hiver était glacial. Les passants semblaient se faufiler entre les rangées de platanes dénudés, pressés d'échapper à l'étouffement, nouveau, de l'occupation.

Ici, dans le quartier qu'on appelle La Plaine et qui est pourtant le plus élevé de Marseille, une sorte de plateau entre la Canebière, la préfecture et le cimetière Saint-Pierre, les banales maisons grises et plates à trois étages forment un décor sans surprise qu'apprécient les retraités. Les loyers y sont modérés, l'atmosphère villageoise y compris les jours de marché. Quand il pleut, les ruelles qui « descendent » vers la ville se transforment en torrents.

C'est sous La Plaine que circulent au départ de la gare de l'Est les trams qui rejoignent Aubagne. Sept cents mètres de tunnel curieusement coudés. Pour suivre le tracé des rues en évitant de passer sous les immeubles, ont toujours prétendu les esprits rationnels. Simplement parce que les travaux ont été entrepris en même temps aux deux extrémités et que, les ingénieurs s'étant trompés, il a fallu raccorder les deux voies par des courbes, assure une explication traditionnelle vivace.

Sandro racontait en souriant cette histoire à Hélène, lui parlait de l'époque reculée où les rois avaient fait de ce quartier surplombant un peu la ville le lieu de rassemblement de leurs troupes, de l'ancien monastère des Pères minimes, de la maison natale d'Adolphe Thiers dont la mère s'appelait Fougasse, comme les pains découpés que l'on vend à Marseille, de l'église Notre-Dame du Mont – cette habitude marseillaise de tout grossir, même un talus ! – qui auparavant portait le nom de Notre-Dame de la Mer et où les marins portaient leurs ex-voto avant de se convertir à Notre-Dame de la Garde.

C'est nous qui devrions porter un ex-voto, aujourd'hui, disait Hélène en serrant son écharpe de lapin contre son cou. La mode, comme la cuisine, accommodait les bas morceaux. On élevait des lapins même sur les balcons, et l'on portait des fourrures de rencontre, la taupe teinte, la chevrette, le mouton... Elle pensait, sans trop savoir, que la fin de la guerre approchait. Elle en rêvait, plutôt. Elle s'appuyait au bras de Sandro, se laissait aller, lourde comme un devoir, comme une responsabilité qu'elle lui transmettait par le contact. Si on faisait des projets ? interrogeait-elle. Si on jouait à ce qu'on serait dans quelques années ? Il répondait avec prudence, un peu d'hésitation. Disait que la guerre risquait de les séparer, qu'il ne fallait pas prendre le risque de se meurtrir encore plus, que l'essentiel était le jour, la nuit que l'on partageait, que l'amour ne réclamait pas de projections, que le présent était merveilleux. Eux deux, au creux de leur lit tandis que le froid s'aiguisait avec l'aube qui vacillait encore. Elle le trouvait romantique et courageux. Et puis, finalement, il se laissait aller. Oui, ils se marieraient, ils auraient des enfants avec des prénoms modernes, ils habiteraient près de la mer, à la Pointe-Rouge par exemple. Hauterive ? Non. Il y aurait l'hôpital, les nuits de veille, la fatigue des opérations.

Ils rejoignaient le cours Julien qui s'appelait cours des Citoyens avant même la Révolution, ce que les riverains à l'époque n'appréciaient guère. S'arrêtaient pour boire un café, ce qui ressemblait à un café, une vague mixture à base de chicorée. Sandro croyait qu'à la ferme sa mère en possédait encore, qu'elle avait stocké comme le sucre quelques mois auparavant. Les paysans, disait-il, savent toujours ce qui va manquer, surtout les Piémontais parce qu'ils n'ont jamais rien eu.

Ils trouvaient le moyen de rire, ce qu'ils jugeaient presque incongru. Mais il fallait bien meubler cette étrange période. Hélène terminait ses études, mais elle n'avait pas la tête à ça. Sandro était tout à son activité de chirurgien, mais l'accomplissement de sa vocation, pourtant, le laissait insatisfait. La vie leur semblait se dérouler entre parenthèses. Avant la guerre, après la guerre, avaient-ils coutume de relever. Avant les Allemands, quand les Américains seront là.

Pour le moment, d'après ce que l'on entendait, les Allemands s'apprêtaient à fortifier la côte, du nord du port à Montredon, à construire un véritable « mur de la Méditerranée » pour contrer un probable débarquement. Ils faisaient évacuer les villas et les cabanons du côté de Bonneveine, de la Vieille-Chapelle, en détruisaient certains. La colère montait, progressivement, ils le comprenaient aux discussions des consommateurs, dans le café. Les premières rafles avaient agi comme la foudre. Et maintenant la Kommandantur, boulevard Périer ! Les arrestations, le chômage forcé, le rationnement. Marseille commençait à gronder. La ville regardait de l'autre côté de la Méditerranée, comme elle l'avait toujours fait. Mais cette fois-ci, pour des raisons différentes, qui ne tenaient pas à l'économie. Ou aux besoins de main-d'œuvre. Le salut viendrait encore des colonies, d'une France libre.

Sandro et Hélène avaient décidé de déjeuner à Callelongue. Une promenade pour amoureux, la dernière des calanques accessibles en longeant la mer, après les Goudes. Un bras de mer étroit comme une rivière au fond duquel sommeille un village minuscule, des barques et des filets qui sèchent au soleil, en dessous du sémaphore du cap Croisette qui sépare deux Provence : du côté de Marseille on taille les oliviers en couronne, comme en Grèce ; du côté de Cassis on les laisse pousser à leur guise, à l'italienne. Les murs de roche cascadent vers la mer, comme si une main divine avait organisé le désordre qui se poursuit avec l'île Maïre, pelée comme la main, refuge des oiseaux. Les calanques, déchiquetées, prennent des allures de monde surgi de la nuit des temps. Un paysage de tragédie antique. Sormiou, Morgiou, En-Vau, Port-Miou. Des fjords de marbre, des colonnes, des statues, des oiseaux en plein essor. Une pierre irréelle sculptée par des dieux inspirés ou sous l'emprise du vin. Une mer bleue et verte, glacée même en été, comme pour tenir le touriste à distance. Une beauté qui réduit le promeneur à sa composition première d'atome.

Ici, entre le ressac et l'odeur des pins, Hélène et Sandro atteignaient cette solitude qui permet d'occuper la totalité de l'univers.

CHAPITRE 36

La Vivaquatre a quitté Aubagne et, à petite allure, suit la route tortueuse de Saint-Zacharie, un joli village à une trentaine de kilomètres de Marseille.

Hélène de Portallan, qui conduit le véhicule, a ramassé son passager en voltige au bas des escaliers de la gare Saint-Charles. Il s'agit d'un homme d'une quarantaine d'années, plutôt petit, aux cheveux châtains et aux traits anodins, le nez chaussé de lunettes rondes bon marché.

Comme on le lui a demandé, elle a immédiatement tendu au voyageur une enveloppe contenant une carte d'identité et divers papiers. Elle a récupéré la carte dont son passager était porteur et l'a glissée dans un jeu de vieux plans routiers éparpillés sous son siège. Elle ignore le nom de l'homme. Elle ne le connaîtra jamais. Cela ne fait pas partie de ses responsabilités. De temps en temps, elle lui adresse quelques mots, histoire de meubler le vide, auxquels il répond courtoisement et brièvement, avec un léger accent qu'elle ne parvient pas à situer. Connaît-il la région ? Assez mal. A-t-il fait bon voyage ? Un peu fatigant, mais le temps des trajets confortables est terminé, n'est-ce pas ? A la dérobée, elle contemple son profil flou et se dit qu'elle sera bien incapable, dans deux heures, de le restituer de manière précise. Elle n'a même pas retenu la couleur de ses yeux. L'agent idéal, sans doute.

La route serpente, encaissée, vers le massif de la Sainte-Baume, le plus étendu et le plus élevé des chaînes provençales, qui culmine à mille mètres. La roche y est d'un blanc éclatant. La forêt, explique Hélène à l'inconnu, doit sa couleur dense et profonde à un mélange d'arbres méditerranéens comme les pins et les tilleuls géants, et d'arbres septentrionaux favorisés par l'ombre qu'entretiennent les hautes falaises du sud. Quant au nom, il correspond à la francisation du mot provençal *baoumo* qui signifie grotte. Marie-Madeleine s'y serait retirée durant plus de trente ans. Aussi la grotte était-elle devenue dès les premiers siècles un lieu de pèlerinage qui rassemblait aujourd'hui des milliers de fidèles.

Le soleil, déjà haut, chasse l'humidité de la nuit, entretenue par la vallée de l'Huveaune. Le printemps fait exploser des massifs de genêts entre les pins, les chênes et la rocaille. Hélène entrouvre sa fenêtre pour se gorger d'air frais, chargé d'odeurs sauvages mélangées à celle de la terre mouillée. L'homme, à côté d'elle, renvoie ses épaules en arrière, ferme les yeux, paraît retrouver un peu d'énergie. Après en avoir, d'un geste, demandé l'autorisation, il entreprend de rouler une cigarette. La fumée âcre du tabac brun pique les yeux d'Hélène qui rit en agitant la main. Non, cela ne la gêne pas. Elle-même fume trop, mais jamais le matin.

— J'ai faim, dit le passager. La nuit a été longue.
— Encore dix minutes, nous arrivons.

Hélène jette un regard dans le rétroviseur. Depuis leur départ de Saint-Charles, elle n'a en fait jamais cessé de surveiller la route derrière elle, ou les voies qu'elle croisait. Elle a doublé deux motos allemandes un peu après Saint-Zacharie. Il n'y a aucune raison qu'on la contrôle. Aucune raison pour que l'inverse ne se produise pas. Tout est en ordre, mais l'essentiel reste de se fondre dans le décor. Surtout au moment de prendre l'embranchement qui conduit à l'auberge des Pierres-Plates, fermée depuis le mois de novembre précédent. Depuis que les Allemands ont envahi la zone libre, à la suite du débarquement allié en Afrique du Nord.

La Vivaquatre cahote sur le chemin de terre. De temps en temps, une branche vient battre le pare-brise ou râper la carrosserie. Hélène pense que les pneus laissent obligatoirement des traces et qu'à l'avenir mieux vaudrait déposer les voyageurs près de la route et les laisser cheminer seuls à travers le bois. Elle se promet d'en parler à Hocine, son contact. Au bout d'un bon kilomètre, l'auberge apparaît au milieu de la verdure, visiblement abandonnée. De vieux meubles de jardin détériorés par l'hiver traînent devant le bâtiment, la plupart renversés. Sur la terrasse en ciment, les averses ont disposé les aiguilles de pin mortes en tracés tortueux. Aucune marque de pas n'est visible. La peinture verte des portes et volets est écaillée par endroits, laissant voir un bois grisâtre. Une gouttière pend du toit comme une vieille corde. Des plaques de mousse constellent le bas des murs. Une grosse poubelle, à l'écart, déborde d'ordures stratifiées.

— Voilà, dit l'homme en tendant la main à Hélène. Merci. A un jour, peut-être.

— Mais vous êtes seul ? s'étonne celle-ci.

L'homme sourit gentiment sans répondre, comme s'il avait affaire à une élève débutante. Il ouvre la portière, descend, s'étire, puis la regarde, immobile. Il attend. Elle comprend et manœuvre pour accomplir un demi-tour. Au premier virage, elle constate que l'homme n'a pas bougé. Il est toujours seul, sans valise, et allume une cigarette entre ses mains rassemblées en conque.

Elle rentre à Marseille par Aubagne, longe les usines Coder, aboutit à Castellane dont l'obélisque – tradition marseillaise oblige – avait successivement été dédié à l'Empire, la Royauté et la République avant d'être transporté en un lieu moins exposé aux soubresauts de l'Histoire, rond-point de Mazargues. De loin, elle repère Hocine Ahmed qui contemple les photos, dans la vitrine du cinéma Eldorado. Elle freine et Ahmed s'affale en souriant sur le siège avant. C'est un jeune homme basané, d'origine kabyle, aux yeux d'oiseau, mince et décontracté, toujours de bonne humeur. « Fais mèfi ! a-t-il dit à Hélène lorsqu'ils se sont rencontrés. D'abord, je suis pas arabe. Ensuite, je suis né à Marseille un peu avant toi. Et mes parents, bien forcés, ils sont français aussi, mais très contents. Et les schleus, on les aime pas. C'est pour ça que je suis dans la Résistance. »

— Alors, pitchounette, s'amuse-t-il en forçant sur l'accent méridional, ça t'a plu, la promenade ? Rien de tel que le grand air. Pas de problème ?

— Aucun. Les papiers sont sous ton siège. La carte va resservir ?

— Pardi ! Tu crois pas qu'on peut jeter, avec la pénurie actuelle ! Vous ne savez pas, vous, les pacoulins ! Ah, tu connais pas le mot ? Chez vous, comtesse, on doit dire les paysans ! dit-il en ébouriffant affectueusement les cheveux d'Hélène.

A Marseille, l'occupation a profondément bousculé toute l'économie locale. Les difficultés de ravitaillement alimentaire augmentent de jour en jour. Bon nombre de familles se sont repliées dans les « campagnes » familiales où les produits essentiels, à l'exception du beurre, ne manquent pas encore.

— Tu veux des œufs et des légumes, Hocine ?

— Ah, volontiers ! La crêpe de sarrasin, sans lait, sans sucre, sans œufs, je commence à m'en lasser. Mais quand tu redescendras de ton château...

— Arrête !

— Je plaisante. Ne m'apporte pas de charcuterie, hein ? Je suis content de toi, militaire, s'amuse Hocine.

— Ça ne me regarde pas, mais la Sainte-Baume, où j'ai déposé mon... passager, c'est totalement inhabité ?

— Je n'ai pas la capacité de te répondre. Ni habité, ni inhabité, tu vois ? On ne peut pas tout savoir. Par exemple, tu ne sais pas où moi j'habite réellement. Et connais-tu mon véritable nom ? C'est notre vie. Laisse-moi par là, Hélène. Rendez-vous dans trois jours, à dix heures. Tiens, ici même, porte d'Aix ! J'aurai peut-être un travail pour toi. Ne me cherche pas, ne m'attends pas. Tu passes, puis tu repasses cinq minutes après, et encore cinq minutes plus tard, etc. Pas plus d'une demi-heure. Je te trouverai. C'est sympa, ce quartier, hein ? Ecoute la musique !

Le jeune homme glisse dans la foule bigarrée comme une anguille et disparaît. Son Marseille à lui, comme il dit en s'esclaffant. Dans quel hôtel borgne, dans quelle échoppe, dans quel boyau noyé entre les rangées de linge multicolore qui pendent d'une fenêtre à l'autre ? Habite-t-il seulement ce quartier, mouvant comme le confluent de plusieurs rivières, où l'ombre enserre quelques vagues traînées de soleil aux environs de midi ? Hélène respire l'air mêlé de senteurs de menthe, de piment, de cumin, d'effluves de café, de l'odeur forte du mouton.

A deux reprises Hocine l'a emmenée déjeuner dans un petit restaurant sans enseigne, une cantine plutôt, meublée de tables communes et de bancs de bois, rue des Chapeliers, où la population d'origine arabe est très largement dominante comme dans les rues avoisinantes. Elle y a découvert le couscous, les boulettes de viande et d'épices, la harissa que l'on mélange au bouillon de légumes. Les fabricants de chapeaux qui, à une époque, produisaient dans le quartier près de quatre cent mille couvre-chefs par an dont on expédiait une grande partie vers Saint-Domingue, d'où ils se répandaient dans les colonies espagnoles, ont quasiment tous disparu. « Tu vois ta ville, Hélène ? lui a dit Hocine en riant. C'est pas seulement le Prado et le cours Pierre-Puget. C'est pas seulement La Plaine ou Les Grottes. C'est nous aussi, nous tous. Tiens, le patron, regarde, tu dirais que c'est un Arabe ? Que dalle ! Il s'appelle Barudian, son père est arménien et sa mère est grecque, un vrai Marseillais. Et toi, tu sais, avec ton teint mat et tes cheveux sombres, dans la pénombre, particule ou pas... Goûte ce vin, c'est de l'Algérie pur sucre, pas trop hein, il fait 14° ! Oui, je bois de l'alcool... »

Quelques mois après l'occupation de la zone sud, Hélène s'était tournée vers Bernard.

— Je ne peux pas rester là à me tourner les pouces. A Hauterive, nous sommes trop surveillés, de toute façon. Dis-moi à qui m'adresser.

— Pour quoi faire ? avait demandé Bernard de Portallan.

— Pour aider. La Résistance. Tu le sais forcément, même si tu es un cachottier. Je ne suis plus une enfant, j'ai vingt-quatre ans.

— C'est dangereux.

— Je sais. Je ferai attention. Pour mon équilibre moral, c'est encore plus dangereux de laisser la représentation de la famille à mon père, tu ne crois pas ?

Après quelques secondes de silence, Bernard avait dit :

— Bien. Si c'est ta volonté... J'en parlerai. Quelqu'un prendra contact avec toi. Je ne sais ni où, ni quand. Il te demandera l'adresse de la Vieille-Charité. Seulement, à partir de maintenant, nous n'évoquerons plus tout ça.

Quinze jours après, tandis qu'elle remontait à pied la rue de Rome vers Castellane, Hocine, qui devait la suivre, l'avait légèrement heurtée du coude.

— Je suis perdu. Vous connaissez la Vieille-Charité ?

— Vous en êtes loin, avait-elle répondu en s'arrêtant et en se retournant vers le centre de la ville, le bras tendu. C'est par là.

— Accompagnez-moi quelques minutes. Je m'appelle Hocine Ahmed. Que savez-vous faire ? Conduire ?

— Bien sûr. Mais aussi lire, écrire, compter, nager, monter à cheval, ramasser les olives, poser des pièges. Et tirer à la carabine.

— Ouf ! avait souri Hocine. Le cheval, hein ? Vous savez réellement tirer au fusil ?

— Chez moi, tout le monde sait. Je tire bien. C'est vrai. A vingt mètres, je ne rate pas mon lapin.

Ils avaient marché, beaucoup parlé. Puis, deux semaines plus tard, Hocine lui avait demandé de porter un paquet à une adresse du cours Belsunce, et de le déposer dans le placard à balais au-dessous de l'escalier. Elle ignorait son contenu, n'avait aucune idée du nom du destinataire qui pouvait parfaitement ne pas habiter l'immeuble. A plusieurs reprises, elle avait ainsi servi de facteur. Elle se doutait qu'elle appartenait à un « réseau ». Quel réseau ? Qui le composait, qui le dirigeait ? Quelles étaient ses tâches ? Elle n'était en contact qu'avec Hocine, et celui-ci se débrouillait toujours pour la trouver quand il avait besoin de ses services.

Un mois et demi auparavant, il lui avait dit :

— Tu montes en grade. J'ai besoin que tu conduises quelqu'un d'Aix à Marseille. Tu n'auras qu'à te trouver à onze heures du matin au grand café Charles sur le cours Mirabeau et porter une écharpe verte. Ton passager te trouvera. Tu le déposeras sur la corniche, au-dessus du Vallon-des-Auffes. Tu vois ? C'est le seul endroit de la région où les gens disent qu'ils montent à Marseille.

Effectivement, le Vallon-des-Auffes était un minuscule village de pêcheurs, au fond d'un petit bras de mer enserré entre deux falaises. Pour grimper jusqu'à la Corniche, il fallait emprunter un escalier de soixante et onze marches. Le mélange de cabanons, de barques, de petits restaurants et de hangars donnait à ce havre de paix, que la ville avait entouré sans parvenir à en modifier l'allure et l'atmosphère, un charme désuet et pittoresque.

— Dis, la Marseillaise, tu sais d'où il vient, ce nom ? Heureusement que les Kabyles sont là ! De l'alfa, qui servait à faire les cordages. En provençal, *aufo* ! Ah ! Autre chose. Pour nous, tu t'appelles Marais.

— Marais ? Pourquoi Marais ?

— A cause des marais salants dont tu m'as parlé. Ça te va ?

Plus tard encore, tandis qu'elle reposait près de Sandro, dans la chambre que le jeune homme louait à La Plaine, celui-ci avait murmuré :

— Que se passe-t-il depuis quelques semaines, Hélène ? Tu parais en même temps mystérieuse et très occupée...

— Que veux-tu dire, mon amour ?

— Je ne sais pas, je te trouve changée. Comme habitée...

— Habitée ? Par l'homme de ma vie, oui. Il est beau, grand, a les yeux clairs, est désormais chirurgien... Viens, j'ai envie de toi.

— Non, non. Réponds-moi.

— Mais je ne vois pas...

— Hélène, tu me caches quelque chose. Je te connais trop. Comme je te fais totalement confiance, je ne crois pas que tu me caches un amant. Ou bien, je n'ai pas été très attentif, et tu es enceinte.

— Sandro, tu es fou ! dit la jeune femme en éclatant de rire. Je ne veux pas d'enfant... pour le moment. On va attendre un peu.

— Alors, tu as fait ce dont tu m'avais souvent parlé. La Résistance...

Hélène n'avait pas répondu, le nez dans son oreiller. Puis elle avait dit, en riant encore :

— Qu'est-ce que tu vas chercher...

Sandro, de la paume de la main, suivait l'arrondi de l'épaule d'Hélène, sous sa longue chevelure brune.

— Si j'avais décidé de participer à la Résistance, tu ne vois pas, par hasard, à qui je pourrais m'adresser ? avait-il demandé. C'est difficile de publier une annonce.

— Tu dis ça sérieusement ?

— Tout à fait sérieusement. J'ai bien réfléchi.

Hélène s'était retournée, avait noué ses bras autour du cou de Sandro.

— Alors, je vais en parler. C'est merveilleux de partager ça aussi avec toi. Quelqu'un se débrouillera pour te rencontrer. J'ignore qui. Ça se passera comme pour moi, je suppose.

Elle regardait par la fenêtre un bout de ciel bleu entre des murs d'immeubles. Au loin, quelques tuiles à la couleur passée, le bout d'un toit, accrochaient les derniers rayons de soleil. Autour d'elle, comme une étoffe de soie, elle sentait sa ville, complice et secrète, chaude et légère. Qui donnait envie de rire et de pleurer. Dont le sang battait dans ses propres veines. Pour elle, pour tous les autres. Unis par-dessus les origines, les classes sociales, les conditions matérielles. Marseille, la solitaire, chaleureuse et renfermée en même temps. Personne, pensait-elle, ne peut en venir à bout, et certainement pas les Allemands. Ses racines plongent trop profondément au cœur du temps, de la terre, de la mer, pour qu'on puisse les extirper. Elle repensait à la formule que venait d'utiliser Sandro : Marseille n'est pas une ville que tu habites, c'est la ville qui t'habite.

— Maintenant, ça suffit, avait-elle dit à Sandro. Tu as ce que tu voulais. Alors, viens.

CHAPITRE 37

— Bernard, tu vas devoir être prudent. Je me doute de ce que tu fais. Et en plus je suis d'accord avec toi.

Gina a glissé ses doigts entre ceux de son amant. Ils marchent vers Hauterive d'un pas engourdi, paresseux, cherchant à enfermer dans leurs mains jointes ces quelques instants de bonheur que la guerre leur laisse. Après plusieurs orages d'une extrême violence, l'automne, revanchard, a brutalement allumé tous ses feux. L'étang de Berre, sous un mistral léger, a pris cette teinte cobalt, irréelle, qui, à trop s'en pénétrer, finit par devenir douloureuse. Du mauve au jaune, du rouge au blanc, des milliers de fleurs sauvages inconnues, fugitives, explosent au bord des chemins et même, semble-t-il, en pleine rocaille ou le long des racines apparentes des pins. Quelques nuages lumineux, aux formes biscornues, galopent encore dans le ciel, comme s'ils étaient pressés de disparaître.

— Regarde ce nuage, s'amuse Bernard. On dirait un chien aux oreilles dressées. Tu te doutes de quoi, mon amour ?

— Que tu es dans la Résistance. Je t'approuve, mais c'est dangereux. Tu vas devoir faire attention... désormais.

Bernard s'est arrêté. Gina sourit tendrement et ses yeux noirs ressemblent à une nuit d'hiver.

— Pourquoi, désormais ?

— Parce que tu vas être papa.
— Gina ! Non ?
— Si !

Elle se précipite dans ses bras et il murmure des mots confus. Il sent contre sa joue les larmes de Gina et sa gorge se serre.

— Jamais, dit-il. Jamais je n'aurais cru. Je t'aime. Mais c'est fou. Tu es sûre ?
— Oh oui. Il n'y a plus de doute. Ça te plaît ?
— Que tu es bête ! C'est ce que je voulais, mais plus tard. Je vais être père ?
— Eh oui. Alors, reste un père vivant. Ce sera pour la fin du printemps, sans doute.

Bernard se recule, prend un air cérémonieux, porte la main à son cœur et plie un genou.

— Alors… Gina Barutti, voulez-vous devenir ma femme ?

Gina bat des mains, secoue ses cheveux courts et pince drôlement son nez un peu aquilin.

— Mais vous n'êtes pas obligé, cher monsieur. J'ai un enfant de toi et cela suffit à mon bonheur. A condition que tu ne m'abandonnes pas, évidemment ! Essaie seulement, et ces armes que tu as planquées dans le puits mort serviront à quelque chose !
— Gina ! Comment as-tu découvert ça ?
— En tirant un jour une ficelle que je n'avais jamais vue auparavant. A mon avis, c'est une bonne cachette, ne t'inquiète pas. Donc tu disais ?
— Qu'on va se marier !
— Tu es bien sûr, Bernard ? Le propriétaire terrien qui épouse la fermière, ce n'est pas très sérieux, un conte comme on n'en imagine plus !
— Oui… On peut dire aussi qu'il s'agit ici d'un journaliste fumeux et sans avenir, là d'une jeune et brillante professeur de français, si tu préfères. A qui en as-tu parlé ?
— A personne.
— Bien. Je vais annoncer tout ça à ma mère et aller voir tes parents.

— Tout ça ?
— Oui. Qu'on se marie et qu'on va avoir un enfant. Tu comptais le faire passer, dans quelques mois, pour un prématuré ?

Bernard de Portallan, le soir même, enfourche son vélo et, par le chemin de terre qu'il a déjà tant de fois emprunté depuis son enfance, gagne la Ferme des agneaux. Sa mère, à qui il a parlé quelques instants plus tôt, a accueilli la nouvelle avec stupéfaction puis, les reproches d'usage passés – « tu es quand même un peu âgé pour elle, Bernard ! » –, la vieille dame a souri :

— C'est une bonne petite. Elle est intelligente et loyale. Et en plus très jolie. Elle sera une bonne mère. Je serai ravie de la voir dans notre famille, même si elle y était déjà un peu ! Quand même, mon garçon ! Tu es un drôle de loustic. Au fond, je ne suis pas sûre que tu sois aussi âgé qu'on le dit ! Bien, va voir ses parents. Dis-leur que je t'aurais volontiers accompagné, mais je ne suis pas très vaillante en ce moment. Allons, c'est une bonne idée, ce mariage ! La vie continue, la guerre n'est qu'une parenthèse.

Joséphine de Portallan, en vérité, est aux anges. Elle désespérait de voir un jour Bernard prendre épouse. Ce qu'on appelle le rang social n'a jamais eu pour elle beaucoup d'importance. Elle considère que la noblesse est une question de caractère, et non d'héritage. A preuve, la dramatique évolution de Sébastien. Elle connaît Gina depuis sa naissance, elle l'a vue grandir, elle sait la jeune femme volontaire et digne, généreuse et vive. La différence d'âge ? Ce n'est certes pas très raisonnable, mais la sexualité n'est pas tout dans la vie d'une femme, à plus forte raison quand les décennies ont émoussé les sens. Elle se sent rassurée. Bernard, pense-t-elle, a beaucoup de chance. La jeune femme semble garder les pieds sur terre, ce qui, estime-t-elle, n'est pas toujours le cas de son fils cadet.

A l'approche de la Ferme des agneaux, Bernard

appuie moins fort sur les pédales. Il a le sentiment d'être revenu en enfance et de se diriger vers le bureau du père censeur pour reconnaître qu'il a bien cassé, d'un jet de pierre, la vitre de la chapelle du collège. Il sent ses mains moites, ce que n'explique pas la douceur de l'air. Au moment où il pose son vélo contre le mur de la ferme, Emilio sort de la maison en ébouriffant sa chevelure aujourd'hui totalement blanche.

— Il va falloir que je protège les moutons. On m'en a volé deux avant-hier. La nourriture commence à se faire rare. Comment allez-vous, Monsieur Bernard ? Que se passe-t-il ? Rien de grave, au moins ?

— Non, Emilio, rien de grave. Pour moi, une excellente nouvelle, au contraire. Voulez-vous que nous marchions un peu ?

Etonné, le vieux fermier pose le rouleau de cordes qu'il avait saisi et suit Bernard qui se dirige vers l'entrée de la cour.

— Monsieur Barutti, je ne sais pas si j'agis conformément au protocole et ma démarche va vous étonner, mais je vous supplie de ne pas vous fâcher. Je suis venu vous demander la main de Gina. Nous voulons nous marier.

Bernard s'arrête, à bout de souffle. Il regarde Emilio qui a la bouche ouverte et dont le visage semble tout d'un coup passé à la craie. Le vieil homme recule vers le muret et s'y adosse maladroitement, manquant de peu de s'effondrer.

— Gina ? Mais vous êtes fou, Monsieur Bernard. Je m'excuse, ce n'est pas ce que je voulais dire. Gina ? C'est une enfant ! Et ma famille...

— Reprenez votre respiration, Emilio. Nous ne sommes fous ni l'un ni l'autre. Nous nous aimons. Je sais, j'ai quinze ans de plus qu'elle, mais on ne commande pas les sentiments. Je ne veux pas que vous l'enguirlandiez. Jurez-le-moi ! Parce que, voyez-vous, j'ai une autre bonne nouvelle : nous allons avoir un enfant.

— Seigneur !

Emilio Barutti porte la main à son cœur.

— Ma fille, balbutie-t-il. Déshonorée.

— Non, monsieur Barutti, non ! Je vous en supplie. Ne réagissez pas comme ça. Gina n'est pas déshonorée. C'est une femme de vingt-six ans, adulte, accomplie. Nous ne sommes pas des irresponsables. Nous nous serions mariés un jour, après la guerre. Nous le faisons un peu plus tôt que prévu. Rien dans tout cela n'est catastrophique.

— Mon Dieu ! Mais que va dire Maria ? Gina sait que vous êtes venu me voir ? Et que va dire votre mère ? Mon Dieu ! Je voudrais mourir. Monsieur Bernard ! Faire ça à un père !

— Ah, mais non ! sourit Bernard, enfin soulagé. Ma mère est déjà au courant, et elle est enchantée. Gina, évidemment, sait que je suis venu demander sa main. Elle ne vous pardonnerait pas de me la refuser. Et nous allons prévenir Mme Barutti, parce qu'il faut fixer la date du mariage. Il n'y a qu'un problème en réalité...

— Encore ? murmure Emilio, à bout de forces.

— Vous devrez m'appeler Bernard tout court...

Le fermier esquisse un vague sourire.

— Je ne pourrai pas. Marchons un peu, si vous voulez bien. Je ne sais plus où j'en suis. J'ai l'impression que mes jambes me lâchent. Jamais je ne parviendrai à annoncer à Maria ce mariage.

Les deux hommes font le tour de la ferme en fumant une cigarette puis reviennent à leur point de départ.

— Bien, dit Bernard, allons-y. Ne vous inquiétez pas. C'est moi qui parlerai.

Maria, assise à la grande table, est en train de trier un tas de lentilles dont elle extrait de minuscules cailloux. L'âge ne semble pas avoir prise sur elle et son visage encore juvénile s'ouvre en un grand sourire.

— Monsieur Bernard ! Quelle bonne surprise ! Asseyez-vous. Voulez-vous une tasse de café, un verre de vin ? Ça ne vous ennuie pas, si j'en termine avec ces lentilles ?

— Maria ? Euh, Mons… euh, Bernard voudrait te parler, bredouille Emilio. Euh, je suis déjà au courant.

Maria, qui remplit trois tasses de café avec attention, lève un regard amusé.

— Eh bien, dit-elle, vous m'avez l'air bien empoté tous les deux ! De vrais santons ! Vous êtes venus me parler mariage, c'est ça ? Et future naissance ? Vous croyez qu'une fille a beaucoup de secrets pour sa mère ? Je suis d'accord, comblée. Mais j'aimerais bien, quand même, entendre cette demande. Pour le souvenir, vous comprenez ?

Bernard et Emilio éclatent de rire, soulagés.

— Madame, je suis venu demander la main de votre fille Gina, répète Bernard.

Maria Barutti porte, de manière comique, la main à son cœur. Mais elle sent ses jambes flageoler. Sans le savoir, elle tient le même raisonnement que Joséphine de Portallan à propos de l'âge des fiancés. Aucune importance, pense-t-elle. Bernard est un homme responsable, doux, bienveillant, sur lequel Gina pourra toujours s'appuyer. Et malgré tout très beau garçon. Leur bonheur est communicatif. Elle regarde Emilio, émue. Hier encore, pense-t-elle, nous arrivions à Marseille, un pauvre balluchon sur l'épaule. Epuisés par la route, incertains et impatients. Peu de souvenirs et beaucoup d'espoir, des bagages de vent. Nous nous lavions quand nous pouvions derrière un rideau dans la cour d'Arturo. Et puis il y avait eu cette place de fermier… Les années avaient filé comme la laine d'une pelote tombée au sol. Et Gina était déjà professeur de littérature. A cette seule évocation, Maria sent sa poitrine se gonfler d'une fierté ingénue. Professeur ! Curieusement, elle imagine Gina vêtue d'une toge noire de professeur aux manches bordées d'hermine. Et cette vision déchire de manière brutale le réflexe de classe qui l'avait paralysée lorsqu'elle avait découvert les relations de Sandro et Hélène. Ainsi, pense-t-elle, les individus sont ce qu'ils se font. Enfants de fermier, Sandro et Gina sont aussi – surtout ? – médecin et professeur. De ce destin qui bouscule l'ordre établi et les convenances faciles, Maria se sent en partie responsable et s'attribue quelque mérite. Comme si, au fond, elle avait elle-même franchi avec ses enfants les barrières universitaires. Professeur ! Et de français, en plus ! Ma Gina ! Ses enfants s'appelleraient Portallan. Maria a beau se forcer à sourire, elle ne peut contenir les larmes qui roulent sur ses joues.

— Sa main ? dit-elle d'une voix joyeuse pour chasser son émotion. Si elle est d'accord ! Je n'ai aucune raison de m'y opposer. Au contraire, dit Maria en levant les bras pour embrasser Bernard sur les deux joues. Gina ! Tu peux sortir de derrière cette porte ! Et tu peux déboucher cette bouteille de champagne qui traîne au fond de la réserve à vin. On savait bien qu'un jour on en aurait l'usage. Emilio ! Où est passé Gianni ? Va le chercher ! Et Sandro qui est absent... Tant pis. On boira d'autres bouteilles !

CHAPITRE 38

Le mariage est célébré un mois plus tard dans la petite église de Vitrolles, en haut du village. Joséphine de Portallan a tenu à donner à l'événement tout le lustre qu'autorisent ces temps de guerre, et c'est une bonne cinquantaine de personnes qui, ensuite, envahissent les salons de la bastide pour le déjeuner.

Des tréteaux supportant de larges planches recouvertes de nappes blanches ont été dressés dans les différentes pièces du rez-de-chaussée de la maison. Les cheminées ont été garnies d'énormes bûches. Les assiettes de porcelaine frappées aux initiales dorées A.P. ont été sorties de leurs cartons et le personnel de la bastide a passé deux jours à astiquer les couverts d'argent. Des bouquets de fleurs parsèment les tables et se reflètent dans les verres de cristal. Emilio et Maria ont préparé de magnifiques gigots d'agneau et Gianni, convié à jouer au sommelier, a passé une partie de l'après-midi, la veille, à sélectionner dans la cave, les vins blancs et rouges qui accompagneront les plats, ainsi que le vin doux que l'on servira avec la pièce montée.

— Il y a bien longtemps qu'Hauterive n'a pas connu pareille fête, se réjouit la vieille dame en allant de groupe en groupe, un verre de champagne à la main. Vous voyez, les grandes maisons ont un avantage : on peut y stocker des provisions, par exemple des bouteilles. Où se cache ma nouvelle fille ?

Gina est resplendissante dans une robe blanche très dépouillée, son casque de cheveux noirs ceint d'une fine couronne de fleurs d'oranger, les pommettes roses et le teint hâlé. Bernard, qui réussit à garder l'air bohème dans une jaquette grise dénichée au fond d'une malle et un peu trop large pour lui, ne la quitte quasiment pas du regard.

— Tu es quand même incroyable, mon oncle ! murmure Hélène à son oreille. Courir le guilledou avec des jeunesses ! Est-ce que Gina sait tout de toi ? Que tu as été joueur, buveur, cavaleur ?

— C'était dans une vie antérieure. Nul n'est parfait. Dis-moi : Sandro va bien ? Tel que je le vois, il me paraît comblé !

— Chut ! feint de se fâcher la jeune femme. Tu te souviens de cette autre fête, à La Réserve ? Eh bien, je préfère, et de loin, celle d'aujourd'hui. Grand-mère n'a même pas invité mon père. Heureusement, d'ailleurs.

— Oui, heureusement. J'aurais refusé. Il est devenu infréquentable. Tu sais ce qu'on dit...

— Pour les vieux quartiers ? Je sais. C'est à vomir.

Au début de l'année 1943, le 22 janvier, les nazis ont procédé à une première rafle de quelque cinq cents familles juives dans le quartier de l'Opéra. Puis, au cours des jours suivants, prenant prétexte de la multiplication des « attentats terroristes », en fait les actes de résistance des groupes FTP, ils ont dynamité tous les immeubles vétustes proches du Vieux Port du côté de la mairie, « repaires de bandits internationaux », « chancre de l'Europe » selon la propagande allemande, après que la police française eut fait évacuer tous ses habitants. Un véritable séisme, que certains collaborateurs appelaient de leurs vœux. Ces quartiers « abandonnés à la racaille », « quels moyens de les vider de leur pus et de les régénérer ? » écrivait même un académicien.

Sur les milliers de personnes déplacées vers le camp de Fréjus avec quelques maigres bagages à main, ou incarcérées aux Baumettes, plus de mille six cents, essentiellement des Juifs, ont été *via* la gare d'Arenc déportées vers Compiègne, puis l'Allemagne.

La monstrueuse tragédie a frappé Marseille au cœur. Même ceux qui considéraient que cette partie de la ville était un endroit de perdition ont été traumatisés. L'opération a mobilisé 12 000 policiers français et 5 000 soldats du 10e régiment de police SS. En deux semaines, elle a entraîné dans la ville 400 000 contrôles d'identité. 6 000 personnes ont été appréhendées, près de 4 000 libérées après vérifications, les autres étant dans leur majorité déportées et quelques-unes emprisonnées. Comment une telle rafle, dont toute la population marseillaise avait perçu la violence et qui allait définitivement faire basculer celle-ci, pouvait-elle s'expliquer ? Evidemment, les Allemands devaient, alors que les Alliés s'installaient en Afrique du Nord, garantir leur sécurité dans la région. Attentats et manifestations avaient convaincu le commandement allemand des dangers que recelait cette ville impalpable et protéiforme. Mais les mieux informés s'en tenaient à la conjugaison de deux objectifs : la participation à la politique raciale des nazis et des intérêts financiers bien circonscrits.

Aux yeux des antisémites français et des collabos, Marseille était devenue la « capitale de l'anti-France ». Un texte célèbre de Lucien Rebatet, « Marseille la Juive », était à ce titre parfaitement explicite. « Je n'ignore pas, écrivait-il en 1941 dans *Je suis partout*, qu'il y a toute une élite de Marseillais charmants et raisonnables, d'un patriotisme intrépide, aussi savoureux que les montagnards de Haute-Provence, sachant être fidèles et laborieux quand il le faut. Mais il y a aussi tout le reste qui se voit bien davantage : cette populace bâtarde, cette vulgarité huileuse, olivâtre, qui est le fruit d'on ne sait quels baroques et impurs croisements, cette mixture de Bicots, d'Arméniens, de Maltais, de Smyrniotes, l'unique coin de France où la décadence de la race par le métissage soit vraiment un fait. Il y a ce prolétariat de nègres tristes, en vieux canotiers et salopettes bleues, ces foules de rôdeurs pouilleux côtoyant des lascars au cheveu bleu trop bien verni, ces chemisettes aubergine ou mandarine. Mais regardons les choses d'un peu haut, Marseille devait compter cinq mille Juifs en septembre 1939. Elle en avait cent mille et peut-être davantage au terme de la grande fuite de juin 1940. »

Quant aux intérêts financiers, le dynamitage des vieux quartiers dont la nécessité n'était évidente pour personne avait immédiatement façonné la rumeur : cette gigantesque entreprise de démolition, souvent évoquée dans le passé pour « rénover » la ville, avait été secrètement combinée entre les forces d'occupation et des spéculateurs locaux sous la houlette d'Antoine Simoni. Et, dans l'ombre, Sébastien de Portallan. L'épouvantable cynisme qui faisait de la déportation des Juifs, voulue par les Allemands, en même temps la condition et la conséquence d'une sordide opération immobilière atteignait cette zone indicible où l'horreur et l'abjection réduisent les hommes à la putréfaction.

Quand la rumeur l'avait atteinte, Hélène avait été écrasée de douleur et de honte.

— Ce salaud est bien capable d'avoir manigancé cette atrocité, de s'y être prêté pour gagner du fric. Qu'il y ait des personnes conduites à la mort, il s'en fout, dit Bernard.

— Je ne parviens pas à y croire. J'ai peur d'y croire. Parce qu'il n'y a pas de mots pour parler de ça. Ça dépasse toutes les horreurs que j'imaginais, murmure Hélène, la gorge serrée. Toute ma vie, je serai poursuivie par cette infamie. Mon père !

— Tu n'es pas responsable, Hélène. Tu dois aussi savoir une chose. Si la Résistance est convaincue que ton père, mon frère, a participé à cette saloperie, il est condamné.

— Que veux-tu dire ?

— Que, tôt ou tard, il sera exécuté. Mais ce n'est pas le jour de parler de ça. Viens, oublie.

Hélène se détourne. Elle sent de grosses larmes rouler sur ses joues. Confusément, elle comprend qu'elle ne pleure pas seulement ce père dont l'ignominie la dégoûte, mais aussi le ravage intérieur, définitif pense-t-elle, qui la détruit. Elle n'est plus qu'une coquille que l'infamie a vidée de son contenu, de sa substance, de son âme. Fille d'un monstre, elle est monstre elle-même.

— Ne dis pas de bêtises, souffle Sandro dans son cou. Je t'entends parler. Ne crois surtout pas que ta propre mort serait le moyen de racheter ton père. Dieu ne compte pas comme ça, et les hommes non plus. Sois forte et marche droit, la tête haute. Tu es toi. Et je t'aime.

Elle sourit, renifle à petits coups comme une gamine, et prend la main de son amant.

— Conduis-moi jusqu'au bord de l'eau, au petit port. Comme avant. Quand nous n'étions pas des adultes. Parle-moi de notre avenir. Je ne viendrai plus beaucoup à Hauterive, dans les mois prochains. Ma mère et Marc restent ici, à partir de maintenant. Grand-mère a l'air bien faible, hein ? J'ai si peur, Sandro. Aujourd'hui, avec ce mariage, je devrais être heureuse, et j'ai si peur !

CHAPITRE 39

Hélène de Portallan, au volant de la Vivaquatre, quitte Hauterive pour Marseille. Depuis quelques jours, Sandro s'est absenté et, comme ils en sont convenus, elle ne lui a pas demandé d'explication. Elle en a profité pour rejoindre l'étang de Berre. L'exploitation agricole permet à toutes les familles du coin de se nourrir à peu près correctement alors qu'en ville la ration de viande de 90 grammes par semaine, os compris, n'est même plus assurée.

La dernière fois qu'elle a vu Hocine, ce dernier lui a donné rendez-vous en contrebas du cours Julien, à hauteur des escaliers qui aboutissent cours Lieutaud. Sous l'Empire, ce dernier boulevard et son prolongement, le cours Gouffé, avaient été habités par de nombreuses familles égyptiennes qui, ayant favorisé l'expédition de Bonaparte, avaient dû fuir leur pays. Jugés trop bonapartistes par les Marseillais, ils avaient été traqués, maltraités, certains assassinés. Dont, prétendait-on, une pauvre femme qui, blessée, avait préféré se jeter dans le Vieux-Port après avoir crié, au moment où elle coulait : « Vive l'Empereur ! »

Leurs lieux de rencontre sont, presque chaque fois, différents, et les deux résistants s'entourent toujours de multiples précautions. Aujourd'hui, Hocine lui a demandé de remplir quelques sacs de victuailles diverses – « pour nos amis », lui a-t-il dit. Hélène a chargé dans son coffre des paquets d'œufs frais, du sucre, des miches de pain, du café, du tabac, des légumes frais qu'elle a récupérés à la Ferme des agneaux. Elle se demande à qui ces provisions sont destinées. Hocine n'a pas été très disert. Pourtant, la jeune femme est certaine d'avoir terminé ses « classes ».

Au cours d'un récent déplacement à l'auberge de la Sainte-Baume qui – elle l'a compris – constitue une sorte de plaque tournante du réseau auquel elle appartient, elle a été rapidement présentée à Dimitri, un colosse rouquin d'une bonne cinquantaine d'années, au regard bleu et à l'accent méridional prononcé. A sa barbe de quelques jours, à sa façon de se mouvoir dans les pièces de la maison, Hélène avait estimé qu'il devait dormir là depuis quelques jours. Le ton déférent employé par Hocine lui avait confirmé que les fonctions de Dimitri se situaient à un niveau élevé. Puis elle avait accompagné Dimitri jusqu'à la gare Saint-Charles. « Nous nous reverrons sûrement, avait-il dit avant de la quitter. Et j'espère en ce monde. »

Hocine surgit d'une porte et monte dans la voiture. Il est vêtu d'une canadienne marron que le vent froid de cette mi-novembre ne rend pas superflue. Hélène lui trouve l'air plus concentré, moins farfelu que d'ordinaire.

— Nos affaires progressent, dit Hocine. Et celles des schleus, en contrepartie, se cassent la gueule. Mais ils vont nous faire chier, c'est sûr. Vivement le débarquement !

— Tu crois ?

— On en parle.

Le milieu de l'année 1943 avait marqué, jugeaient les résistants, un tournant dans la guerre. Les Soviétiques contre-attaquaient de leur côté. Les Anglo-Américains se retrouvaient au Québec et arrêtaient leur stratégie de reconquête du continent. Mais surtout, au printemps, les troupes germano-italiennes avaient été battues en Afrique du Nord et, à Alger, la France libre s'était donné un gouvernement, le Comité français de libération nationale, tandis que, « quelque part en France », le Conseil national de la Résistance voyait le jour. La Corse avait été libérée le 4 octobre. On disait même que, quelques jours plus tôt, en plein milieu de journée, le maquis avait occupé pendant une heure la ville d'Oyonnax, déposé une gerbe devant le monument aux morts de la Grande Guerre et fait jouer *La Marseillaise*.

— Dans moins d'un an, ils seront là, j'en suis certain, dit Hocine.

— Que Dieu t'entende ! Où va-t-on, avec mon chargement d'épicerie ? Au marché noir, il y en a pour des sous !

— Direction la Sainte-Baume, tu connais. Roule tranquillement, ne tentons pas le sort. Il y a des contrôles partout, maintenant. C'est l'enfer. L'état de siège, ou presque. Tous ces uniformes me donnent la nausée. Ils ont même réquisitionné des écoles pour loger leurs troufions. Et les belles maisons pour les dignitaires et les officiers. L'essence ?

— Ça va. Je me suis débrouillée.

— Tu ne vois plus ton père ? demande le jeune homme.

— Oh, non, sûrement pas ! Et je m'en passe très bien. Je préfère l'oublier. Quand je peux.

— Portallan, ce n'est pas un nom à prononcer partout, aujourd'hui...

— Alors, appelle-moi Marais, réplique la jeune femme sèchement. C'est mon nom, n'est-ce pas ? Je le garderai peut-être, plus tard. Excuse-moi, je deviens nerveuse. Donne-moi une cigarette.

— Je n'ai que du tabac noir.

— Ah bon ? Je pensais que tu avais des cartouches de Lucky Strike dans ton blouson, histoire d'en offrir au premier contrôle...

Ils rient. De temps en temps Hélène s'en veut de ces instants de détente, durant lesquels la plaisanterie prend le pas sur les atrocités de la guerre. La ville, autour d'eux, semble vivre au ralenti, comme transie. Ceux qui pouvaient quitter la cité pour la campagne l'ont fait et, au premier abord, on dirait que les habitants qui y sont restés n'ont plus de raison d'y circuler ou d'y déambuler. Bon nombre de commerces paraissent définitivement fermés. Il s'agit d'une autre ville, songe Hélène, une ville marquée par la peur et en voie d'abandon, laissée à des forces maléfiques.

— Personne ne t'attend chez toi, ce soir ? demande Hocine.

— Chez moi ? A Vitrolles ? Non, pas spécialement. J'avais prévu de retrouver Sandro en ville. Chez nous, quoi. Pourquoi ?

— On va sans doute devoir rester à la Sainte-Baume.

— Ah ? Que se passe-t-il ?

— Je ne suis pas dans la confidence. Tu vas peut-être revoir Dimitri.

La Vivaquatre a dépassé Saint-Zacharie. Au seul barrage qu'ils ont rencontré avant l'entrée du vieux village, on leur a fait signe de doubler les quelques véhicules arrêtés au bord de la route.

— L'emmerdement, ce sont ces provisions, dit Hocine. Enfin, tu es fermière... Pour moi, tout est en ordre. Je suis employé dans une usine qui travaille pour les Allemands. Presque tout le monde travaille pour les Allemands maintenant : ici, au STO... Les entreprises de ton père, elles travaillent aussi pour les Allemands, et volontairement.

— Hocine, zut ! Ne me parle plus de mon père. Il a disparu de ma vie, mon père... C'est tragique d'en arriver là, hein ?

Hélène engage la voiture dans le chemin qui conduit à l'auberge.

— Tiens, dit Hélène. Il y a des branches qui ont cassé et qui obstruent la route...

— Si on veut. Attends-moi deux minutes.

Hocine descend du véhicule, dégage un passage puis tire un bout de corde pendu à une branche en contrebas, et invisible depuis le chemin à moins d'en connaître la

355

présence. Il fait signe à Hélène d'avancer. Derrière elle, ensuite, il replace le tas de bois en un savant désordre.

— Précaution bien mince, dit le jeune homme. Mais quand même... Contourne le bâtiment. Il y a un garage. On va planquer la voiture.

L'auberge semble toujours à l'abandon. Même un œil exercé ne distinguerait aucune trace d'une occupation épisodique. Depuis la première fois qu'Hélène y est venue, rien n'a changé de place. Tout au plus le mobilier de jardin paraît-il un peu plus détérioré. La végétation sauvage a percé à travers les fentes de ciment de la terrasse. Dans les pots de terre cuite, la plupart des plantes sont mortes au cours de l'été précédent. Une superbe jarre a été brisée, et la terre s'est répandue en traînées sombres. Une branche de pin aux aiguilles roussies est tombée le long de la façade.

— Ce devait être un bel endroit, dit Hélène tandis qu'ils referment le battant de bois du garage, à la peinture écaillée par larges plaques.

— On y reviendra un jour, tu verras. Il y aura des géraniums, des nappes à carreaux. On mangera des brochettes...

Hocine frappe à un volet selon un rythme particulier. La porte s'entrouvre et Sandro apparaît.

— Toi ? dit-il, ahuri.

— Moi. Et toi ?

Ils s'embrassent, un peu gênés, sous l'œil rigolard de Hocine.

— Allons, allons, les amoureux, on rentre. Ce n'est pas le parc Borély, ici. Nous craignons tous les courants d'air, aujourd'hui.

La grande pièce est froide, humide et sombre, à peine éclairée par deux lampes à pétrole.

— Qu'est-ce que tu fais ici ? demande la jeune fille. Tu n'es pas à l'hôpital ?

— Je soigne un blessé. Il est couché dans une chambre du premier. Et toi ?

— Je ne sais pas. J'ai amené des provisions et, semble-t-il, je vais peut-être passer la nuit ici. Avec toi ?

— Un peu rustique, comme hôtel, mais je ne serai pas trop regardant ! Tout dépendra de l'aubergiste !
— Salaud !

Elle examine Sandro dont le visage creusé prend dans la lumière vacillante des formes bizarres, des anamorphoses en noir et blanc aux reflets indécis. Elle le trouve fatigué et heureux. Elle tend la main vers lui. Il porte cette main à ses lèvres sans se soucier d'Hocine qui s'éclipse en grognant quelques mots incompréhensibles. Elle pense qu'ils ont encore la chance d'occuper une niche de bonheur. Qui ne ressemble à rien de connu, mais où le cœur se tient au chaud.

Plus tard, en fin d'après-midi, Dimitri fait son apparition en compagnie d'un homme mince et blond d'une quarantaine d'années, froid et méticuleux, aux yeux gris insondables, qui se présente sous le nom de Laurent. Les deux résistants portent des blousons de toile épaisse par-dessus de gros chandails à col roulé. Curieusement, malgré leurs différences physiques, ils ont un air de famille qui tient à la densité de leur présence, à la lenteur de leurs mouvements. Ils ont surgi après qu'un discret tapotement des doigts eut retenti au volet. De toute évidence, ils sont arrivés à pied. Hocine débouche une bouteille de vin et tous trinquent en silence, dans la lueur vacillante des lampes à pétrole.

— C'est bien cette nuit, dit Dimitri. Dès la tombée du jour, nous allons dégager l'orifice de la citerne désaffectée, pour pouvoir travailler plus vite ensuite. J'ai moi-même vérifié, la dernière fois, les emplacements où nous installerons les repères lumineux. Les lampes-tempête fonctionnent ? Bien, pour ceux qui ne sont pas au courant, voilà de quoi il s'agit.

Méthodiquement, Dimitri décrit le largage de deux containers d'armes qui doit se dérouler à minuit précis dans le vallon distant de l'auberge de trois cents mètres.

— J'espère, dit-il, qu'ils viseront juste. Sinon, même à cinq, nous aurons un mal de chien à les retrouver. Heureusement, il n'y a pas de vent. Nous rangerons tout. Nous dormirons quelques heures ici. De toute façon, avec le couvre-feu, nous ne pouvons pas mettre le nez en ville avant cinq heures du matin.

Il laisse passer un moment, puis se tourne vers Hélène et Sandro.

— Ça va ? demande-t-il en souriant. C'est le grand bain, cette fois. Si les choses... tournaient mal, n'insistez pas, ne cherchez pas à reprendre la voiture. Filez dans la nature, attendez le jour, puis essayez de rejoindre Aubagne individuellement. Allez, au boulot ! A l'extérieur, évitez de déplacer quoi que ce soit. Des questions ?

Hélène et Sandro se regardent dans la pénombre, la gorge un peu serrée. Tout d'un coup, cette Résistance à laquelle ils ont voulu participer prend une intensité émotionnelle presque douloureuse. Le silence les enferme quelques instants dans leurs souvenirs, puis Dimitri se lève.

— On y va. A propos, comment se porte notre malade ?

— La fièvre est tombée, dit Sandro. La blessure va se refermer. Un sale éclat de grenade, hein ? J'ai un peu de mal à comprendre tout ce qu'il dit.

— Sûr. Il est polonais. Combien de temps encore avant qu'il marche ?

— Quatre ou cinq jours. Mais il peut tenir seul, maintenant. Les provisions vont lui donner meilleur moral. Il a déjà gobé deux œufs.

— Oui... Pour les plats cuisinés, il attendra un peu. Comme nous, hein ?

Laurent se lève. Quelques instants plus tard, il revient avec deux mitraillettes. Il en tend une à Dimitri.

— On vous apprendra, dit-il en souriant aux autres. Ce n'est pas tout à fait comme un fusil. Un jour, on montera vers le haut de la Sainte-Baume. A mille mètres d'altitude, il y a plus trop de schleus. Pour le moment, moins on fait de bruit...

Hélène de Portallan, depuis des années, a l'oreille exercée par le voisinage de Marignane. A minuit cinq, la première, elle perçoit distinctement le bruit d'un moteur d'avion. Pas très gros, juge-t-elle. Elle siffle, comme on le lui a demandé. Le ronronnement grossit. Dimitri est au centre du quadrilatère et balance en tournant sur lui-même une grosse lampe-tempête. Les quatre autres veillent, chacun à côté d'une source lumineuse constituée d'un petit feu de bois et de grosses lampes à pétrole. La nuit est totalement noire. Progressivement le silence semble se déchirer. On doit entendre ce zinc jusqu'à Marseille, pense Hélène dont le cœur bat la chamade. Il nous fonce dessus. Il va s'empaler sur les arbres. Puis, dans un rugissement, l'avion passe au-dessus de la clairière et s'éloigne. Le bruit des moteurs décroît très vite, comme s'il avait changé de cap et pris de l'altitude.

— Ici ! crie Hocine, quelques instants plus tard.
— Ici ! semble, en écho, répondre la voix de Dimitri.

Hélène suit les instructions qu'on lui a données. Elle éteint le feu à l'aide d'un seau d'eau, enfouit les cendres dans le trou qu'elle a préparé, le recouvre de terre, piétine longuement l'emplacement, rassemble son matériel, puis, ses yeux se réhabituant à l'obscurité, se dirige vers le centre du quadrilatère. Elle finit par distinguer Dimitri qui, déjà, noue des cordes autour d'un container métallique cylindrique. Sandro, qui a terminé son camouflage, les rejoint. Plus loin, Laurent a dû faire de même avec Hocine.

— On y va, dit Dimitri à Sandro. Passe ça sur tes épaules. C'est lourd. On s'arrêtera en chemin. Guide-nous, poursuit-il à l'adresse d'Hélène. De temps en temps, ne marche plus, pour que nous puissions écouter. J'adore le jazz, mais ici je préfère le silence.

Il rit, et les deux jeunes gens se détendent. Hélène a l'impression qu'elle n'a plus respiré depuis qu'elle a entendu l'avion approcher. Dans le noir, elle serre fortement la main de Sandro, puis elle s'enfonce dans les broussailles en direction de l'auberge. La citerne désaffectée se trouve à trente mètres sur la droite.

— On a du pot, dit Laurent qui surgit avec Hocine au bout de trois minutes. L'idée de chercher ces foutus containers dans la cambrousse me rendait malade. Un peu de vent, et les parachutes filent Dieu sait où. Personne n'a rien oublié ? Les seaux, les lampes ? Tout est recouvert ? Allez, on range ça bien comme il faut. Tu vérifies le contenu quand même, Dimitri ?

Ils s'activent encore un moment en silence, puis Dimitri referme l'ouverture rouillée de la citerne, éparpille au-dessus terre et aiguilles de pin.

— Une bonne petite pluie, dit-il, et ce serait parfait. Maintenant dodo !

Ils rentrent dans l'auberge.

— Savonnez-vous les mains ! En cas de contrôle, il faudrait expliquer pourquoi des citadins, à six heures du matin, ont de la terre sous les ongles. Vous savez ce qu'il y avait, avec les armes et les explosifs ?

D'un emballage de papier, il sort une bouteille de whisky.

— Voilà ! dit-il en riant, c'est tout ce que j'ai, comme soupe à l'oignon, pour terminer notre virée nocturne. Mieux que rien, non ?

L'alcool brûle la gorge d'Hélène, mais elle n'a jamais rien bu de meilleur. Elle regarde Sandro et cligne de l'œil vers le plafond. Il lui semble que le jeune homme rougit. Un quart d'heure plus tard, dans une des chambres du premier étage, attentifs à ne pas faire de bruit sous des couvertures qui sentent le moisi, ils se fondent l'un dans l'autre comme s'ils s'étaient quittés des années plus tôt, comme si leur avenir tout entier était rassemblé dans cette étreinte silencieuse.

Plus tard, Hocine les secoue doucement.

— Café, croissants chauds, beurre et confiture, œufs au bacon, jus d'orange ! Allez, c'est l'heure.

Pour conserver un peu de chaleur, ils s'habillent sous les couvertures, puis descendent rejoindre leurs camarades au rez-de-chaussée. Dans la vague lueur des lampes à pétrole, Dimitri a les traits creusés. Sans doute n'a-t-il pas dormi.

— Vous rentrez ensemble tous les deux en voiture, dit-il à Hélène et Sandro. Nous, nous partons à pied. Des amis nous ramasseront sur la route, au carrefour, dans trois quarts d'heure. Jette un œil sur le blessé, il a l'air d'aller bien.

Le jour n'est pas encore levé. Une pluie très fine brouille les contours plus sombres des massifs d'arbres. Ils se séparent devant l'auberge. Dimitri serre la main des deux jeunes gens.

— Maintenant, vous savez beaucoup de choses, dit-il en les regardant lourdement. Ça devait arriver un jour. Mais la Libération n'est pas pour demain. Et ce que nous avons fait cette nuit doit contribuer à cette Libération. Vous savez beaucoup de choses que les Allemands voudraient bien connaître... Que Dieu vous protège.

Il écarte les doigts en V.

CHAPITRE 40

Joséphine de Portallan est morte la nuit précédente, durant son sommeil. Quand Simone, sa belle-fille, inquiète de ne pas la voir dans la cuisine à huit heures du matin, est entrée dans sa chambre après avoir frappé en vain à la porte, elle l'a trouvée les yeux clos, le visage un peu trop clair mais détendu, les mains croisées sur la poitrine. Elle a prévenu Hélène et Marc, puis les domestiques. Un peu plus tard Luce et Louis Rintier, et la famille Barutti qui se sont chargés de prévenir Bernard et Gina, à Marseille pour quelques jours.

Maintenant, Hélène est agenouillée contre le grand lit, les mains sur celles, étrangement lisses, de sa grand-mère. Elle pleure en silence contre les draps de fil épais qui réveillent des souvenirs d'enfance, tissés de tendresse, de l'odeur du miel et du chocolat accompagnant le petit déjeuner qu'elle prenait de temps en temps dans ce même lit. Elle voudrait n'avoir jamais grandi, avoir donné plus d'affection, avoir posé plus de questions, su écouter plus longtemps. Elle se laisse envahir par ce sentiment de désolation, d'inexistence absolue, qui accompagne toujours la perception des actes irrécupérables ou des absences coupables. Puis elle se lève, essaye maladroitement, inutilement, de rectifier le pli d'une couverture, d'un tapis. Cette chambre sera demain définitivement vide, les rideaux tirés. La poussière s'y accumulera. Personne n'aura le courage de l'occuper.

Elle va vers la fenêtre, écarte à peine les tissus de cretonne. L'étang s'étale, telle une plaque de marbre funéraire, renvoyant un jour qui semble ne même pas chercher à se lever à travers des nuages bas et plombés. Puis elle entend la voix de Justine, basse comme un filet de vent.

— Venez, Hélène, j'ai préparé du café.

Elle regarde encore sa grand-mère, sa tante Luce effondrée dans une bergère, les yeux vides et rouges, se penche. Pose ses lèvres sur le front froid de la défunte. Puis elle suit la vieille servante. Au rez-de-chaussée, le silence règne, chacun évitant de parler, s'efforçant de ne déplacer aucun meuble, fermant les portes avec précaution. Et ce silence prend une profondeur démesurée, irréelle, comme si par comparaison l'activité habituelle de Joséphine de Portallan, elle qui restait pourtant si discrète, avait suffi à le meubler tout entier. Hélène se dirige vers la cuisine et prend place sur un banc, contre la grande table de bois, devant la tasse qu'a préparée Justine. Il n'y a rien sur la cuisinière, à la différence des journées ordinaires. Tout est rangé, les torchons blancs pendus, les casseroles accrochées à leurs clous, une sorte de préparation au départ.

Plus tard, Bernard arrive accompagné de Gina dont la taille s'est arrondie.

— Vous avez prévenu le prêtre ? demande-t-il à Justine. C'était très important pour elle. Reste là, Hélène, je vais monter seul. Tu sembles épuisée.

La jeune fille enfile un vieux manteau qui traînait dans le placard de l'entrée et sort sur la terrasse. Ce début de février est, de manière inhabituelle, gris et humide. Au loin, la barre rocheuse de Vitrolles semble un cul-de-sac. Hélène respire l'odeur mêlée et familière de l'iode et de la terre mouillée. Se dit qu'elle n'aurait pas accepté aujourd'hui Hauterive inondée de soleil. Elle ne sait où porter ses pas et, offrant son visage à la pluie, prend le chemin conduisant à la grand-route.

Elle évite les flaques de façon mécanique, attendant elle ne sait trop quel événement qui renverserait le cours de l'Histoire. Au moment où elle atteint le macadam, elle aperçoit Sandro qui peine sur un vélo, dans la petite montée.

— Je suis venu aussi vite que possible, dit-il en prenant Hélène dans ses bras. Un vélo… J'ai beaucoup de peine, comme s'il s'agissait de ma propre famille. Ça ne veut rien dire, mais sois courageuse. Je suis avec toi.

Elle n'entend pas les mots qu'il prononce mais sa seule présence, après quelques larmes, suffit à la calmer. Elle pense qu'elle remplace, enfin quelque chose comme ça, la compagne de son enfance par le compagnon de sa maturité. Que le jour où elle a choisi de vivre avec Sandro elle a condamné Joséphine de Portallan. Que l'injustice est devenue perceptible parce qu'elle n'est plus prise en charge par d'autres. Que l'âge est venu de s'assumer. Que cet homme, à côté d'elle, est capable de l'aider.

— Je ne sais pas ce qu'il faut faire, murmure-t-elle. Mon père… On ne peut pas ne rien lui dire. Mais grand-mère aurait-elle voulu qu'il soit là ?

— Bien sûr. Il faut le prévenir. Il agira comme il voudra. Tu dois en parler à Bernard. Il a sûrement réfléchi.

Ils se remettent en route vers Hauterive, Sandro tenant d'une main le guidon de sa bicyclette et serrant de son autre bras l'épaule d'Hélène.

— Elle avait presque quatre-vingts ans, dit Hélène. J'avais l'impression qu'elle n'avait jamais changé d'âge, mais qu'elle était toujours jeune, tu vois… Je suis affreusement triste, mais quand je pense à elle, j'ai chaud au cœur. Je serais contente de lui ressembler.

— C'est une bonne idée. Mais tout le monde sait que tu lui ressembles déjà beaucoup.

Le lendemain de très bonne heure, la Citroën noire de Sébastien de Portallan freine devant la bastide. Le chauffeur descend et ouvre la porte arrière, tandis qu'un inconnu, coiffé d'un feutre sombre, reste assis à l'avant sans bouger.

A cinquante ans, l'homme d'affaires en paraît dix de plus. Des poches violacées se sont formées sous ses yeux et ses joues marbrées de couperose se sont amollies autour de la bouche et du menton. Il semble boudiné dans son manteau de laine bleu marine et, lorsqu'il se découvre en entrant dans la maison, il révèle une calvitie déjà avancée. Un léger tremblement agite ses doigts quand il tend son chapeau à Justine, venue l'accueillir.

— Bonjour, Sébastien, dit Bernard, immobile dans le salon. Maman est là-haut.

— Bonjour, Bernard. Merci de m'avoir prévenu.

Les deux hommes se regardent, eux-mêmes étonnés du froid qui les a saisis brutalement. Ils ne s'embrassent pas, ne se serrent pas la main, prenant conscience ensemble qu'ils sont devenus des étrangers l'un pour l'autre.

— Simone et... mes enfants sont là ? demande Sébastien d'une voix enrouée.

— Ta femme et tes enfants ? Oui, ils sont là. Mais je ne suis pas sûr qu'ils souhaitent te rencontrer. Tu verras bien. Ils ont dû entendre ta voiture. L'enterrement aura lieu demain, à Vitrolles. Tu feras ce que tu décideras.

— Oui. Tu es marié, ai-je appris ?

— Oui. Je n'ai pas cru bon de t'inviter. Ce n'est pas le jour d'en discuter.

D'un pas lourd, jetant quelques regards autour de lui comme pour reconnaître des lieux oubliés, Sébastien se dirige vers l'escalier. Il pose une main hésitante sur la rampe, se retourne vers son frère

— Et Luce ?

— Elle était ici ce matin. Elle viendra plus tard.

Il pénètre dans la chambre de sa mère, à peine éclairée, va jusqu'au pied du lit. Le visage lisse, reposé, de Joséphine de Portallan bouscule sa mémoire et il sent des larmes rouler sur ses joues. Des clichés anciens resurgissent, comme s'il feuilletait un album familial. Curieusement, les attitudes de sa mère y sont moins présentes que celles de son père. Des sentiments confus le traversent : la peine, bien sûr, mais aussi la honte d'avoir abandonné sa mère, de ne pas avoir pris conscience du temps qui fuyait irrémédiablement, mais encore la peur de cette mort qui désormais, à son tour, l'approche. A aucun moment pourtant, la conscience de sa propre déchéance ne l'effleure, pas plus qu'il n'établit de rapport entre celle-ci et le fossé qui, pour toujours, le sépare de sa famille.

Enfermé dans une logique qui le prive désormais du moindre sens critique, caillou roulant sur la pente, il ne peut empêcher son esprit, très vite, de dériver vers l'évaluation de la succession, à la manière de ces enfants cupides qui se disputent l'héritage dans une pièce tandis que, dans la pièce voisine, quelqu'un se bat encore contre la mort. Dans la pénombre derrière lui, il détecte un mouvement et se tourne pour découvrir Sandro Barutti qui s'est levé d'un fauteuil. Le jeune homme a les traits tirés et ne dit rien. Il ne répond même pas au salut de Sébastien qui insiste :

— Je te remercie d'être là.

— Je ne suis pas là pour vous, mais pour elle, dit Sandro d'une voix glaciale.

Sébastien de Portallan se retourne vers le lit, contemple une dernière fois le visage de sa mère et, plus par contenance que par conviction, trace entre son front et sa poitrine un vague signe de croix. Doit-il chercher à voir sa femme et ses enfants ? Sa sœur ? Peut-il l'exiger ? Il est l'aîné, le chef de famille maintenant. Il a malgré tout conscience de la situation ridicule dans laquelle il risquerait de se trouver. De l'affrontement qui pourrait s'ensuivre. Il déteste les affrontements, fuit les risques physiques. Il a conscience d'être devenu un étranger. Et il sait qu'il est trop tard.

Hélène, depuis une fenêtre du premier étage, a vu son père descendre de voiture et pénétrer dans la bastide. Elle est déchirée entre le dégoût qu'il lui inspire, et une sorte de réflexe animal qui la pousse à examiner de plus près, peut-être pour la dernière fois, cet homme qui sera toujours son père. Pour tenter de comprendre ? Pour lui laisser une chance ? Elle n'a rien à lui dire. C'est lui qui devrait parler, expliquer que tout est fini, qu'il a accumulé les erreurs et les crimes, qu'il voudrait les rejoindre, connaître leurs projets, leurs amours.

D'une démarche d'automate, elle passe silencieusement devant la chambre de sa grand-mère et voit son père de profil, au pied du lit, ce profil si mou, ce dos déjà voûté, cet estomac protubérant que le veston contient mal. Elle pense qu'il fait bonne chère tous les jours tandis que d'autres courent après quelques kilos de pommes de terre. Elle se demande s'il effectue le salut nazi et comprime un haut-le-cœur. Elle descend les marches, reste debout dans un coin d'ombre du salon et attend. Elle ne sait pas pourquoi elle agit ainsi. Elle souhaite que sa mère et son frère Marc ne bougent pas de leurs chambres.

Puis elle l'entend marcher, sur le palier du premier, dans l'escalier. Même ce pas a changé, pense-t-elle. C'est un pas sans espoir, résigné et incertain, le pas d'un homme traînant sa propre finitude. Elle se rappelle le même homme grimpant quatre à quatre les marches, dans un roulement joyeux, pour rejoindre sa femme, la faisant, elle, sauter dans ses bras, jouant au croquet avec Marc. Elle se souvient même de bouquets de fleurs et de chansons, de fêtes, d'anniversaires.

Quand il apparaît dans la lumière, Sébastien de Portallan s'arrête à la vue de sa fille, les bras ballants, le regard paniqué. Un animal pris au gîte. Il finit par bredouiller :

— Tu as changé, Hélène.

— Vous aussi, répond-elle, la voix cassée.

Elle ne peut accepter l'idée que cet individu à demi décomposé, fuyant et maladif, soit bien son père. Les jambes en plomb, Hélène ne parvient pas à engager le moindre mouvement. Et d'ailleurs, lequel ? Pour se diriger vers lui ? Pour tourner les talons ? Le silence, qui s'éternise, lui fouille le ventre, lui serre les tempes.

— Je n'ai rien voulu de tout ça, dit-il encore, en formant de la main un geste vague qui désigne aussi bien le premier étage où repose Joséphine de Portallan que le reste de la bastide qui abrite forcément sa femme et ses enfants.

— C'est un peu facile. Vous avez tout décidé, jusqu'à l'irréparable.

— Je peux t'expliquer.

Hélène sent qu'il se raccroche maladroitement à la moindre phrase, sans pour autant regretter quoi que ce soit. Expliquer quoi ? Pourquoi cette sordide liaison avec sa chanteuse, pourquoi les brutalités vis-à-vis de sa femme, pourquoi l'abandon de ses enfants, pourquoi l'enrichissement malhonnête, pourquoi la collaboration avec les nazis et l'antisémitisme, pourquoi les monstruosités que l'on raconte à Marseille et dont il serait responsable ? Expliquer quoi ?

— Je n'ai pas envie d'entendre vos explications. Ce n'est pas ça dont nous avons... dont nous avions besoin, répond Hélène en mettant l'accent sur l'imparfait.

Il lève une main grassouillette et paraît vouloir s'en protéger les yeux. Quand les doigts, tremblants, retombent, Hélène fixe les yeux de son père, injectés de sang.

— Et en plus, vous buvez ? demande-t-elle, accablée par cette preuve supplémentaire d'un malheur profond.

Il paraît se rebeller comme un enfant colérique.

— Qu'est-ce qui te permet ? Je suis ton père. Tu n'as pas le droit...

— Non. Vous étiez mon père. Vous n'êtes plus rien.

La voix de Bernard, qu'ils n'ont pas entendu arriver, retentit, basse et claire :

— Tu n'as plus aucun droit, Sébastien. Aucun. Tu es un hors-la-loi. Pas la loi que tes amis appliquent. La loi que se sont donnée l'ensemble des hommes de bonne volonté et qui ne tardera pas à être appliquée de nouveau.

— Nous verrons bien, dit Sébastien, brutalement devenu hargneux. Pour le moment, c'est nous qui tenons le manche.

— Le manche ! Quelle vulgarité ! Maintenant, à moins qu'Hélène veuille te retenir, je te prie de sortir. Tu es ici chez elle, et chez moi, au cas où tu feindrais de l'ignorer. Plus rien ne t'appartient, en dehors de ce que maman t'a donné de son vivant. Tu peux venir chez le notaire, mais le déplacement est inutile !

— Quoi ?

— Tu es parfaitement au courant. Toutes tes relations criminelles, oui criminelles, ne te serviront à rien. Continue à ramasser de l'argent, comme tu dis ! Tout le monde sait ce que tu trafiques, et c'est ignoble !

Sébastien serre les poings, hausse les épaules, saisit avec brutalité son manteau et son chapeau que lui tend Justine, claque la porte.

Hélène entend le moteur de la Citroën qui démarre devant la bastide en faisant crisser les graviers. Mon père ! Mon père sort de ma vie, et pour toujours. Elle se laisse tomber, en larmes, dans le fauteuil le plus proche. Maria Barutti, qui vient d'entrer, se penche et la saisit par les épaules, appuie sa joue contre la sienne.

— Elle t'aimait tellement ! dit-elle en sanglotant à son tour.

Luce et Bernard marchent au premier rang, derrière l'antique corbillard que traîne un cheval bai brun. Puis Bernard tend ses deux mains dans son dos, que saisissent Hélène et Gina en se laissant attirer à ses côtés. L'enterrement se déroule comme l'a souhaité Joséphine de Portallan, dans l'intimité, et ne réunit que la famille et les amis les plus proches. Emilio Barutti, par on ne sait quel tour de force, est parvenu à se procurer quelques fleurs rassemblées en un gros bouquet déposé sur le cercueil tendu de velours noir. Le curé de Vitrolles, de nouveau, prononce quelques mots au bord de la tombe, dit le *Notre Père* avec l'assistance, bénit la dépouille mortelle. Puis le bruit de la première pelletée de terre retentit, et Hélène porte ses mains à ses oreilles.

Elle se recule et se dirige seule vers le portail du cimetière. Sandro la rejoint.

— Tu n'attends pas ? Les condoléances…

— Je n'ai pas le courage. Ils ne m'en voudront pas. Je ne sais plus où j'en suis. Elle va tellement me manquer…

Hélène lève les yeux et suit la course des nuages gris.

— Tiens, la pluie cesse, dit-elle. Regarde par là, le ciel se dégage. Le mistral est en train de se lever. Il fera beau dans une heure. Rentrons.

Elle redresse le buste, ôte le chapeau noir épinglé dans ses cheveux, dénoue son chignon et inspire profondément le vent chargé de l'odeur du silex mouillé. Avant de voir l'étang, il lui faut encore marcher un peu. Elle presse le pas.

CHAPITRE 41

— Pourquoi moi ? demande Sandro Barutti, très pâle.

— Parce que tu es le seul d'entre nous dont il ne se méfiera pas, le seul qui pourra passer le barrage de son ou ses gardes du corps, répond Dimitri qui marche sur le Prado à la droite du jeune homme, tandis qu'à sa gauche un inconnu que Dimitri a présenté sous le nom de colonel Juillet approuve de la tête.

— C'est une décision qui a été prise, vous vous en doutez, au niveau le plus élevé, appuie ce dernier. Nous ne pouvons pas vous y obliger, bien sûr.

— Vous vous rendez compte qu'entre faire sauter des rails ou participer à un coup de main et tuer un homme de sang-froid, il y a une différence ?

— Bien sûr. C'est un problème qui nous a été posé aussi, dit le colonel. En d'autres temps.

— C'est une mission de... tueur. Je croyais que nous avions des équipes spécialisées.

— Des équipes spécialisées ? C'est du roman, ça ! Vous seriez à ma place, vous auriez été obligé de prendre des décisions plus graves, aboutissant par exemple à la mort d'innocents pris en otages. La guerre est sale. Toujours. Elle ne durera plus très longtemps, heureusement.

De front, ils avancent vers le carrefour du boulevard Michelet. Les platanes, dénudés, sont sinistres malgré le soleil qui s'étale à perte de vue, et leurs branches ressemblent à de vieux doigts noueux. Ils allument des cigarettes. Sandro a le sentiment que sa vie se termine ici. Il n'a pas peur. Simplement, il perd Hélène, donc il se perd lui-même. Il n'est plus qu'un survivant, le passager amer de son propre naufrage. Refuser ? Il se souvient des paroles de Gianni. Quand tu as choisi, tu n'as plus vraiment le droit et le pouvoir de revenir sur ta décision. Même si tu as le sentiment d'être devenu un rouage parmi d'autres d'une mécanique qui à certains moments t'écrase. C'est ce qui fait la grandeur de l'engagement. L'abnégation. La cause supérieure à tout. Ta dignité individuelle qui tient à celle de la collectivité. Le sacrifice. La vie qui retrouve un sens parce qu'elle n'a plus celui qu'on lui donnait jusqu'alors. C'est pour cela que tu ne t'es jamais marié, tonton Gianni ? Peut-être. C'est déjà si lourd d'être seul !

— Pourquoi moi ? répète Sandro. Vous connaissez ma… situation.

— Votre liaison avec Hélène de Portallan ? Bien sûr.

— Vous foutez ma vie en l'air.

— Vous représentez la seule solution, on vous l'a dit, reprend à voix basse le colonel Juillet, un homme d'une soixantaine d'années, aux cheveux blancs clairsemés, à l'allure débonnaire mais au regard gris plombé et impénétrable.

— Pourquoi ne pas faire sauter sa voiture, je ne sais pas…

— Parce qu'il s'agit en quelque sorte d'une exécution solennelle. D'un exemple, dit Juillet. Qui doit frapper l'occupant, et la population. Les collabos, c'est fini. Ce type est une ordure. Nous en avons les preuves. C'est le bras droit de Simoni et, s'il n'est pas officiellement un patron de la Milice, c'est tout comme.

Alors, pourquoi pas Simoni lui-même ? demandait pauvrement Sandro. Le silence tombait sur le petit groupe qui, brutalement, s'était arrêté, comme s'ils subissaient tous les trois la même brûlure. Juillet regardait la pointe de ses chaussures. Dimitri fumait plus vite. La question était logique. Le jeune homme avait droit à la vérité alors que, au fond, on aurait pu lui dire que cela ne le regardait pas.

Un jour Simoni serait publiquement condamné et, certainement, exécuté. Il n'échapperait pas au procès qu'il avait mille fois mérité, et ce procès, comme d'autres, serait retentissant. Portallan, en revanche, pouvait s'en sortir, après la guerre. Juillet ne parlait pas au hasard, Sébastien s'en rendrait compte plus tard. Des salopards continueraient à prospérer, parce que la politique était comme ça. Malheureusement. La Libération n'allait pas réformer la politique. J'ai une liste, là, disait Juillet en posant un index sur sa tempe. Une liste, des noms, des salauds ! Ils seront encore aux mêmes postes, dans les ministères, les conseils d'administration, les francisques planquées parmi les vieux papiers. En outre – Juillet hésitait – il fallait agir de manière exemplaire en limitant les risques. Le même résultat, au moindre coût. Simoni était étroitement protégé. Sa disparition risquait d'entraîner de lourdes représailles. Il fallait penser à tout. Simoni était personnellement lié à des hauts dignitaires allemands. Alors, ils prendraient des otages. Tandis que ce salaud de Portallan, tout le monde s'en foutait, y compris Simoni. Il n'y aurait pas d'otages fusillés. Tu comprends, Sandro ?

Celui-ci a l'impression d'être saisi par le vertige.

— Vous vous livrez à des calculs sordides. En fait, ce que je comprends, c'est que nous allons exécuter le moins salaud des deux !

— Tu es idiot, Sandro ! A ce degré-là, on n'établit pas de classement. Et puis, il y a des saloperies que tu ne connais pas, poursuit Dimitri. Aujourd'hui nous sommes certains qu'il y a participé, qu'il en a été un des organisateurs...

— Oui ?

— La déportation des habitants des vieux quartiers et le nettoyage à la dynamite, tout ça pour réaliser une opération immobilière. Et la confiscation, le vol des biens juifs stockés dans ses propres entrepôts ! Et les dénonciations de ceux qui pouvaient le gêner !

— Vous ne pouvez pas prouver tout ça !

— Si ! coupe brutalement Juillet. Si ! Malheureusement ! Nous avons aussi nos renseignements, de très bonnes sources. Des hommes et des femmes qui prennent des risques inouïs.

Juillet laisse passer un moment avant de poursuivre :

— Voyez-vous, à l'époque de la destruction des vieux quartiers et de la grande opération de déportation, rares étaient ceux qui se doutaient de la mort qui attendait les Juifs. Mais maintenant, nous savons.

Sandro Barutti sent la glace l'envahir progressivement.

— Comment devrai-je procéder ? demande le jeune homme, qui ne reconnaît pas sa propre voix.

— Dimitri vous donnera une arme, répond Juillet. Le plus simple sera d'opérer entre son domicile, que vous connaissez, et le 425, rue Paradis, oui, le siège de la Gestapo. Les deux hôtels particuliers sont assez proches. La plupart du temps, Portallan s'y rend à pied. Presque tous les jours… A moins que vous ne trouviez une meilleure idée. Dimitri assurera votre couverture et vous aidera à vous échapper. Vous gagnerez ensuite la Sainte-Baume. Voyez ça en détail tous les deux.

— Rien n'est préparé, donc ?

— Vous savez, si nous préparons nous aussi le débarquement, dit Juillet, nous le préparons avec nos moyens… Merci de votre décision. Nous nous reverrons, j'en suis sûr. Le jour de la victoire.

Juillet lui sourit, puis il tourne le dos et, un peu voûté, marche vers l'entrée du parc Chanot.

— C'est un type important, tu sais. Il a l'air glacial, mais il est très généreux. En réalité, nous sommes tous épuisés. Pour Portallan, ne t'en fais pas, dit Dimitri, nous allons étudier ça de près.

Sandro, accablé, ne dit rien. Il est envahi par Hélène. Submergé par l'absence.

CHAPITRE 42

La fête bat son plein. Doris circule au milieu des invités et veille à ce que les plateaux des garçons en veste blanche soient toujours abondamment chargés de verres de cognac et de champagne. Les officiers allemands, sanglés dans d'impeccables uniformes, se mêlent aux invités français de Sébastien de Portallan et à quelques superbes jeunes femmes en robes du soir que l'ancienne chanteuse – celle-ci juge désormais inutile de se produire au Diamant bleu et se laisse fastueusement entretenir par son amant – a dénichées parmi ses relations peu farouches. Un petit orchestre, installé au fond du double salon de l'hôtel particulier de l'homme d'affaires, enchaîne valses, tangos et fox-trots. De temps en temps, les danseurs interrompent leurs évolutions et se dirigent vers un des deux buffets regorgeant de petits fours, de canapés divers, qui ont été livrés dans l'après-midi par les chauffeurs de la Kommandantur.

— Et dire qu'on a supprimé les 250 grammes de sucre exceptionnels destinés aux confitures ! s'esclaffe Antoine Simoni en posant son bras sur l'épaule de Sébastien de Portallan. Tu as choisi le bon camp, mon ami !

— Oui, si on veut, murmure celui-ci dont le regard est déjà embué par l'alcool. Les bombardements alliés se multiplient et, malgré les arrestations de terroristes, la Résistance ne nous laisse plus une seconde.

— N'exagère pas ! Tu n'as pas à te plaindre, non ? La Résistance ? Au train où on réussit à les coincer, ils ne seront bientôt plus assez nombreux pour faire une belote !

Sébastien de Portallan se laisse entraîner dans une valse par Doris dont les pommettes rougies traduisent une consommation exagérée de champagne.

— C'est merveilleusement organisé, mon amour ! roucoule-t-elle. Je crois que nos amis sont ravis. J'avais trouvé notre dernier raout, il y a six semaines, un peu compassé.

— Eh bien, profite ! Moi, je trouve que la situation évolue mal.

— Tu es sinistre ! sourit-elle en renversant la tête pour faire bouffer ses cheveux. La seule chose qui m'ennuie, avec ces attentats contre les Allemands, c'est que chaque fois qu'un officier est descendu, le préfet trouve intelligent de fermer pendant trois jours les cinémas, les cafés, les théâtres, etc.

— Tu as une vision un peu mondaine de la guerre...

— Tu sais, on devrait ériger en règlement cette fameuse recommandation qu'il y avait au-dessus du comptoir dans un bar du Vieux-Port : « Les torpilleurs sont priés de passer au large. »

— Doris !

— Si on ne peut plus rigoler... Que veux-tu que je fasse d'autre ?

Elle s'écarte brutalement et dit d'une voix dure :

— Et notre mariage ? Tu y penses ? J'en ai assez de jouer les doublures. Deux ans, maintenant, que tu me l'as promis. Tu as peur de quoi ? De ta femme, de tes enfants ?

Tandis que l'orchestre entame un nouveau morceau, un officier allemand s'approche du couple :

— Si vous permettez, monsieur de Portallan, dit-il presque sans accent, j'aimerais inviter notre hôtesse à danser.

« Notre hôtesse »... En acquiesçant de la tête, l'homme d'affaires sourit pauvrement. Effectivement, Doris, depuis plusieurs mois, est installée rue Paradis comme chez elle. Quand il pense à cette situation scabreuse, Sébastien de Portallan se sent vaguement fautif, moins d'ailleurs en raison de son indécence même qu'à cause des regards apitoyés ou scandalisés que lui lancent ses voisins lorsqu'ils le croisent. Il préférerait que Doris, qui multiplie dîners, réceptions et nouvelles toilettes, adopte un mode de vie moins provocant, mais sa maîtresse se moque de ce qu'elle appelle sa « mesquinerie ».

Petit à petit, les invités prennent congé. Sébastien de Portallan les raccompagne jusqu'à la grande porte d'entrée en échangeant quelques mots avec eux. De lourdes voitures, civiles ou militaires, viennent se ranger le long du trottoir. Des chauffeurs descendent, ouvrent les portières, attendent, tandis que les noceurs échangent encore avec leur hôte d'ultimes plaisanteries avinées.

— Nous n'aurons peut-être jamais une chance pareille, murmure Dimitri.
— Tu sais que nous sommes dehors au mépris du couvre-feu, et en plus tu voudrais agir maintenant ?

Sandro et Dimitri sont enfoncés dans le coin d'une haie, derrière les grilles de la maison qui fait presque face à l'hôtel particulier de Sébastien de Portallan. Ils sont venus à vélo par le Roucas Blanc après avoir longé la Corniche depuis le Pharo, contournant la zone boisée de la Cadenelle. « Belles demeures, hein ? a rigolé Dimitri en montrant les superbes villas du quartier enfouies dans la verdure. Quand tu seras riche... » Depuis la tombée de la nuit, ils attendent, invisibles en raison de l'obscurité sans faille, alourdis par leurs canadiennes de toile épaisse.

— Si nous atteignons Bonneveine, de l'autre côté du Prado, nous sommes sauvés. Cinq minutes à peine. C'est encore la campagne là-bas, et je sais où aller.

— Ce quartier est truffé d'Allemands...

— Pas à cette heure-ci. Et puis, il y a plusieurs itinéraires de fuite. Le temps pour eux de réagir et nous serons planqués. Nous pouvons même tenter le coup, à vélo, par les escaliers qui surplombent la place de l'Eglise, à Saint-Giniez. Ensuite, nous filons par la droite, puis nous coupons le Prado. Après, c'est gagné. Même appuyés par le groupe, nous prendrions plus de risques en plein jour.

— Encore faudrait-il qu'il soit seul sur le trottoir !

— Mais tu vois bien, de temps en temps, il reste isolé un moment, quand il a raccompagné quelqu'un...

— Il va falloir se décider vite.

A sa façon de regarder la voiture s'éloigner pour remonter la rue Paradis, puis accomplir quelques pas sur le trottoir en s'étirant, et enfin dénouer son nœud papillon, Dimitri a l'intuition que Sébastien de Portallan vient de reconduire son dernier invité. Il pousse Sandro du coude.

— On y va. Si tu ne te décides pas, je tente le coup.

Sandro Barutti plonge la main dans la poche de sa canadienne. L'acier du pistolet, curieusement, est tiède, presque familier. Il s'efforce de se concentrer sur la quinzaine de mètres qu'il doit parcourir à travers la chaussée, sur les gestes simples qu'il doit enchaîner, sur le trajet qu'il faudra ensuite emprunter. « Aidez-moi, Seigneur ! » prie-t-il mentalement.

Les deux hommes ont ouvert la grille de la porte. Sandro comprend que, dans son dos, Dimitri tire silencieusement les deux vélos vers le trottoir. Il franchit d'un pas rapide la rue et s'approche de Sébastien de Portallan qui, avant de regagner l'entrée de son domicile, allume une cigarette. Celui-ci, à la vue du jeune homme, a l'air étonné. Il fouille du regard l'obscurité alentour, comme s'il s'attendait à voir surgir d'autres personnes, Hélène peut-être :

— Sandro ! Mais que fais-tu ici, à cette heure ?

Barutti, qui ne s'attendait pas à devoir opérer cette

nuit, est pris de court. Il devrait savoir que répondre. Il ne sait pas, panique une seconde.

— Régler tous les comptes, dit-il. Au nom de ceux que vous avez envoyés à la mort.

Il sort son pistolet, l'appuie contre le cœur de Sébastien de Portallan et presse deux fois la détente. Les yeux du collabo se figent, au-delà de Sandro, comme s'ils cherchaient vainement un dernier secours, puis l'homme s'effondre. Le bruit des détonations semble à Sandro épouvantable. Ses jambes ne le portent plus.

— Sandro, vite ! Bouge, bon Dieu, bouge !

Dimitri le secoue, le pousse vers son vélo. Il saisit le guidon, encombré par son pistolet qu'il finit par glisser dans sa poche. Il pédale comme un fou, le cœur à la limite de la rupture, sans prêter la moindre attention à la direction qu'ils prennent. Ils ont d'abord, se rend-il compte au bout d'une minute, descendu la rue Paradis, puis ont grimpé une légère côte. Maintenant ils filent entre les demeures obscures de l'avenue Frédéric-Mistral. Tout d'un coup, il s'étonne de n'entendre aucun bruit, aucun moteur, aucun cri.

— Ton vélo ! Sur l'épaule ! On dégringole les escaliers ! Allez, réagis !

Il ne sait pas comment il parvient sur la placette en déclivité, voit une église, remonte sur son vélo, suit Dimitri qui l'encourage du geste. Saint-Giniez. Sandro reconnaît le quartier à cause de l'histoire des Desnarados, les religieuses d'un prieuré voisin qui, plusieurs siècles auparavant, s'étaient coupé le nez pour échapper aux assauts sexuels des envahisseurs sarrasins. Il bifurque. A droite, à gauche, à droite de nouveau, le Prado est proche. Dans leur dos, le ronflement d'un camion. Ils jettent leurs engins par-dessus un mur de pierre et bondissent derrière la clôture. Affalés dans la végétation, ils ne lèvent pas la tête. Le camion s'éloigne. Des soldats allemands ? Peut-être. Ils ne cherchent pas à savoir. Ils abandonnent leurs vélos et glissent dans l'ombre du mur, le feu arrière du camion en point de mire.

— Allez, encore un effort, murmure Dimitri. Nous allons devoir traverser l'avenue. Et au sprint. Observe vers le rond-point, moi je regarde vers la plage. Le camion a repris sur la gauche, tu le vois ? C'est bon de mon côté. Et toi ?

Ils bondissent. Le Prado semble à Sandro un désert de milliers de kilomètres. Ils atteignent un terrain vague.

— On va tout droit, dit Dimitri.

— Ils ne nous poursuivent pas ? demande Sandro, essoufflé. J'ai la tremblote.

— C'est normal. La réaction. Ils doivent commencer à nous chercher.

— Mais les détonations ?

— Tu as eu l'impression qu'il s'agissait d'un coup de tonnerre ? Moi, je les ai à peine entendues. Allez, en route. Donne-moi ton arme. Si nous nous faisons coincer, je m'en débarrasserai. Mais ici, nous ne risquons plus grand-chose.

Autour d'eux s'étendent les cultures maraîchères du quartier de Bonneveine, la « bonne avoine ». Sandro retrouve l'odeur familière de la terre retournée et du fumier.

— Nous allons dormir quelques heures dans l'étable d'un camarade. Puis demain je te ferai accompagner jusqu'à la Sainte-Baume. En montant, bien au-dessus de l'auberge que tu connais, il y a une ancienne glacière. Elle nous sert d'abri. Personne ne vient jusque-là.

Les nerfs de Sandro lâchent et de grosses larmes roulent sur ses joues. Dimitri passe un bras sur ses épaules secouées de sanglots.

— Pleure un bon coup, mon gars. Tu as été courageux. Mais ce que tu as fait, il fallait le faire.

— Hélène...

— Tu n'as pas à lui en parler.

— N'importe qui aurait pu agir à ma place.

— Ce soir, sans doute. Mais c'était imprévisible. Sinon, tu étais le seul à pouvoir l'approcher. Oublie.

— Je ne pourrai jamais.
— Il aurait été fusillé.
— Par d'autres.
— C'était un salaud, tu sais. Un salaud de la pire espèce. Tu es le bras de la justice.

— Laisse-moi, Dimitri. Ne raconte pas n'importe quoi. La justice ? La justice, en temps de guerre, ça n'a pas cours. J'ai été un soldat, voilà. C'est bien ce que vous avez essayé de me faire comprendre, non, quand il s'est agi de justifier l'exécution de ce type plutôt que celle de Simoni ? Toute ma vie, j'y penserai.

— Je ne crois pas. Maintenant, tu dois te reposer. Le débarquement, forcément, est pour bientôt. Nous devrons intervenir. Nous ne serons jamais assez nombreux.

— Gardez Hélène en dehors de tout ça, je vous en supplie.

— En dehors de ce qui se prépare ? Mais c'est elle qui décide, Sandro, pas toi...

CHAPITRE 43

Hélène de Portallan est effondrée dans un fauteuil du salon de l'hôtel particulier de la rue Paradis.

Les deux femmes de chambre, qu'elle ne connaît pas, se sont réfugiées dans la cuisine. D'un doigt mécanique, elle peigne ses longs cheveux sombres répandus sur ses épaules. Elle regarde autour d'elle sans parvenir à considérer comme siens tous ces meubles, tous ces objets pourtant familiers. Il lui semble que tout a été souillé. Sans doute le nettoyage du rez-de-chaussée n'a-t-il pas été terminé : des bouteilles et des verres vides, des cendriers sales traînent encore sur les nappes maculées de taches, les tapis, plissés, portent encore la marque de pas, des bougies ont laissé leurs coulures sur le marbre des cheminées. Trois bouquets de fleurs accentuent l'aspect sinistre des salons.

Elle a été avertie que l'assassinat de son père, au cours de la nuit précédente, avait eu lieu à l'issue d'une réception à laquelle participaient des officiers allemands et que, selon toute probabilité, les « terroristes » en étaient responsables. Mais le sentiment de flétrissure qu'elle éprouve n'a pas de relation avec ces agapes, plutôt avec la déchirure d'une dépossession morale. Cette demeure n'a plus rien à voir avec ce qui fut, de longues années, son foyer. Elle a circulé dans les étages et, partout, elle a trouvé la trace de l'étrangère, l'usurpatrice : ses robes dans les placards, ses produits de beauté dans la salle de bains, ses paquets de thé dans la cuisine, et même ce parfum musqué qui a tout imprégné, qu'elle ne connaît pas et qui ne peut qu'appartenir à l'ancienne chanteuse.

La mort de son père la laisse prostrée, triste mais sans larmes, comme si elle avait toujours su que cette fin dramatique était inscrite dans une sorte de logique en même temps absurde et morale, comme si elle ne possédait plus de pleurs à offrir, de douleur à épancher.

Elle se sent sèche et dure, malheureuse et exaucée. Cette vie fauchée brutalement n'est que le reflet d'un égarement maléfique. Les « terroristes » ? Elle-même appartient à cette catégorie de « bandits » dont les statistiques du *Petit Marseillais* tiennent, au moment de leur arrestation, une comptabilité éhontée censée impressionner et effrayer la population. La Résistance a peut-être exécuté son père. Ce qui reviendrait à prouver que les crimes qu'on lui prêtait, et dont elle avait connaissance par de multiples rumeurs, étaient bien exacts. Un écœurement profond l'envahit, qu'elle ne surmonte qu'en songeant aux dispositions à prendre pour les funérailles. Quand auront-elles lieu ? Le plus vite possible, mais le cadavre de son père se trouve à la morgue, tant que dure l'enquête. Grand-mère n'aura jamais vu ça, songe-t-elle, et heureusement.

Plus tard sa mère arrive, en compagnie de Marc, de Bernard et de Gina. Elle n'a pas réussi à joindre Sandro, mais elle sait que les activités de son amant peuvent l'amener à disparaître durant plusieurs jours. Elle aurait préféré rester seule pour régler tous les problèmes qu'elle voit s'accumuler et éviter à Simone de Portallan, ainsi qu'à ce petit frère qu'elle continue à trouver bien indolent, bien fragile malgré ses vingt ans passés, la vision de leur foyer saccagé. Elle a elle-même procédé à la reconnaissance du corps et elle a obtenu l'accord du curé du Sacré-Cœur, sur le Prado, pour un bref office qui précédera l'inhumation dans le caveau familial, au cimetière de Vitrolles. Chaque décision a constitué un déchirement, mais elle a laissé sa conscience, finalement, lui dicter ses choix.

— Vous ne devriez pas tourner dans cette maison, dit Hélène à sa mère. C'est douloureux.

— Le mal est fait depuis longtemps, répond Simone de Portallan, les yeux rougis. Je pense que je ne reviendrai jamais ici. Ma pauvre petite fille ! Mes pauvres enfants ! Vous n'avez pas mérité ça !

— Vous voulez du café ? demande Gina, qui, incapable de supporter le drame auquel elle assiste, circule d'une pièce à l'autre.

Hélène pense qu'effectivement les provisions, ici, ne doivent pas manquer. Fermer cette maison, en changer la serrure, laisser le temps passer, revenir plus tard, trier, vendre, jeter tout ce qui appartient à l'« autre » : elle ne sait comment procéder. Bernard s'occupera de tout, songe-t-elle. Pourquoi Sandro n'est-il pas là ?

Hélène contemple les plaques de cuivre rutilantes qui encadrent, cours Pierre-Puget, l'entrée des bureaux de son père.

Elle a laissé sa Vivaquatre un peu plus haut que le palais de Justice et a marché une centaine de mètres, entre les platanes, pour retrouver ses repères. Elle se rappelle être venue ici de temps en temps, à peine adolescente, et avoir éprouvé un sentiment de fierté, une certaine gêne aussi devant l'obséquiosité des employés. Ils se penchaient les uns vers les autres et murmuraient sans doute, comme le message secret d'un jeu : « C'est la fille du patron. » Ils la suivaient du regard, en forçant leur amabilité, un sourire plaqué sur le bas de leur visage. Peut-être pensaient-ils qu'elle viendrait un jour ici rejoindre son père, les commander. Elle s'asseyait dans le bureau de la secrétaire – de qui s'agissait-il à l'époque ? – et révisait ses leçons en attendant que Sébastien de Portallan en ait terminé pour partir avec lui à Hauterive.

Aujourd'hui, elle porte un strict tailleur gris qui semble la grandir encore, un chemisier noir, un sac en bandoulière. Ses cheveux tirés en chignon dégagent ses traits fins et aigus, son regard sombre, mettent en valeur sa carnation ambrée. A son seul comportement, pense-t-elle, tous doivent comprendre qu'elle n'avait rien de commun avec son père. Elle préférerait n'être qu'une étrangère. Elle redoute les chuchotements, les galopades d'un bureau vers l'autre, qui vont suivre son apparition, cette toile d'araignée dans laquelle elle va désormais se débattre.

Le portier ouvre la lourde porte de verre bordée de fer forgé.

— Mademoiselle ?
— Je suis Hélène de Portallan.

L'homme, massif, semble éclater dans son costume bleu marine, lustré par l'usage. Son regard roule, comme s'il en voulait à tous les autres employés de l'avoir laissé seul dans cette situation. Il se trouble et balbutie :

— Je vous prie d'accepter mes condoléances, mademoiselle. Vous êtes attendue ?
— Oui, d'une certaine façon. Pouvez-vous m'indiquer le bureau de mon père ? Je pense que j'y trouverai Mme Granet, sa secrétaire ?
— Bien sûr. Pouvez-vous patienter quelques instants ? Elle va venir vous chercher.

Hélène marche de long en large dans le grand hall de marbre, cossu mais plutôt sinistre. Sébastien de Portallan enterré à Vitrolles, l'hôtel particulier de la rue Paradis fermé en attendant des jours meilleurs, il a bien fallu, quinze jours plus tôt, prendre une décision concernant le groupe industriel, dont personne ne connaissait l'étendue, la composition et le fonctionnement. C'est presque naturellement que Simone, Marc et même Bernard s'étaient tournés vers Hélène.

— Je n'ai que vingt-six ans, avait-elle murmuré en comprenant ce que signifiait cette invitation muette. Et je n'ai pas du tout envie de m'occuper de ça... de ce que je vais trouver.

— Tu es juriste, avait dit Bernard. Tu es plus capable que nous de te débrouiller. Ta mère sera perdue, ton frère est encore trop jeune et je suis un romanichel. Et puis, c'est toi l'aînée...

— J'ignore tout des affaires de mon père. La seule chose que je sais, c'est que plusieurs d'entre elles travaillent pour les Allemands. Je ne vais pas diriger des entreprises qui travaillent pour les Allemands.

— Comment veux-tu faire ? interroge Bernard en écartant les bras en signe d'impuissance.

— Les fermer.

— Et licencier les gens ? Les envoyer en Allemagne ?

— Vous ne pouvez pas me demander ça, de continuer à participer, comme ils disent, à l'effort de guerre des nazis.

Aucune décision n'avait été prise ce jour-là. Ni les jours suivants. Hélène était déchirée par les responsabilités qu'elle devait assumer. Elle avait cherché le réconfort de Sandro mais le jeune homme, qui était venu à l'enterrement, semblait ensuite avoir disparu. Il n'avait fait que deux brèves visites à Hauterive. Elle l'avait trouvé torturé, lointain, malhabile, presque malade, et sa tendresse même semblait devenir superficielle. « Je suis à la Sainte-Baume, lui avait-il glissé. Je ne peux pas t'en dire plus. C'est plus prudent. »

Aujourd'hui, tandis qu'elle voit descendre, derrière le portier, une petite dame brune, ronde, aux cheveux frisés, certainement la secrétaire de son père, elle ignore encore quel sera son choix.

— Je suis Lucienne Granet. Bonjour, mademoiselle. Je vous prie d'accepter toutes mes condoléances.

— Je vous remercie.

Hélène suit la secrétaire, pénètre dans le grand bureau de son père qui correspond assez bien à ses souvenirs. Les bibliothèques, la longue table Empire, le lustre de cristal, les fauteuils recouverts de cuir marron, la console sur laquelle sont entassés des dossiers cartonnés de différentes couleurs et, aux murs, d'assez beaux tableaux modernes. Curieux, qu'il ait pu avoir bon goût, pense-t-elle en se dirigeant vers les hautes fenêtres qui donnent sur les jardins.

— Mon père avait-il des... adjoints ? demande Hélène sans se retourner.

— Euh... oui bien sûr. Il y a le secrétaire général, M. Gallano. Je peux l'appeler. Et il y a aussi...

La secrétaire paraît hésiter, ne poursuit pas.

— Dites-moi, madame Granet. Si vous ne m'aidez pas, je ne m'en sortirai pas.

— Euh... il y a aussi M. Ruli, Sauveur Ruli, qui était en quelque sorte son conseiller. Vous devriez peut-être voir d'abord M. Gallano.

— Tout fonctionne normalement ? Existe-t-il des problèmes urgents ?

— Je ne pense pas, mais il faudra signer rapidement un certain nombre de papiers, de traites. M. Gallano vous en parlera.

Hélène s'est assise dans un des deux fauteuils qui font face au bureau. Elle a jeté un coup d'œil, sans même les parcourir, sur les différents documents qui y sont soigneusement rangés. Elle se sent incapable de prendre la place qu'occupait son père. Elle ne s'est jamais sentie aussi mal à l'aise quelque part. Aucune émotion ne l'assaille. Elle redoute même d'effleurer un meuble, un objet, sur lequel son père aurait pu poser la main. Elle a juste envie de fuir, de rejoindre Hauterive, ou de retrouver Sandro à l'auberge de la Sainte-Baume.

L'homme qui, après avoir frappé à la porte, pénètre dans la pièce a une soixantaine d'années. Il est petit, chauve, porte des lunettes rondes désuètes derrière lesquelles ses yeux marron plutôt doux paraissent démesurément élargis. Il est vêtu sans recherche d'un costume gris à gilet. Tandis qu'il s'avance vers Hélène en tendant la main, celle-ci remarque une légère claudication.

— Soyez la bienvenue, mademoiselle, malgré ces tragiques circonstances. J'ai beaucoup pensé à votre famille.

— Merci, dit-elle. Ma famille, justement, estime qu'il m'incombe de succéder, pour le moment en tout cas, à mon père. Comme vous vous en doutez, malgré mes longues études de droit, je suis totalement néophyte. Mon père et moi n'entretenions plus de relations, pour des raisons que vous imaginez sans peine.

— Je comprends.

— C'est-à-dire que nous n'avons pas la moindre idée de ce que représente Sébastien de Portallan et Cie. En ce qui me concerne j'en suis restée aux Huileries. J'ai dû visiter, il y a plusieurs années, l'usine des Aygalades. Depuis…

Hélène, de la main, balaie les années, les errements, leur dénouement tragique. Depuis… Mais pourquoi Sandro ne se manifeste-t-il pas ?

— Je vous en prie, asseyez-vous, monsieur Gallano.

— Si vous le voulez, aujourd'hui en tout cas, je peux essayer de vous décrire l'organisation du groupe. Nos entreprises touchent un peu à tout. Du point de vue de la gestion, ce n'est d'ailleurs pas très raisonnable. Certains investissements, certaines participations, sont totalement étrangers à l'historique de la compagnie. Mais votre père était assez secret. Il lui arrivait d'acheter des sociétés, j'ignorais pourquoi, puis de les revendre six mois plus tard.

— En ayant liquidé la moitié du personnel. Ça, nous l'avions compris, remarque Hélène d'un ton froid.

— Vous devez savoir, mademoiselle, que je n'approuvais pas tout ce qu'il faisait.

— Je m'en doute, et c'est tout à votre honneur. Je ne suis pas sûre, monsieur Gallano, de souhaiter maintenir l'activité de certaines usines tant que durera la guerre. Heureusement, nous n'en avons plus pour longtemps. Quelques mois.

Le vieil homme jette un regard craintif autour de lui, comme s'il redoutait d'être écouté par un quelconque espion.

— Vous croyez vraiment ? Eh bien, tant mieux !

Par quoi commençons-nous ? Au début, donc, il y avait l'Huilerie des Aygalades…

Hélène écoute. Toute une vie réduite à des chiffres, des achats, des ventes, des conflits sociaux, du personnel mis à la porte, des bilans, des bénéfices. Est-ce cela qui a perverti mon père ? Pourquoi m'imposer une pareille épreuve ? songe-t-elle. C'est si loin de mes centres d'intérêt ! Où me pousse mon sens des responsabilités ? Vers quelles compromissions où je laisserai mon âme ? J'abandonne la Résistance pour m'occuper des combines d'un collabo, belle reconversion !

Un profond dégoût l'envahit. Mais que cette guerre se termine ! Qu'on trie, qu'on jette, qu'on ouvre les fenêtres ! Que Marc prenne le reste en main ! Je n'ai aucune envie de commander, de diriger, aucune envie de plier mes sentiments, mes émotions, aux nécessités économiques, aucune envie de devoir arbitrer entre le licenciement de quelques-uns et le maintien de l'emploi pour les autres. Aucune envie de réaliser des bénéfices, en fait. Aucune envie d'entrer dans un monde froid, forcément froid, où prévaut la logique. La vie est en même temps trop belle et trop courte pour laisser la logique nous guider.

— Bien, dit-elle plus tard en souriant. Je ne parviens plus à enregistrer quoi que ce soit. Si vous n'avez rien d'urgent à me faire signer, nous allons prendre rendez-vous pour demain… Dites-moi, monsieur Gallano, ce M. Ruli dont m'a parlé Mme Granet, qui est-il ?

Le secrétaire général, visiblement ennuyé, garde le silence quelques instants.

— De toute façon…, murmure-t-il, comme pour lui-même. Mademoiselle de Portallan, il s'agit d'un personnage peu recommandable. Votre père, malheureusement, en connaissait beaucoup. Pour être tout à fait franc, Sauveur Ruli, était le… représentant d'Antoine Simoni auprès de votre père. Antoine Simoni – vous savez de qui il s'agit ? – possède des parts dans cette entreprise même. Et il était associé à d'autres activités. Certains secteurs sont toujours restés pour moi très opaques. Nous en parlerons.

Hélène se lève et serre la main de Gallano en le remerciant. Elle se rend dans le bureau contigu au sien et prend congé de sa secrétaire en lui donnant rendez-vous pour le lendemain. Puis elle allume une cigarette sous le regard étonné de celle-ci et descend le grand escalier.

Tout sourire, un homme assez jeune, brun et maigre, trop élégant, à l'allure de danseur mondain, est en train d'échanger quelques mots avec le portier. Il se retourne, la main tendue, comme Hélène de Portallan se dirige vers la porte.

— Mademoiselle de Portallan ? Mon nom est Sauveur Ruli. On a déjà dû vous parler de moi. J'étais le conseiller de votre père. Quelle horrible fin ! Ces terroristes sont des salauds ! Pouvons-nous nous entretenir quelques instants ?

— Non. Je suis attendue, dit Hélène sèchement en négligeant la main tendue. Demandez un rendez-vous à ma secrétaire. Je dois regagner ma voiture.

— Eh bien je vais vous accompagner, répond-il sur un ton faussement guilleret. Vous devez savoir que je ne fais pas partie des gens que l'on peut éconduire.

— Non ? sourit Hélène de Portallan en saluant le portier d'un signe de tête et en s'engageant sur le trottoir d'un pas décidé. Eh bien, pourtant, vous voyez...

Ruli la suit.

— Vous ignorez sans doute, dit-il, que je suis en quelque sorte le fondé de pouvoir de l'associé de votre père dans bon nombre de ses entreprises.

— On m'a informée, n'ayez crainte, réplique Hélène avec une brutalité qui la surprend elle-même. Il se trouve simplement que M. Simoni était l'associé – minoritaire, n'est-ce pas ? – de mon père dans des entreprises que j'ai l'intention de fermer, en tout cas jusqu'à la fin de la guerre. Disons, pour simplifier, parce qu'elles me créent plus de soucis qu'il n'est raisonnable. En fait, je n'imagine poursuivre aucune activité susceptible de me mettre en contact avec votre patron.

Ruli tente de saisir le bras d'Hélène de Portallan qui, d'un mouvement sec, lui fait lâcher prise. Ils se font face, et chacun charge son regard de violence haineuse.

— Vous ne pouvez pas faire ça ! siffle-t-il entre ses dents. Vous m'entendez ? Personne ne nous élimine de cette manière. Nous sommes les maîtres de Marseille. On ne discute pas avec nous. Vous n'avez rien compris, pauvre petite !

— J'ai parfaitement compris, au contraire ! Vous travaillez avec les Allemands. Mon père aussi, et il avait tort. C'est fini. L'association est rompue. Ne remettez pas les pieds dans mes bureaux.

— On va te casser en morceaux, connasse !

La gifle part, à toute volée. Ruli recule, stupéfait, en portant la main à sa joue.

— Restez poli, petit voyou ! dit Hélène, blême. N'oubliez pas qu'à Marseille les gens de votre... milieu n'ont pas tous choisi le même camp. Il y en a même de moins en moins, dans votre camp ! La relève est prête partout. Si vous n'avez pas compris ce que je viens de dire, il s'agit d'une menace. Ecartez-vous de ma route.

Elle tourne les talons, et se dirige vers sa voiture. La fureur me rend efficace, pense-t-elle en laissant son cœur se calmer.

CHAPITRE 44

— Tu me fuis, Sandro ! Que se passe-t-il ?

Par hasard, au milieu de la tourmente qui les a saisis depuis quelques semaines, depuis qu'on devine le débarquement proche et que la Résistance se déploie en ordre de bataille, Hélène et Sandro se sont retrouvés à Hauterive. La jeune femme, qui avait profité de quelques heures de calme pour rejoindre sa famille, a eu connaissance, en tombant sur Gina, de la présence de son amant à la ferme Barutti. Elle a décidé d'en avoir le cœur net. La Résistance, s'est-elle dit, n'explique pas tout. Elle a pris son vélo et, par le chemin de terre tant de fois emprunté, elle a gagné la Ferme des agneaux. Elle a embrassé Maria et Emilio, qui ont aussitôt appelé Sandro. « Il se repose, a dit Maria, il a l'air épuisé. »

Le jeune homme était effectivement abattu. Il avait adressé à Hélène un pauvre sourire. Puis, à pied, mal à l'aise tous les deux, ils s'étaient dirigés vers les falaises, à travers les cailloux et les bouquets de thym.

— Je ne te fuis pas, Hélène, dit-il. Je suis malheureux.

— Je croyais que nous partagions tout ? Il y a quelqu'un d'autre ?

— Ne sois pas idiote.

Ils atteignent l'ultime plate-forme qui surplombe l'étang de Berre. Un mistral agressif plisse la surface de l'eau et y déclenche des moutons qui filent, en rangs serrés, vers le rivage. Sur leur droite, ils voient le petit port bordé de tamaris, écrasé de soleil. Les trois barques semblent à l'abandon. Ce serait le moment de les calfater, songe Hélène. Le printemps est déjà bien avancé. Le dernier printemps de la guerre ? Elle n'en peut plus, épuisée par la conduite de l'entreprise et les missions de courrier ou de reconnaissance qu'elle accomplit pour Dimitri. Ses fonctions, à la tête de la société du cours Pierre-Puget, lui permettent d'accéder à de multiples informations utiles au réseau qu'elle sent, autour d'elle, prêt au combat. « Il nous faudra agir vite, lui a dit Dimitri. Nous devons tout savoir, pour frapper les points névralgiques, désorganiser les Boches quand le moment sera venu. »

— Parle-moi, Sandro, je t'en supplie. Tu n'as pas le droit de te comporter de cette manière. Que s'est-il passé ?

Ils s'assoient sur des pierres plates. Une rupture, c'est donc ça ? pense Hélène. Ce lamentable vasouillage où les silences tiennent lieu d'explication ? Mais Sandro et moi partageons plus que l'amour, une complicité affectueuse qui nous rend invulnérables. Et tout cela lui ressemble si peu ! Elle regarde le jeune homme, plié en deux vers le sol, l'image de la panique. Puis Sandro se relève brusquement, comme s'il venait de prendre une décision.

— De toute façon, murmure-t-il, je ne peux pas te mentir, même si ça me coûte la vie. Ton père... c'est moi.

— Toi, quoi ?

— L'assassin. L'exécuteur. La mission. Le colonel Juillet. Rue Paradis.

— Oh non ! souffle Hélène.

Le silence les écrase. Sandro, debout, fixe l'horizon sans le voir. L'aveu, qu'il savait inéluctable, l'a consumé brutalement, et il se sent réduit à un tas de cendres. Sa vie s'est arrêtée là, à côté de la femme aimée, face à ce paysage chaud et familier. Des larmes roulent sur ses joues, trop longtemps contenues. Le devoir est un serpent qui vous serre le cœur, puis s'échappe, puis revient, sordide et meurtrier. Qu'il faudrait anéantir d'un coup de talon parce que le devoir n'explique rien, ne justifie rien.

Hélène, l'esprit vide et comme blanc, la tête baissée, s'efforce de fixer son attention sur les détails du terrain qui occupe la totalité de sa vision, la taille d'un gravier, l'épaisseur d'une herbe sèche, le parcours rapide d'une fourmi pourtant surchargée, l'ombre d'une anfractuosité. Assommée par la confession de Sandro, l'estomac au bord des lèvres, elle a conscience que tout son corps, cloué par le vertige, refuse le moindre mouvement. Elle voit ses deux mains posées sur le sol entre ses pieds, les veines bleues légèrement gonflées, les ongles curieusement pâles à l'extrémité des doigts brunis. Elle espère un bruit, n'importe lequel, pour briser le silence que le vent, à cet endroit de la falaise, rend soyeux et auquel les battements serrés de son cœur donnent une amplitude insoutenable. Pourquoi ? Pourquoi lui ? Mais que changera l'explication ? Il lui semble que depuis la mort de sa grand-mère un sort injuste s'acharne sur elle. Elle avance dans un long couloir obscur, les tempes prises dans un étau glacé. Elle n'a rien mérité de tout cela. Elle n'a jamais failli. Elle a toujours offert, donné. Et aujourd'hui Sandro ! Sa vie. Celui dont elle attendait tout. Pire, celui qui représentait ses aspirations les plus profondes, les plus généreuses.

Elle ne sait même pas au bout de combien de temps, pour quelle raison, elle murmure :

— Pourquoi sommes-nous abandonnés ?

Elle relève la tête, le regard noyé de larmes. La silhouette de Sandro est devenue imprécise. Pour toujours imprécise ? Elle n'éprouve aucune colère, seulement un insondable dégoût à l'égard du monde entier. Elle hait moins le bourreau que la folie des hommes qui a conduit son père à la rencontre des balles et ses amis, ses camarades de combat, à le condamner. Pour la première fois peut-être elle se sent vaincue, anéantie. Le destin avait-il besoin d'une revanche ? Nous allons marcher sur un chemin de cendres. Lui autant que moi. Nous marcherons de concert, traînant le même boulet, enchaînés au même souvenir. A la même sentence. Comme des bagnards aveugles. La révolte serait douce, mais il y faudrait le goût de vivre. Elle voudrait avoir la force de glisser sa main dans celle de Sandro, savoir lui dire, se dire à elle-même, qu'ils ne sont que des atomes dans un cyclone de terreur, qu'ils n'ont rien cherché, rien voulu. Que toute décision leur échappait.

— Je continue à t'aimer, dit-elle faiblement. Tu n'es pas responsable. Non, tu n'es pas responsable. Mais tu dois t'en aller.

Sa vue s'est stabilisée. Elle redresse le buste et cherche la caresse du vent, la seule qu'elle peut supporter. Sandro tend vaguement les doigts, qu'elle ne saisit pas.

— Laisse-moi... J'ai besoin d'être seule.

Il ne trouve aucun mot, paralysé par l'inutilité des explications, la pauvreté de la raison et même du chagrin. Ce qui nous attend, pense-t-il, ne porte plus de nom. J'ai été berné. Je n'aurais jamais dû accepter, mais fuir. Quelle honte à se sauver, si c'est pour préserver l'essentiel ? L'essentiel était Hélène, et j'ai agi par orgueil. Des sentiments désordonnés le bousculent. Des idées insensées. Disparaître. Retrouver la paix et la justice. Retrouver l'amour d'Hélène, même s'il n'en jouit plus.

Comme il se tourne pour reprendre le chemin de la ferme, elle l'appelle :

— Sandro ! Continue à penser à moi, beaucoup. Fais attention à toi, ajoute-t-elle, épuisée. Nous sommes devenus des adultes, c'est ça ? Une grande partie de notre vie est déjà derrière nous ?

Une grande partie de notre vie ? Notre jeunesse surtout, pensent-ils ensemble, sur laquelle la guerre s'est servi la part du lion, emportant l'insouciance, la légèreté, l'indolence paresseuse. Sans le savoir, comme deux naufragés tentant dans l'obscurité d'atteindre le même rivage, ils sont certains d'entreprendre un douloureux rachat, une sorte de rédemption. Sandro disparaîtrait de la vie d'Hélène, en pénitence des horreurs commises par Sébastien de Portallan. Et l'exécution par le jeune homme du père d'Hélène entraînerait en contrition son renoncement à leur amour. Ainsi, curieusement, n'ont-ils pas le sentiment de vivre un drame furieux, de baigner dans la vengeance, de fuir définitivement, mais d'accomplir ensemble une sorte de chemin de croix en rémission de leurs péchés. Ils n'ont pas conscience que le sort, en les séparant, les laisse plus proches l'un de l'autre qu'ils ne le croient.

Il est presque dix heures du matin, ce samedi clair et tiède de la fin mai. Les sirènes qui annoncent une nouvelle alerte retentissent dans toute la ville. Hélène est à son bureau, cours Pierre-Puget. La veille encore, elle a participé, au volant d'une camionnette, à l'attaque d'une patrouille allemande sur une petite départementale proche de La Ciotat. Une de plus. Ses talents de conductrice, son audace et son sang-froid dans l'action ont été de plus en plus souvent mis à contribution. Les résistants ont confiance en Marais, comme ils l'appellent tous désormais – « C'est si proche, disent-ils, d'un prénom de femme ! ». Elle ne cherche plus à évaluer le danger.

Hélène, surprise par le bruit strident de sirènes, lève la tête. « Encore ! pense-t-elle. Cette fois-ci, je ne bouge pas. Trop de travail à rattraper. » Puis, cinquante minutes plus tard, au moment où elle se félicitait de ne pas avoir gagné l'abri, un chapelet d'explosions d'une violence inouïe secoue le quartier. Distinctement, elle commence à entendre le vrombissement des avions alliés, puis le sifflement aigu des bombes à côté duquel la déflagration voisine finit au bout de quelques minutes par ressembler à une délivrance. Il n'est plus temps de rejoindre la cave de l'immeuble. Comme on le lui a recommandé, Hélène se plaque contre un mur porteur de son bureau. Elle ressent dans tout son corps le tremblement de la pierre et du plancher. Les chocs succèdent aux chocs. Par les fenêtres restées ouvertes, de lourdes pulsions pénètrent dans la pièce, comme des coups de boutoir. « Mais que visent-ils, nom de Dieu ! tempête Hélène. Il n'y a ni gare de triage, ni QG dans ce quartier ! » Le bombardement lui semble interminable.

Puis, aussi brutalement qu'il a été déchiré quelques instants plus tôt, le silence revient, qui lui semble insoutenable. Hélène regarde sa montre. L'attaque a duré quinze minutes à peine. Combien de morts ? se demande-t-elle. Les bombes ont été tellement nombreuses et, au bruit, sont tombées dans des directions tellement différentes que les dégâts doivent être épouvantables.

Tandis qu'elle se précipite dans la rue, le vent lui apporte des nuages de poussière blanche, des odeurs de fils électriques brûlés. Des groupes humains affolés surgissent des caves, se précipitent vers le bas du cours Pierre-Puget, la préfecture.

— C'est tombé rue de Rome, hurle une femme. Une boucherie.

Hélène court. Pour aider des blessés, pour oublier la tornade, pour vider ses nerfs.

— Le Prado ! hurle quelqu'un. Du côté du boulevard Périer.

Et puis, tout d'un coup, elle croise de pauvres silhouettes, des hommes, des femmes, des enfants, comme blanchis de craie, les cheveux dressés, les yeux fous. Ils fuient aussi vite qu'ils le peuvent, ne parlent pas, se contentent de montrer de la main ce qu'ils laissent derrière eux. Des maisons trouées, effondrées, des meubles explosés, des fragments de glace, des cratères au milieu même de la rue et que l'eau se déversant par des tuyaux crevés commence à remplir. Des blessés qui geignent ou hurlent. Des morts qui regardent le ciel d'où est tombée la malédiction.

Un enfant de trois ou quatre ans qui traîne un petit train en bois et qui appelle sa mère. Hélène lui prend la main. « Qui sont ses parents ? demande-t-elle alentour. Où sont ses parents ? Répondez ! » Mais personne ne répond, parce que chacun cherche ses proches. « Viens, petit », dit-elle et elle prend le gamin dans ses bras. Elle regarde sa médaille de baptême. François, lit-elle. « Viens, François, ne reste pas seul. Fais-moi voir ta maison. » L'enfant la guide. La maison se réduit à une sorte de gigantesque cheminée. Elle interroge tous ceux qu'elle croise. Les parents s'appellent Meunier. Oui, ils habitaient là, l'immeuble contigu. Non, nous ne savons pas où ils sont. « Pouvez-vous le garder ? demande-t-elle. Ses parents le cherchent peut-être partout. Voilà mon nom, mon adresse, mon numéro de téléphone si... il se retrouve seul. » Elle embrasse François. Puis elle se met à courir.

Jusqu'où les bombardements se sont-ils étendus ? Elle pense à sa mère, son frère, à Bernard, à Gina. Sandro ! Autour d'elle, les secours s'organisent. « Mais qu'est-ce qu'ils visaient, ces salauds ? Des Alliés ? Putain, merde ! Pire que les Boches ! En pleine ville ! » Le cœur d'Hélène se serre en entendant ces pauvres phrases de douleur et de rage. Quelle erreur ! Quelle propagande, demain, dans *Le Petit Marseillais* !

Plus tard, elle laisse la place aux équipes médicales et regagne son bureau. Elle ne parvient pas à joindre Hauterive au téléphone. Elle prend sa voiture. La ville a été charcutée. Combien de centaines de morts ? Elle roule vite. Vitrolles. La bastide. Tout semble intact. Elle serre sa mère et Marc dans ses bras. Elle rejoint la ferme Barutti. Gina est là, qui craint pour l'enfant à venir et tient son ventre rond à deux mains. Et Bernard ? Et Sandro ? Et Sandro ? On ne sait pas. Maria pleure. Gianni tient Emilio par l'épaule. Elle reprend la route de Marseille. Où est-il ? Une peur acide la tenaille. Si l'injustice était devenu absolue ? Porte d'Aix, cours Belsunce, rue Paradis. La pagaïe. Des ambulances. Des contrôles. Cours Pierre-Puget. « Il y aura beaucoup plus de mille morts », entend-elle.

A sa démarche toujours un peu hésitante, comme rêveuse, elle reconnaît Sandro, en chemisette et pantalon de toile, qui fait les cent pas devant l'immeuble, passant d'une zone d'ombre à une éclaboussure de soleil comme s'il ressuscitait tous les trois mètres, tirant de temps en temps sur sa cigarette. Hélène est saisie d'un brutal accès de faiblesse et doit s'appuyer au tronc d'un platane. Vivant ! Elle sourit à travers ses larmes. Elle trouve Sandro amaigri au point de sembler porter des vêtements d'emprunt. Elle voudrait aller vers lui, mais des semelles de plomb la clouent au sol. Dans le tumulte qui l'a envahie, elle suit une étoile minuscule, intermittente, aussi précieuse qu'un fanal côtier par nuit noire. Elle se dirige vers lui, et il finit par l'apercevoir. Un sourire éclaire ses yeux gris.

— J'ai eu peur, dit-il.
— Moi aussi. Je viens de la bastide. Tes parents sont sans nouvelles. Où étais-tu ?

Elle parvient à sourire, en se demandant à quelle grimace elle a pu aboutir.

— Du côté de la Sainte-Baume. Tu connais.
— Tu vas rester là-bas ?
— Non. Je me déplace en permanence. Encore pour un moment. Nous n'aurons plus à attendre longtemps.

Ils marchent, attentifs l'un à l'autre, en veillant à ne pas se frôler. Ils allument des cigarettes et leurs regards se croisent au-dessus de la flamme de l'allumette. Hélène pense que les yeux de Sandro traduisent une bonté désolée, une fidélité désespérée.

— Que sais-tu du débarquement ? demande Hélène.
— Rien de précis. Pour certains, c'est une question de jours... Mais personne n'est dans le secret. En tout cas, nous sommes mobilisés en permanence. Toi aussi ?
— Presque. Je suis épuisée.

Hélène aimerait pouvoir s'appuyer contre l'épaule de Sandro. Une envie nichée dans un coin de son cœur, qui peut-être s'éteindra, peut-être se réanimera un jour.

— Fais attention à toi, dit-elle. Je ne supporterais pas de te perdre.

— Fais attention aussi.

Ils se souriaient et s'écartaient l'un de l'autre, en reculant. Comme s'il le fallait absolument. Qu'ils n'étaient pas certains de le vouloir.

CHAPITRE 45

Vincent de Portallan, le fils de Bernard et de Gina, était né le surlendemain du débarquement de Normandie. Ses parents, jusqu'à l'annonce du médecin, avaient imaginé qu'il s'agirait d'une fille, et qu'ils pourraient l'appeler Normandie, ou Victoire. De Victoire, ils étaient passés à Vincent, qui avait l'avantage, à la prononciation près, de s'écrire presque de la même façon en français et en italien.

Gina avait ressenti les premières douleurs en milieu d'après-midi et Bernard, inquiet à l'idée de se trouver coincé par le couvre-feu, avait jugé plus sage de la transporter à la clinique immédiatement. Maria n'avait pas voulu quitter sa fille. Emilio avait été vivement encouragé à ne pas bouger de la ferme – « tu vas gêner, avait dit Maria, et en plus tu vas t'évanouir ! ». Emilio était resté avec Gianni à l'ombre de la vigne vierge, et ils avaient bu beaucoup d'eau-de-vie en se demandant pourquoi la vie passait si vite.

L'enfant était né dans la nuit. Bernard avait pleuré doucement, parce que Gina était très pâle, le bébé très beau, et le cadeau que lui offrait sa femme trop volumineux pour son cœur. De la poche de sa veste, il avait extrait un petit paquet de papier coloré. Gina avait ouvert le cadeau. Il contenait un collier d'or et de perles dont la vision avait rappelé à Gina des souvenirs confus. « C'était celui de ma mère, avait dit Bernard.

Elle te le destinait. » Gina et Maria avaient joint leurs pleurs aux premiers cris de Vincent.

Le lendemain matin, Emilio et Gianni étaient arrivés à la clinique encombrés de bouquets ramassés autour de la ferme. Hélène, le souffle un peu court d'avoir, faute d'essence, traversé une partie de la ville à vélo, avait réussi à mettre la main sur un gâteau au chocolat. Elle avait regardé le cou de Gina et s'était tournée en souriant vers Bernard. Tu as bien fait, disait-elle silencieusement. Pour rire, elle avait noté, en se penchant sur le berceau : « Mais c'est mon portrait tout craché ! » Cette vie nouvelle qui se faufilait, à petits cris aigus, dans leur existence tendue à se briser lui serrait la gorge. Elle ne pensait qu'à Sandro.

Et Sandro surgissait, affolé, vague, n'ayant pas terminé de boutonner sa chemise, le cheveu en bataille. Hélène riait, tout le monde riait. Parce qu'il était là, qu'elle était là elle aussi. Qu'on pouvait faire comme si rien ne s'était produit entre eux. On ne savait pas. La chambre était minuscule et ils se trouvaient épaule contre épaule, regardant le berceau. Hélène regardait Maria, qui regardait Sandro. Ils parlaient fort, dans tous les sens, comme si la pire catastrophe qui pouvait leur arriver était de s'adresser la parole l'un à l'autre.

Comment s'appelle-t-il ? demandait Hélène. Vincent ? Pourquoi Vincent ? Parce qu'on peut dire Vincente, disait Emilio en ouvrant un sac de papier dont il sortait une bouteille de champagne et des verres. Papa ! riait Gina. Où as-tu trouvé ça ? A la maison, bien sûr, la guerre ne me prend pas au dépourvu, j'ai des réserves secrètes, heureusement d'ailleurs, sinon comment ferait-on pour le baptême ? Et puis il y a eu le Débarquement. Ce petit, quand même ! Le jour du Débarquement ou presque ! Il s'appelle un peu Barutti, quand même, non ? Bernard était assis sur le bord du lit et tenait la main de Gina. Il riait, disait : bien sûr, tout ce que vous voulez. On peut l'appeler Emile, aussi ! Seulement, ce n'est pas très moderne, je suis désolé. L'infirmière passait. Ça fait beaucoup de bruit pour la maman et le bébé, remarquait-elle. Il va falloir les laisser se reposer.

Hélène pensait qu'ils allaient se retrouver dehors, et qu'ils devraient se séparer. Elle aurait voulu rester là, encore durant des heures. Envahie par la chaleur, l'affection et l'odeur aigrelette de l'enfant. Elle revoyait le visage de François, le gamin qui cherchait ses parents dans les ruines du bombardement. Elle s'en voulait de l'avoir oublié.

Par discrétion, par superstition, Gina n'avait pas souhaité prendre en charge l'organisation du baptême à Hauterive. Depuis son mariage avec Bernard, elle habitait la bastide. Elle s'était refusée à modifier quoi que ce soit dans le fonctionnement de la maison. Tout au plus avait-elle annexé une pièce, située à côté de la chambre que Bernard avait toujours occupée, pour y installer un bureau et ses nombreux livres, serrés sur des étagères. Mais l'indolence de Simone de Portallan, la neurasthénie qui l'avait envahie depuis la mort de Sébastien, conduisait presque naturellement les employés de la propriété à se tourner, puisque Hélène était absente la plupart du temps, vers Gina pour tout ce qui concernait la marche du foyer. Quand la date du baptême avait été arrêtée, Gina avait aussitôt prévenu Bernard.

— La dernière fête ici était notre mariage. Ta mère était présente. Je n'ai pas le courage de la remplacer. J'ai le sentiment d'usurper une place.

— C'est idiot, avait répondu Bernard. Si nous continuons à habiter ici après la guerre, il faudra bien que tu agisses comme une maîtresse de maison. Mais bon, je comprends ce que tu veux dire...

Hélène avait été appelée à la rescousse. Quand elle s'était séparée de Sandro, la jeune femme, ne sachant pas trop ce que l'avenir lui réservait, avait loué un petit appartement dans le haut de la rue Saint-Jacques, d'où elle pouvait gagner à pied ses bureaux. Elle n'avait jamais réellement meublé les trois pièces qui le composaient, se considérant comme une sorte de passager en transit. Elle y passait d'ailleurs peu de temps. L'étude des différentes affaires de son père, enchevêtrées à souhait, lui prenait de longues heures, et ses nuits de sommeil étaient courtes. Mais cela lui permettait de moins souffrir de l'absence de Sandro.

Elle allait bien pourtant devoir rencontrer le jeune homme de nouveau. Croyant sans doute favoriser un rapprochement entre Sandro et Hélène, Bernard et Gina leur avaient demandé d'être les parrain et marraine du nouveau-né. La cérémonie aurait lieu à l'église de Vitrolles et la fête, que les restrictions rendraient forcément rustique, à Hauterive. La cave de la bastide, heureusement, renfermait, pour reprendre l'expression de Bernard, de quoi tenir un siège.

Hélène avait donc rejoint la vieille maison ce dernier jeudi du mois de juin. Tous, l'oreille collée à la radio, ne vivaient plus qu'au rythme des nouvelles du front. De Gaulle avait débarqué en Normandie. Toute la Provence attendait les Alliés. Pour quelques jours, Hélène avait repris en main les rênes de la bastide. Elle dépliait les nappes, examinait la vaisselle, aérait le grand salon, faisait ratisser le gravier, arrangeait les fleurs en bordure des allées. Nostalgique, elle avait l'impression de glisser ses pas dans ceux de sa grand-mère. C'est la vie, Hélène, disait la vieille Mireille. Il faut bien que quelqu'un le fasse. D'où elle te voit, elle est contente. Tu sais que je n'ai plus dix ans, Mireille ? Non, je ne sais pas, mais j'ai raison.

Côte à côte, Hélène et Sandro murmurent les prières.

Elle tient dans ses bras Vincent que l'on a revêtu de la robe de dentelle utilisée depuis des générations pour tous les baptêmes de la famille. Lui, les bras en partie croisés, de manière un peu gauche, veille sur la flamme de la bougie qu'il a saisie entre ses doigts. Le bébé pleure un instant à cause de l'eau froide qui ruisselle sur son crâne. Ils se regardent et sourient, gênés. Quelques larmes coulent sur les joues d'Hélène et elle dit que ce n'est rien, c'est la chaleur, la fatigue. Ils rendent

Vincent à ses parents, hilares. Ils sortent sous le porche de l'église. Sandro glisse un petit paquet dans la main d'Hélène. Le parrain fait toujours un cadeau à la marraine, murmure-t-il comme en s'excusant. Un parfum ? Mais où a-t-il trouvé un parfum ? Il a cherché. On trouve plus facilement un parfum qu'un jambon. Sandro a bien fait, elle préfère le parfum. Ils sourient encore et s'écartent l'un de l'autre. Ils ont très chaud. Le soleil dru de ce début d'été n'explique pas tout. Hélène se dirige vers le curé. On vous attend, bien sûr, monsieur le curé ! Grand-mère, pense-t-elle, aurait agi de même. Ce n'est pas le moment de refuser un bon morceau de poulet, monsieur le curé, Mireille a accompli des merveilles. Pour revenir ? Il y aura toujours une voiture avec un peu d'essence...

La famille, quelques amis. Hélène circule de groupe en groupe. Elle trinque à Vincent et à la fin de la guerre. Elle trinque aussi avec Sandro.

— Mais que s'est-il passé entre Sandro et toi ? demande Bernard en l'entraînant par le bras. Je sais que ça ne me regarde pas, mais nous n'avons jamais eu de secret l'un pour l'autre.

Hélène regarde son oncle longuement. Parler ?

— Tu sais, si je te raconte, tu seras plus lourd qu'avant. Et tu ne pourras jamais rien dire. Ce sera la première cachotterie que tu feras à Gina.

— Mais toi, tu seras peut-être plus légère.

Alors, elle se laisse aller. Bernard la serre contre son épaule. Ils marchent vers la terrasse pour que les invités ne se rendent pas compte du désarroi de la jeune femme.

— Tu dois lui pardonner, dit Bernard, et tu seras en paix.

— Je lui ai pardonné. Mais la paix, c'est autre chose. Le temps, peut-être. Comment savoir ? Je me consume et je n'y peux rien. Nous devrions être en train de parler de notre avenir, de faire des projets. Et, vois-tu, quand je regarde Sandro, je sais qu'il pense la même chose que moi.

CHAPITRE 46

Hélène lève les yeux et essuie une larme. Elle aspire l'air chaud comme s'il s'agissait d'un parfum rare et se jure que cette odeur, elle ne l'oubliera jamais. Iodée, pimentée, camphrée, violente. Silex et sueur mélangés. Une fragrance que les sautes de vent dissèquent ou concentrent, qu'elle enferme dans ses poumons comme un trésor. Tant de larmes, tant de morts pour que tous aient le droit aujourd'hui de lever les doigts en V. Tant d'innocents, malgré leurs efforts. Et cette monstruosité programmée, l'extermination des Juifs, que nous avons refusé de voir à temps. Qui pour l'éternité sera la dette de l'humanité. L'implacable Remords.

Il est seize heures, ce vendredi 25 août 1944. Le drapeau tricolore flotte sur Notre-Dame de la Garde. Marseille est presque complètement libérée. La joie entoure Hélène, la submerge. Mais des poches ennemies subsistent un peu partout, fortement armées. Des hommes tombent encore pour arracher aux Allemands leurs dernières illusions.

Elle avait fini par redouter que ce jour n'arrive jamais. Le 5 juillet, quasiment un mois après le débarquement de Normandie, *Le Petit Marseillais*, rempli jour après jour d'informations saluant les contre-attaques allemandes victorieuses, titrait encore : « L'offensive dans le secteur occidental de Normandie repoussée dans son ensemble. » Puis, dans la nuit du 14 au

15 août, les troupes alliées avaient pris pied sur la côte varoise. La 1re armée française avait plus vite que prévu débordé Toulon par le nord. La grève générale avait été décrétée à Marseille dès le 18 août. Les résistants étaient entrés en action sans attendre. Mais ils n'étaient que quelques centaines et les Allemands près de quinze mille. Heureusement, pour une obscure raison, l'état-major des troupes nazies avait décidé d'abandonner le centre-ville. La Résistance avait aussitôt occupé la préfecture. Les troupes françaises atteignaient à peine les quartiers nord de la ville. Les Allemands tenaient les hauteurs, les ports. Et la colline de Notre-Dame de la Garde. Ce qui n'avait pas empêché, le 23 août, *Le Provençal* de sortir son premier numéro, sous la houlette d'un résistant qu'Hélène ne connaissait pas, un avocat, un certain Gaston Defferre.

« Ils arrivent par Aubagne. Les goumiers. Les schleus ont la trouille. Quand les goumiers les trouvent, ils leur coupent les couilles ! C'est pas des rigolos ! » Quatre jours plus tôt, Hocine, hilare, avait fait irruption dans son bureau, cours Pierre-Puget. Hélène, aussitôt, avait fermé l'immeuble. « On se reverra plus tard, avait-elle dit aux employés. Allez accueillir les libérateurs. » Mais les accueillir où ? « Ils entreront probablement à Marseille par les Chartreux, avait précisé Hocine. Viens avec moi, Marais. Pour les jours qui viennent on ne se quitte plus. Dimitri nous attend. On a notre place dans le dispositif. »

Plus tard, ils étaient montés à pied vers l'église des Réformés. La rumeur avait circulé dans toute la ville. Ils sont là ! Le rond-point était envahi par la foule. Ils avaient attendu, puis ils avaient perçu le grondement lourd des tanks et des autochenilles que les hurlements de joie de la population avaient aussitôt couvert. Une douzaine de gros chars avaient surgi, déjà parsemés de fleurs comme pour un carnaval improvisé. Hélène avait sauté sur le troisième engin qui s'appelait « Saint-Malo » et embrassé le premier soldat qu'elle avait trouvé. Elle avait choisi un œillet qu'elle avait piqué maladroitement dans son chignon. Elle avait pleuré. Elle avait fumé une cigarette avec le soldat. « Je t'emmène au bout du monde, avait-il dit. On va leur foutre une branlée, à tous ces salauds ! » Elle avait dit je reste, je me bats aussi, mais c'est moins dangereux. Il l'avait regardée, étonné.

Puis les chars avaient tourné pour prendre le boulevard de la Madeleine et, les doigts en V elle aussi, elle avait rejoint Hocine qu'elle avait serré dans ses bras. Ils avaient accompli quelques tours de valse. « Alors, tu les aimes bien les Kabyles ? Et les Marocains, et les Sénégalais, et les Algériens ? Ce n'est pas inutile, les colonies, hein ? avait-il dit en rigolant. Rien que pour ça, vous devriez nous donner l'indépendance. Notre liberté contre la vôtre ! Ne le prends pas mal, je suis d'humeur joyeuse. Et je m'en fous, je suis français !
— Je ne le prends pas mal, avait répondu Hélène. Vous l'aurez, cette indépendance ! » Elle avait éclaté de rire.

Elle riait, mais c'étaient bien les tirailleurs du 7ᵉ régiment algérien et les tabors marocains qui avaient mené l'assaut décisif, et meurtrier, contre les Allemands à Notre-Dame de la Garde. Ainsi, la ville était-elle également libérée par les frères, les cousins de ceux que l'on tenait en lisière de la cité, qui lui donnaient par endroits cette allure métissée, insupportable pour l'extrême droite et les collaborateurs. Hélène en avait éprouvé une fierté intense, qui la lavait de la trahison du père.

Le regard de la jeune femme flotte encore un moment sur ce paysage familier auquel les Marseillais ne font même plus attention, cette « Bonne Mère » lumineuse qui étend sa protection sur tout le cirque entouré de collines blanches et vers laquelle on ne monte qu'à de rares reprises dans sa vie, comme si sa grâce était définitivement acquise. En compagnie d'Hocine, elle doit rejoindre Dimitri du côté du Roucas Blanc, déjà libéré comme la colline Périer et La Réserve. Le prochain objectif est le parc Borély, le château et l'hippodrome, en bordure de la mer. Une place forte des troupes d'occupation.

— Va voir, dit seulement Dimitri dont le visage est partiellement blanchi par une barbe de plusieurs jours. Il faut repérer les nids de mitrailleuses de manière précise. Nous avons besoin de savoir, et les goumiers aussi. Ce sont eux qui vont fournir l'essentiel de l'effort. Tu es sûre de vouloir ?

Hélène hoche la tête. Elle est sûre. Elle n'est pas venue jusqu'ici pour passer des Thermos. Et elle est plus capable que d'autres, elle la campagnarde, de se faufiler à couvert, d'utiliser les moindres reliefs du terrain. Elle a totalement confiance en Dimitri, dont elle a appris qu'il était un ancien de la 1re compagnie de Provence, glorieuse unité FTP des Basses-Alpes. Plus de 160 des 180 combattants qui la composaient avaient trouvé la mort depuis le mois de mars 1943.

— Tu es un bon soldat, Marais. Reviens entière, dit Dimitri. Donc, Marais sur la droite, Nestor sur la gauche. A tout à l'heure.

En même temps qu'Hélène, un homme d'une trentaine d'années, en vieux pantalon et casquette de joueur de boules, a sauté de la camionnette. Ils emportent chacun une paire de jumelles et un pistolet. Hélène a glissé le sien dans un étui accroché à la ceinture de son pantalon de toile. Une protection essentiellement psychologique, elle le sait. Contre une mitrailleuse ou un fusil, ils n'auront aucune chance. Leurs meilleures armes sont leur agilité et l'acuité de leur vue. En se glissant dans le ruisseau puant qui rejoint l'Huveaune, Hélène pense à son père. Agit-elle aussi pour le racheter ? Pour effacer la souillure ? Et Sandro ? Elle sait par certains camarades de réseau qu'il prend des risques insensés. Frôlent-ils la mort l'un et l'autre pour laisser se dénouer des existences devenues trop amères ? Le courage partagé leur rendra-t-il la paix ?

Hélène remonte l'égout fétide, en s'abritant derrière les massifs d'orties qu'elle évite de toucher. Elle s'efforce de fixer dans sa mémoire le moindre repère, le moindre accident de terrain, d'évaluer correctement les distances. A cent cinquante mètres devant elle par exemple, l'amas de pierres et de branches cassées, déjà roussies par le soleil, ne peut en aucun cas se trouver là par hasard. Un muret effondré ne ressemble jamais à une construction, même volontairement désordonnée. « Un agachon de Tartarin, se dit-elle à mi-voix en retrouvant naturellement la vieille expression provençale. Ceux de la bastide sont bien mieux. Même un lapin de trois jours ne se laisserait pas tromper par un assemblage pareil ! »

A travers ses jumelles, Hélène fouille la crête des pierres. Un canon d'acier accroche le soleil. Un casque bouge. Combien sont-ils ? Quelles armes ? De sa poche, elle a sorti un papier et un bout de crayon. Méticuleusement, elle dessine, elle évalue les distances et les note. Progressivement, en scrutant chaque mètre de terrain, elle commence à se faire une idée de la ligne de défense allemande, de l'emplacement probable des mitrailleuses. Elle attend.

« ... Une poignée d'hommes a refait une armée. » Hélène de Portallan a oublié le nom du ministre de la Guerre qui s'adresse maintenant aux résistants, quai des Belges, sur le Vieux-Port, le 29 août. Qui égrène des noms et des décorations. Qui dit : « ... Dimitri Patov, plein d'entrain et d'énergie, patriote absolu... Croix de guerre à titre posthume. » Elle complète pour elle-même : est tombé en regroupant ses hommes avant l'assaut contre les mitrailleuses du parc Borély. Une balle, rien qu'une balle. Partie d'une planque allemande mal repérée. Dimitri Patov, seul au monde, défendant la patrie qui l'avait accueilli. Qui ne vient d'échapper à l'anonymat que quelques secondes. Un géant, pourtant. Comme ces milliers d'autres, engloutis dans leur amour de la liberté.

Avec le concours des résistants, les goumiers avaient nettoyé trois jours auparavant le parc Borély. Les derniers soldats allemands avaient déposé les armes le 27 août et le lendemain la Canebière était rendue aux piétons. La libération de Marseille, lourde en vies humaines, avait duré une semaine. Hélène n'avait pas eu le temps d'aller jusqu'à Hauterive, mais les nouvelles que Bernard lui avait transmises étaient rassurantes. Elle avait suivi son groupe, dont un capitaine, que tout le monde appelait Clément, assurait le commandement depuis la mort de Dimitri. Elle avait réussi à se reposer quelques heures dans son appartement de la rue Saint-Jacques, où elle avait accueilli une dizaine de combattants. Ils avaient dormi par terre, au milieu des fusils-mitrailleurs, des munitions et des sacoches de grenades. « Tu ne voulais pas t'occuper des Thermos, mais tu accepterais bien de nous faire un peu de café ? » avaient-ils dit. Elle avait sorti du placard le dernier paquet de vrai café que lui avait donné Maria et la bouteille d'eau-de-vie qu'elle gardait depuis des mois, en prévision de la victoire.

Le défilé devant les immeubles du port troués de balles, plus ou moins improvisé, les FFI suivant les tirailleurs algériens et marocains, avait été conduit par de Lattre de Tassigny et d'Astier de La Vigerie. « Viens, Marais ! Avec nous ! » criaient ceux du parc Borély. Hélène n'avait pas voulu se glisser dans les rangs approximatifs qui s'essayaient à marcher au pas. « J'usurpe une place, je n'ai pas fait grand-chose, avait-elle dit à Hocine. Vas-y, toi, tu l'as mérité, espèce de Kabyle. Mais d'abord : où as-tu trouvé cette chemisette superbe ? — Elle était tombée d'un camion, dans son emballage d'origine, avait-il répondu en clignant de l'œil. Ça fait trois ans que je la garde en prévision de ce jour-ci ! Tu as vu les uniformes des autres ? Des tenues pour l'Opéra ! J'aurais eu l'air de quoi ? »

La foule, maintenant, porte Hélène. Dans un sens, puis dans un autre, comme un gigantesque reptile qui déroulerait ses anneaux pour profiter de la chaleur, enluminé des tenues estivales les plus éclatantes, que l'on gardait au fond des placards, des maquillages les plus vifs, retrouvés dans les tiroirs. La jeune femme ne sait trop où aller, joyeuse et insouciante, molle et désœuvrée. Elle aimerait tomber sur Bernard qui, de son côté, doit la chercher. La guerre. Une éternité. Les disparus. Le premier amour. Elle est joyeuse quand même. Elle s'en veut un peu. Il lui faut penser à demain. Sa mère, son frère, les entreprises du père, ses propres aspirations. Et Sandro ! Ses pensées volettent sans suite. Elle ne parvient pas à les retenir. Elle ne le cherche pas. Elle se sent – et cela la fait sourire – libre et seule. Mais, curieusement, indisponible. Elle voudrait être moins libre et moins seule si la conséquence en était la plénitude.

Autour d'elle, les femmes, les hommes, vont par groupes. Ils se tiennent par le bras, par la taille. Les enfants sont juchés sur les épaules des parents. Ils agitent des petits drapeaux, ils applaudissent. Ici, près d'un café, on danse. Les couples tournent. Des bras se lèvent pour trinquer. Il faudrait que tout s'arrête là, songe Hélène, comme un film sur une image de bonheur insouciant.

Le matin même, elle a acheté à prix d'or un paquet de Camel. « Les cigarettes, ça va être un bon boulot, lui avait dit le vendeur, un ami d'Hocine. Tu peux passer commande si tu veux. » Le marché noir allait continuer ? « Tu rigoles, ma belle, avait ajouté le Kabyle. Ça ira encore mieux parce que, maintenant, il y aura de la marchandise en pagaïe. » Elle allume une cigarette au goût de miel, en offre une à sa voisine, une puce dorée, comme frottée au safran, qui tire une bouffée et dit, émerveillée :

— Putain, merci, c'est bon, où vous avez trouvé ça ? Je boirais bien un panaché, pas toi, camarade ? Putain, j'ai une de ces soifs ! Je m'appelle Henriette, et toi ? J'habite à Sainte-Marthe, et toi ?

Hélène rit. De la prononciation, de la spontanéité, de la fraîcheur, de la familiarité. De la musique et de l'enthousiasme que répand la jeune femme.

— Putain, dit Hélène en se laissant envahir par un accent de plomb, moi aussi je suis escagassée. On n'arrête pas de bouléguer, avec tout ce monde. Je m'appelle... Marais, Hélène Marais. J'habite à Vitrolles, près de l'étang de Berre.

— Ah, l'étang de Berre... je l'ai eu vu qu'une fois, dit la puce en employant le double participe passé typiquement marseillais. C'est pas trop la pacoule ? Putain, avec cette chaleur, je pègue de partout ! Tu me serres la main, tu penserais que j'ai mangé des chichi frégi ! Pourquoi tu te marres ? Tu connais pas les chichi frégi ?

Hélène pouffe. Elle connaît très bien ces longs beignets huileux, délicieux mais plus lourds à digérer qu'un aïoli de riche. Simplement, elle avait oublié leur existence et l'accent avec lequel il faut les présenter.

— Si on se marre pas aujourd'hui, on se marre jamais, Henriette !

— Juste, il nous manque le novi, histoire de fêter ça, tu crois pas ?

— Oui, dit Hélène. Le fiancé, hein ?

— Allez, chiche ! On le cherche ?

Assez loin d'elle, poussée par une farandole électrisée, Hélène aperçoit la silhouette haute et maigre, un peu voûtée, de Sandro, qui tangue distraitement. Ai-je changé autant que lui ? Il ressemble à un nuage isolé, le front haut, les joues creuses, les yeux clairs. Il pourrait se dissoudre, si elle n'y prêtait pas attention. Elle avance toujours, amusée par son inattention chronique. J'espère, pense-t-elle, qu'il est moins rêveur en salle d'opération. Puis elle le voit s'arrêter, les mains enfoncées dans son pantalon de toile beige avachi, comme s'il venait de prendre conscience d'un oubli. Il tourne sur lui-même, la tête penchée de côté dans une attitude familière. A son tour, Hélène s'immobilise. Elle pense qu'ils ont échappé au pire, que le meilleur est pour demain. Elle se sent plus légère, tout d'un coup, comme si elle découvrait, enfin, le réconfort de la patience.

Que criait-elle dans le puits, quand ils étaient adolescents ?

Le regard d'Henriette, à côté d'elle, va de Sandro à Hélène. Plusieurs fois.

— Putain, c'est lui que tu as choisi, comme novi, le grand, là-bas ? demande-t-elle.

— Choisi ? Peut-être, dit Hélène. C'était il y a si longtemps.

Elle pense au temps à venir. A l'espoir. Qui choisit ?

— Hélène ! Rattrape-le, il s'en va !

Mais non, murmure Hélène pour elle-même. Nous avons encore beaucoup à faire. Et puis, de Marseille, nul ne s'en va jamais vraiment.

Achevé d'imprimer sur les presses de

BUSSIÈRE
GROUPE CPI

*à Saint-Amand-Montrond (Cher)
en septembre 2002*

POCKET - 12, avenue d'Italie - 75627 Paris Cedex 13
Tél. : 01-44-16-05-00

— N° d'imp. : 24529. —
Dépôt légal : septembre 2002.

Imprimé en France